CB079966

JULIE CHAN ESTÁ MORTA

Liann Zhang

Julie Chan está morta

Tradução
Yonghui Qio

PLATAFORMA 21

TÍTULO ORIGINAL *Julie Chan Is Dead*

Plataforma21 é um selo da VR Editora

GERENTE EDITORIAL Tamires von Atzingen
EDITORA Marina Constantino
EDITORA-ASSISTENTE Michelle Oshiro
PREPARAÇÃO Ana Beatriz Omuro
REVISÃO Raquel Nakasone e Luana Negraes
DESIGN DE CAPA Laywan Kwan
ARTE DE CAPA Adobe Stock
ADAPTAÇÃO DE CAPA P.H. Carbone
DIAGRAMAÇÃO Pamella Destefi
PRODUÇÃO GRÁFICA Alexandre Magno

Dados Internacionais de Catalogação na Publicação (CIP)
(Câmara Brasileira do Livro, SP, Brasil)

Zhang, Liann
Julie Chan está morta / Liann Zhang; tradução Yonghui Qio.
– São Paulo: Plataforma21, 2025.

Título original: Julie Chan is dead
ISBN 978-65-5008-058-7

1. Ficção canadense 2. Ficção de suspense I. Título.
25-285757 CDD-C813

Índices para catálogo sistemático:
1. Ficção: Literatura canadense C813
Cibele Maria Dias – Bibliotecária – CRB-8/9427

VR Editora S.A.
Av. Paulista, 1337 – Conj. 11 | Bela Vista
CEP 01311-200 | São Paulo | SP
plataforma21.com.br | plataforma21@vreditoras.com.br

Para as celebridades de internet do início dos
anos 2010 que moldaram meu caráter.
Mas em especial para minha mãe, que de fato moldou meu caráter.

Que uma coisa fique bem clara:
eu não matei minha irmã gêmea.

1

Fevereiro

— Você tá gravando um vídeo?

– O quê?

Olho de relance para a adolescente loira do outro lado do balcão enquanto escaneio o código de barras do pacote extragrande de absorventes. Três garotas parecidas a seguem de perto em um grupinho, e vários olhos me observam com o mesmo tipo de curiosidade.

– Um vídeo – esclarece a menina, o que não ajuda em nada. – Tem alguma câmera escondida por aqui?

As amigas, entusiasmadas com a ideia, vasculham as vigas empoeiradas do teto, passando as unhas feitas pelas revistas de fofoca mixurucas como se uma câmera DSLR pudesse estar escondida entre as frágeis páginas ocupadas por escândalos de celebridades. Uma das garotas aponta para a porta.

– Tô vendo uma! Bem ali!

Ela sorri e acena.

Reprimo a vontade de revirar os olhos.

– Aquilo é uma câmera de segurança. E, por favor, parem de bagunçar as revistas. Não sei do que vocês estão falando.

Mas, na verdade, sei sim.

Sei exatamente do que estão falando… de *quem* estão falando.

– Você é a Chloe van Huusen, né?

Viu?

Chloe van Huusen.

– Sou fãzona sua! Assisto seus vídeos desde que eu tinha dez anos.

Abro um sorriso forçado, cerrando os dentes.

– Não sou a Chloe. Gostaria de uma sacola de plástico por mais dez centavos?

– Não, valeu.

A garota insere o cartão na maquininha. É um cartão black. Claro que é. Essa adolescente de cabelos dourados com pais ricaços e cartão de crédito sem limite é exatamente o tipo de público da Chloe.

– Mas, tipo, você tá gravando um vídeo, né? Quer dizer, por que mais você estaria aqui? Deixa eu adivinhar! *Desafio: trabalhar de caixa por vinte e quatro horas*?

– Ah! – exclama outra. – *Desafio: testando empregos novos por uma semana*?

– Não! Sinto muito. – Destaco a notinha do bocal e a enfio nas mãos da garota. – *Muito* obrigada por comprar na SuperFoods. Tenha um superdia. Tchau!

Ela se afasta, assustada pelo meu tom ríspido, antes de sair correndo com o grupinho tagarela, as vozes baixas zumbindo feito mosquitos.

– Aquela mulher foi meio que uma vaca.

– Não pode ser ela. A Chloe é *tão* legal.

– Ai, meu deus.

– O quê?

– Será que é a irmã gêmea dela? Daquele vídeo?

Ouço uma exclamação.

– Ai, meu deus, *sim.*

– Qual era mesmo o nome dela? Janice?

– Jordan?

– Jade?

– É Julie! – respondo num grito.

Elas se sobressaltam e se viram em minha direção, de olhos arregalados. Uma delas solta um gritinho agudo. A primeira menina deixa os absorventes caírem. Pega o pacote e todas saem em disparada da loja, como se eu fosse um animal raivoso prestes a dar o bote.

– Você não pode gritar com os clientes – diz Vera, no caixa ao lado. Seu broche dourado de Funcionária do Mês cintila sob a luz do sol. – Todo mundo deveria se sentir *super* depois de sair da SuperFoods.

– Que seja.

Minha colega fica de queixo caído, os olhos brilhando pela oportunidade de me dar um sermão sobre os Dez Princípios dos Superfuncionários da SuperFoods. Por sorte, um homem se dirige até o caixa dela, e Vera logo se vira para ele.

– Seja bem-vindo à SuperFoods! – cumprimenta, toda alegre. – Espero que esteja tendo um superdia!

Reprimindo um bocejo, recosto o quadril no balcão quando percebo meu gerente me encarando pela janela quadrada e encardida na porta de seu escritório. Preocupada com sua vigilância, pego uma caixa de KitKat e reorganizo os retângulos vermelhos para fingir estar sendo produtiva enquanto deixo a mente vagar, pensando nas garotas. Talvez eu tenha sido muito grossa. Ser mulher e jovem já é como habitar o sétimo círculo do inferno. Sem falar que uma delas estava menstruada. A última coisa que alguém poderia querer é que a sósia da sua ídola da internet grite com você.

Mas a última coisa que *eu* poderia querer é ouvir qualquer menção a minha irmã gêmea.

Só de ouvir o nome dela sendo sussurrado meu cérebro já entra em curto-circuito e eu acabo ficando com um pouco de raiva. Só um pouquinho. Tipo, bem, bem pouquinho.

Só que, se você conhecesse minha irmã tão bem quanto eu, você elogiaria minha reação.

Eis a verdade nua e crua que os fãs de Chloe van Huusen são incapazes de entender: nem de longe ela é a anjinha linda que finge ser.

Só precisei passar uma tarde com ela para chegar a essa conclusão.

Tínhamos vinte e um anos em nosso breve e bastante divulgado reencontro, depois de dezessete anos inteiros desde que um motorista bêbado esmagou nossos pais com sua caminhonete. O estado nos separou antes que tivéssemos a chance de aprender a lidar com o luto, já que o casal que logo adotou Chloe só queria uma filha. Já eu fui mandada para viver com nossa tia, uma mulher cantonesa mão de vaca e boca suja que usa embalagens vazias de Cheetos como pastas para guardar os comprovantes de declaração de imposto de renda, enquanto minha irmã gêmea foi adotada por um casal branco abastado de Nova York, legalmente reformulando a própria identidade para se tornar uma Van Huusen. Ela devia morar em uma casa de arenito com fachada no estilo *Sex and the City*, frequentando uma escola particular elitista, vestindo saias xadrez de caxemira e usando canetas de pompom rosa para escrever, enquanto eu dividia um beliche com meu primo, que puxava a alça do meu sutiã para se divertir.

Eu sabia da vida proeminente da Chloe porque as pessoas costumavam me encarar de testa franzida, com um brilho de reconhecimento no olhar. *Ei, você parece a Chloe van Huusen*, diziam. O conteúdo sobre o estilo de vida luxuoso da minha gêmea tinha atraído mais de um milhão de seguidores no Instagram e seiscentos mil inscritos no YouTube. Enquanto ela aproveitava retiros com tudo pago para ilhas como as Bahamas e Bora Bora, usando roupas de grife como The Row e Loewe, eu escaneava cupons em uma caixa registradora (ainda escaneio!). De noite, eu passava horas rolando pelas páginas dela, absorvendo passivamente as diferenças gritantes entre nossas vidas através da tela. Às vezes, meu dedão pairava sobre o botão *Enviar mensagem*, mas eu nunca apertava.

Entrar em contato com Chloe era arriscar criar uma relação. E criar uma relação significava que eu teria que reconhecer nossas diferenças e aceitar o fato de que eu, nascida do mesmo útero, formada do mesmo amontoado de células, tinha fracassado em tudo em que ela tinha sido bem-sucedida.

Mas aí, do nada, ela surgiu na minha vida de novo.

Eu estava trabalhando no meu turno matutino de sempre, cobrando bananas (código: 4011) e um pacote de sementes de chia para uma mulher de cabelo platinado com um bebê escandaloso apertando seu peito. Do nada, uma equipe de filmagem veio correndo até o meu caixa. Uma das câmeras estava apontada para mim, e a outra para a entrada da loja.

Chloe entrou desfilando pelas portas de vidro deslizantes como se fosse a protagonista de um filme dos anos 2000, seus saltos baixinhos fazendo *clique, clique, clique* no piso de vinil, uma boina rosa ridícula na cabeça e o sol se derramando às suas costas.

– Julie?

Ela soltou um arquejo como se não soubesse que ia me encontrar ali.

Ver Chloe em pessoa era como encarar meu reflexo numa casa de espelhos de um parque de diversões, mas equipado com um aplicativo de edição de foto. Seu cabelo sedoso caía em ondas suaves sobre os ombros, enquanto o meu parecia palha seca preta com pontas duplas. A pele de Chloe era lustrosa por conta de todos os tratamentos faciais, enquanto eu tinha cara de quem não dorme há três dias. E as mãos dela pareciam macias, flexíveis, sem um único traço de calos nos dedos com unhas impecáveis e afiadas, enquanto eu roía as unhas até a pele ficar em carne viva, as cutículas sensíveis e secas se segurando por um fio.

– Há quanto tempo! – Ela estava de olhos marejados enquanto me envolvia com os braços malhados e as câmeras se aproximavam. – Senti tanto a sua falta, Julie.

Fui esmagada pelo abraço perfumado de Chloe e fiquei imóvel de choque. Um milhão de perguntas cruzaram minha mente – como foi que me encontrou, por que ela estava ali –, mas nada jamais saiu da minha boca entreaberta, porque fiquei atordoada demais pela multidão que se aglomerava em torno de nosso reencontro fraternal.

As respostas vieram quando assisti ao vídeo dela. Pelo visto, Chloe havia contratado um investigador particular para me localizar alguns meses antes. O sujeito havia me seguido em um SUV escuro, coletando gravações minhas enquanto eu encarava o celular, sem saber de nada, indo e voltando do trabalho, que mais tarde foram editadas com uma música depressiva de domínio público, como se eu fosse uma espécie de marsupial ameaçado de extinção em um documentário sobre a natureza. Uma semana antes de ela aparecer, Chloe havia entrado em contato com meu gerente para pedir permissão para nos filmar. Todos os funcionários presentes naquele dia sabiam que ela iria aparecer e ficaram mais do que felizes em cooperar com a produção.

Depois de nosso reencontro dramático, o gerente me liberou mais cedo (sem me pagar!), para que eu pudesse terminar de gravar o vídeo de minha irmã gêmea. No estacionamento, Chloe colocou uma venda bem justa em torno dos meus olhos e me botou no banco do passageiro de um carro repleto de câmeras para me "fazer uma surpresa". Durante o trajeto, minha irmã contou a uma audiência invisível a história de nossa infância, narrando as mortes de nossos pais e nossa separação, enchendo a narrativa de detalhes profundos dos quais eu não me lembrava direito, mas que podiam ser verdade. De vez em quando, ela pontuava as frases com um "Né?" agudo, me dando um segundo longo o suficiente para concordar com a cabeça, antes de continuar seu passeio exuberante pelo túnel do tempo. Depois de quinze minutos, ela me deixou sair do carro, colocou uma chave em minha mão e tirou a venda. Antes que eu pudesse processar o fato de estarmos do outro lado da cidade, Chloe apontou para uma casa no final do quarteirão e anunciou com um gritinho:

– Agora aquela casa lá é sua!

– O-o quê?

Toda vez que revejo o vídeo, fico constrangida pela minha cara nesse momento. A confusão horrorosa ao lado de minha gêmea radiante. Eu parecia a imagem que usam para mostrar o "depois" de alguém em campanhas contra o uso de drogas.

– Como eu sei que anda caro viver ultimamente, pensei que você devia estar financeiramente apertada, já que trabalha em um mercado. Então, decidi te comprar uma casa!

Chloe soltou uma risadinha enquanto segurava minha mão suada e perambulava pela casa toda reformada.

Eu não conseguia acreditar. Nem no fato de os dedos dela estarem entrelaçados aos meus depois de tantos anos, nem no fato de ela ter me comprado uma casa.

Uma casa inteirinha, porra.

Na varanda parcamente iluminada que fedia a tinta fresca, gravamos um segmento em que Chloe declarou o quanto tinha sentido saudade de mim. Suas palavras eram ofegantes e melosas, tão eloquentes que deviam ter sido ensaiadas. Mas, naquele instante, eu desmoronei por completo quando ela sussurrou:

– Senti tanto a sua falta, Ju-ju.

Ju-ju tem o mesmo fonema de "porquinha" em cantonês: 猪猪. Eu sei, eu sei, parece maldade, quase gordofobia. Mas foi carinhoso, eu juro. Significava que eu era fofinha e pequena, uma criatura a ser paparicada e amada, feito o porquinho McDull. Assim que aquele apelido de infância saiu dos lábios brilhantes de gloss de Chloe, ela abriu as comportas das minhas emoções reprimidas e libertou uma onda repentina de lágrimas quentes. Acreditei nas mentiras dela com uma esperança descomedida: ela sentia saudades de mim, pensava em mim, me amava – queria me ter em sua vida de novo. Eu não tinha percebido como me sentia sozinha, quanto desejava ter uma família e sentir que pertencia a algum lugar, até minha irmã aparecer. Até ela me chamar de porquinha outra vez.

Ela era um messias. Um lindo anjo da guarda me tirando da sarjeta. Uma parada tipo *A criação de Adão*.

Então um membro da equipe de filmagem falou:

– Terminamos.

As câmeras foram desligadas.

Chloe se afastou de mim. Um lampejo cruzou seus olhos, e o brilho deu lugar a uma distância sinistra.

– Tchau, Julie.

E então ela se foi.

Minha irmã me deixou para trás com uma casa reformada (que incluía o menu especial do proprietário: fundação caindo aos pedaços, eletrodomésticos pintados e cogumelos brotando em cantos úmidos e frios) e um vídeo no YouTube na semana seguinte: *Encontrei Minha Gêmea Perdida E Dei Uma Casa Pra Ela #EMOCIONANTE.* Bateu dez milhões de visualizações em dois dias. As pessoas fizeram um escândalo sobre a generosidade de Chloe, sobre como choraram assistindo ao reencontro, sobre como eu era sortuda.

Mas minha irmã nunca mais me ligou depois desse vídeo – nunca me deu seu número de telefone. Nem mesmo me seguiu no Instagram.

Fui relegada a uma bisbilhoteira, um mero detalhe em meio ao seu crescente número de inscritos. Perdida em meio à multidão de fãs, vi Chloe passar de um milhão, depois dois, depois três e, de alguma maneira, decolar até os seis milhões de seguidores. Quando ela criou uma conta no TikTok. Quando ela interagiu com celebridades na #NYFW. Quando anunciou publicamente que tinha um namorado, um branquelo mal-encarado e todo tatuado que parecia estar a um diazinho ruim de começar um podcast sobre os direitos dos homens. Quando ela postou um anúncio sobre o término deles pouco depois.

Quando às vezes perguntavam nos comentários: O que aconteceu com a sua irmã?, ela respondia: A Julie não é uma figura pública. Precisamos respeitar a privacidade dela. As pessoas acreditavam porque ela era a idolatrada Chloe van Huusen, alguém que jamais poderia cometer erro algum. Às vezes eu sentia vontade de responder: Oi! Eu tô bem aqui! Ela só me usou pro vídeo dela! E na verdade é uma baita duma filha da puta!!!! Mas já conseguia imaginar a legião de fãs raivosos me enchendo de mensagens de ódio, soltando fogo pelas ventas para defender sua queridinha da internet. Ela já te comprou uma casa, o que mais você quer? Você é só uma versão falsificada e mais feia dela. Ninguém se importa contigo! Tá desesperada, é?

Apesar das visualizações bombásticas (quase passando da casa dos vinte milhões!), as pessoas logo me superaram. Tive quinze segundos de fama viralizada e, depois disso, ninguém mais ligava. Eu sou uma réplica redundante girando na órbita de minha gêmea, uma nota de rodapé em sua grandiosa vida, um fato curioso em sua *fan Wiki*: Você sabia que Chloe tem uma irmã gêmea?

Depois de um ano inteiro de silêncio, aceitei que ela jamais entraria em contato, e a bloqueei nas redes sociais como uma forma fajuta de proteger minha saúde mental. Mas uma barricada online é incapaz de surtir efeito na realidade.

O sucesso estratosférico da minha gêmea significava que mais e mais pessoas me confundiam com ela. Agora, eu raramente passava duas semanas sem receber um lembrete doloroso de sua traição. Tenho uma crise toda vez que alguém menciona minha irmã, e, de noite, às vezes a ouço quando a casa caindo aos pedaços estremece. *Ju-ju*, gemem os quartos. É como se a voz dela estivesse presa em um eco entre as paredes, arranhando as dezenas de camadas de tinta branca, desesperada para escapar.

– Não é nem um pouco apropriado gritar com os clientes – diz meu gerente agora.

Tenho a impressão de que Vera me dedurou. Às costas dele há uma foto dela, sorrindo com seu certificado idiota de Funcionária do Mês e um cupom de desconto de cinquenta dólares para usar na SuperFoods. Ela comprou quarenta e cinco latas de sopa de cogumelo para uma caridade local. Odeio essa mulher.

– Desculpa.

– Também vou descontar do seu salário o chiclete que você roubou essa semana.

Eu tinha certeza de que a prateleira de chicletes estava em um ponto cego. Será que Vera me dedurou nisso também?

O homem se aproxima, com uma voz baixa e rígida e um hálito pungente do sanduíche de salame que comeu no almoço.

– Você tem sido uma parte fundamental da SuperFoods há uma década, e só por isso estou sendo tolerante. Mas essa não é sua primeira nem segunda advertência. É melhor que isso não volte a acontecer. Estamos entendidos?

Eu assinto, encarando minhas cutículas ressecadas.

O gerente me dispensa.

Tenho horror de voltar para casa, sabendo que a voz de Chloe vai escorrer pelas paredes hoje à noite. Como forma de consolo, um pacote de ursinhos de gelatina aparece na minha bolsa.

Estou decapitando um de abacaxi quando recebo uma ligação. Espiando a tela, quase engasgo com o doce.

O número de área diz: *Nova York*.

Só tem uma pessoa de Nova York que eu conheço.

Chloe.

2

— Alô?

Ouço fôlegos pesados e desregulados. Depois, estática.

– Alô? – repito. – Quem é?

Não consigo distinguir as palavras direito. É como se quem quer que estivesse ligando tivesse colocado um dedo molhado sobre o bocal e houvesse espuma em sua garganta. Aperto o celular com mais força contra o ouvido e estreito os olhos, como se isso fosse me ajudar a ouvir melhor.

– Alô?

Então eu a ouço. Minha irmã gêmea. Ou pelo menos penso que ouço. É difícil saber. Mas quase parece que ela está repetindo *erro, erro, erro.*

– Chloe, é você? Como assim, erro?

Ouço mais tosses e gemidos.

Aumento o volume ao máximo e coloco no viva-voz.

– Consegue me ouvir? O que está acontecendo?

– Ju-ju... Desculpa.

– O quê? Desculpa pelo quê? Chloe? Alô?

A linha fica muda.

Estou sem ar. Minha língua está seca e pesada. Uma camada viscosa de balinha de gelatina cobre minha garganta.

Retorno a ligação. Só toca e toca. *Oi, você ligou pra Chloe! Deixa uma mensagem de voz ou de texto. Te amo!* Por instinto, desligo antes de ouvir o sinal, com o coração disparado. Não sei bem o que dizer. Meus pensamentos estão todos embaralhados.

Faz três anos desde que nos falamos, e agora, do nada, minha irmã me liga? Por quê? Eu nem sabia que ela tinha o meu número. Ligo de novo. *Oi, você ligou pra Chloe! Deixa...* Desligo.

Deixar uma mensagem de voz seria uma prova de que ela ainda exerce influência sobre mim, que eu me importo, quando não deveria. Chloe havia me abandonado de novo sem dó depois de prometer que retomaríamos contato, e eu fui burra de acreditar. Não posso deixar que ela me humilhe uma segunda vez.

Meu deus, e se for uma pegadinha? *Convencendo Minha Irmã Gêmea Perdida Que Estou Morrendo! #Hilário.* Não faz o perfil dela pregar peças. Mas Chloe já diversificou o tipo de conteúdo antes – como quando me comprou uma casa. Talvez esteja experimentando algo novo. Pregar peças não está voltando à moda?

Enfio o celular no bolso e continuo a voltar para casa, mastigando punhados de balinhas de gelatina para abafar as dúvidas persistentes.

Os sussurros de Chloe me seguem por toda parte. *Ju-ju*, ela diz quando estou tirando molho de lasanha encrustado na bancada da cozinha, que está descascando. *Erro*, gorgoleja ela quando me deito no chão da sala de estar e encaro os rodapés empoeirados que jamais vou limpar. *Desculpa*, sussurra ela no banheiro enquanto trato uma dor de estômago causada pelo açúcar.

Ela está ao meu lado quando tomo banho, quando escovo os dentes, quando seco o cabelo com secador.

Não importa onde eu esteja nem o que eu faça, ela não me deixa em paz.

Eu não durmo naquela noite.

3

Na manhã seguinte, estou exausta, mas bato o ponto do meu turno na SuperFoods e tento seguir com meu dia.

– Gostaria de uma sacola?

– Qual a forma de pagamento?

– Mas que bebê mais lindo!

É a criança mais feia que já vi na vida.

Estou na merda, mas o trabalho banal ocupa meu cérebro.

À tarde, as coisas se acalmam. "Santa Claus Is Coming to Town", de Michael Bublé, toca nos alto-falantes. (O gerente não trocou o CD desde dezembro.) Vera me entretém com uma historinha de como desvermifugou o gato dela ontem à noite. Ela entra em detalhes sórdidos. Acho que deve ser o fetiche dela.

Eu me recosto na caixa registradora, assentindo para Vera como se estivesse muito interessada. *Por favor, Vera! Me conta mais sobre os parasitas intestinais do seu gato!*

É nessa hora que, do nada, Chloe volta sorrateiramente, se agarrando aos meus ombros para sussurrar em meus ouvidos com uma voz gutural e raivosa:

Ju-ju.

Quanto mais eu tento ignorar, mais alto fica.

Erro. Erro. Erro.

E se houver a chance minúscula de que algo horrível tenha acontecido e eu fui a única para quem minha irmã ligou?

– Julie?

Eu me sobressalto.

– Você tá com uma cara meio pálida, amor – comenta Vera. – Deve estar ficando doente.

Passo a palma da mão na testa.

– Talvez seja um resfriado. Não dormi muito bem.

– Isso me lembra: o Scooby-Doo pegou um resfriado uns meses atrás. Sei que é difícil acreditar, já que a maioria das pessoas não pensa que animais pegam resfriado igual aos humanos...

Vera continua o monólogo. Não consigo me concentrar em sua voz, já que minha atenção é atraída para o meu reflexo em seus óculos tortos. Vestígios de seus dedos engordurados borram minhas feições, distorcendo os detalhes de meu rosto até que tudo que vejo é minha irmã gêmea. Sua voz brusca ataca de novo, feito um inseto se enterrando no meu tímpano. *Ju-ju*. Ela se enroscou em mim. Não consigo me livrar dela.

Meu turno se arrasta enquanto Chloe permanece em meus pensamentos.

Ligo de novo durante o intervalo do almoço.

Não recebo resposta.

Não consigo me concentrar. Esqueço até mesmo do código para as bananas.

Em casa, ligo mais cinco vezes.

Na sexta, enfim ponho o orgulho de lado e deixo uma mensagem na caixa postal.

– O-oi. É a Julie. Sua irmã gêmea... o que eu tenho certeza de que você sabe. Hã, tô um pouco preocupada contigo. Me liga de volta? Também vou te mandar mensagem.

Fico constrangida ao desligar, repetindo mentalmente o que acabei de dizer.

Mando mensagem: oi, só passando pra saber se você tá bem.

Espero o status da mensagem mudar para lido, mas não muda.

A preocupação me consome por dentro enquanto ando de um lado para o outro na cozinha.

Desesperada para sentir algum alívio, abro o Instagram e leio comentários ácidos nos Reels. A propaganda de um vestido surge no feed. É o estilo que eu acho que arrasaria: bem menininha, com laços e babados, mas que na vida real pareceria antiquado. Mesmo assim, eu me pego entrando no site suspeito. O vestido custa cinquenta e cinco dólares. Dá para ver que vai ser enviado direto para a minha porta e vai chegar em três meses, e não vai se parecer nem de longe com as imagens (se é que vai chegar), mas ainda assim eu clico em Parcelar em 4 vezes, ansiando pela euforia momentânea de uma compra impulsiva. O e-mail de confirmação chega assim que meu banco me notifica de que estou com pouco saldo. Meu peito se enche de arrependimento. Clico no e-mail, na esperança de cancelar o pedido. O link para o atendimento ao cliente redireciona para uma página em branco.

Frustrada, checo de novo as mensagens que mandei para Chloe. Nenhuma foi lida ainda.

Sou tomada por uma raiva incandescente. Odeio ter desperdiçado dinheiro em um vestido que eu não queria de verdade. Odeio como Chloe se apoderou de minha vida com uma única ligação e algumas poucas palavras murmuradas. Odeio como não consigo parar de pensar nela, no tanto de influência que minha irmã gêmea tem sobre minha vida. Mas o que eu mais odeio é saber que, se ela me desse uma chance de verdade, se me recebesse de braços abertos, eu me arrastaria até ela e beijaria seus pés.

Digito o Instagram dela, clico em seu perfil e deixo o dedão em cima do botão de desbloquear.

Desde o nosso reencontro, ando fazendo o máximo para ficar longe das redes sociais de Chloe. Suas fotos e vídeos são um portal viciante para uma realidade alternativa surreal. Enquanto assisto a seus vlogs e vejo seu feed, nossos mundos se misturam em minha cabeça, até que, a certa altura, o liminar entre o que é de Chloe e o que é meu se torna um só. Começo a acreditar que sou eu acordando em sua cama king enorme, escovando os dentes em frente à sua pia de mármore italiano, fazendo minha rotina de skincare de dez passos em frente à sua penteadeira com luz de fundo, fritando ovos em sua cozinha de azulejos turcos. É tão fácil se perder nessas ilusões quando somos idênticas. Às vezes, deixo essas fantasias marinarem antes de me deitar, para que, quando eu estiver sonhando, aquelas visões continuem e se tornem lúcidas e reais. Porém, como tudo que é bom na vida, isso nunca dura. O estrondo do alarme inevitavelmente me arranca essa dádiva, e quando abro os olhos e vejo as rachaduras no teto e as luminárias pintadas, a dissonância entre nossas realidades se choca com tudo em minha mente. E assim um simples botão de desbloquear se torna um lembrete de tudo que não tenho, de tudo em que fracassei.

Este é o meu padrão: autodestrutivo e deprimente, mas não consigo evitar. Chloe é minha fraqueza. Sou viciada na maneira como sinto ódio. Anseio pela forma como isso me enche de desprezo. Ficar com raiva e inveja é melhor do que não sentir nada.

E, desta vez, preciso de respostas que satisfaçam minha curiosidade. Existe uma justificativa para o que vem a seguir.

Eu clico em desbloquear e atualizo a página dela.

4

A postagem mais recente de Chloe é uma selfie de publicidade. Ela está sentada em seu sofá branco, de roupão, com uma máscara facial e um sorriso radiante nos lábios lustrosos de gloss. Segura uma taça de vinho em uma das mãos. A legenda diz: Este é o seu sinal pra tirar um tempinho pra si mesma. 🖤🧘 Pega uma taça de vinho, uma boa máscara facial (eu escolhi a máscara de ampola de pepino refrescante com 24x mais hidratação e ácido hialurônico da @KareKosmetics) e assiste o seu programa de TV favorito. Todo mundo merece um descanso. #autocuidado #publi #ParceiraKare.

Reviro os olhos e rolo a página até a data.

Publicado há duas semanas.

Hã? Chloe costuma postar três vezes por semana, no mínimo. Vasculho suas outras redes sociais. Nada de novo nas últimas duas semanas. E também nenhum anúncio de que ela iria dar um tempo da internet.

A julgar pelas centenas de comentários, os fãs dela estão tão apreensivos quanto eu.

Tá tudo bem?

Onde você tá?

Você morreu?

Ela estava bem vivinha quando me ligou ontem.

Rolar a página é como descer uma escada, e cada comentário preocupado é um degrau que desço até eu estar até o pescoço em um mar de aflição dos seguidores dela. Saturada, atiro o celular na mesinha de cabeceira, tomo um banho e tento me deitar mais cedo.

Mas não consigo dormir.

Estou sendo atraída em direção a Chloe, incapaz de aliviar a inquietação. Tem alguma coisa errada.

Ligo para ela mais cinco vezes. Todas caem na caixa postal.

Talvez eu devesse pedir que alguém dê uma olhada nela. Mas quem? Seus amigos? Não conheço nenhum deles pessoalmente. Poderia ligar para a polícia e pedir que verificassem como ela está. Mas não sei onde minha irmã mora. No passado, se eu tivesse que entrar em contato, era sempre através do corretor imobiliário.

Então me lembro da escritura do imóvel. Nela tem que constar o endereço de Chloe, já que ela é a proprietária legal de minha casa. A julgar pelo cenário de seus vídeos, ela não se mudou em cinco anos.

Onde foi que eu coloquei? A última vez que dei uma olhada no contrato foi depois que minha tia tentou falsificá-lo para dizer que a propriedade estava no nome *dela* e que assim poderia, ilegalmente, tornar o lugar um Airbnb. (Ela só desistiu depois que eu menti que Chloe tinha advogados que iriam tirar cada mísero centavo dela.)

Procuro por horas até encontrar os papéis na gaveta debaixo do forno, enfiados entre receitas de biscoitos e manuais de instruções. Espano a poeira e as migalhas de pão.

E lá está, na primeira página, impresso em tinta preta brilhante: *Nova York*.

Tenho o endereço dela em mãos, mas não consigo me forçar a ligar para a emergência; meus dedos estão paralisados de medo. Lembro da vez que mandaram a polícia atrás de mim. Jamais quero repetir esse momento.

Minha tia havia aberto uma conta bancária para mim quando eu tinha doze anos, e me instruiu a começar a guardar dinheiro se quisesse ter um futuro. Na época, acreditei que fosse um gesto de gentileza. Durante a adolescência, guardei cada moedinha que ganhei trabalhando na SuperFoods. Quando cheguei ao primeiro ano do ensino médio, tinha acumulado mais de cinco mil dólares. Não era muito, mas bastava para que eu me mudasse, para que sonhasse.

Mas uma semana antes do meu aniversário de dezessete anos, minha poupança foi reduzida a quinhentos dólares. O banco me informou que, já que minha conta tinha sido aberta quando eu era menor de idade, era uma conta de dependente, o que significava que minha guardiã legal tinha controle total sobre o dinheiro. Quando questionei minha tia, ela falou: *Você tem ideia do quanto custa te criar? Do quanto custa alimentar mais uma pessoa?*

Diante dessas palavras, um buraco negro se formou em meu peito, engolindo cada grãozinho de motivação que me restava. Fiquei vazia por dentro. Passei dias depois disso tentando identificar o que havia de errado comigo, querendo racionalizar meu azar: pais falecidos, sem família, uma irmã gêmea incomunicável, uma tia desprezível, isolamento. Foi uma espécie de autoflagelo mental. Reconhecer os problemas não serve de nada quando se tem pouquíssima motivação para consertá-los. E encontrar motivação é impossível quando a mera ideia de existir parece uma penitência.

Então, certa noite, uma colega de turma me mandou uma mensagem, implorando para que eu terminasse a minha parte do trabalho em grupo. Ainda não sei o que deu em mim naquele dia. Por que respondi com tanta honestidade. Talvez estivesse tentando justificar minha ausência; talvez quisesse atenção. Mas a mensagem se tornou mortífera. A garota chamou a polícia para ver se eu estava bem.

Mas a visita foi tudo, *menos* boa. Uma viatura parou diante da casa de minha tia, com as sirenes a toda e as luzes azuis e vermelhas iluminando a noite enquanto os policiais esmurravam a porta como se eu estivesse prestes a matar alguém. Os dois, ambos homens, estavam trajados para uma troca de tiros: colete à prova de balas, porrete, a mão fechada sobre o coldre da arma. Um deles estava com o queixo manchado de ketchup. O amargor de comida gordurosa de fast food pesou nas minhas entranhas quando me joguei no sofá da sala de estar e tive que aguentar uma enxurrada de perguntas fechadas sobre minha segurança e estabilidade mental. Os olhares deles fizeram eu me sentir uma imprestável, um desperdício de oxigênio. Durante esse tempo todo, minha tia ficou sorrindo para os policiais e lhes oferecendo chá e lanchinhos. Eu me deixei enganar pela expressão dela e pensei que enfim tinha começado a sentir compaixão por mim. Mas assim que a polícia foi embora, minha tia se aproximou pisando firme e me deu um tapa na cara. *Como você se atreve a fazer um escândalo por nada?*

Acabei ficando com o peito repleto de constrangimento e vergonha, ainda mais desamparada do que nunca. A simples ideia de falar com policiais se tornou um gatilho. Depois de todos esses anos, ainda não consigo me forçar a fazer isso.

Talvez eu esteja inventando desculpas, mas ligar para a polícia também me parece precipitado. Não faz sentido fazer tempestade em copo d'água quando ainda não tenho certeza do que aconteceu com Chloe, ou se os policiais são a escolha mais adequada para uma intervenção. (E, vamos ser sinceros, eles quase nunca são a escolha certa.)

Estou sentada no piso encardido da minha cozinha, roendo as unhas e encarando o endereço de Nova York. Sei que, se continuar ignorando minha irmã, a voz dela nunca vai me deixar em paz.

E, para falar a verdade, não consigo ignorar esta simples verdade: eu quero vê-la; eu *queria* vê-la antes disso tudo. Vê-la através de uma tela nunca foi o bastante.

Compro uma passagem de ônibus para Nova York para a noite seguinte.

5

No dia seguinte, finjo ter crises de tosse durante todo o turno. O gerente me fala para tirar o próximo dia de folga, para me recuperar. Quando estou de saída, surrupio um sanduíche da seção de padaria para compensar os salários descontados. Quando chego em casa, arrumo a mala com alguns itens essenciais antes de me dirigir até o terminal de ônibus.

Sou a última passageira a embarcar, então acabo ficando com o assento ao lado do banheiro.

O motorista dá a partida. Minhas coxas tremem por conta do motor e meu nariz está congestionado por causa da fumaça do exaustor, que se mistura ao cheiro de mijo e os restos do vômito de alguém. Meu celular vibra. É uma mensagem do meu gerente.

19h45: Temos gravações de você roubando um sanduíche.
19h46: Já te avisei sobre esse comportamento. Precisamos ter uma conversa quando você voltar. Isso é inaceitável.

Releio as mensagens três vezes, tentando sentir culpa. O ônibus sai da rodoviária e vai se arrastando pela estrada. Depois de deletar as mensagens dele, entro no Reddit para ficar vendo notícias ruins. Indiferentes, meus olhos passam por várias postagens.

Fico distraída pensando em Chloe, e uma onda de lembranças de infância inunda minha mente.

Li uma matéria que dizia que nossos cérebros são incapazes de reter informações significativas no início da vida. A maior parte das nossas primeiras memórias não passam de histórias fictícias geradas por estímulos que encontramos em idade mais avançada. Uma vela de aniversário aqui, um trecho de grama ali, uma história resmungada em chiados através da dentadura da vovó, e pronto! Uma lembrança fabricada, prontinha para que você a reviva como se fosse real.

De um ponto de vista lógico, isso faz sentido. Tudo de que me lembro deve ser falso. Mas a parte de mim que relembra essas coisas – que consegue fechar os olhos e tocá-las feito uma fita, sentir as texturas do quarto, o cheiro quente e salgado do ar – *sabe* que são reais.

Lembranças de uma mãe e de um pai. Uma família. Um lar.

Mamãe sempre usava vestidos justos no peito e soltos nos quadris. O tecido se derramava até quase suas coxas, e eu agarrava o algodão macio para pedir sua atenção, passando os dedos ao longo do bordado rígido que decorava a barra. Era sempre um tipo de pássaro – chapins-de-cabeça-preta, andorinhas azuis, beija-flores – costurado à mão com fios brilhantes. Ela sempre usava batom vermelho e bobes rosa no cabelo. Os dentes eram desgastados, amarelados por conta do chá. Papai cheirava a cigarros e sempre usava camisa polo branca ou azul-céu, com o colarinho passado à perfeição. Ele as combinava com calça cáqui marrom e cinto de couro. Nunca usava chinelos em casa; em vez disso, acumulava poeira e fios de cabelo soltos em suas meias brancas fedidas, coisa que fazia mamãe gritar com ele. Arroz quentinho e caldo de osso perfumavam a casa; sempre havia algo cozinhando no fogão, marinando nas bancadas pegajosas. E lá estava Chloe, minha irmã gêmea, mais velha por sete minutos, aquela que veio ao mundo primeiro, abrindo caminho para que eu pudesse sair sob sua grande sombra. Armada com um sorriso charmoso, ela segurava minha mão suada e me levava a lugares para os quais eu jamais iria sozinha.

Uma lembrança em particular invade meus pensamentos.

Tínhamos três anos e estávamos sozinhas em casa, o que devia ser ilegal. Papai estava no trabalho. Mamãe havia corrido até o mercado para comprar óleo e molho de soja. O trajeto nunca demorava mais do que dez minutos, e embora fôssemos crianças de apenas três anos, éramos mais do que independentes. Talvez porque tivéssemos uma à outra.

Estávamos diante da despensa, com as mãozinhas rechonchudas agarrando punhados de arroz. Eu estava apaixonada pela magia sensorial dos grãos brancos e rígidos deslizando pelos meus dedinhos. Pelo *crunch, crunch, crunch* quando eu fechava o punho. O pó áspero que ficava nas minhas pequeninas unhas ovais. A certa altura, Chloe havia saído do cômodo sem que eu notasse. Tinha desaparecido por completo.

Quando ouvi as chaves de mamãe tilintando na porta, minha irmã já havia sumido fazia sabe-se lá quanto tempo. Lembro o pânico intenso de minha mãe, dos bobes de plástico em seu cabelo estalando enquanto ela procurava por Chloe, as compras espalhadas pelo chão. Eu a segui, procurando, procurando, procurando, meus pezinhos gordos e suados andando sem jeito nos azulejos lisos da cozinha, em cantos empoeirados, sobre carpetes manchados, enquanto meus olhos zanzavam em busca de algo com o "meu" formato. Vasculhamos a máquina de lavar, o quarto, debaixo de mesas, o guarda-roupa, entre as almofadas do sofá. Chloe não estava em lugar algum.

Mamãe chorava enquanto gritava comigo. *Para onde sua irmã foi? Você deve saber! Fale agora mesmo!* Dizem que gêmeos possuem uma conexão natural. Um vínculo telepático. Isso não era verdade para nós duas. Parecíamos idênticas, mas sempre fomos diferentes. Chloe tinha um sorriso dentuço e estava sempre com folhas no cabelo porque era curiosa demais. Sua mente e seu coração eram um completo mistério. Eu não fazia ideia de onde minha irmã estava, para onde tinha ido. Mamãe não conseguia entender, ou não queria acreditar em mim, mesmo quando eu balançava a cabeça e derramava lágrimas frustradas.

No fim, acabamos encontrando minha gêmea. Ela havia escapado pela janela e estava completamente nua, exceto pela calcinha, e enfiada até os joelhos no canteiro do jardim, arrancando mudas de tomate. Mamãe correu para o quintal com os braços esticados. *Minha bebezinha, minha bebezinha*, gemia.

Lembrei que fiquei chateada ao vê-las pela porta dos fundos. Era eu quem estava chorando, não Chloe. Minha irmã estava feliz, sorrindo daquele jeito bobo dela, risadinhas vibrando pela garganta.

Minha bebezinha, minha bebezinha.

Às vezes parecia que mamãe só teve uma filha.

Depois disso, eu me tranquei no banheiro. Gostava do ar quente e úmido, de como me envolvia; a falta de janelas que fazia eu me sentir segura, isolada dos estímulos excessivos do mundo; o zumbido idílico do exaustor; o odor almiscarado de mofo e água sanitária. Eu costumava me esconder no armário debaixo da pia, me enfiando entre os produtos de limpeza e rolos de papel higiênico, com a pele suada grudando no celofane. Naquele dia, fiquei sentada ali com os joelhos ossudos encostados no peito, me perguntando se mamãe ficaria histérica quando percebesse que sumi. Mas não percebeu. Nem sequer me procurou.

Foi Chloe quem me encontrou. Ela abriu as portas do armário e a luz quente do banheiro adentrou. Quando minha irmã sorriu, parecia que conseguia me ver, me ver *de verdade*, que pelo menos minha gêmea era a única que se importava. Ela enfiou um prato de fatias de manga madura na minha cara, com as unhas encrustadas de terra. *Mama fez pra mim. Quer dividir, Ju-ju?* Chloe não esperou que eu respondesse que sim antes de tirar os rolos de papel higiênico do armário. Quando havia espaço suficiente para nós duas, ela se enfiou ao meu lado e fechou as portas. Comemos a manga juntas, no escuro. Sua coxa roliça tocava a minha. Eu me senti segura.

É dessa Chloe que quero me lembrar. A Chloe que espero que ainda exista por trás de sua imagem superficial das redes sociais. A Chloe que eu queria tanto ser.

Um anúncio zumbe pelos alto-falantes:

– Trinta minutos até o nosso destino.

Está nublado e já passam das dez da noite. Esfrego as janelas cobertas de condensação, limpando a geada que se forma, e espio a noite congelante. A silhueta cintilante da cidade se ergue contra o céu escuro e sem estrelas.

Estarei em Nova York em trinta minutos. Estarei na porta dela em uma hora.

Talvez, assim que chegar, eu a veja escavando o jardim, viva e bem. Com um sorriso reluzente no rosto, sem qualquer preocupação nessa vida.

6

Chloe mora em um apartamento em Manhattan de frente para o rio Hudson. Ela com certeza não tem um jardim.

Um vento gélido açoita meu rosto quando ergo a cabeça para observar o prédio imponente, ao mesmo tempo espantada e tomada de vertigem. Como é possível que minha gêmea, alguém com quem eu já dividi uma cama e tomei banho de espuma, tenha uma vida tão diferente?

O prédio requer que se entre com uma tag, que eu não tenho. Também não tenho um código de acesso. Está tarde e não tem ninguém entrando ou saindo. Sem jeito, espero perto da porta com meu moletom folgado e jaqueta, a mochila cortando a circulação dos meus ombros. Toda vez que respiro, exalo nuvens brancas para o céu. Dou uma fungada.

Algo corre ao longe, revirando as sacolas pretas de lixo e caixas de papelão amassadas no meio-fio.

A coisa ergue a cabeça. Tem olhinhos redondos e pretos. É um rato. Puta merda, é *enorme*. Um mutante do tamanho do meu antebraço. O bicho me encara com um olhar infeliz, a barriga incrivelmente gorda roçando contra a calçada. A julgar pelo tamanho, essa criatura deve comer melhor do que eu, se banqueteando com as sobras descartadas de novaiorquinos ricos enquanto eu me alimento com sanduíches roubados de supermercados. Como se o mundo quisesse me humilhar ainda mais, meu estômago ronca e faz o rato se afastar no susto.

Esfrego a testa com a manga do casaco e solto um gemido exausto. O que estou fazendo? Não consigo acreditar que vim até Nova York só para ficar esperando do lado de fora da casa de Chloe e sentir inveja de um rato. Ela deve estar bem. Talvez tenha tido um breve ataque de pânico e me ligado por acidente, e eu esteja vendo coisa onde não tem. Todos os amigos espalhados pelas redes sociais teriam verificado se algo estivesse errado. E seus pais adotivos são afetuosos daquele jeito pitoresco de gente branca rica: verões passados nos Hamptons, cartões de Natal com cardigãs vermelhos de caxemira combinando, ligações todas as noites para dizer *eu te amo*. Eles se certificariam de que Chloe está bem.

Para que é que eu vim?

TUM! TUM! TUM!

Eu me sobressalto.

Uma luz forte me ofusca. Meu coração martela quando ergo os braços até os olhos para protegê-los daquele feixe. A luz se apaga e eu espio por entre os dedos.

Um homem me encara, seus olhos enrugados e estreitados me avaliando enquanto abre a porta. Está vestindo uma camisa social bem passada e uma gravata da cor de vinho tinto. O lustroso crachá de bronze afixado acima do bolso do peito diz: *Ramos, Segurança.*

– Senhorita Van Huusen, o que está fazendo aí fora no meio do frio? Por favor, entre.

Ele acha que eu sou a Chloe.

Não sei por que isso me surpreende. Somos gêmeas e, afinal de contas, as pessoas nos confundem o tempo todo.

– Obrigada. Eu, hã... Esqueci minha tag.

Solto uma risada falsa.

Ele não oferece uma risada de compreensão, e os cantos de sua boca viram para baixo em uma leve careta.

Eu me viro e vou direto para os elevadores. Se esse homem me encarar por mais um segundo com esses olhos de pai preocupado, tenho certeza de que vai se dar conta de que não sou minha irmã.

Antes que eu consiga apertar o botão, ele grita:

– Espera!

Paro de supetão, com o coração esmurrando as costelas.

– Chegaram alguns pacotes para você. Gostaria de buscá-los?

Solto a respiração, acalmo os nervos e dou meia-volta.

– Claro.

Minha voz falha, mas o segurança não comenta nada. Eu me dirijo até o balcão da frente com o máximo de casualidade que consigo.

Ele me entrega duas caixas.

– Mais recebidos?

– Hã. Talvez.

Assino no caderninho um garrancho que torço para que o homem não perceba.

– Ultimamente minha filha fica me perguntando: *papai, papai, quando é que a Chloe vai me dar mais coisinhas?* Ela te ama mais do que ama o Papai Noel!

O sujeito solta uma risada do fundo do estômago.

Será que Chloe anda dando produtos para a filha dele? Acho que é a cara dela. Ela de fato "me deu" uma casa. Eu me pergunto se também fez um vídeo sobre isso. *Doando Meus Recebidos Para Crianças Menos Afortunadas #Sustentabilidade #Caridade.*

– Eu te falo assim que tiver mais.

Ele coloca a mão sobre o peito.

– A senhorita é um anjo, senhorita Van Huusen. Um anjo. Espero que esteja se sentindo melhor esses dias.

Abro um sorriso tenso, pego os pacotes e me dirijo aos elevadores antes que o segurança possa falar mais alguma coisa.

Ele me segue de perto, e sinto seu calor às minhas costas. Por que é que esse homem não me deixa em paz? Ele se estica e aperta o botão do elevador com um sorriso.

Ah.

Eu me forço a soltar uma risadinha estranha, já que não estou acostumada a esse tipo de serviço e atenção. Será que deveria lhe dar uma gorjeta?

O elevador chega com um toque e ele abre a porta para mim.

– Obrigada – murmuro.

O segurança aperta o número vinte e sete e acena.

– Bom descanso, senhorita Van Huusen.

– Para o senhor também.

Ramos desaparece por trás das portas quando elas se fecham.

O elevador é composto de espelhos de ouro e corrimões dourados combinando. Meus tênis afundam no carpete vermelho macio. O visor de LED mostra os números aumentando. Meus tímpanos estalam, meu pulso acelera e meu estômago se revira.

7

Eu bato. E espero. E bato de novo.

Não recebo resposta.

Pressiono a orelha na porta alta de madeira.

– Chloe?

Nada.

Pego o celular do bolso de trás, pensando em ligar para ela. Uma tela escura pisca com uma imagem de bateria esgotada.

– Merda.

Revirando a bolsa, percebo que esqueci de trazer um carregador. *Simplesmente perfeito.*

Cansada e me sentindo uma idiota, me recosto na porta e apoio os pacotes pesados contra a maçaneta, que cede de repente. A porta se abre. Tropeço e me estatelo com força em cima do quadril. Uma dor intensa percorre meu corpo. Soltando um chiado, fecho os punhos e me ponho de pé. Depois de soltar alguns palavrões, consigo recobrar a compostura e observar a entrada escancarada.

É estranho que minha irmã tenha deixado a porta destrancada. Ou talvez não seja. O prédio tem segurança. As pessoas ali são elegantes e ricas. Ela não ficaria preocupada de alguém invadir sua casa – como eu, em teoria, acabei de fazer.

Pego os pacotes e os empilho sobre a mesinha na entrada.

– Chloe?

Minha voz ecoa pelo apartamento.

Reconheço as paredes brancas, o sofá e a vista cintilante do horizonte dos vídeos dela. Mesmo assim, é esquisito ver o apartamento na vida real. Parece que entrei sem querer em um set de filmagem para televisão. Fico esperando que uma câmera surja diante do meu rosto, que alguém me diga que tudo é falso. *Pegadinha do malandro!*

O apartamento é menor do que parece nos vídeos. Piso de madeira, janelas altas e obras de arte modernas e sem graça. Cravos rosa estão amontoados em um vaso no formato do busto de algum herói romano. Em um prato largo de porcelana, as chaves do apartamento repousam ao lado de um anel cravado com duas pedras preciosas azuis, que eu pego. É pesado, então deve ser ouro de verdade. Estou prestes a devolvê-lo ao lugar quando alguma coisa me detém. Talvez seja a sensação fria do anel nas minhas palmas suadas, ou o fato de que este minúsculo objeto, que provavelmente vale o que eu ganho em uma semana inteira de trabalho, é tão insignificante para Chloe que ela simplesmente o atirou ao lado das chaves sujas, mas não consigo deixá-lo onde o encontrei.

Apertando o anel com força no punho, enfio a mão no bolso do moletom e espio o corredor. Sinto uma pontada de inveja no peito, que me impede de dar um passo à frente. Não consigo deixar de me perguntar: e se eu tivesse nascido primeiro? E se eu tivesse sido adotada pelos Van Huusen? E se eu fosse famosa na internet? E se eu tivesse tudo isso? Este belo apartamento com anéis caros jogados em um prato de porcelana?

– Estou entrando. – Ando pelo apartamento e largo a mochila na bancada da cozinha. – Aliás, é a Julie, se você estiver aqui. Fiquei preocupada depois que você me ligou.

Ligo as luzes quando passo pelos interruptores. Uma mosca passa zumbindo pela minha orelha.

Há um fedor rançoso no ar. Um odor de uma vela Jo Malone à minha direita e, ao fundo, algo estragado. Tipo uma fruta. Está vindo da cozinha. Minha irmã deve ter esquecido de tirar o lixo.

A busca faz eu me sentir uma criança brincando de pique-esconde. Olho dentro do quarto. Do banheiro. Do armário que, meu deus, é um closet. Há uma fileira inteira de bolsas e sapatos de grife. Uma mesa de centro de vidro transparente para acessórios. Braceletes da

Cartier, relógios Rolex, anéis e colares cintilantes. Tem até uma geringonça elegante e parecida com uma geladeira que descubro ser um enorme vaporizador de roupas.

Quando não encontro Chloe, dou meia-volta até a cozinha e a sala de estar. Há um frasco aberto de comprimidos de 25 mg na bancada de mármore. Está na metade. O rótulo não deixa claro para que serve, contém apenas instruções impressas – *tome um comprimido antes de se deitar* – e um aviso para mantê-lo fora do alcance de crianças. Suponho que seja um medicamento para ansiedade, já que ultimamente todos os influenciadores parecem estar reclamando disso. Fecho a tampa para que os comprimidos não peguem poeira.

Sigo em frente com minha excursão autoguiada. A essa altura, não estou nem procurando por ela, estou dando uma olhada no apartamento como se fosse uma possível compradora. Avalio a pressão da água. Testo o fogão por indução. Abro a geladeira, uma luxuosa Miele de duas portas com bebedouro e dispenser de gelo. O conteúdo é um tanto surpreendente. Pacotes de comida chinesa para viagem, um fardo de água gaseificada sabor maracujá, garrafas de bebida pela metade. Não há uma única fruta ou salada fresca. Não faz lá muito a *aesthetic* de *clean girl* dela.

Talvez eu esteja despejando ódio gratuito. Ela mora em Nova York e pode correr até o mercado lá embaixo se precisar de alguma coisa. Deve ser sustentável, ou sei lá o quê, não estocar legumes na geladeira, para não apodrecerem.

Depois de roubar um golinho do Chardonnay e o líquido descer queimando minha garganta, fecho a geladeira e vou examinar os armários da despensa. Então tropeço em alguma coisa. Meu coração dispara quando eu perco o equilíbrio e vou de cara rumo ao chão. No último segundo, me apoio na janela. As ruas engarrafadas, com carros do tamanho de peças de Lego, giram diante dos meus olhos. Eu me endireito com um suspiro de alívio.

Eu me viro para ver no que tropecei.

E então a vejo.

Chloe.

8

Ela está atrás da ilha da cozinha.

A pele está azulada e manchada, afundando como se não estivesse bem encaixada nos ossos. Uma fileira encrustada de saliva e vômito deixa um rastro por entre os lábios roxos e rachados, descendo pela bochecha e sujando o piso de madeira escura. Há rastros vermelhos em seu rosto e pescoço inchados, como se ela tivesse se arranhado, tentando arrancar a própria pele com as unhas turquesa descascadas. O cabelo está um ninho de ratos, e mechas pretas cortam seu rosto. Os olhos estão injetados, desfocados e vazios.

Fico paralisada. Não sinto nada. Nem mesmo meu coração. Nem o ar. O tempo parou por completo. Nem tenho certeza se estou respirando. Quero desviar o olhar, mas não consigo.

Uma mosca passa zumbindo. Aterrissa na ponta do nariz dela.

Sou arrancada do meu devaneio. Caio para a frente, fraca. Um enjoo quente se projeta em meus intestinos, meu estômago, minha garganta – acre, escaldante, molhado. Vou correndo até o banheiro, vomito no vaso sanitário e coloco tudo para fora, até estar cuspindo apenas uma água espumosa e ácido estomacal. Nem ao menos tenho energia para dar descarga. Caio para trás e sinto a maciez do tapete de banheiro contra a cabeça. Cada pedacinho e membro meu estão cobertos de suor. Eu tremo, sentindo calor e frio ao mesmo tempo. Sinto as pontas dos dedos das mãos e dos pés formigarem. Não consigo controlar a respiração. O cômodo está piscando, embaçando. Minha visão vai e volta, rodeada pela escuridão. Estou em terra firme, mas o chão parece se mover feito ondas, me jogando de lá para cá. Em algum momento, eu me espremo na banheira rígida de cerâmica e me encolho em posição fetal.

Rezo para que uma frestinha da porta se abra, para que Chloe – de alguma maneira, de volta à vida – apareça com um prato de fatias suculentas de manga em uma das mãos. Queria que ela se acomodasse ao meu lado, tirasse o cabelo suado do meu rosto, me abraçasse, me alimentasse, me garantisse que isso tudo era uma grande brincadeira. Que está tudo bem.

Porém, quando a porta continua fechada, a realidade me acerta em cheio.

Chloe está morta.

Com a respiração trêmula e um gosto azedo na boca, me arrasto até erguer o tronco e organizo os pensamentos.

A polícia. Sim, desta vez, eu *preciso* ligar para a polícia. Não há mais desculpas. Não posso ficar com medo. Chloe precisa de mim.

Com os dedos escorregadios, pego o celular e o ligo. Sem bateria. *Merda.*

Ela deve ter um carregador em algum lugar. Vou me arrastando até a penteadeira e dou uma procurada. Nada. Claro que não. Quem é que guarda um carregador no banheiro?

A melhor opção deve ser o quarto dela. Mas isso significa voltar à cozinha. Significa… vê-la.

Minha cabeça gira, com imagens do cadáver de Chloe marcadas a ferro em minhas retinas.

Tudo bem. Pare de pensar. Respire. Respire. *Respire!*

Quando fico estável o bastante, me apoio na pia para ficar de pé. Minhas mãos estão tão suadas que não consigo me firmar. Aos poucos, eu uso a parede, deixando impressões digitais molhadas no papel de parede de brocado. Jogo água fria no rosto.

Quando ergo a cabeça, os olhos injetados de Chloe me encaram de volta, os lábios ressecados e rachados congelados em um grito mudo, quase que em um aviso.

Solto um grito e me atiro para longe da pia.

Mas é só o meu reflexo. Não acendi as luzes, então minha pele parece escura e azul. Quase rio diante do ridículo que é sentir medo de meu próprio rosto. Esse momento tira um peso das minhas costas, uma pequena distração.

Tudo bem. Concentre-se.

Abro a porta do banheiro e me esgueiro para dentro do quarto, mantendo os olhos fixos na parede, de costas para a cozinha. Encontro um carregador em cima da mesa de cabeceira, conecto o cabo e ligo o celular.

Instalando atualizações automáticas. 0%... Tempo estimado: 1 hora e 15 minutos.

Eu pisco. E pisco de novo.

– Mas o quê... – Arranco os cabelos. – Tá de brincadeira comigo, porra?

Enfio o rosto no travesseiro de algodão macio e solto um grito. Eu grito e grito e grito, até que não me resta mais voz.

Quero chorar, mas não posso deixar Chloe apodrecendo lá nem mais um instante. Preciso entrar em contato com as autoridades *agora.* Se conseguir encontrar o celular dela, posso usá-lo para fazer uma ligação de emergência.

– Por favor, por favor, por favor – murmuro para mim mesma, vasculhando o quarto, a sala de estar, na esperança de o aparelho estar em qualquer lugar que não seja com minha irmã gêmea.

Não dou sorte. As lágrimas se acumulam nos meus olhos enquanto procuro pela cozinha.

Com toda a minha força de vontade, eu me aproximo dela. Respiro pela boca, pois não quero sentir o cheiro de decomposição, sabendo que vai me deixar enjoada de novo. Meus olhos estão fixos no teto liso e branco, nas arandelas chiques e douradas, até que chego ao lugar onde jaz Chloe, escondida atrás da ilha da cozinha.

Eu me agacho ao seu lado.

– Eu sinto muito.

Apalpo seu corpo, as pernas, procuro dentro dos bolsos, passo as mãos pela barriga definida. *Ali.* O plástico rígido de uma capinha de celular. Está preso debaixo dela. Tento puxá-lo, mas o corpo é pesado demais e o aparelho nem se mexe.

Preciso tirá-la do lugar.

– Por favor, meu deus. Que isso acabe aqui. – Sou uma ateia fria e resoluta, mas preciso de qualquer coisa a que puder me agarrar neste momento. – Sinto muito, Chloe. A ajuda já vem.

Não sei por que estou falando com ela como se pudesse me ouvir.

Com todas as minhas forças, empurro o corpo de cima do celular. Chloe rola até ficar de bruços com um baque. Pego o aparelho e saio correndo até o banheiro. Quarenta por cento de bateria. Uma enxurrada de notificações preenche a tela de bloqueio. Solto um gemido e arrasto todas para o lado, tentando me lembrar de como fazer uma ligação de emergência, quando percebo que o pequeno cadeado na parte superior da tela já está destrancado.

Meu rosto desbloqueou o celular de Chloe.

Talvez Deus esteja *mesmo* me escutando.

Movo o dedo para cima, deixando um rastro de suor na tela, e ligo para a emergência.

A chamada é atendida de imediato.

– Central de emergência, como posso ajudar?

– Minha irmã… ela… acho que ela tá morta.

– Morta?

– É. Não. Eu não *acho* que ela tá morta. Ela com certeza tá. Tipo, há um dia ou dois. Talvez mais. Porra. Não sei. – Meu coração está latejando na garganta. – Você pode, *por favor*, mandar ajuda pra cá?

A mulher pede o endereço, e eu informo.

– Por acaso saberia a causa da morte, senhora?

– N-não sei. Eu entrei no apartamento e a encontrei no chão.

Minha voz falha. Um soluço sai do meu peito.

– Entendi. Vou enviar uma equipe agora mesmo. Você conseguiria se afastar do corpo e respirar um pouco de ar puro?

– S-sim. Tá bem. – Fecho os olhos enquanto saio cambaleando do banheiro, me agarrando às paredes no caminho. Assim que saio do apartamento, fico sentada no carpete macio do corredor, ao lado da porta. – Estou do lado de fora.

– Em breve, os serviços de emergência devem chegar aí. Aguente firme. Vai ficar tudo bem com você se eu desligar enquanto você espera? Ou prefere continuar em chamada comigo?

O que ela vai fazer? Ficar do outro lado da linha e me consolar até a polícia chegar? A operadora deve ter outras emergências para atender.

Nego com a cabeça mesmo que ela não possa me ver.

– Vou ficar bem. Pode desligar.

– Tudo bem. Se precisarmos de alguma coisa, vamos ligar de volta para esse número. Por favor, mantenha-se segura.

A linha fica muda.

9

Minha intenção não era bisbilhotar o celular dela. É sério. É só que acabou acontecendo. Foi um reflexo natural. Não sinto orgulho de admitir o quanto uso as redes sociais para lidar com meus problemas. Tenho dificuldade de existir sem algo brilhando na tela. Não consigo ficar parada sem um vídeo tocando para abafar meus pensamentos sombrios. As redes sociais são o que mais consome meu tempo, mas também são uma forma de escapismo irresistivelmente viciante.

Assim que tiro o aparelho do ouvido, com o aplicativo de ligação branco e brilhante em meus olhos, vou até a tela inicial de Chloe. As notificações não param de chegar. A cada segundo, um balãozinho aparece. Blá-blá-blá curtiu sua publicação no Instagram. Ou Novos comentários no seu TikTok. Ou Alguém te marcou em uma foto. Como é que ela aguenta essa sobrecarga de informação? Já estou ficando com dor de cabeça pelo excesso de estímulos. Mas talvez seja porque estou acostumada demais com o silêncio. Sempre que acordo, a única notificação que me espera é o meu alarme.

Por instinto, abro o TikTok primeiro. Só para passar o tempo, para me distrair da imagem de Chloe. Depois de tudo pelo que passei, acho que eu mereço.

O TikTok é minha primeira opção, já que os vídeos são selecionados através de um algoritmo (provavelmente invasivo). Meu feed é composto de histórias de autossabotagem ou pessoas se machucando de maneiras idiotas, migalhinhas de conteúdo que são garantia de risadas. Mas, se o TikTok de Chloe é capaz de dizer alguma coisa sobre ela, é que ela é chata. A página "para você" consiste em vídeos que copiam o conteúdo de estilo de vida dela. De vez em quando aparece um pseudoterapeuta de TikTok me dando um sermão sobre as maneiras para se lidar com a culpa, a depressão ou algum complexo de apego entre pais e filhos. Solto um gemido. Estou atrás de risadas rápidas que me distraiam, não de uma cura para minha criança interior.

Passo para o Instagram. A primeira coisa que vejo é o pequeno gráfico que mostra quantos novos seguidores, comentários e curtidas ela ganhou. Embora a última publicação seja de duas semanas atrás, os números ainda chegam a uns cem para cada categoria. É de dar arrepios. Todas essas pessoas, toda essa atenção, e ninguém sabe que ela está morta.

Talvez seja insensível da minha parte, mas não consigo deixar de me perguntar: o que vai acontecer com todo o dinheiro das publis agora que minha irmã está fora do ar? Será que simplesmente não vão pagá-la? Que absurdo. A última publicação dela chegou em – clico na aba de Insights – mais de três milhões de impressões. Mesmo que Chloe esteja morta, a marca ainda deveria desembolsar esse dinheiro. Não é como se megacorporações já não tivessem o bastante.

Só por curiosidade, dou uma olhada nas DMs. Arregalo os olhos ao ver o número total de verificados azuis. De colegas influenciadores a cantores, modelos, revistas e, literalmente, as celebridades mais famosas.

Clico nas solicitações de mensagens, que demoram um segundo para carregar devido ao volume.

Milhares – e eu quero dizer *milhares* de DMs – são de seguidores suplicando atenção, tagarelando sobre o quanto a amam, o quanto Chloe os inspira. Algumas centenas de mensagens são de homens perguntando se ela gostaria de ver o pênis deles e mandando uma foto independente da resposta (por sorte, censuradas pelo aplicativo). Algumas ameaças de morte surpreendentemente detalhadas (e estranhamente criativas). Um punhado de influenciadores pequenos tentando flertar casualmente nas DMs. Centenas de marcas perguntando sobre parcerias.

Não consigo resistir à tentação de entrar no e-mail dela. A caixa de entrada tem mais de duas mil mensagens não lidas, a maioria spam. Navego até a barra lateral e encontro sua segunda conta, para correspondência filtrada. Apenas cinco não lidas. Todo o resto foi alocado em pastas. Ela é organizada.

O e-mail mais recente é da Kare Kosmetics, de três dias atrás. Assunto: Re: PAGAMENTO de janeiro.

Essa mensagem me atiça.

Eu clico.

Oi, Chloe!

Amamos sua última postagem e reels. Agradecemos por confirmar os números de engajamento. Como sempre, sua versatilidade e seu alcance são impressionantes. Conforme o contrato, fizemos seu pagamento no final do mês. Segue em anexo o arquivo para checagem.

Estamos ansiosos para trabalhar com você no mês que vem. Mal podemos esperar para ver como você vai nos surpreender!

Antes que eu me dê conta, estou baixando o PDF.

Meus olhos saltam até o TOTAL. Tapo a boca com a mão.

Aperto os dedos na tela e dou zoom. Meus olhos não estão me pregando peças. A quantia é real.

Chloe recebeu 45 mil dólares por uma postagem simultânea no Reels e no TikTok e duas publicações estáticas no feed ao longo de quatro semanas.

Quarenta. E. Cinco. Mil. Dólares.

Como. Assim. Caralho?

Eu mal consigo ganhar tudo isso em *um ano*, e ela ganha com algumas postagens usando uma mascarazinha facial de merda?

Como isso é possível?

Faço uma careta de inveja. Fico tão indignada com as injustiças do mundo que quero machucar alguma coisa.

Foda-se a privacidade dela. Minha irmã está morta, de qualquer forma. Vejo os outros e-mails e abro cada arquivo anexado.

Em apenas alguns minutos, já vi mais ou menos vinte recibos e nenhum é de menos de dez mil dólares. Em apenas um mês, Chloe acumulou mais de cem mil dólares só de publicidade. Isso sem contar o canal de YouTube dela, que deve render alguns milhares por vídeo.

Não me surpreende ela ter me comprado aquela casa no subúrbio como se não fosse nada. Porque não foi *nada.* Fiz uma pesquisa sobre a propriedade um tempo atrás. Estava anunciada no mercado por 272 mil dólares. Ela deve ter conseguido comprar o lugar com apenas alguns meses de salário. E vai saber o quanto minha irmã ganhou com as dezenas de propagandas que incluiu naquele vídeo *#Emocionante* de uma hora.

Na verdade... agora eu posso descobrir. Entro na aba de Analytics do YouTube, volto três anos e clico em Ganhos por Data. Cinquenta e sete mil. Ok, não foi tanto quanto eu pensei que ela receberia por vinte milhões de visualizações – espera aí. Que caralhos estou dizendo? Chloe ganhou mais do que o meu salário inteiro com *um* videozinho mixuruca que se aproveitou das *minhas* fraquezas. E nem ao menos me deu uma parte! Como isso pode ser justo?

Lembro de ter visto uma publicidade no meio do vídeo, a propaganda de um aplicativo chamado Mansion-Scapes. (Com o Mansion-Scapes, você pode construir sua própria casa, que nem a Julie, projetar seus próprios móveis e receber visitas depois de zerar joguinhos viciantes! Comece agora mesmo a sua experiência imersiva com trinta Moedas Mansion de graça usando o código Chloe30. Obrigada, Mansion-Scapes, por patrocinar este vídeo.) Procuro o nome da empresa na caixa de entrada. Há um pagamento de três anos atrás. O coordenador de influenciadores ficou elogiando o desempenho do vídeo. Falou de como mais de vinte mil pessoas baixaram o jogo e usaram o código de Chloe.

O pagamento total chegou a incríveis 125 mil dólares, com 75 mil de base e um bônus casual de 50 mil por ter batido uma meta de número de downloads.

Fico tão embasbacada que preciso desviar o olhar da tela para processar essa informação.

Como é que alguém consegue fazer tanto dinheiro com um único vídeo? E a coisa só piora conforme leio a conversa desde a época em que Chloe sugeriu a ideia.

> Como fica evidente na análise anexada da aba Popular do YouTube, vídeos filantrópicos são interessantes para o público geral, incluindo a faixa etária dos 8 aos 20 anos, que tem mais propensão a baixar um aplicativo de jogo. Como se trataria de um conteúdo diferente do que costumo fazer, tenho certeza de que uma audiência mais abrangente vai se identificar com a vida de classe média baixa de Julie, e isso resultaria em um engajamento positivo e empático. Adoraria saber se estaria dentro do orçamento de vocês a possibilidade de incrementar minha remuneração, em especial considerando o investimento pessoal que seria dispensado para produzir um vídeo dessa magnitude.
>
> Abraços, Chloe V.

Aí está. A verdade.

Eu não passei de material para um vídeo. Um acessório para uma ação de publicidade. Eu não signifiquei absolutamente nada. Fui usada.

Estou arrasada.

Eu choro, mas não pela morte de Chloe. Choro pela *minha* perda. É um luto pela pessoa que eu poderia ter sido.

Relembro a imensa gratidão que senti quando Chloe me encontrou, como fui ingênua, quando tudo que ela queria era me usar. Como ela me chamou pelo meu apelido de infância, *Ju-ju*, sabendo muito bem como isso faria eu me sentir. Eu me pergunto se ela riu por dentro quando falou isso, me chamando de porquinha e me fazendo explodir de carinho. Fico ressentida com o quanto fiquei preocupada quando ela me ligou. Desperdicei todo esse tempo e energia com minha irmã – tempo e energia que jamais vou recuperar. E tudo isso para quê? Para descobrir que ela nunca se importou? Nem por um segundo sequer? Que eu fui só um exemplozinho triste de classe média baixa para ela enfiar goela abaixo de seu público? Que tipo de reviravolta de merda é essa?

Um ódio puro, incandescente e maléfico se agita em minhas entranhas, em meus músculos. Quero entrar no apartamento dela e destruir cada um dos móveis. Rasgar cada bolsa de grife, jogar todos os produtos de skincare naquele vaso sanitário chique e ridículo, com assento aquecido e bidê, e dar descarga. Ela não merece nada disso, nem os bens materiais e o dinheiro, nem minha empatia e compaixão. Ela é cruel, um ser humano *cruel*, egoísta e narcisista até a alma. Sinto nojo de ser parente dela – de ter memórias felizes com ela.

Eu choro e grito, em voz alta e descontrolada. As portas no corredor se abrem. Os olhos dos vizinhos estão repletos de choque e preocupação. Não me importo. Solto um pranto do fundo do peito, profundo e gutural.

Sinto uma mão me pegar pelo ombro. Eu me sobressalto.

É Ramos. Atrás dele há uma policial e dois paramédicos com uma maca.

Uma maca que logo irá levar Chloe embora.

10

Estou soluçando, de olhos úmidos e inchados. Eu me viro para os vizinhos enxeridos com roupões de seda. Tem uma pessoa segurando o celular apontado para mim.

– Está tudo bem? – Ramos inclina a cabeça, de cenho franzido.

– S-sim – murmuro, sem fôlego.

– A falecida está lá dentro? – pergunta um paramédico.

Assinto, roendo as unhas.

Enquanto eles entram com a maca, a policial me puxa de canto. Fico grata por ser uma mulher. Fico mais à vontade. Conto a verdade, ou pelo menos as partes importantes: entrei no apartamento, vi o corpo de minha irmã gêmea e fiz a ligação.

Enquanto faz anotações no bloquinho, vejo ela me observando de esguelha. Há um brilho em seus olhos, um olhar aguçado, quase acusatório. Isso me deixa apreensiva. Será que ela acha que eu tenho algo a ver com a morte de Chloe? Com o pulso acelerado de nervosismo, abro e fecho os punhos suados dentro do bolso do moletom, sentindo o anel de minha irmã.

– Você sabe como ela faleceu? – pergunta a policial.

Dou de ombros. Vejo a mulher fazer mais anotações. Ela me olha de esguelha de novo. Quero arrancar minha pele fora.

Um paramédico se junta a nós, mostrando um frasco de remédio.

– Você reconhece isto?

Vi o frasco em cima da bancada, então assinto. Mas por que a pergunta? Será que ele acha que Chloe teve uma overdose?

– Os comprimidos são seus?

Estou tão desnorteada com a ideia de minha irmã ter tido uma overdose que concordo sem pensar. Quando me dou conta do que ele perguntou, não tenho a chance de me corrigir, porque o paramédico passa para a próxima pergunta.

– Por acaso sua irmã tinha histórico de abuso de substâncias?

Chloe e abuso de substâncias não se misturam em minha cabeça. Ela sempre se apresentava como uma *clean girl*, uma ativista de doses de gengibre e suco de aipo, de métodos de cuidar do microbioma intestinal. Mas a questão das redes sociais é a autenticidade manufaturada, uma identidade performativa e controlada para atrair o público.

Eu me lembro de abrir a geladeira dela e ver garrafas de bebida alcoólica. Será possível? Será que Chloe era uma viciada secreta?

Sinto uma pontada nas entranhas diante da ideia. Pensei que minha irmã tinha uma vida perfeita, mas, por trás das telas, nós duas estávamos destruídas de maneiras diferentes.

– Não tenho certeza – respondo. – Ela esconde muito bem as coisas. Por acaso ela... sabe... teve uma overdose ou coisa assim?

– Não temos como saber com certeza. É difícil ter uma overdose com antidepressivo. – O sujeito chacoalha o frasco de comprimidos. – A menos que ela tivesse uma condição preexistente que levaria a uma chance maior de convulsões.

– Convulsões?

A palavra me espanta tanto que parece que alguém apertou um corpete em torno das minhas costelas.

– Tinha espuma nas vias aéreas dela, o que é incomum na overdose por antidepressivo, a menos que ela tenha tido uma convulsão.

Cruzo os braços e seguro os cotovelos trêmulos. Lembro de quando ela me ligou, dos gorgolejos, dos engasgos.

– Você sabe se sua irmã tinha epilepsia ou alguma condição do coração?

– Talvez. Não sei.

A voz de Chloe atravessa minha mente. *Erro.* Será que ela tomou comprimidos demais por acidente? Ou será que pretendia ter uma overdose, mas tinha começado a se arrepender? Se foi esse o caso, por que não ligou para a emergência? Minha irmã pediu *desculpa.* Tenho certeza de que ouvi isso. Pelo que ela estava se desculpando?

O paramédico, a policial e Ramos estão todos me encarando. Alguém deve ter feito uma pergunta, mas eu não escutei; estava me debatendo com meus pensamentos.

Estou prestes a dizer que sinto muito quando o paramédico fala:

– Dá pra ver que você está um pouco abalada. Vamos te dar um minutinho pra respirar. Por acaso sabe onde está a carteira de identidade dela? Assim podemos fazer um boletim de ocorrência.

– D-deve estar no apartamento.

– Tinha uma mochila na bancada. Os pertences dela estão ali?

Ele está se referindo à *minha* mochila.

À *minha* identidade.

O mundo fica em silêncio por alguns segundos, e algo fica preso em minha garganta.

– Senhorita Van Huusen?

Ramos balança a mão diante de meus olhos enquanto suas palavras ecoam em meus ouvidos.

Senhorita Van Huusen.

Uma ideia ridícula surge em minha cabeça.

Tão errada, mas tão tentadora, como dar de cara com um alarme de incêndio vermelho berrante e sentir um impulso insaciável de puxar a alavanca.

Tudo desacelera enquanto dou uma olhada no apartamento, no piso luxuoso, nos sofás impecáveis, nas joias caras. Será que é justo que a vida de Chloe vá para o lixo? Virar mais um túmulo quando tantas pessoas matariam para estar em seu lugar? Se eu for embora esta noite como Julie, não teria nada. Só uma casa caindo aos pedaços. Um trabalho limitante na SuperFoods. Uma conta bancária zerada. Nenhum futuro. Nenhum amigo. Nenhum parente além de uma tia e um primo que nunca se importaram comigo, de qualquer maneira. Eu nem ao menos teria uma irmã filha da puta de quem me ressentir.

Chloe tem tudo. *Tinha* tudo. Sua vida é tudo que eu já quis e um pouco mais. É valiosa demais para ser jogada fora, para cair no esquecimento. Eu poderia fazer tantas coisas se fosse ela. Muito mais do que ela mesma fez. Poderia pegar tudo que minha irmã tinha e tornar o mundo um lugar melhor, dar seus bens para caridade, angariar fundos, doar todo o meu dinheiro de publis para as pessoas que passam por necessidades – e não para algum vídeo bobo.

Eu mereço, não mereço? Chloe tinha tudo enquanto eu sofria por nada. Isso aqui não é a justiça cármica acontecendo bem diante dos meus olhos? Uma reparação por minhas dificuldades na forma de uma vida brilhante e novinha em folha de influenciadora? Não é como se eu tivesse pedido para isso acontecer. O mundo apenas colocou as peças na palma da minha mão, me incentivando a montar o quebra-cabeça. Quem sabe este não seja o último pedido de desculpas de Chloe, o último presente para sua querida gêmea: a própria vida.

É isso que ela iria querer para mim. Para nossa família. Com certeza.

Com certeza.

– Senhorita Van Huusen? – chama Ramos de novo.

Na verdade, a culpa é dele. São as palavras do segurança que dão o assunto por encerrado.

Mal consigo respirar quando respondo, com o coração disparado diante da mentira.

– E-eu acho que sim. Ela sempre deixa a carteira no bolso da frente.

A policial não me questiona. Ela entra no apartamento, volta com a carteira e me pede para confirmar se a identidade é de minha irmã.

– Julie Chan?

Eu confirmo. Sinto todas as câimbras do pescoço se retorcerem e estalarem.

A mulher olha para a foto na identidade, depois para mim. Será que sabe que estou mentindo? Eu sei que Chloe em geral parece mais arrumada, mas, se comparada a um cadáver, eu não devo estar tão acabada assim, não é?

Mordo o lábio. Não é tarde demais. Posso retirar tudo o que disse.

Posso falar que estava confusa, que eu sou Julie e ela é Chloe. Não preciso ir por esse caminho. Posso parar antes que as coisas saiam do controle.

– E você… – começa a policial.

Eu deveria só contar a verdade. Neste exato momento. Antes que ela me pegue no pulo.

– Você é Chloe van Huusen, certo? Talvez eu não devesse dizer isso, mas, hã… – A policial dá uma risadinha constrangida. – Eu vejo seus vídeos desde a faculdade.

Cerro os dentes para impedir que meu queixo caia. É por isso que ela ficou olhando para mim. Não era desconfiança. Ela é uma *fã*.

Seus olhos brilham como se estivesse cara a cara com sua ídola em um evento de *meet and greet*, como se não houvesse literalmente um cadáver do outro lado da parede.

– Achava curioso você não falar tanto da sua gêmea, mas agora entendi tudo. Se minha irmã estivesse passando por tudo isso, também não iria querer que ela fosse alvo de comentários.

– Ah… – É tudo que consigo murmurar.

A policial fecha os olhos e balança a cabeça.

– Desculpe. Isso não foi nem um pouco profissional. Não sei o que deu em mim. É só que… sinto muito por sua perda.

Não sei como processar essa situação. O que caralhos está acontecendo?

– Sei que você está de luto, mas preciso fazer um boletim de ocorrência para me certificar de que está tudo em ordem. Eu poderia fazer mais algumas perguntas?

– C-claro.

Meu coração está quase saindo pela boca. Parte de mim quer contar a verdade. Mas como é que eu informo a essa policial que é sua ídola da internet quem está morta no chão? Como eu confesso que menti, sem que isso me incrimine? E se ela pegar aquelas algemas de metal penduradas no seu cinto, me prender e me arrastar até a cadeia por falsidade ideológica?

Mas a mulher claramente sente empatia por mim – hã, por Chloe.

Está inconscientemente propensa a acreditar em alguém com o rosto de minha irmã gêmea. Talvez, só talvez, eu possa tirar vantagem disso. Impedir que a coisa toda vá pelos ares.

– Parece que sua irmã está aqui há algum tempo – comenta ela. – Por que não ligou mais cedo? Não estava em casa?

Engulo em seco. O que Chloe diria? O que Chloe estaria fazendo?

– E-eu estava de férias.

A policial assente.

– Sim, eu percebi.

Minhas costas ficam cobertas de suor.

– E estava, hã, usando esse tempo para sair um pouco da cidade. Ficar longe de... todo o estresse. Então, minha irmã estava cuidando da casa para mim.

Não consigo me obrigar a dizer *Julie* em voz alta. Parece errado demais.

– Por acaso você foi até a casa da sua família nos Hamptons?

Puta merda. Essa policial é fã pra valer. Deve ter assistido a todos os vlogs de verão de Chloe. Sem saber, ela está ajudando a bolar meu álibi. Posso me aproveitar do que ela já acredita. Isso não é só sorte. É um milagre.

Eu assinto.

A mulher anota no bloquinho.

– Você tem registros da viagem, só para o caso de precisarmos dar uma olhada?

– Hã... – Merda. Pensa. Pensa. *Pensa!* – Eu peguei um táxi. Paguei em dinheiro. Não queria que minha localização vazasse sem querer.

A mulher suspira.

– Entendo. Você ficaria surpresa com a frequência com que respondemos a ocorrências de fãs aparecendo na casa de celebridades ou streamers sendo atacados. Tem muitos malucos obcecados por aí. Sinto muito que tenha que passar por tudo isso. Existe alguém que poderia confirmar que você esteve nos Hamptons?

– N-não. Eu fui pra lá pra ficar na minha. Pra ficar sozinha. – Essa série de perguntas está me deixando nervosa. O questionamento surge antes que eu consiga detê-lo: – Eu sou considerada suspeita?

– Só estou cumprindo meu dever. São mais perguntas de rotina. – A policial encontra meu olhar. – A menos que haja sinais de violência.

– Violência? Ela não teve uma overdose?

– Já que você não estava ciente do histórico de vício ou abuso de drogas, talvez tenhamos que realizar uma autópsia para confirmar.

Merda. Eles não podem fazer uma autópsia. E se descobrirem que na verdade ela é Chloe? O que acontece comigo depois disso?

– Não quero preocupá-la, não estou afirmando que teve violência envolvida – continua a mulher. – Só queremos nos certificar de que...

– Eu menti!

– Como é?

– Eu... – Eu me engasgo. Estou tão desnorteada que solto um soluço. – Eu menti. Ela tinha, sim, um histórico de vício.

O que caralhos estou dizendo? O que estou fazendo? Mas não consigo parar. Estou desesperada para cobrir meus rastros. Não quero me meter em problemas.

– Eu costumava protegê-la e... menti por hábito. Sinto muito.

Lágrimas escorrem por minhas bochechas, e as gotas pingam de meu queixo. Não sei se é a tristeza de ter perdido minha gêmea, o medo de ser pega ou a culpa de me atirar de cabeça nesse mar de mentiras. Talvez sejam todas as opções. Neste momento de pânico, uma única mentira libertou algo dentro de mim, abriu as comportas. Fui arrebatada pela correnteza e não consigo escapar.

– Ela andava tendo muitos problemas ultimamente. Foi pega roubando no trabalho e agora pode ser que seja demitida, e minha irmã não tem rede de apoio nem família. E uma vez ela me contou que, na época do ensino médio, a polícia apareceu na casa dela porque ela estava com ideações suicidas.

A policial anota cada palavra que solto entre um soluço ofegante e outro. Um histórico de má conduta. Um perfil de desvio comportamental. E é tudo verdade. Talvez por isso as coisas surjam com tanta facilidade. Tão rápido e sem pensar duas vezes. Talvez eu já quisesse confessar meus problemas e estivesse simplesmente esperando que alguém perguntasse. Que ouvisse.

– Dava pra ver que ela estava desolada e perdida e muito, *muito* deprimida, como se estivesse levando a vida no automático. Pensei que, se desse à minha irmã um lugar pra ficar, ela melhoraria. Mas eu não pensei direito... esqueci completamente da minha medicação e agora ela tá morta! – Solto outro pranto. – Tô me sentindo tão culpada. O que eu faço? Eu estraguei tudo! Estraguei absolutamente tudo!

Eu estou *mesmo* estragando as coisas. Como posso continuar mentindo assim? O que há de errado comigo?

Minha garganta está apertada. Sinto dificuldade para respirar. As pontas dos meus dedos estão formigando. Estou vendo estrelas.

– Está tudo bem. – A policial me dá tapinhas nas costas. – Respire. Não precisa dizer mais nada. Eu entendo.

Eu me concentro no rosto dela. Quando encaro seus olhos marejados, úmidos de compaixão, percebo que me safei. Ela tomou cada uma das minhas palavras como verdade, engoliu tudinho.

Ela acredita em mim.

Ela acredita que sou Chloe.

O anel frio e reconfortante que eu estava apertando no punho agora está quente por conta da minha palma suada. Eu o coloco no dedo indicador. Ele se encaixa sem dificuldades, como se tivesse sido feito para mim.

– Você tem com quem passar a noite pra se certificar de que vai ficar bem?

– Eu tenho família aqui.

A resposta sai com tanta naturalidade, nem precisei pensar duas vezes. É como se a alma de Chloe tivesse se apoderado de mim, puxado os tendões de meu maxilar e colocado as palavras em minha boca.

Os paramédicos saem, carregando minha irmã na maca, seu corpo coberto por um lençol, o rosto tapado. Eles a levam embora. Chloe desaparece por trás das portas do elevador. E, simples assim, ela se foi.

A policial fica ali, dizendo em sussurros delicados que só precisa copiar as informações da identidade. Data de nascimento, endereço, tudo.

Ela está escrevendo o final da história de Julie Chan.

E o começo da minha.

11

Passo a noite em um hotel.

Estou atordoada enquanto tomo banho. A água quente jorra contra minha pele nua, as gotas escorrem pelas minhas coxas, o vapor se ergue em nuvens. O xampu tem cheiro de pêssego e pera Williams. O líquido marina meu cabelo e minha pele, ficando enjoativamente doce, como uma fruta madura demais. Quase podre. Como... o cadáver de Chloe. Fecho a boca abruptamente e prendo a respiração, mas o cheiro já se impregnou em minhas narinas e garganta, agarrando-se às minhas entranhas feito uma calda pegajosa. Sinto ânsia de vômito e enxáguo o xampu freneticamente. Em meio a minha afobação, a espuma escorre por minha testa e se infiltra na pele fina entre a pálpebra e a córnea, ardendo, queimando. Jogo água e esfrego os olhos. A sensação permanece, persistente.

Não importa o quanto eu tente, não consigo me livrar disso. Da queimação e do cheiro.

Do cheiro de *Chloe.*

Chloe. Chloe. Chloe.

Saio atrapalhada do chuveiro, com espuma ainda estalando no cabelo, e cubro o corpo com uma toalha. Fico parada ali, tremendo feito um cachorro molhado, revisitando cada péssima decisão que tomei nas últimas horas.

Minha irmã morreu, minha gêmea, e ainda assim...

Eu roubei sua vida.

Eu a substituí.

Fiquei com tudo para mim.

De repente, o anel que coloquei mais cedo parece apertado demais, quente demais, um lembrete de meu delito, uma prova causticante de minha crueldade. Eu o arranco do dedo e o atiro para longe. O anel desliza pelo azulejo e para retinindo em algum lugar que não consigo ver.

Por que pensei que poderia me safar desta situação? Uma coisa é mentir para uma policial incompetente obcecada pela minha irmã, mas mentir para o resto do mundo? Com certeza as pessoas que conhecem Chloe vão acabar descobrindo.

Os Van Huusen.

E se perceberem que não sou a filha deles? E se forem à delegacia? Será que vou ser presa? Será que o estado de Nova York tem pena de morte?

E Chloe. Mesmo que ela tenha me deixado de lado e nunca se importado de verdade comigo, ela ainda era minha irmã, minha família. Como eu pude fazer algo tão terrível, tão idiota?

O que *caralhos* tem de errado comigo?

Ai, meu deus. Ai, meu deus. Ai, meu deus.

Subo na cama, e meu cabelo molhado respinga nos lençóis brancos. Encolhendo-me em posição fetal, eu choro, desolada e amedrontada. Estou torcendo para que tudo isso seja apenas um pesadelo. Que eu vá dormir, acorde, e tudo esteja bem. Chloe estará viva, e eu não terei feito nada de errado.

Não sei quanto tempo fico chorando até desmaiar, exausta de tudo que aconteceu.

Sou acordada pelo som estridente de notificações. *Ding. Ding. Ding. Ding.* Uma ligação. O meu celular – o de Chloe – vibra até a borda da mesa e cai no chão.

Fico encarando a tela. Alguém está tentando entrar em contato com ela. Cubro a cabeça com um travesseiro, tentando abafar o barulho. Assim que uma chamada é perdida, outra começa, incessantemente.

Será que minha irmã sempre atende quando essa pessoa liga? Eu preciso atender. Senão, pode ser que percebam que tem algo errado.

Com um sobressalto, eu me endireito e pego o aparelho, apertando os olhos para a tela brilhante. São 9h04. Um fino raio de luz se infiltra por entre as cortinas blecaute, lançando um feixe branco ao longo da parede.

Ignoro todas as notificações das redes sociais e leio as mensagens. São todas de Fiona. Ela tinha sido copiada nos e-mails que Chloe enviou para as marcas. Acho que deve ser sua agente ou assistente.

Clico na conversa.

7h08: Oi, Chloe! Espero que a aula de Pilates esteja sendo boa. Sei que você pediu pra eu não entrar em contato a menos que fosse urgente, já que você está dando um tempo das redes sociais. Mas a situação *é* urgente.

Então Chloe estava mesmo dando um tempo. Aliás, que tipo de psicopata faz Pilates às sete da manhã?

7h09: Um vídeo seu está bombando naquele subreddit de fofocas, o FauxMoi. Você já perdeu dez mil seguidores no Insta!!! Mas a notícia boa é: você é relevante o bastante pra estar no FauxMoi!!!!!

Franzo a testa. Que vídeo?

7h35: Oi?
8h01: O vídeo está viralizando. Já postaram no TikTok e no Instagram. Tentei entrar em contato com o seu vizinho pra ele deletar. Me liga de volta! É urgente!!!

Vizinho? E então me dou conta.

Um cara tinha me filmado enquanto eu estava tendo um colapso mental no corredor.

Chloe não tem o Reddit no celular, então vou até a App Store e baixo o aplicativo. Ele usa meu rosto para confirmar minha identidade, o que, de certa maneira, ainda me surpreende. Enquanto o aplicativo é instalado, continuo lendo as mensagens.

8h55: Dei uma passadinha no seu apartamento e usei a chave reserva quando você não atendeu a porta. Tá com um cheiro de merda, aliás. (Já entrei em contato com uma faxineira pra você, não precisa me agradecer.) Liguei no estúdio de Pilates e disseram que você não apareceu. Tá tudo bem? Me liga.

As duas devem ser próximas, já que ela tem uma chave reserva. Isso não é bom. E se Fiona descobrir a verdade?

9h: Isso não tem graça, Chloe.
9h: Me liga.
9h: Você tá viva?
9h04: Acabei de falar com o cara da recepção. Ele disse que a sua irmã gêmea morreu no seu apartamento. Como assim??? Pensei que você nem conversava com ela porque ela era uma zé-ninguém. O que caralhos ela tava fazendo na sua casa? Me liga!!
9h04: se isso for verdade, me conta
9h04: Podemos aproveitar a situação.
9h05: Oi?

Meu pulso acelera enquanto termino de ler a última mensagem.

O que acaba saindo da minha garganta, entre tantas coisas, é justo uma risada. *Porque ela era uma zé-ninguém.* Não me surpreende. A mensagem de Fiona confirma que Chloe nunca se importou comigo. Nem um pouquinho.

Abro o Reddit e entro na minha própria conta. O vídeo está na primeira página do FauxMoi. Eu, encolhida contra as paredes beges do corredor, o carpete aveludado. Chloe Van Huusen Dá Um Chilique Em Nova York.

Engulo em seco e aperto o play. O vídeo começa de longe, mas aos poucos vai dando zoom. Estou histérica. Como se estivesse drogada. Eu me lembro de chorar e gritar, mas não me lembro de esmurrar os punhos no chão, bater a cabeça na parede e me contorcer feito um bebê. O vídeo tem cinco minutos, mas eu pauso aos trinta e oito segundos, envergonhada. Dou uma olhada nos comentários.

A Chloe é uma influenciadora das grandes. Eu assistia aos tutoriais de maquiagem dela no ensino médio. O que foi que aconteceu com ela?

Nas respostas: Ser privilegiada é uma baita droga.

A imagem inteira dela não é sobre cuidar da saúde mental?

Pra que a surpresa? Você é idiota se acredita numa única coisinha que essas influenciadoras falam. Nao passam de parasitas sociais. São verdadeiras vigaristas.

Não*

Minha respiração está curta e irregular enquanto leio e clico para ver mais de cada tópico maldoso e rancoroso. Tem algo de viciante nisso, em ver o que as pessoas pensam de mim, cada comentário cruel, cada frase regada de ódio. Estou prestes a responder a um dos usuários, com os dedos coçando para retrucar, para esclarecer tudo, quando Fiona me liga de novo.

12

Solto o celular com um gritinho.

A tela de chamada brilha na iluminação fraca do quarto de hotel.

Será que eu deveria atender?

Deveria, só para explicar a situação.

E se eu atender e Fiona perceber que não sou a Chloe?

Mas se eu não atender, será que isso não vai parecer ainda mais suspeito?

Eu me atiro no aparelho e atendo antes que continue andando em círculos.

– A-alô?

– Que porra é essa? – A voz estridente dela explode contra meu tímpano. Eu me encolho e diminuo o volume. – Por que demorou tanto pra atender? Eu te falei que era uma emergência. Precisamos *muito* fazer um pronunciamento. Isso foi porque a sua gêmea, tipo, morreu? Se for, podemos fazer uma publicação para esclarecer as coisas. Eu já fiz um rascunho no meu aplicativo de notas pra você.

Meu telefone vibra, provavelmente por causa de uma mensagem dela.

Isso é bom. Fiona ainda não se deu conta.

– Oi? Terra chamando Chloe!

– S-sim. É. Hã, vou dar uma olhada no que você mandou.

Faz-se um segundo de silêncio.

– Então… ela morreu ou não morreu? A sua gêmea.

Minha boca fica seca e meu coração martela.

– Morreu.

Mais uma pessoa para quem menti. Mais um prego no caixão de

Julie. Já mergulhei de cabeça e não tenho mais como escapar. É afundar ou nadar.

Fiona suspira.

– Sinto muito, Chloe. Isso é uma merda de verdade. Tipo, uma merda de verdade *mesmo.* Isso é, tipo, triste pra valer.

Acho difícil dizer se ela está realmente triste ou não.

Mas, sério, tipo, meus pêsames ou coisa assim, só estou meio surpresa. Pensei que você tinha cortado relações com ela depois daquele vídeo. O que ela estava fazendo no seu apartamento?

Engulo em seco.

– É uma longa história.

Fiona não diz mais nada, à espera dessa tal longa história.

Invento alguma coisa. Tento soar convincente.

– N-nós não estávamos nos falando há um tempo. Mas, hã, sabe, a Julie sempre foi uma sanguessuga.

– Total.

Tá. Isso doeu.

– Ela apareceu sem me avisar – continuo. – Eu acho que... já que era o aniversário de morte dos nossos pais, ela queria meu apoio.

Os dois morreram em uma radiante e escaldante manhã de verão. Não durante a ventania do inverno. Estou torcendo para que Fiona não saiba desse detalhe.

– Você nunca me contou que era o aniversário de morte dos seus pais.

Aff.

– É. Quer dizer, sabe, eu tento deixar isso pra trás.

O que é verdade. As pessoas dizem que fica mais fácil lidar com o luto, mas isso é mentira. Sou atormentada pelo que poderia ter acontecido se eles tivessem sobrevivido. Talvez eu não estivesse nessa situação fodida e talvez Chloe e eu fôssemos próximas, como irmãs de verdade.

– Se eu ficar pensando nisso, nunca vou conseguir me curar. É tipo cutucar uma ferida antiga.

– Ah! Que incrível! Que frase maravilhosa! – Ouço o som das unhas dela estalando na tela. – Vou te mandar um novo rascunho de pronunciamento. – Meu celular vibra. – Acho que você vai gostar. Incluí o que você acabou de falar. E também, tipo, eu sei que uma avó não é a mesma coisa que uma gêmea ou o que seja, mas lembro que, quando a vovó faleceu, eu fiquei, tipo, tão, tão, *tão* triste, de verdade, e a única coisa que me ajudou foi voltar a trabalhar. Tipo, dar duro o dia inteiro. – Ela solta uma risada anasalada. – Enfim. Pode me dar sua resposta sobre o evento de amanhã?

– Evento?

– O lançamento da marca da Bella Marie, lembra? Tínhamos confirmado presença antes de você decidir dar um tempo, então ainda estamos na lista de convidados. Vou entender completamente se precisar de um tempinho de luto, mas lá vai ter, tipo, *tantas* pessoas com quem fazer networking. Mas sem pressão, claro. A Bella Marie com certeza vai entender.

Bella Marie. Não tem como ser *aquela* Bella Marie, não é?

Coloco Fiona no viva-voz e procuro o nome da mulher no Instagram. O usuário dela, @bellamarie, aparece assim que eu digito "B", já que seguimos uma à outra.

Bella Marie Melniburg tem 32 milhões de seguidores só no Instagram. Eu a reconheço na mesma hora. A pele pálida, quase transparente, o corpo esguio, o cabelo loiro platinado. Ela tem grandes olhos azuis e lábios carnudos, um narizinho perfeito e um espaço muito sutil entre os dentes da frente. Vê-la me faz engolir em seco e me embrulha o estômago. De repente, lembranças constrangedoras que empurrei para os cantos mais profundos e empoeirados da minha mente voltam à tona. Eu era um pouquinho obcecada pela Bella Marie no ensino fundamental, quando ela era um *sucesso* no Tumblr. Ela ocupava cada nicho "para garotas", de moda a distúrbios alimentares e viagens. Não dava para rolar a página por mais de dez segundos sem o corpo pálido e magricela dela aparecer no seu feed. (Eu reblogava toda foto.) Aos treze anos, Bella Marie foi recrutada em Wimbledon. No fim da adolescência, estava desfilando para a Prada, a Fendi e a Dior, e aparecia na *Vogue*, na *Allure* e na pasta de Pinterest de toda adolescente. Mas essa é só a ponta do iceberg. Ela não é apenas modelo e *it girl*. Também é basicamente da nobreza. O pai dela era um oligarca russo e a mãe é uma aristocrata francesa ginasta-que-virou-modelo-que-virou-estrela-de-cinema. A mãe sucumbiu ao vício depois de o marido morrer e está em reabilitação desde então. Às vezes esse detalhe parece inventado, uma mancha bem posicionada na vida de Bella Marie, que de qualquer outro ângulo é perfeita, para que assim ela pareça ser de verdade. Uma coisa é certa: ela é rica. A família é rica há gerações. Rica do tipo que pagaria cinquenta dólares por uma única banana sem pestanejar. Vive viajando por aí em jatinhos particulares com as mesmas modelos loiras e namorados atletas de tanquinho trincado. Uma noite em Paris, a próxima em Bali, um queimado de sol rosado no nariz perfeito.

Ela tem tudo.

Eu a desejava, e desejava ser ela.

– Chl… Eu fui convidada pro evento da Bella Marie?

– Hããã, sim? Todas as Belladonnas vão.

Belladonnas? Quero fazer mais perguntas, mas tenho medo de que isso levante suspeitas.

– É verdade. A morte da minha irmã bagunçou meu cérebro.

– Ai, que triste… Mas qual é a sua vibe? Acha que consegue ir? Senão, preciso entrar em contato com a assistente da Bella Marie para informá-la.

Penso no assunto. É Bella Marie. A Julie do ensino fundamental estaria surtando. E, tudo bem, talvez a Julie adulta também esteja surtando um pouquinho.

Comparecer a um evento neste momento, logo após a morte de minha irmã gêmea, seria uma péssima ideia. O lugar vai estar repleto de pessoas que conheciam Chloe. Pessoas que poderiam farejar minha farsa. Vou me atirar aos leões vestida feito um pedaço de carne caro.

Mas… é a Bella Marie.

Penso em como Chloe agiria se eu tivesse morrido.

Ela pensava que eu era uma zé-ninguém. Uma sanguessuga.

Não se importaria se eu definhasse – a menos que pudesse fazer um vídeo sobre isso.

Ela iria ao evento.

– Eu vou – respondo.

– Perfeito! Vou enviar o convite de novo, pro caso de você ter perdido. Ah, aliás, como foi que a Julie morreu?

– Overdose.

– Já imaginava.

Odeio a forma como ela diz isso. *Já imaginava.* Desligo antes que Fiona possa dizer mais alguma coisa.

13

Fiona compôs um pronunciamento incrível.

Será que foi ela que escreveu o discurso de Chloe para mim? Escolho não investigar o assunto. Quero fingir que algumas das palavras que minha irmã me disse foram sinceras.

Depois de editar alguns pequenos detalhes (principalmente a parte sobre o aniversário de morte dos meus pais, pois não quero ninguém bancando o detetive e me expondo por mentir), eu posto como se fosse uma captura de tela do meu aplicativo de notas.

Agora a notícia é pública.

Julie Chan está morta. Chloe van Huusen está de luto.

Todo mundo está amando.

Oi, gente.

Vim aqui me pronunciar sobre um vídeo que gravaram de mim e está circulando por aí. O vídeo, que foi gravado sem meu consentimento e tirado de contexto, me mostra chorando na frente do meu apartamento. Peço desculpas sinceras a todo mundo que achou o vídeo perturbador. Quero deixar uma coisa bem clara: não estou usando drogas. Mas estava tendo um colapso mental.

Sempre acreditei na importância de ser transparente, mesmo quando se trata de assuntos difíceis. Então, embora esteja sofrendo, vou ser sincera sobre a minha situação. Minha irmã gêmea, que vocês devem ter visto no meu canal do YouTube, faleceu na noite passada. Encontrei o corpo dela no meu apartamento, o que causou um ataque de pânico no corredor.

O luto e a dor de perder um ente querido é uma experiência sem igual. Perder uma irmã gêmea é ainda pior. Sinto uma conexão com Julie desde que nascemos. Uma conexão que não pode ser descrita em meras palavras. É do fundo da alma. Do fundo do espírito. E, quando ela morreu, senti que uma parte de mim também se foi.

Minha tristeza foi tão profunda que se manifestou em um ataque de nervos do lado de fora do meu apartamento. Se por um lado estou decepcionada pelo vídeo ter sido gravado e publicado sem meu consentimento, como defensora da saúde mental eu espero que esse seja um momento em que posso compartilhar a verdade nua e crua de como o luto se expressa.

Minha crença pessoal é de que eu jamais serei capaz de me curar se ficar cutucando feridas antigas, então seguirei em frente com propósito e foco. Espero que eu possa viver a vida que a Julie gostaria que eu vivesse se ela ainda estivesse aqui com a gente.

E, acima de tudo, fiquem perto dos seus entes queridos e digam a eles que os amam antes que seja tarde demais.

Com amor,
Chloe

14

Recebo uma enxurrada de amor.

Em duas horas, o pedido de desculpas recebe o dobro de engajamento das publicações normais de Chloe. As pessoas amam uma tragédia. O pronunciamento foi até noticiado em uma matéria de um site questionável de notícias de entretenimento: A sinceridade de Chloe van Huusen sobre o luto e por que adoramos isso.

Quase todos os comentários são a meu favor. Elogios pela minha honestidade e vulnerabilidade. As pessoas me amam pela minha autenticidade. Outros influenciadores estão implorando nas minhas DMs para saber como podem me oferecer apoio nesse momento tão difícil. Cada curtida e comentário positivo me provoca uma onda de puro êxtase. Fico atualizando a publicação, observando o engajamento. A certa altura preciso silenciar as notificações, já que a quantidade de atividade está fazendo meu celular travar.

Está tudo indo melhor do que o esperado. Ninguém suspeita de nada.

Depois de encontrar o anel que atirei longe na noite passada (que estava a centímetros de cair dentro de um ralo!) e o colocar de volta no dedo, faço check-out e pago o hotel com o cartão de crédito de Chloe. Pego um Uber para voltar ao apartamento de minha irmã (que tem uma pontuação de 4,9 estrelas). Dou uma gorjeta de vinte e cinco por cento para o motorista.

Meu coração está quase saindo pela boca quando paro diante da porta. Não consigo me obrigar a entrar. O cadáver foi removido, e Fiona contratou alguém para limpar o lugar, mas a imagem do rosto inchado e azulado de Chloe se revira em meus pensamentos. Seu cheiro, podre e doce, se espalha em meus pulmões.

Largo minhas coisas, cruzo o corredor a passos duros e bato na porta do apartamento ao lado do meu. O sujeito atende com um pug gordinho nos braços. A criatura se esforça para respirar, e ranho borbulha em seu focinho achatado, a língua rosa pingando saliva. Mas que surpresa. Meu vizinho, além de ser um sádico que filma e publica o sofrimento dos outros na internet, também apoia a crueldade contra animais.

Quando ele vê meu rosto, o arrependimento cruza seu olhar.

– Deleta o vídeo – exijo.

Ele abre a boca. Engole em seco.

– Desculpa. Vou deletar.

– Agora. Quero ver você deletar na minha frente.

O homem deixa o pug no chão, que sai rebolando feito um hipopótamo em miniatura para dentro do apartamento, tentando balançar o rabo atarracado. O vizinho pega o celular e deleta tanto o vídeo quanto a postagem, depois limpa a lixeira permanentemente.

– Eu não sabia que sua irmã tinha morrido. Só pensei que você estivesse dando mais um dos seus chiliques. Estava começando a me irritar. As paredes não são muito grossas.

Chloe dava chiliques com frequência? Hoje de manhã, procurei no Google os remédios que ela tomava e descobri que costumam ser usados para tratar depressão. Talvez seu comportamento seja um efeito colateral da medicação. Ou talvez os chiliques sejam um sintoma que ela estava tentando tratar. Estou começando a achar que minha irmã tinha mais problemas do que as pessoas pensavam.

De qualquer forma, a maneira como o sujeito está tentando justificar as próprias ações me enfurece.

– É errado pra caralho filmar a crise de alguém e postar na internet pra todo mundo tirar sarro. Como é que você se sentiria se alguém matasse o seu cachorro e te filmasse chorando histericamente?

Seu rosto se contrai como se ele tivesse comido algo azedo, e o homem se afasta de mim.

– Pois é – esbravejo. – Aposto que você ia se sentir uma merda. – Encurto a distância entre nós e bufo na cara dele. – E, se eu te pegar me filmando de novo, meus advogados vão entrar em contato com você.

Não sei se Chloe tem advogados, mas recebo a reação que eu queria. O vizinho cambaleia para trás, apavorado. Sorrio diante de seu horror antes de atravessar o corredor e entrar em meu apartamento.

Pressiono as costas na porta conforme a adrenalina percorre meu corpo. Estou me sentindo nas nuvens. Como se eu pudesse correr uma maratona sem nem suar.

Será que era assim que minha irmã se sentia o tempo todo? Ou como minha tia costumava se sentir quando me menosprezava? É maravilhoso. Não sei como vivi sem essa sensação até hoje.

15

A faxineira fez um trabalho incrível. O piso foi esfregado até brilhar, sem nenhum traço dos restos mortais de Chloe. Até acendeu uma vela aromática Baies da Diptyque, que tem um pequeno acessório em forma de carrossel dourado no topo que gira com o calor do pavio. Muito chique.

Tiro um tempo para me familiarizar com meu novo lar. Descubro o lugar onde Chloe guardava os temperos e os talheres. Dou uma olhada nos armários que não abri na noite passada e me deparo com uma gaveta abarrotada de remédios. Olhar para os pequenos frascos me deixa enjoada. Quantos probleminhas mentais você tem que ter para um médico receitar tantas medicações de uma vez só? Ao mesmo tempo, fico meio impressionada. Eu me pergunto qual plano de saúde ela tem para conseguir bancar tudo isso. Talvez tenha tirado do próprio bolso. Ela tem dinheiro. Se eu tivesse todos esses comprimidos, o amparo de médicos e a capacidade de pagar por ajuda, será que eu teria mais propósito na vida?

No banheiro, os produtos de maquiagem e skincare jorram dos armários, que vão do chão ao teto. Os produtos estão separados em três seções: os não utilizados embaixo; os de parceiros de publicidade – muitos ainda lacrados, apesar de minha irmã ter jurado que eles tinham salvado sua pele – no meio; e produtos já pela metade, coisas refinadas tipo Vintner's Daughter e La Prairie, ao alcance das mãos.

Eu me deito na cama dela. O colchão macio aninha meu corpo; os luxuosos travesseiros se ajustam ao formato do meu pescoço.

Experimento todas as roupas dela. Algumas cabem. A maioria não.

Sou um pouco mais larga do que Chloe, com um pouquinho de gordura a mais na barriga e nas coxas. Faz sentido, considerando que sou basicamente sedentária enquanto minha irmã faz Pilates às sete da manhã. Por sorte, nossos pés são do mesmo tamanho. Calço todos os pares de Jimmy Choo e Manolo Blahnik. Cada tênis colorido e esportivo fora de estoque. Experimento até as sandálias Birkenstock surradas. A impressão topográfica de nossas solas dos pés é tão idêntica que me deixa um pouco desconfortável.

Estou colocando um Rolex dourado quando alguém bate à porta. Eu juro, se for aquele maldito vizinho de novo... Com um suspiro, abro a porta e vejo uma pequena mulher filipina no corredor. Num primeiro momento, eu apenas a encaro, me perguntando quem seria, mas então noto a ecobag enorme que ela carrega em um dos ombros e um porta-vestido no outro. Suponho que seja a faxineira que Fiona contratou, voltando com as roupas limpas e lavadas a seco de minha irmã. Fico com receio de me pronunciar primeiro. Nunca tive ajuda para cuidar da casa antes – na verdade, *eu* era a ajuda. (Já perdi a conta das vezes que tive que esfregar o mijo seco do meu primo na lateral do vaso sanitário porque ele se recusava a tirar os olhos do joguinho de celular para mirar direito.) Será que faxineiras contratadas encaram os patrões com desprezo puro estampado entre as sobrancelhas? Ou talvez ela esteja esperando o pagamento. Uma gorjeta? Ai, meu deus, quanto é que custa uma faxina?

– Meu deus – resmunga a mulher. – Você tá com uma cara de merda. – Nossa. Então tá. – E então? Vai me deixar entrar ou vai ficar parada aí?

Fiona. Sua voz anasalada a entrega. Por algum motivo, eu estava esperando que ela fosse uma garota branca magrinha, não uma filipina baixinha com uma tonelada de atitude. Faz sentido por que Fiona nunca aparece no conteúdo de Chloe: ela "não combina" com sua imagem.

O que me lembra que preciso dar uma olhada em cada pessoa que Chloe segue e me familiarizar com seus rostos. E também ler as DMs.

– Desculpa. Pode entrar.

Ela entra sem cerimônias.

– Você tá doente?

– O quê?

– Tá parecendo estranha.

– Sério?

Merda. É pela voz e pela postura que você identifica uma mentira, pelo menos de acordo com minha tia. Ela podia entrar em uma loja de departamento vestida como se fosse uma mendiga, mas, se portasse o ar erudito e condescendente da elite, conseguia devolver um pote de creme La Mer cheio de Nivea sem a nota fiscal e voltar para casa com dois mil no bolso. (Isso funcionou umas cinco vezes antes de a loja mudar a política de reembolso.) Por mais que eu odeie admitir, talvez eu precise aprender uma coisinha ou outra com ela. Assistir a mais vídeos de Chloe, praticar seu senso de privilégio, estudar sua entonação e seus vícios de linguagem.

Mas, no momento, eu me apoio nas crenças preconcebidas de Fiona. Pigarreio diversas vezes.

– Talvez eu esteja ficando doente.

– Espero que não seja contagioso. Eu *acabei* de me recuperar de um caso de mononucleose.

– Obrigada por mandar uma faxineira, aliás.

– O apartamento, tipo, tava literalmente com cheiro de cadáver. Eu teria me matado se tivesse que respirar o ar daqui por mais um segundo. Enfim, trouxe o vestido para amanhã. Quer dar uma experimentadinha rápida? Ainda tenho tempo de fazer alguns ajustes de última hora se estiver muito grande.

Ela abre o zíper do porta-vestido e revela um deslumbrante vestido de seda esmeralda com um bordado estilo Van Gogh de uma vitória-régia na saia. Se eu pudesse descrevê-lo com uma única palavra, seria: *caro.* Parece algo que uma celebridade usaria no tapete vermelho.

Assinto com vigor e pego o vestido para experimentá-lo no quarto. Eu o visto de baixo para cima. Ele passa sem dificuldades pelos meus quadris e as alças se encaixam lindamente nos meus ombros. Os tons de pedras preciosas complementam perfeitamente meu tom de pele. Mas então tento fechar o zíper, que sobe um centímetro antes de ficar preso no lugar. Minha barriga é grande demais, e a seda não cede nem um pouco.

Fiona bate na porta.

– E aí, como ficou? Posso entrar?

– Não!

– O quê? Por que não?

– N-não. Tá tudo bem. Ficou ótimo. Tipo, literalmente perfeito. – Retiro o vestido, coloco-o de lado e visto minhas roupas de novo antes de sair pela porta. Sorrio. – Quanto foi esse vestido?

Talvez eu tenha que devolvê-lo. Não tem como eu enfiar os meus quilinhos a mais naquela seda até amanhã, a menos que aconteça um milagre.

Fiona me encara como se eu fosse idiota. Como se eu devesse saber o preço.

– Minha irmã morreu. Meu cérebro tá todo embaralhado.

Tento disfarçar com uma risada enquanto me sirvo um copo d'água.

Fiona solta um suspiro.

– Foi feito sob medida pelo Slate Stan. Fabricado com seda de amoreira japonesa *cruelty-free* fiada à mão, bordado com lã de angorá. O preço no varejo são dezesseis contos.

Quase engasgo com a água. Um único vestido. Por dezesseis mil? O que, em nome de Jesus, tem de errado com o mundo?

– Mas ganhamos de graça em troca de uma publicação no evento da Bella Marie.

– E, hã, falando hipoteticamente, e se eu escolher não o usar amanhã?

Fiona fica boquiaberta.

– Tipo – acrescento –, se eu estiver a fim de uma vibe diferente?

– O vestido foi feito sob medida para você. O Slate não pode revendê-lo. Então você teria que pagar. Mas esse não é o problema. – Ela coloca as mãos na cintura e me encara com dureza. – Por acaso não lembra do trabalho todo que a gente teve para convencê-lo a aceitar sua encomenda? Literalmente meses de conversa! Pegaria muito mal se você voltasse atrás. O Slate ama ser um filho da puta e não tem papas na língua para falar sobre experiências ruins com influenciadores. Isso faz parte de toda essa imagem "autêntica" dele. – Fiona revira os olhos e faz o gesto de aspas na palavra *autêntica.* – Lembra quando a Jasmine Davis foi cancelada depois de ele falar mal dela nas redes sociais? Ela perdeu meio milhão de seguidores em uma semana e só umas lojas esquisitas da Amazon patrocinam ela agora. É por isso que todo influenciador quer trabalhar com ele. Se ele der o selo de aprovação, isso é uma prova da nossa autenticidade.

Eu não sabia que um vestido poderia ser um assunto tão sério. O que caralhos tem de errado com as pessoas? Homens acusados de assédio sexual não recebem metade desse escrutínio.

– Mas minha irmã morreu. Ele entenderia, não entenderia?

– Talvez. *Se* você não planejar comparecer ao evento da Bella Marie. Mas você vai, então *precisa* usar o vestido dele. E você não pode voltar atrás, já que eu *acabei* de confirmar sua presença com a assistente da Bella Marie. E você *com certeza* não quer queimar o filme com ela.

Por que isso tudo é tão complicado?

– Eu vou. – Tento não demonstrar meu pânico. Não posso deixar um *vestido* ser a minha ruína quando eu mal tive a chance de aproveitar a vida de Chloe. – Eu só estava perguntando... por curiosidade.

Fiona assente devagar.

– Se você diz... Aliás, temos uma reunião com...

– Pode adiar todos os compromissos? Na verdade, quer saber de uma coisa? Pode tirar o resto do dia de folga. – Eu a empurro em direção à porta. – Folga paga, é claro. Só preciso de um tempo sozinha agora.

– Mas é com a Jessica Peters...

Fecho a porta na cara dela, corro para o quarto e encaro o vestido de seda esmeralda.

Minha irmã gêmea morreu e eu roubei sua identidade, o que deve ser um crime, mas, de alguma forma, minha maior preocupação no momento é como vou caber nesse vestido.

16

Tenho apenas quatro horas antes do evento de Bella Marie. A equipe de maquiagem deve chegar em trinta minutos, e eu estou sentada no vaso sanitário, dando tudo pela minha vida. É o que tenho feito nas últimas horas.

Na noite passada, encontrei os chás de emagrecimento de Chloe juntando poeira na despensa. Ela havia feito algumas publicações pagas para eles no passado, mas parou depois de algumas pessoas reclamarem que minha irmã estava promovendo transtornos alimentares.

Preparei seis pacotes. Isso mesmo. Seis.

Eu sei, eu sei, foi uma péssima decisão. Devo estar me livrando das bactérias boas dos meus intestinos e enfraquecendo meu cólon. Mas estou desesperada, tá bom? Não pode ser tão ruim assim. São só laxantes.

Tá, tudo bem.

As coisas estão ruins pra caralho.

Estou sentada no vaso há tanto tempo que acho que o assento deixou marcas permanentes nas minhas nádegas. Estou desidratada e suando por causa das intensas cólicas abdominais, e o meu cu está pegando fogo. Tenho quase certeza de que estou prestes a criar uma hemorroida. Talvez duas.

Mas está tudo bem. Quando tive um breve momento de alívio, eu me pesei. Perdi dois quilos e meio! Deve ser tudo água que vou recuperar, mas consigo ver o inchaço da barriga diminuindo. E, enquanto esperava os chás fazerem efeito, encontrei várias cintas modeladoras tamanho PPPP. Se eu sobrepuser algumas peças, descobrir como parar de respirar e sussurrar algumas preces, acho que talvez consiga caber naquele vestido.

Alguém bate à porta.

Deve ser Fiona. Dou a descarga, lavo as mãos, passo um spray de ylang-ylang pelo lugar inteiro e saio trôpega do banheiro. Cada passo me deixa zonza. Não comi nada nas últimas vinte e quatro horas.

Eu abro a porta.

Fiona me observa, com uma maquiadora e uma cabeleireira às suas costas. Ela faz biquinho e assente com a cabeça.

– Você parece mais magra. Ótimo. Fiquei preocupada, porque você parecia horrível ontem. O luto não combina com você.

Ela não mede palavras.

Reconheço vagamente a maquiadora e a cabeleireira por conta do meu cyberstalking, mas me escondo no quarto e entro no Instagram para me lembrar de seus nomes. A maquiadora se chama Fernanda. A cabeleireira se chama Kim.

Volto à sala de estar e, com o estômago embrulhado, tento me lembrar de como ter uma conversa enquanto elas arrumam suas coisas. Sento a bunda na cadeira de maquiagem e ouço Fiona fazer um resumo do evento: quem vai estar lá, com quem eu devo tirar fotos, quem eu devo evitar porque estão a isso aqui de serem cancelados ou estão (dizem os boatos) aliciando fãs menores de idade. Durante esse tempo todo, Fernanda esmurra minha cara com uma esponja de maquiagem enquanto Kim puxa meus cabelos embolados. (Eu posso ter embolado os fios com as mãos de tanta dor enquanto estava sentada no vaso mais cedo.)

– Ah, e não se esqueça de se apresentar a Isla Harris.

– Isla Harris?

Fiona me mostra seu iPad. @iloveisla, 312 mil seguidores. A bio diz: Criadora de conteúdo digital, mãe solo de duas menininhas negras poderosas ❤👶. Romanos 3:23. Vejo seu feed. Alguns reels de maquiagem. Algumas matérias de revista arrojadas. Fotos espontâneas com a família. Ela censurou o rosto das filhas com emojis para proteger a privacidade delas.

– O que tem de especial nela?

– Eu estava conversando com algumas das outras assistentes, e todas nós achamos que ela vai ser a mais nova Belladonna.

Enquanto estava no banheiro, pesquisei sobre as Belladonnas. Pelo que consegui descobrir, Bella Marie tem o hábito de adotar influenciadoras menores. A popularidade delas sempre explode depois de entrar no círculo de Bella Marie. Essas influenciadoras são chamadas de Belladonnas porque alguns haters acham que o grupo é tóxico, igual à planta. (Reforçam o capitalismo, o consumismo, a vaidade, tipos de corpos irreais, se vendem às marcas de grandes corporações, se recusam a reconhecer seus privilégios, não têm muita noção de forma geral etc.) O termo é mais usado em fóruns de fofoca maliciosa e ainda não pegou em outros círculos sociais. Acho que Fiona aprendeu esse rótulo e começou a usar de maneira não irônica.

Só por curiosidade, fui procurar quando Chloe conheceu Bella Marie.

Há cinco anos, minha irmã tinha 300 mil seguidores no YouTube e 71 mil no Instagram. Um ano depois de supostamente se tornar uma Belladonna, o número de seguidores dobrou. Desde então, suas redes sociais têm crescido exponencialmente. Chloe passou de uma youtuber forçada a uma influenciadora das grandes.

– Mas por que a Isla? – pergunto.

Fiona faz a expressão de quem diz *dã*.

– Emmeline?

Reconheço o nome de Emmeline das minhas buscas. @em94. Onze milhões no Instagram e cinco milhões no TikTok. Ela é prima de Bella Marie, tão loira e magra quanto ela, mas, em vez de olhos azuis penetrantes, os dela são castanhos. Terrenos em vez de celestiais. Seu nicho é viagem e moda. Ela tem um podcast onde reclama sobre a vida de luxo que leva, filosofando sobre suas supostas "descobertas": conclusões a que pessoas normais chegam durante a adolescência. Eu descreveria o nicho dela como: *eu sou rica e triste mas também bonita de uma maneira aparentemente alcançável, então me sigam, seus plebeus!* Emmeline tem uma conta para sua cadelinha de estimação, Madeline, uma Yorkshire branca com cara de quem morderia seus calcanhares só para se divertir. A cachorrinha tem duzentos mil seguidores.

Recentemente alguns internautas desenterraram anos de tweets racistas em que ela comparava minorias a animais e reclamava sobre o fluxo crescente de imigrantes. Eu não diria que nada do que ela disse foi *terrivelmente* racista – já que eu sempre espero o pior nesse sentido –, mas foram coisas bem desconfortáveis de se ler. Desde então, Emmeline pediu desculpas em um vídeo regado a lágrimas: *Isso foi há oito anos. Eu era só uma adolescente. Eu mudei e ainda estou amadurecendo. Eu me cerco de pessoas racializadas empoderadas todos os dias e dedico a vida para exaltá-las. Peço desculpas sinceras por qualquer mal que eu possa ter causado.* Os fãs dela a perdoaram bem rápido, talvez porque Emmeline fique bonita para caramba quando chora. Ela é jovem, disse um dos comentários. Isso foi oito anos atrás! As pessoas mudam!

– Você deveria fazer amizade com a Isla – diz Fiona –, já que vocês vão ser as únicas pessoas racializadas do grupo.

Assinto com a cabeça, o que irrita Fernanda, que está tentando fazer meu delineado. Faço um *desculpa* com os lábios.

Enquanto bisbilhotava o subreddit de fofocas sobre minha irmã, descobri que Chloe recebeu alguns ataques verbais por só andar com gente branca. Chloe van Huusen é um típico caso de racismo internalizado, disse um comentário. Acho que nunca vi ela perto de uma única pessoa asiática, mesmo ela morando na cidade mais diversa do planeta! Sem falar que ela só namora caras brancos. Tá implorando pro corpo dela ser colonizado. Ela provavelmente queria ter nascido branquela.

Apenas Chloe recebeu esse tipo de crítica. Ninguém reclama quando Bella Marie posta fotos com seus amigos de feições escandinavas. É como se cobrassem minha irmã com mais dureza porque ela é de uma minoria e deveria ser *uma de nós.* Esses comentários são claramente idiotas. Embora minha irmã seja biologicamente asiática, ela cresceu terminantemente branca. Os Van Huusen parecem o tipo de família que se gaba de ter tido parentes distantes a bordo do *Mayflower*, o navio que levou imigrantes ingleses em 1620 ao Novo

Mundo, como uma forma de demonstrar seus percalços ancestrais enquanto relaxam nos jardins de suas propriedades pagas com a riqueza geracional da família. Levando em conta sua criação, não surpreende que Chloe se misturasse à multidão de rostos pálidos.

Ainda assim, fico surpresa que minha irmã nunca tenha respondido essas pessoas. Fiona é uma pessoa racializada; isso já não é prova o suficiente? Tenho certeza de que ela tem outros amigos racializados também. (Eu espero.)

Admito que não é saudável ficar revirando o subreddit de fofocas sobre Chloe. Mas é impossível resistir. Cada página e cada publicação maldosa constrói uma torre de fascínio horrorizado dentro de mim, cada tijolo provando que eu estava certa em me apoderar da vida de minha irmã.

O buraco me tragou e me jogou nas teorias da conspiração mais doidas. Como a que diz que os Van Huusen só adotaram Chloe porque disseram merdas racistas em uma coletiva de imprensa da sua empresa de energia limpa. Tinha algo a ver com painéis solares feitos nos Estados Unidos serem superiores aos produtos baratos manufaturados na Ásia. O deslize virou uma bola de neve e fez com que os investidores chineses se retirassem dos projetos. Considerando quanto capital a China investe em energia renovável, eles logo se deram conta do vacilo. Independentemente de suas crenças sociopolíticas, qualquer um volta atrás quando dinheiro suficiente é arrancado de suas mãos. Como resultado, eles adotaram uma criança chinesa para provar que não eram racistas de verdade. Que loucura, eu sei. Deve ser tudo invenção de birutas obcecados que bolam histórias degradantes.

Por outro lado, pelo que eu vi, não parece que Chloe tinha uma boa relação com os pais adotivos. A última troca de mensagens foi em agosto, meio ano atrás, confirmando presença em um jantar. E todas as mensagens anteriores eram forçadas e estranhamente formais. Desde então, houve um longo intervalo de tempo sem contato. Eles também não me ligaram depois que minha crise viralizou.

Houve uma coletiva de imprensa afirmando que os Van Huusen

haviam se aposentado há um ano. Talvez estejam de férias, relaxando na Tailândia, com acesso limitado à internet.

De qualquer forma, é melhor se a relação entre eles for fria. Se alguém seria capaz de descobrir que não sou Chloe, essas pessoas seriam o casal que a criou.

Tem mais uma coisa que li e sobre a qual quero perguntar a Fiona. Alguns acreditam que todos os anos Bella Marie leva as Belladonnas para uma viagem em junho. Vão todas para alguma ilha particular por uma semana, financiadas pela própria senhorita Melniburg.

Mas aqui vai a parte interessante: era de se esperar que essas influenciadoras sedentas por atenção postariam o tempo todo sobre uma viagem luxuosa, mas as Belladonnas sempre mantêm discrição. Os seguidores só se deram conta no primeiro ano dos stories no Instagram, porque as influenciadoras que publicavam em tempo real sobre suas rotinas sumiram durante uma semana. Depois de uma análise mais aprofundada, as pessoas perceberam que muitas das publicações estáticas do feed ou vídeos tinham sido pré-programadas. Então, depois de uma semana de silêncio, elas voltaram às selfies com um brilho recém-bronzeado, como se tivessem passado um tempo relaxando na praia, absorvendo o sol tropical.

Normalmente, eu consideraria isso uma típica teoria da conspiração da internet. Mas percebi que havia uma semana em junho bloqueada no calendário de Chloe nos últimos cinco anos. Assim como neste.

– Meu cérebro está completamente liso. Pode me refrescar a memória sobre a viagem em junho?

– Viagem em junho?

Confirmo com a cabeça.

– Pra onde vamos este ano? É daqui alguns meses.

Ela estreita os olhos.

– Por acaso isso é um teste?

– Um teste?

Fiona franze a testa.

– Da última vez que perguntei sobre a viagem, você arrancou meu couro e me mandou nunca mais mencionar isso de novo, ou você iria, tipo, literalmente me matar.

Que esquisito. Pensei que Fiona sabia tudo sobre a vida de Chloe. Isso só aumenta minha curiosidade.

– Você passou! – exclamo, inspirando o ar com pó translúcido com cheiro de banana, tentando não parecer suspeita. – Parabéns.

Fiona revira os olhos.

– A Julie fodeu muito com a sua cabeça.

17

Estou prestes a me cagar toda.

E não é por causa do chá de emagrecimento. (Tá, talvez seja um pouquinho por causa do chá de emagrecimento.) É porque estou nervosa.

Estou no Uber, observando o salão de eventos que Bella Marie alugou. É um hotel classudo com vista para o Central Park. Estou cheirando a spray de cabelo misturado ao perfume Santal 33, e mal consigo respirar por conta das três cintas modeladoras que envolvem meu torso. Mas o mais importante de tudo é que estarei cercada de pessoas que Chloe conhecia.

Por que é que eu vim, para começo de conversa? Isso é um tremendo erro. Eu devia ter ficado na minha. Me mudado para a Suíça e adotado a estética *cottagecore* para não precisar interagir com ninguém na vida real.

Por que fiz isso comigo mesma? Será que eu sou maluca?

Tá. Talvez eu seja. Afinal, eu de fato assumi a identidade de minha irmã depois que ela morreu. Essa é a definição de "maluca" no dicionário.

– Já vai sair, senhorita? – pergunta o motorista do Uber.

Respiro fundo, desejando que Fiona estivesse ali para me guiar.

– Já sim.

Abro a porta e saio, com o pulso disparado.

Respiro algumas vezes para me acalmar antes de me dirigir até o prédio. Meu Louboutin me faz andar desajeitada, como se fosse a reencarnação do Pé Grande. Os paparazzi estão esperando as verdadeiras celebridades chegarem. (Eu juro que vi um sósia do Armie Hammer. Mas ele não foi cancelado por ser um canibal ou coisa assim?) Alguns dos fotógrafos tiram fotos de mim e chamam meu nome – hã, o nome de *Chloe* – como se eu fosse famosa. Eu paro e poso sem jeito para eles, nem um pouco acostumada aos cliques das câmeras e das luzes, antes de me apressar para dentro do prédio. O guarda escaneia o convite para o evento de lançamento de Belle by Bella Marie e me indica o outro lado do grande saguão do hotel, que cheira a um perfume caro da Abercrombie, onde fica o elevador reservado para o evento. Em um canto, um homem com terno vermelho de porteiro me aguarda, tendo como único trabalho a tarefa de apertar botões. A porta está prestes a se fechar quando alguém grita:

– Espera aí!

O apertador profissional de botões obedece.

Sem fôlego, uma mulher murmura um breve "obrigada" enquanto ajeita o vestido *slip* preto. Ela passa os dedos pelo cabelo loiro antes de entrar no elevador. Depois fica de queixo caído, seus olhos cor de mel se enchendo de reconhecimento.

– Ai, meu deus! Chloe!

Ela dá um gritinho tão alto que sua voz poderia quebrar vidro. Até o apertador de botão se encolhe. A mulher me envolve num abraço e beija minhas bochechas, como se fôssemos francesas, exalando uma nuvem com aroma de açúcar e bergamota.

– Você! – grito de volta, tentando imitar sua energia enquanto repasso mentalmente todas as pessoas que Chloe segue.

Assisti a cada story do Instagram para ter uma vaga ideia de quem iria comparecer através da hashtag #searrumecomigo. Mas, nossa, tem muitas influenciadoras brancas loiras com olhos cor de mel e lábios volumosos no mundo. Diferenciá-las é quase um esporte olímpico.

As portas do elevador se fecham e nós subimos.

A mulher analisa meu vestido com um sorriso largo e afetuoso.

– Esse bordado! Deixa eu adivinhar. Você está usando um Slate Stan?

Notei que seus dentes são tortos, e é nessa hora que as peças se encaixam. Em meio a outras influenciadoras de aparência impecável, o sorriso dela se destaca na multidão.

@AngeliqueGray11. Ela tem meio milhão de seguidores no YouTube e no TikTok, e um milhão no Instagram. Sua bio diz: Autora de *A cura através dos doces*, best-seller #1 do *New York Times*. Sobrevivente de TEPT-C. Dei uma olhada numa matéria sobre ela. Angelique teve pais abusivos que a fizeram passar tanta fome que ela ficou desnutrida. Agora ela é confeiteira profissional para compensar todos os doces que não pôde comer quando criança. Bem inspirador. Não é de se surpreender que o nicho dela na internet sejam vídeos cozinhando e receitas. Seu feed também inclui clipes do marido famoso, um jogador de hóquei chamado Sommer. Ele tem ombros largos, maxilar esculpido e olhos que deixam nítido que já sofreu uma ou duas concussões.

Mas o mais importante de tudo é que ela é supostamente a integrante mais recente das Belladonnas.

Eu rio, feliz de ter descoberto quem ela é, e exibo meu vestido, encolhendo a barriga.

– O próprio.

Angelique coloca a mão sobre o coração.

– Amei. Tipo, amei *muito*. Você tá maravilhosa. Um arraso. E a sua pele! Deve ser a sua parte coreana, com essa pele lisinha o dia inteiro! Me conta todos os seus segredos.

Eu sou chinesa e, há apenas alguns dias, usei um sabonete Dove para lavar o rosto e uma loção corporal como sérum. (Agora passei a usar produtos da SkinCeuticals e da La Mer.)

– É tudo graças à Kare Kosmetics.

Eu rio, feliz de ela não estar fazendo nenhuma pergunta pessoal. Angelique retribui a risada. Histericamente. Como se também soubesse que ninguém que faz propaganda da Kare Kosmetics de fato usa algo da marca.

– Eu amo tudo em você. – Ela solta uma exclamação e tapa a boca com a mão. – Ai, não! Estou sendo insensível, não estou? Ouvi falar da sua irmã gêmea. Sinto muito por isso. Qual era o nome dela mesmo?

– Julie.

Agora é tão fácil dizer isso. A culpa já não é mais palpável.

Julie Chan está morta. Julie Chan está morta. Julie Chan está morta.

Viu? Nada.

De certa forma, Julie Chan está *mesmo* morta.

Eu já não sou mais ela. Jamais poderei voltar a ser. Julie Chan jamais irá voltar.

– Descanse em paz, Julie – diz Angelique. – Vou rezar por ela.

Quero responder: *Você nem a conhecia*. Mas, em vez disso, digo:

– Obrigada.

A porta do elevador se abre, e a música ao vivo se infiltra em meus ouvidos. Bella Marie contratou uma orquestra sinfônica inteira. Deve haver umas cinquenta pessoas de smoking se esbaldando com versões clássicas de música pop. Sinto como se estivesse em *Bridgerton*. A estrutura do espaço é arejada e de madeira, adornada com um open bar e um milhão de arranjos florais. No centro do salão há três longas mesas retangulares sustentando candelabros dourados, cada uma com mais ou menos trinta assentos. Uma mesa menor está à frente do salão com dez lugares. Meio que parece uma festa de casamento. Há pequenos cartões posicionados diante de cada prato, com nomes escritos em caligrafia elegante. Graças a deus. Preciso disso. Espio os cartões mais próximos ao meu e descubro que um punhado deles são de repórteres de grandes veículos de notícias e revistas, os títulos impressos em fonte pequena serifada abaixo do nome dos profissionais. Da *Vogue* à *Vanity Fair*, do *The New Yorker* à *Forbes*, a lista continua. E não são apenas repórteres de moda ou editores amadores: os convidados possuem cargos como *Editor-chefe* e *Presidente*. Bella Marie tem contatos ainda melhores do que eu pensei.

Uma garçonete se aproxima com uma bandeja de taças douradas de champanhe e pergunta:

– Gostariam de uma bebida de boas-vindas? Temos limonada recém-espremida, feita com água importada de Ville-d'Avray, a favorita de Maria Antonieta. Temos opções com ou sem álcool.

Essa merda é tão chique que não entendo metade das palavras que saem da boca dela. De qualquer forma, a última coisa que preciso é de uma bebida. Pode ser que me deixe ansiosa e inquieta, e meu rubor facial, típico de asiáticos, vai me tornar um alvo humano.

– Não, obrigada.

A garçonete inclina a cabeça.

– Tem certeza? Temos opção sem álcool se for o caso.

Abro um sorriso.

– Tenho. Obrigada.

– Mas todo mundo está tomando. Bella Marie insiste.

– Não, estou bem.

Os olhos dela ficam esbugalhados, quase apavorados, antes de ela se virar para Angelique.

– Vou querer sem álcool – diz Angelique.

– Tem certeza de que não aceita? – pergunta a garçonete antes de oferecer uma taça para Angelique. – É bem gostoso. Você não vai se arrepender.

Meu deus, como ela é insistente. Aceito a bebida para me ver livre dela. Fico aliviada quando a garçonete vai até o convidado seguinte.

Angelique se vira para mim com um brilho no olhar.

– Quer saber um segredo?

O jeito que ela falou isso, devagar e baixo, faz meu coração disparar de nervosismo. Será que ela percebeu que sou uma impostora? Que na verdade não sou a Chloe? Angelique estende o silêncio. A música se adensa ao fundo.

– Estou grávida.

Não sei o que eu estava esperando, mas essa não é a pior coisa que imaginei.

Eu me viro para ela e avalio como deveria me sentir. Estar grávida nem sempre é algo bom.

Angelique está sorrindo… eu acho? É um sorriso tenso. Como se estivesse tentando ficar feliz, mas algo dentro dela a estivesse colocando para baixo. Ou talvez eu esteja entendendo errado.

– Parabéns?

– Obrigada.

Ela assente e desvia o olhar, a voz branda.

Tá. Talvez não seja algo bom. Uma pena cálida toma conta do meu coração. Mal conheço essa garota, mas já me preocupo com ela. Parece um amor de pessoa.

Depois de deixar minha bebida de lado, sigo Angelique pelas portas vaivém de vidro até a sacada enorme que dá para o Central Park. Funcionários posicionados entre lâmpadas de calor e arbustos perenes bem aparados prontamente se oferecem para pegar nossos celulares e nos ajudar a tirar algumas fotos. Estudei algumas das poses típicas de Chloe e tento copiá-las o melhor que consigo, uma tarefa mais árdua do que parece. Encolher a barriga e sorrir é um exercício de resistência. Escolho as melhores fotos e as mando para Fiona passar um filtro. Ela responde: LINDA!

Angelique vai me levando pelo salão, e socializamos com algumas outras influenciadoras. Por sorte, ela começa todas as conversas com *Ai, meu deus! Fulana e Ciclana!* E eu não preciso ficar adivinhando o nome de ninguém. Todas me reconhecem como Chloe.

Ninguém suspeita de nada. O que é... surpreendente.

Não me entenda mal, eu *não* quero ser desmascarada. Mas parte de mim fica triste por Chloe. Nenhuma dessas "amigas" influenciadoras de fato a conhece. As conversas delas envolvem contratos publicitários, algoritmos, que programas estão assistindo, ou o mais recente escândalo das redes sociais. Poucas pessoas fazem perguntas pessoais – talvez por serem tão egocêntricas –, e mesmo quando fazem, nem reagem quando invento uma resposta.

Em dado momento, duas Belladonnas se juntam a mim e Angelique. Eu as reconheço na mesma hora. A mulher de cabelo preto e elegante é Kelly Hart. @harts4kelly. Quatro milhões no Instagram, doze milhões no YouTube, treze milhões no TikTok. Ela é uma veterana das redes sociais e uma das poucas criadoras que eu acompanhava no ensino fundamental. Kelly começou a gravar vídeos quando tinha catorze anos, no porão da mãe, e viralizou aos dezessete depois de ensinar garotas a fazer cachos no cabelo com uma chapinha. (Graças a ela, eu chamusquei uma parte do meu cabelo, que caiu.) Como a maioria dos primeiros criadores de conteúdo, Kelly sumiu do radar de todo mundo, incluindo o meu. Desde então, ela mudou seu conteúdo para vídeos de reação, ou seja, para falar coisas como *Caramba, que doideira* de novo e de novo e repetir o que foi dito no vídeo, só que mais alto. Em resumo, ela cria conteúdo para crianças de iPad, agitadas e sem pensamento crítico. Mas esse conteúdo deu um novo gás à sua carreira e triplicou seu número de seguidores. Agora, Kelly está usando tantas peças e acessórios de marca que poderia muito bem ser um manequim de loja de departamento.

E então temos Lily Schmidt, uma atriz mirim fracassada que virou influenciadora. @lilyschmidt. Quatro milhões de seguidores no Instagram, dois milhões no YouTube, um milhão no TikTok. Dois anos atrás, ela virou notícia depois de criar uma série de vídeos sobre a adoção de um bebê com síndrome de Down, antes de devolvê-lo como se fosse um frasco adulterado de Tylenol. Lily alegou, em um vídeo choroso com música melodramática de domínio público, que não estava preparada para cuidar de uma criança neurodivergente e que o menino estaria melhor em qualquer que seja o país de onde ela o havia importado originalmente. Um ano mais tarde, ela adotou uma menina neurotípica chamada Wendy, da Tailândia. Agora ela cria conteúdo de maternidade.

– Ultimamente – diz Lily, passando os dedos pelo cabelo loiro escuro – eu ando *tão* cansada o tempo todo. Trabalho todos os dias. Academia às cinco, reunião às sete, brunch publicitário às onze, depois faço vlogs o dia inteiro até às seis. Sem falar nos e-mails.

– Os e-mails! – resmunga Kelly.

– Mal sobra tempo para preparar o jantar para Wendy. Graças a deus tenho duas babás.

Angelique solta um suspiro e balança a cabeça.

– Te entendo completamente.

– Às vezes eu queria trabalhar em um escritório. As pessoas podem bater o ponto todos os dias às cinco da tarde e viver a própria vida. Já influenciadoras? Trabalho, trabalho e mais trabalho. O tempo todo, a cada segundo. As pessoas não entendem como é difícil para nós.

– Não é? – Os lábios vermelhos e acetinados de Kelly parecem salsichas Viena feitas de silicone enquanto ela mastiga um chiclete de hortelã. – Tipo, por que não tentam ser influenciadoras por um dia?

Arqueio uma sobrancelha.

– É puxado – responde Lily.

– Cem por cento – concorda Angelique.

Todas olham para mim.

– Pois é – digo. – Total.

– Meu irmão é consultor – continua Kelly – e tem quatro semanas de férias remuneradas. Adivinha o que ele faz? Tira férias! Se fosse a gente, teríamos que filmar o tempo todo, tirar fotos na praia, avaliar restaurantes. Aff! Que saco! A gente nunca faz uma pausa. E por falar em pausa...

Sua atenção com odor de hortelã de repente sopra em minha direção.

– Percebi que você parou de postar. Não é muito a sua cara, Chloe. Quer dizer, a sua irmã morreu e olha você aqui, ainda dando duro. Mas como foi tirar esse tempinho?

As três mulheres me observam com curiosidade.

Queria não ter deixado minha limonada de lado, para que eu pudesse dar um gole e ter tempo de pensar.

– Hã, foi legal. Eu estava precisando.

– Legal... – Kelly estreita os olhos. – Que bom para você.

Tem alguma coisa nela que não me cheira bem. Desconfiança? Não acho que seja isso. As palavras dela são bruscas e irritadiças, quase raivosas. Será que Chloe e Kelly têm alguma desavença da qual ninguém mais sabe?

– Gravei um vídeo trabalhando no setor de serviços por um dia – diz Lily, mudando o assunto de volta para si mesma, graças a deus. – Foi, tipo, até que fácil.

– Eu vi! – exclama Angelique. – Aquele em que você trabalhou um turno no McDonald's?

Lily assente com a cabeça.

– Fui abençoada com esse aí. Seis milhões de visualizações e contando. Mas a proporção de likes para dislikes me surpreendeu.

– Tem tantos haters por aí – comenta Kelly.

– Tantos haters – repete Angelique.

– Pessoalmente – continua Kelly –, achei que o vídeo faz a gente pensar muito.

– Muito mesmo – diz Angelique.

Por favor, alguém me deleta dessa conversa.

– Sinceramente, não sei por que funcionários do setor de serviço reclamam o tempo todo. – Os braceletes Cartier de Lily tilintam e retinem enquanto ela gesticula com as mãos. – A vida deles é tão fácil. Tipo, registrar alguns pedidos, contar dinheiro, colocar alguma coisa dentro de um saco. Nem um único pensamento naquelas cabecinhas. Às vezes eu penso em desistir de tudo e só trabalhar no Mc...

A música para e alguém anuncia que o jantar terá início. Salva pelo gongo. Se eu passasse mais um segundo naquela conversa, teria enfiado o dedo no olho de alguém só para ouvir a pessoa gritar.

Em grupo, nos dirigimos até o salão principal. Estou procurando meu nome em meio aos lugares marcados, quando Angelique me pega pela mão e me leva com muita confiança até a mesa menor perto da frente do salão.

Estou prestes a lhe dizer que ela está errada, que meu assento deve ficar em uma das mesas normais, quando vejo meu lugar marcado.

Mas não só isso.

Meu assento fica ao lado da *própria* Bella Marie. A uma cadeira do centro.

Como se fosse o lugar reservado a uma melhor amiga.

Minhas pesquisas não me informaram que as duas eram particularmente próximas. Mas esse arranjo é prova de uma amizade nível madrinha de casamento.

Como isso é possível?

Eu deveria ter ido mais a fundo, vasculhado o quarto de Chloe atrás de diários, revirado fóruns de fofocas até a página 128. Estou tão despreparada. Bella Marie vai saber que tem algo errado. Todos vão perceber que eu sou uma farsa. Por que caralhos eu fiz isso comigo mesma? O que tem de errado comigo?

Sirenes de polícia ressoam do lado de fora. Será que vieram atrás de mim? Lembro da visita que me fizeram anos atrás. A hostilidade, a sensação de desamparo. Minha tia me encarando, a voz estridente me repreendendo. Bile sobe pela minha garganta. Suor cobre minhas costas. Estou tendo uma crise. Não consigo respirar.

Fecho os olhos e tento recobrar a compostura. O rosto de Chloe surge em meio à escuridão. Seu corpo flácido, os lábios arroxeados, os olhos injetados. Mas agora há vermes se contorcendo e devorando sua pele. Os dentes dela começam a bater. *Clique-clique-clique*. De repente, suas pupilas se voltam para mim. Sombrias e sem vida. Ela abre os lábios ressecados e sussurra: *Impostora*. E parte para cima de mim. Seus braços pútridos se esticam em minha direção. Seus dedos se fecham em torno de meu antebraço.

Solto um grito e me desvencilho de suas mãos.

Mas não é minha irmã que está diante de mim.

É Bella Marie.

18

Bella Marie me encara com seus olhos azuis, límpidos feito um cristal. Tão brilhantes que vejo minha figura trêmula neles. Estou arrebatada. Chloe some para o fundo da minha mente.

As feições de Bella Marie se franzem em uma expressão perfeita de preocupação.

– Não quis te assustar, amor.

Amor.

Seu sotaque é vago, irreconhecível, como se todos os países da Europa estivessem competindo para ocupar um espacinho naquela boca linda. Sei que ela está com trinta e poucos anos, mas não parece ter envelhecido um único dia depois de fazer vinte. A pele é jovem; sua aura, celestial. Minha garganta fica entalada com uma sensação teimosa e sinto um impulso repentino de desviar o olhar, presa entre o medo e a admiração.

Ela pisca e me liberta de sua hipnose.

O cômodo ressurge em um redemoinho. Todos estão me encarando. Em silêncio.

Certo. Acabei de soltar um berro depois que Bella Marie tocou em mim.

Engulo em seco e me viro para os demais convidados.

– Estou bem.

Tento soltar uma risada descontraída, e as pessoas desviam o olhar. A música volta a tocar. Volto minha atenção para Bella Marie, ainda evitando seu olhar.

– D-desculpa. Eu estava com a cabeça em outro lugar.

– Não, não, não precisa se desculpar, amor. A culpa foi minha por chegar por trás de você. Eu deveria ter tomado mais cuidado.

– Ai, meu deus, não. Pode chegar por trás de mim sempre que quiser!

Eu me encolho. As palavras estão jorrando, sem filtro, da minha boca. Ela deve achar que sou uma surtada. Quero morrer.

Meu coração dá um pulo quando Bella Marie ri. Seu fôlego, uma nuvem de mel, preenche o ar. Ela chega mais perto e trocamos beijos nas bochechas como fiz com Angelique. Meu rosto esquenta onde nossas peles se encostam. Bella Marie me leva até meu lugar, com a mão delicadamente apoiada nas minhas costas.

– Vem, senta aqui.

Passo as mãos suadas pelo vestido apertado. As costuras estão prestes a estourar por conta da minha respiração pesada.

Bella Marie se senta ao meu lado e coloca a palma da mão no meu pulso para impedir que eu me remexa.

– Você fica maravilhosa de esmeralda.

– Sério?

– Sério. Mas... – Os olhos dela estão repletos de preocupação. – Você parece bem nervosa hoje. Tá tudo bem?

Ah, sabe como é, é que troquei de vida com a minha irmã gêmea morta e agora já me meti fundo demais nisso então não tenho como voltar atrás, e estou sentada ao lado da minha diva do ensino fundamental, que acabou de dizer que eu estou *maravilhosa* e me chamou de *amor*, e será que o frio na minha barriga é empolgação ou só o resto do chá de emagrecimento?

Dou minha desculpa de sempre.

– Acho que a morte da Julie está me afetando.

Ela estala a língua e inclina a cabeça; uma mecha de cabelo loiro platinado percorre seu pescoço de cisne.

– Coitadinha. – Bella Marie afaga minhas costas. – Meus pêsames. Nem consigo imaginar o tamanho da sua dor. Sinto muito por você estar passando por isso.

Além de tudo, ela é legal? Deus realmente tem seus favoritos.

– Obrigada – agradeço.

Alguém espicha a cabeça atrás dela. É uma loira tão parecida com Bella Marie que chega a assustar, tirando o fato de seus olhos serem de um castanho sem graça. Ah, lembrei – é a prima, Emmeline.

– Sinto muito pelo que aconteceu com a Julie.

A mulher ao lado dela, que parece a Branca de Neve, se intromete.

– Eu te mandei uma mensagem para saber se você precisava conversar com alguém. Não recebeu?

– Eu também! – acrescenta outra influenciadora, que está usando sombra roxa esfumada nos olhos.

– Eu também mandei mensagem – diz Emmeline.

– Pois é – fala Bella Marie –, nosso grupo de conversa estava de luto por você. Mas acho que você não viu as mensagens. Sentimos muito a sua ausência.

Grupo de conversa? Mesmo com todo o meu cyberstalking, não vi nenhum grupo. E olha que eu li um monte de DMs.

– Desculpa, eu estava muito sobrecarregada.

– Ai – murmura Emmeline.

– Que triste – diz Branca de Neve.

– Muito, muito triste – concorda Olho Esfumado.

– E ainda por cima uma overdose. – Bella Marie balança a cabeça, com pena. – Não é uma maneira legal de partir.

Franzo a testa.

– Como você sabe disso?

A causa da morte não foi divulgada.

Ela responde sem titubear.

– A Lisa me contou. Sabe como são as assistentes, sempre trocando segredinhos. É como se fosse a moeda de troca do mundo delas. – Bella Marie coloca uma mecha solta atrás de minha orelha, e seus dedos fazem cócegas na minha têmpora. Estremeço. Quando foi a última vez que alguém me tocou desse jeito? – Espero que você esteja conseguindo lidar com a situação. Deve ter sido um choque e tanto.

Não quero mudar o foco para mim, mas já estive no seu lugar. Minha mãe tem problemas de alcoolismo, e eu sei como essas coisas podem ficar difíceis. Nossas mentes sempre nos levam a lugares sombrios.

Eu me sinto a heroína de um filme de romance, com meu coração triplicando de tamanho.

– Obrigada por dizer isso. Só estou tentando colocar minha vida de volta nos trilhos. Está tudo meio esquisito.

– São tempos esquisitos – comenta Emmeline.

– Muito, muito esquisitos – repete Branca de Neve.

– Uma verdadeira loucura – acrescenta Olho Esfumado.

– Aham – diz Bella Marie. – Muito esquisito, mesmo. Por favor, me avisa se tiver alguma coisa que eu possa fazer por você.

Nesse exato momento, Isla Harris se aproxima de nossa mesa com passos rápidos e apressados, com seu vestido justo de paetê cor-de-rosa limitando seus movimentos.

– Desculpa pelo atraso – sussurra ela para Bella Marie, tirando um tufo de cabelo cacheado da frente dos olhos castanhos, delineados de verde-neon. – As meninas passaram a tarde toda me importunando, e não consegui sair a tempo.

Bella Marie inclina a cabeça com um sorriso brando, passando os olhos pela roupa de Isla por um segundo longo demais. O vestido rosa cintilante faz um contraste gritante com os tons neutros ou terrosos que os outros convidados estão usando, feito um enfeite de Natal perdido em uma montanha de areia. Isla olha ao redor da mesa com nervosismo e, quando nossos olhos se encontram, ela sorri e me cumprimenta com a cabeça.

Sorrio e a cumprimento de volta.

– Que bom que você está aqui – diz Bella Marie por fim. – O jantar está para começar. Vem, senta.

Isla toma o lugar na ponta esquerda, e assim preenche a mesa à frente do salão. No total, somos dez. Tirando Olho Esfumado e Branca de Neve, estou tendo dificuldade de identificar a loira alta com um bronzeado saudável sentada ao lado de Angelique. Estou prevendo que vai ser uma noite repleta de cyberstalking. Me manter a par de todo mundo vai ser uma tarefa difícil.

Será que somos as Belladonnas? Bella Marie e suas nove pequenas discípulas?

Percebo que Kelly me encara intensamente. Quando encontro seu olhar, ela abre um enorme sorriso e faz uma bola de chiclete, que explode e me faz estremecer. Kelly fica alegre diante de minha reação. Sua língua lambe os restos do açúcar pegajoso.

– Que coisa mais engraçada. Eu quase reclamei com a anfitriã sobre a disposição dos nossos assentos. Normalmente, sou *eu* que sento ao lado da Bella Marie.

Seu sorriso é tenso, e os olhos cintilam de inveja. É difícil acreditar que é a mesma mulher que filmou vídeos meigos ensinando adolescentes a cachear o cabelo. Ainda me lembro de seu aparelho rosa-neon e do top de academia branco despontando por baixo da regata turquesa. Ela tinha uma voz calma, quase tímida. Agora, parece que me julgaria por usar um biquíni. O que aconteceu com ela?

De qualquer forma, as indiretas passivo-agressivas são nítidas. Bella Marie está dando preferência a mim (Chloe, na verdade), e Kelly está com ciúme. Isso não me abala. Só se pode sentir inveja de alguém que está acima de você. As palavras dela me dão uma dose de confiança.

– Acho que está na hora de algumas mudanças.

– Mudanças? – Ela ri, jogando o queixo para cima. – Eu entendo tudo sobre mudanças. Como você acha que durei tanto tempo? – Kelly se aproxima, com seu hálito de hortelã. – Não vai se sentindo tão confiante assim. *Você*, mais do que ninguém, deveria saber exatamente como todas nós somos fáceis de substituir.

Meu estômago embrulha diante das palavras *fáceis de substituir*. Deve ser uma coincidência, mas um alarme dispara em minha mente. Eu não deveria estar fazendo inimizades tão cedo em minha nova vida. Inveja é uma coisa, mas desconfiança é algo que preciso evitar.

– Eu só estava brincando – digo, fingindo uma risadinha.

– Ah! Eu também. Achei que você sabia disso. – Kelly inclina a cabeça para o lado, de olhos semicerrados e os lábios levemente curvados. – A morte da sua irmã te deixou sensível?

Mordo o interior da bochecha. Será que ela estava sendo mordaz... de brincadeira? Ouvi dizer que existem pessoas que tiram com a cara uma da outra por carinho. Talvez eu a tenha entendido errado esse tempo todo. Será que os comentários maldosos são indícios de sinceridade? Um ritual esquisito de amizade em grupo?

– Acho que é o luto – começo a explicar.

– Só estou surpresa. – Kelly cospe o chiclete em um guardanapo enquanto sustenta meu olhar e uma saliva viscosa escorre de sua língua. Depois abaixa a voz até que se torne um sussurro: – Quer dizer, estamos falando da Julie, afinal.

Engulo em seco.

– Como assim?

– Vocês não eram próximas. Todas nós falamos pra você gravar mais conteúdo de irmãs gêmeas, já que a internet ama gêmeos. Mas você falou que não queria correr o risco de as pessoas confundirem vocês duas. Você achava que ela estragaria a sua imagem. O que foi que você falou mesmo? Que ela era de dar pena? Que te deixava desconfortável? Algo assim.

– Ah.

O desprezo de Chloe por mim era nítido, mas cada uma dessas palavras faz meu coração se partir cada vez mais.

– Estava tudo bem, já que nós éramos a única família de que você precisava. Foi isso que você falou.

– Falei?

Minha mente é um borrão. Quero que esta conversa acabe logo.

– Falou. E você ainda acreditava nisso até pouco tempo atrás.

A música cessa, e me dou conta de que Bella Marie está de pé. Fico grata por ela ter interrompido a conversa. Ela ergue a taça de cristal com champanhe e dá uma batidinha nela com uma faca. *Clinque. Clinque. Clinque.* Todos se voltam para ela. Sem brincadeira, os convidados ficam radiantes quando veem seu rosto. Batem palmas e soltam vivas como se tivéssemos erradicado a fome no mundo. O barulho é tão alto e escandaloso, tão desnorteante, que meus ossos chegam a tremer. Fico espantada diante de toda essa reação. De como Bella Marie cativa a multidão. Ela é hipnotizante, cintila sob os holofotes, o cabelo tal qual uma cascata de perfeição dourada.

Todos se aquietam.

– Sejam bem-vindos. Agradeço pela atenção de vocês. – Mesmo sem microfone, a voz dela ecoa com clareza pelo salão. – Quero agradecer a cada um de vocês por comparecerem ao lançamento de Belle by Bella Marie. Minha equipe e eu trabalhamos duro nessa marca, e mal posso esperar para revelar tudo através de nossa experiência imersiva no jantar. Tudo o que peço é que guardem os celulares.

Ouço gemidos de surpresa pela plateia.

– Sei que vai ser difícil resistir à tentação de tirar fotos, mas às vezes precisamos nos desconectar para nos conectarmos. Esperamos que vocês sejam compreensivos e respeitem o talento criativo e o esforço dispendido neste evento, sem distrações.

Bella Marie faz uma pausa, encarando o público feito uma professora coordenando a turma. Os convidados guardam os celulares nas bolsas. Em poucos instantes, não há mais nenhum aparelho à vista.

– Agora, sem mais delongas, que comece o show!

Ela bate palmas duas vezes com um sorriso triunfante.

A sinfonia volta à vida com uma canção familiar. Eu costumava escutar música clássica raivosa quando estava me sentindo para baixo. Acho que é "Danse Macabre", de Camille Saint-Saëns. Devo admitir que parece um pouco… intenso demais para este evento.

Uma fileira de garçons adentra o salão conforme notas suaves de harpa preenchem o ar. Há um garçom para cada convidado. Eles se posicionam às nossas costas com bandejas e cloches de metal. Como se numa dança coreografada, todos se inclinam adiante e colocam as bandejas na mesa enquanto o solo de violino corta a música. Meu reflexo no cloche está esticado e feio, com as feições distorcidas. Acabo me lembrando de Chloe, de seu rosto azul, inchado e flácido. Sou felizmente salva dessa lembrança desagradável quando a nota de uma flauta serve de sinal para que uma luva branca erga o cloche e revele... uma fatia fina de baguete com um pouco de caviar, pedaços de folhas de ouro e flores comestíveis por cima.

Hã. Um pouquinho anticlimático depois de todo esse suspense. Eu esperava algo mais substancioso. Mas, a julgar pelos aplausos, todo mundo adorou. Talvez isso seja normal na alta gastronomia. Assim que os garçons se retiram, uma fileira de modelos desfila ao redor das mesas, seguindo o ritmo do violino. Estão todas vestidas de bege, preto ou dourado. Acessórios de flores estão aninhados nos cabelos lustrosos, como se todas tivessem pulado dentro de um pântano na primavera. Brincos longos e intricados serpenteiam por seus corpos, o que faz parecer que as plantas estão crescendo de seus ouvidos.

Agora entendi o tal do jantar imersivo. As modelos estão literalmente vestidas com as cores e flores da comida. Assim que completam uma volta, todas param no lugar, distribuídas de maneira uniforme pelo salão. Algumas sobem nas mesas entre os arranjos florais e os candelabros para posar. Ficam paradas feito manequins. Nós comemos nossas baguetes. É um pouco constrangedor que estejam tão perto de nós. Claustrofóbico. Consigo ver as costelas da mulher à minha frente. As faces encovadas e o cabelo ralo. Se não fosse pelo colarinho de renda dourada, pareceria uma criança vitoriana morta de fome em uma modesta túnica bege. Quase me sinto mal por comer na frente delas. É um pouco sádico.

Elas se afastam quando os garçons retiram nossos pratos.

A mesma dança coreografada acontece a cada prato, e toda vez a música muda. Acompanhando as saladas, temos "Valse Sentimentale", de Tchaikovsky, e as modelos surgem em roupas verdes com acessórios que lembram azeitonas e erva-doce. Quando nos servem pato com infusão de limão e purê de cenoura, a orquestra toca "O Lago dos Cisnes", e as modelos desfilam de roxo e laranja com brincos de pena. E assim o baile segue. Não consigo imaginar quanto planejamento e dinheiro foi investido neste evento. Os convidados se esbaldam.

Também estou aproveitando, contanto que ignore as escolhas musicais esquisitas e evite olhar para as modelos macilentas, focando em suas roupas.

E então vem o prato principal: carne de cervo malpassada servida com pastinaca e beterraba. A orquestra toca "Lacrimosa", de Mozart. Um coro canta a plenos pulmões as notas de barítono quando os trombones começam a tocar. Suas vozes se propagam pelo teto alto, fazendo o salão inteiro vibrar. Meu coração martela com a potência do coro, as cordas bruscas mas melancólicas.

Dou uma olhada de relance na orquestra, surpresa. "Lacrimosa" é uma música sobre pesar. Para ilustrar o medo da morte iminente.

A música é incrivelmente desagradável, mas mais ninguém parece apreensivo. Estão todos aproveitando, um rebanho sorridente cativado pela produção primorosa mas perturbadora.

Bella Marie corta a carne com toda a calma, o movimento de seu pulso quase um balé enquanto o sangue do filhote de cervo se espalha em seu prato branco. Ela leva um pedacinho até a pequenina e linda boca. *Mastiga, mastiga, mastiga. E engole.* Ela bebe o vinho e percebe que estou encarando. Encontra meu olhar e abre um sorriso enorme com seus lábios manchados de vermelho, os dentes ensanguentados por conta da carne malpassada. Sua expressão alegre não chega até os olhos cristalinos, de um azul tão duro e gélido que me lembra um morto-vivo.

– Tem algo de errado com a carne de cervo?

Há um quê de vazio em suas palavras.

Desvio o rosto. Engulo em seco. Meu coração está batendo na garganta.

– N-não. Está ótimo.

Corto a carne. O sangue jorra em meus talheres. Coloco um pedaço na língua enquanto uma modelo para à minha frente. Ela não está vestida de marrom como a carne, ou de branco como a pastinaca, ou de roxo como a beterraba. Está vestida de vermelho. Como sangue. As bochechas estão salpicadas de manchas brancas feito as de uma corça.

Sua respiração soa alta e pesada por ter galopado pela passarela. Mastigo a carne, e o travo metálico escorre por minha garganta, cobrindo minha língua com o sabor de ferrugem da carne de caça. Engulo. Meu estômago se embrulha, e o enjoo cresce em ondas. A carne áspera arranha minha goela conforme desce. Desliza pelo meu esôfago em um bolo, como se estivesse viva. Cravando as unhas para se libertar.

19

Estou sozinha, escondida no jardim da varanda após o jantar, encolhida em um casaco de lã sob uma lâmpada de calor que pouco alivia o frio de fim de inverno. O barulho do burburinho e da música atravessa o ar gelado. Espio de relance o salão aquecido através das largas portas de vidro, observando toda aquela riqueza de longe. Fico tentada a voltar para dentro, mas me sinto desconfortável diante da ideia de socializar ainda mais. O jantar nauseante fez eu me sentir como um peixe fora d'água, incapaz de apreender a beleza daquela experiência que, pelo visto, era aparente para todo mundo.

Desvio o olhar para as ruas lá embaixo. Uma fileira de carros se reúne feito as contas de um colar, esperando que o sinal abra. O verde pisca e eles seguem adiante, só para parar no sinal vermelho a alguns metros dali.

– Seu nome é Chloe, né?

Eu me sobressalto e me viro. Isla está ao meu lado.

– Desculpa, não quis te assustar.

Um cardigã de lã verde envolve seus ombros. Ela puxa a abertura para perto do peito, tapando a maior parte do vestido rosa.

– Não, não. Eu estava meio distraída.

– Perdida em pensamentos?

– Tipo isso.

– Eu sou a Isla.

Ela oferece a mão para que eu a aperte. Seus dedos são firmes.

– Eu sei. Prazer em te conhecer.

Isla se debruça sobre o guarda-corpo com um suspiro.

– Gostou do jantar?

Sinto o impulso de ser agradável e dizer que sim, mas o jeito com que Isla está me olhando, de cenho levemente franzido e lábios torcidos, como se estivesse a dois segundos de fazer uma piada interna, me detém.

– Tá, não conta para ninguém – sussurro com uma fungada. – O jantar não foi um pouquinho…

– Intenso? – completa ela, também em um sussurro, enquanto nossa respiração sobe em uma nuvem de vapor branco entre nós.

– Exatamente! – respondo, um pouco alto demais. – Tipo, a música era tão… e essas modelos!

– Com toda certeza foi bem *imersivo.* – Isla pega um cigarro e um isqueiro de dentro da bolsa. É um modelo vintage com tampa dourada. – Tudo bem se eu fumar?

– Fica à vontade.

Ela abre o isqueiro com um estalo e leva a chama azul até o cigarro.

– Pelo menos a comida foi do caralho. É assim que costumam ser os eventos da Bella Marie? Este foi o meu primeiro.

– Eles são… *uma coisa e tanto.*

Espero que o comentário vago seja o suficiente para satisfazer a curiosidade dela.

Fiquei muito nervosa de vir aqui. Ainda mais que cheguei uma hora atrasada. Minha filha mais nova não parou de chorar até eu assistir a três episódios de *Bluey* com ela. Eu nem consegui provar aqueles coquetéis chiques de que todo mundo estava falando.

– Imagina importar água do outro lado do mundo para fazer uma limonada. É coisa de gente branca rica.

Ela ri e eu tento não ficar radiante.

– Pode me chamar de Iz, aliás.

Estou exultante por dentro. Será que essa é a sensação de quando alguém descolado faz amizade com você? Assumi o papel de Chloe há alguns dias e já estou fazendo amigas. Foda-se ser você mesma; ser outra pessoa é muito melhor.

– Como você se envolveu com a Bella Marie? – pergunto. – Ela não parece muito a sua vibe.

Iz tem um senso estético despojado, mas rebelde. Como se ela passasse o tempo relaxando em uma rodinha na saída de incêndio e passando baseado entre estranhos. É o extremo oposto das outras companheiras de Bella Marie, que exalam uma aura de herdeiras estudantes de universidades de elite com contas bancárias tão grandes quanto seus egos.

Iz solta uma risadinha.

– Entendo o que você quer dizer. Quer mesmo saber?

Assinto com entusiasmo.

Ela dá um trago no cigarro, a ponta emanando um brilho âmbar. Fumaça branca sobe em espirais até o céu escuro e se espalha pelo meu nariz.

– Eu estava numa relação bem abusiva.

Eu me arrependo da pergunta na mesma hora. Nunca fui lá muito boa para consolar as pessoas, talvez porque ninguém nunca tenha me consolado. Se eu tivesse um problema, minha tia me ignorava, me deixando às traças, ou me repreendia por lhe dar dor de cabeça. Redireciono minha atenção ao parque para evitar contato visual.

– Eu nem me lembro como foi que ele começou a me isolar dos meus amigos e da minha família aos poucos... Talvez seja bom que eu não lembre. Mas, antes que eu me desse conta, tudo o que eu tinha era ele e nossas filhas. Não tinha emprego, relações interpessoais, nem futuro além dele. – Ela bate as cinzas do cigarro e dá outro trago, longo e profundo. – Mas aí eu criei uma conta de Instagram em segredo e bloqueei todas as contas dele, para que não me achasse. Eu postava sempre que ele estava no trabalho. Quando recebi a primeira proposta de publicidade, pareceu literalmente um milagre. Por um tempo, a única autonomia que eu tinha vinha das redes sociais. Era o único lugar onde eu podia usar minha voz. Onde eu podia me sentir bonita e relevante. Mas aí ele descobriu e...

Iz balança a cabeça, e as cinzas do cigarro se espalham ao vento.

– A polícia teve que se envolver. Eu finalmente decidi me separar dele e pedir a guarda total das minhas filhas. Não me sentia segura na minha cidade natal, então fugi para Nova York, para o outro lado do país.

Acabei criando uma impressão calejada dos influenciadores, enxergando-os como um fosso tóxico de narcisistas soberbos que nos enchem de imagens de sua riqueza enganosamente atingível através de telas de LED conectadas à nossa mão. Mas a história de Isla faz meu coração amolecer. É fácil esquecer que coisas genuinamente boas podem surgir de nossas conexões. Elas existem para quem precisa. Se você tiver sorte, elas podem lhe apresentar um novo mundo.

– Me mudar para a cidade mais cara do mundo não foi a decisão mais inteligente – continua Iz. – Levou só alguns meses para eu perceber como estava fora da minha zona de conforto. Mal conseguia pagar o aluguel, apesar de aceitar qualquer parceria que aparecia no meu caminho. Tive que arranjar um segundo emprego, escrevendo matérias para uma revista independente. Depois de um mês lá, publiquei uma matéria sobre a minha história e *bum*, Bella Marie me seguiu no Instagram. Começamos a trocar mensagens, nos esbarrar em eventos e, quando dei por mim, fui convidada para este lançamento. Eu não podia perder essa oportunidade por nada, ainda mais levando em conta como ela e a família têm contatos. Os líderes das indústrias comem na mão dela como se ela fosse a dona deles. Só de aparecer aqui hoje, consegui dar meu nome para alguns coordenadores de marcas e casas de alta-costura que nunca teriam me notado se não fosse por isso. Você precisa se associar com pessoas feito elas para crescer na vida.

Ela colocou ênfase na palavra *elas*, e os cantos de minha boca se curvam para cima. Eu me pergunto se Isla sabe sobre os tweets de Emmeline.

Ela se vira para mim.

– Mas e você? Como vocês duas se conheceram? Devem ser bem próximas, já que você estava sentada do lado dela no jantar.

Não foi assim que eu me senti. Bella Marie mal falou comigo durante o jantar inteiro. Por outro lado, não tinha muito o que falar.

As bocas de todos estavam ocupadas mastigando, e os ouvidos eram abafados pela orquestra austera.

Eu pigarreio.

– Pois é, acho que somos próximas. Não consigo me lembrar como a gente se conheceu. É tudo meio confuso. Acho que faz mais de cinco anos, e tantas coisas mudaram desde então.

Espero que Iz acredite em mim.

– Sei bem como você se sente. Este último ano tem sido… – Ela faz um som de pum com a boca e gesticula com a mão para dizer *doideira*, quando um alarme toca de repente em seu celular. – Merda. Preciso correr e liberar a babá.

Ela apaga o cigarro e o leva até a lixeira mais próxima.

– Também já vou – digo. – Acho que este vestido está prestes a explodir.

Isla ri.

– Te vejo por aí.

Parece uma promessa.

Sozinha, cambaleio de volta para o salão principal, onde os convidados estão bebendo coquetéis e socializando, enquanto modelos posam em pequenos pedestais espalhados pelo espaço, descoradas pelas luzes até parecerem de porcelana. Dá para ver exatamente onde Bella Marie está pela multidão que a cerca. É como se fosse a abelha-rainha exalando feromônios para atrair as operárias. Não tem como eu chegar perto dela em menos de meia hora, então nem me dou ao trabalho de tentar.

Antes de ir embora, procuro Angelique. Ela é a única de quem faço questão de me despedir.

Dou um tapinha em seu ombro e ela se vira com seu sorriso de dentes tortos.

– Já vai?

– Estou morta de cansaço.

Angelique faz biquinho, como se fosse sentir minha falta.

– Te vejo por aí.

Quando estou prestes a sair, eu me lembro da lacuna esquisita no calendário de Chloe.

– Ei, você vai na viagem?

A boca dela se abre, e algo embaça seus olhos. Ela inclina a cabeça.

– Que viagem?

Franzo a testa.

– Você sabe, a viagem de junho.

As pessoas ao nosso redor se viram para escutar.

Angelique solta uma risada tensa.

– Sua bobinha. Acho que você bebeu demais. Não faço a menor ideia do que você está falando.

Mas hein? Ela é a mais nova Belladonna. Será possível que nunca foi à viagem anual?

– Deixa pra lá.

– Tudo bem. Até mais!

Angelique volta à sua conversa com certa afobação, e eu me afasto, um pouco inquieta.

Estou chamando o elevador quando alguém grita:

– Chloe!

– Oi! – digo, evitando o nome da loira. É uma das três Belladonnas que não dá para reconhecer de imediato.

Conhecer tanta gente nova é desnorteante. É como rolar pela seção de comentários do Instagram e tentar gravar o nome de cada usuário.

Ela me alcança em três longos passos. Tem pelo menos trinta centímetros a mais que eu, o corpo de uma gazela ou de uma atleta com seus longos membros e um elegante cabelo loiro.

– Mal posso esperar para te ver amanhã de manhã.

– Amanhã?

– Aham, vi você na lista da minha turma. Conseguiu um lugar na primeira fileira, como sempre.

Ela dá uma piscadinha.

– Total! Vou estar lá.

Não faço a menor ideia de onde fica *lá*.

– Fico tão feliz de ver você animada, ainda mais depois que sua irmã faleceu. – A mulher coloca a mão no meu ombro e aperta com força. Tipo, *muita* força. A firmeza dela é coisa de outro mundo. – Só lembra de mandar mensagem se precisar de ajuda. Todo mundo sabe o que é estar no seu lugar.

O elevador chega com um tinido. A porta se abre.

– Não vou ficar te segurando. Força e, ah! Mandei algumas afirmações positivas que pensei que poderiam te ajudar. Dá uma olhada nas suas DMs. Até amanhã!

E assim, ela acena e sai galopando ao longo do salão até parar ao lado de Bella Marie, se juntando às dezenas de pessoas que já se reúnem perto da rainha.

Dentro do elevador, espio o calendário de Chloe. Só tem um compromisso de manhã: aula de bicicleta ergométrica às sete da manhã, ou seja, um gostinho pessoal do inferno.

20

Arrancar o vestido Slate Stan é como tirar um milhão de sutiãs do corpo. Finalmente consigo respirar!

Depois de tomar banho, eu me jogo na cama e pego o celular na mesma hora.

Posto no Instagram as fotos que Fiona editou. Pensei que ela daria um up na minha maquiagem, mas me emagreceu pelo menos uns três tamanhos e me deu uma rinoplastia. Que grosseria. Mas que seja. Marco o Slate Stan e colo a descrição que Fiona escreveu para mim. Assim que a publicação é postada, as curtidas começam a chegar. Embora eu tenha experimentado uma enxurrada de dopamina com a postagem sobre a morte de Julie, é ainda melhor quando as curtidas são sobre a minha aparência. Passo algum tempo interagindo nos comentários e deletando mensagens de spam sobre criptomoedas.

Iz comenta na foto: Você me inspira. ❤

Sorrindo, mando uma DM para ela na mesma hora.

Foi muito bom te conhecer no evento hoje!

Fico com a página da conversa aberta por um tempo, mas ela ainda não viu a mensagem, então passo para a próxima tarefa: fazer uma pesquisa minuciosa sobre as mulheres que não reconheci na mesa de Bella Marie.

É fácil stalkear nas redes sociais.

A Branca de Neve é Ana Klein. @analuvsu. Quatro milhões de seguidores no Instagram, oito milhões no TikTok. Ela é gostosa. É isso. Esse é o conteúdo dela. Ela é só gostosa pra caralho. Peitos enormes, olhos expressivos, lábios carnudos, uma bunda maravilhosa. Ela posta vídeos de dancinhas descoordenadas no TikTok e recebe milhões de visualizações só porque os peitos dela balançam. Consigo entender o apelo. Às vezes, ela escreve poesia. Eis sua obra-prima:

Quando estou com você
Minhas emoções
Se emocionam
Que nem emojis.
😢😊😤

É preciso muito talento para escrever algo mais raso do que o rótulo de um xampu.

Olho Esfumado é Maya Smith. @mayasmakeup. Cinco milhões de seguidores no Instagram, vinte e oito milhões no TikTok. Ela é uma dessas novas influenciadoras que posta apenas conteúdo curto. Seu feed está abarrotado de tutoriais de maquiagem em que ela lambuza a cara com metade de um frasco de base. Ela está dando um gostinho de sua linha de maquiagem, a One Drop, que promete cobertura com uma única gota de base. Uma ideia engenhosa, para ser sincera. Nesses últimos tempos, ela negou em um podcast as acusações de ter feito cirurgia plástica ao dizer que o nariz diminuiu naturalmente por conta do Roacutan.

Sophia Chambers é a mulher loira que falou comigo antes de eu ir embora. @sophchambers. Três milhões de seguidores no Instagram, cinco milhões no TikTok, um milhão no YouTube. Ela era do time estadunidense de vôlei até quebrar o braço em um acidente bizarro uma semana antes dos Jogos Olímpicos de 2016. Agora é influenciadora fitness em tempo integral e faz bico como instrutora de bicicleta ergométrica por diversão. Suas empreitadas incluem um aplicativo fitness e uma collab de roupas com uma marca famosa de tops de academia. A maior parte de suas publicações são coisas como: É um ótimo dia para se ter um ótimo dia. Ou: Lembre-se de ser feliz! Ou: Quando estiver triste, pense positivo. Os seguidores dela adoram. Acho que a depressão tem medo dessa mulher.

Além de Angelique, Emmeline, Lily, Kelly, Iz, Bella Marie e eu, essas três mulheres formam o que eu presumo ser o grupo das Belladonnas.

Essa suspeita se confirma quando descubro que Chloe havia silenciado e arquivado todas as DMs delas. Mas ela não as silenciou apenas no Instagram: fez isso em todas as redes sociais e no iMessage. Encontro o grupo de conversa no Instagram apelidado de Só As Gostosas e leio as mensagens mais recentes.

Maya: Posso indicar uma terapeuta maravilhosa, ela fez um trabalho milagroso pro meu processo de luto.
Angelique: Vamos estar sempre ao seu lado.
Sophia: Pense em todas as lembranças positivas que você tem com a Julie.
Lily: Estou pensando em você.
Emmeline: Sinto muito por sua perda.
Kelly: Nós somos uma família.

Ana até me escreveu um poema:

Morte.
Todo mundo
Em algum momento
A encara.
Espero que fique bem.

Bem. O que importa é a intenção.

A mensagem mais recente é da própria Bella Marie: Todas nós já passamos por perdas importantes. Você sabe onde nos encontrar quando estiver pronta. Bjs.

Meus lábios se abrem em um sorriso e sinto um quentinho no peito. As mensagens mais antigas são, em sua maioria, das meninas demonstrando apoio umas às outras, pedindo conselhos para fechar negócios com marcas, trocando contatos para possíveis parcerias, perguntando que foto colocar na capa do carrossel etc.

Não entendo por que Chloe as silenciou quando tudo que elas têm feito é se mostrarem prestativas. E daí se de vez em quando elas parecem um pouquinho superficiais? São influenciadoras, você esperava o quê? Vivem vidas ocupadas, têm que postar fotos, negociar contratos, construir empresas. E mesmo assim tiraram um tempinho das agendas cheias para mandar mensagens de apoio. Se eu tivesse amigas como elas quando eu era Julie – uma rede de apoio, uma comunidade, pessoas que se importavam comigo e ficavam de olho em mim –, tudo poderia ter sido diferente.

Tiro a conversa do arquivo e reativo as notificações de cada Belladonna. Depois de responder a cada uma com sinceridade, me sinto esgotada, mas meu coração está vibrando. Estou apaixonada por esse novo mundo que reivindiquei para mim. Por todas essas relações novas e genuínas.

Dou uma olhada na hora. Duas e quinze da manhã. Quero ficar acordada e aproveitar mais esse momento, mas sou esmagada pelo cansaço. Cinco horas fingindo ser minha irmã não é nada fácil. Por sorte, correu tudo bem. Acho que estou começando a pegar a manha.

Depois de apagar as luzes e ligar o "não perturbe" do celular, afundo no travesseiro viscoelástico e tento descansar.

Só que, sem a tela de LED vibrante brilhando nos meus olhos e o constante toque das notificações, a escuridão silenciosa me confronta, e cada sentido que abafei usando o celular de repente se aguça. Uma inquietação volumosa brota em meu estômago conforme o xampu cheiroso de damasco de Chloe se infiltra em minhas narinas, como se ela estivesse ao meu lado na cama. Eu me remexo, tentando encontrar uma posição confortável.

Algo afiado espeta minha coxa. Eu me encolho, ligo as luzes e dou uma olhada na perna. Um fio longo de cabelo preto acabou de se cravar na minha pele, feito uma farpa. Parece meu, mas eu tenho certeza: É de Chloe.

Só mesmo o cabelo dela tentaria me alfinetar durante o sono. Com o coração acelerado, eu o retiro com um puxão e vou correndo até o banheiro, jogo o fio no vaso e dou descarga, como se ele fosse um inseto que pudesse voltar para me morder. Fico observando, sem fôlego, até ter certeza de que ele foi tragado pelo turbilhão de água.

Tiro a roupa de cama e jogo tudo em um enorme saco de lixo preto. Penso em usar o outro conjunto que vi no armário, mas estou inquieta. E se também houver pequenos resquícios de minha irmã nele? Em vez disso, coloco uma toalha sobre o colchão e deito em cima. Estou fechando os olhos com força, torcendo para o sono vir e assim escapar do pulsar agitado do meu cérebro, quando meu telefone toca.

Mas eu não coloquei no silencioso? Pego o aparelho e encaro a tela com os olhos estreitados. Nada aparece.

O telefone ainda está tocando.

Eu lhe dou um tapão, como se o aparelho fosse um controle remoto quebrado. A tela não mostra nada.

E então eu me dou conta.

O som está vindo de outro lugar.

Não é o celular de Chloe que está tocando.

É o *meu.*

21

Pulo para fora da cama e procuro meu celular, que tinha largado dentro da gaveta da mesinha de cabeceira. Minhas mãos tremem enquanto reviro os brinquedos eróticos de Chloe. Por fim, meus dedos se fecham em torno do metal rígido. Eu o levo até o rosto assim que a chamada cai.

Notificações surgem na tela de bloqueio: Chamada perdida de (13) PERIGO! NÃO ATENDA. (6) Mensagens na caixa postal.

Merda.

Merda, merda, merda, merda, *merda.*

Meu telefone toca de novo e eu solto um gritinho, jogando o aparelho longe. Parece que ele fica no ar por uns dez segundos antes de se chocar contra a parede, deixar um amassado e cair no chão com um retinido.

O toque. Não para. Tapo os ouvidos com as palmas das mãos, tentando abafar o barulho. Como eu pude esquecer?

Minha tia.

Fiquei tão ocupada vivendo como Chloe que ignorei minha vida anterior como Julie. Minha tia era meu contato de emergência. As autoridades devem ter ligado para ela depois de terem levado o corpo de minha irmã.

Mas se ela sabe que Julie está morta, por que está ligando para o número dela como se estivesse viva?

Talvez esteja tentando entrar em contato com a Chloe.

Faz sentido. Julie foi encontrada no apartamento de Chloe, então Titia pode estar ligando para reaver o celular. Deve querer resetar o aparelho e vendê-lo, feito a avarenta que é. Eu não duvidaria nada.

Ela é tão inescrupulosa quanto um ser humano consegue ser. Ainda me lembro de quando encontrei a carteira de uma colega do quarto ano em um parquinho. Tinha um total de 11 dólares e 24 centavos em moedas, e mesmo assim minha tia surrupiou o dinheiro antes de me mandar devolver a carteira. É claro que me acusaram de ter roubado o dinheiro e, quando tentei contar a verdade, a professora chamou minha tia, que colocou a culpa em mim sem remorso. Eu estava no quarto ano. Tinha nove anos. Durante o mês seguinte, Titia se recusou a preparar meu lanche ou a me dar dois dólares para o programa de merenda da escola, já que eu a havia dedurado. Tive que viver à base da compaixão esporádica dos professores e dos lanchinhos que roubei do mercadinho da esquina.

A chamada cai. Faz-se silêncio.

Respiro fundo.

Está tudo bem. Não tem como ela saber.

Meus pijamas encharcados de suor grudam na pele enquanto meu coração tenta rasgar o peito. Estico a mão até o celular como se fosse uma aranha venenosa.

– Fica calma – digo a mim mesma. – Ouve a mensagem da caixa postal. Vai ficar tudo bem.

Quando encontro coragem para pegar o aparelho do chão, deslizo o dedão úmido na tela de bloqueio e vou até a caixa postal.

Cinco segundos de silêncio estático se passam. Ouço alguém lavando a louça ao fundo. Talvez ela tenha ligado por acidente. Será que o celular dela estava no bolso?

Então minha tia se pronuncia.

– *Wai!* A'Patrick, vem cá. – O cantonês dela é curto e grosso. – O que diabos é isso? Por que não está saindo som nenhum do telefone?

– É porque você tem que deixar uma mensagem de voz, Ma.

Solto um gemido. A última coisa que desejo é ouvir a voz de meu primo. Quando ainda morava com os dois, ele passava o tempo todo grudado no PC gamer no quarto que dividíamos, berrando quando dava um tiro na cabeça de alguém no *Call of Duty* ou gritando obscenidades racistas e homofóbicas toda vez que morria. A voz dele é um gatilho. Ele é a personificação de uma enxaqueca no meio da TPM.

– Mensagem de voz? – pergunta minha tia.

– É só falar se você quiser deixar recado. Vai ficar gravado e ser enviado pra ela.

– Como é que eu vou saber se a Julie ouviu?

Meu coração despenca. É visceral. Parece que uma pedra despencou do meu peito direto para o estômago. Começo a suar frio.

Como é que eu vou saber se a Julie ouviu?

Julie.

Ela sabe.

Ela sabe que estou viva.

– Bem – diz Patrick –, não tem como saber, Ma.

– Hã?

– Eu duvido que ela vá ouvir. Ela tava postando foto numa festa. Não vai ficar olhando o celular.

Ouço um zumbido nos ouvidos. Eles sabem do evento de Bella Marie. Sabem que estou fingindo ser Chloe. Como? Como foi que chegaram a essa conclusão?

Minha tia estala a língua.

– Seu inútil. Sai da minha frente! Vou ligar para ela de novo.

A mensagem de voz acaba.

E outra começa. Nessa, ela só murmura alguns palavrões em cantonês antes de a mensagem ser cortada. Sempre eloquente.

Há mais algumas assim, cada recado cada vez mais curto porque ela aprendeu a desligar antes do sinal, até que tudo o que resta sejam chamadas perdidas.

Largo o celular e aninho a cabeça nas mãos, balançando o corpo para a frente e para trás. Minha mente está em polvorosa. Será que eu devo ligar de volta? Será que devo mentir? Insistir que eu sou Chloe?

Mas e se Titia tiver provas? Como é que ela tem tanta certeza de que eu sou a Julie?

Se os dois decidirem me denunciar, acabou para mim. E se fizerem uma autópsia de última hora no corpo de Chloe e descobrirem que ela não sou eu? Será que isso é possível? Será que dá para distinguir duas gêmeas idênticas? De qualquer forma, sei que minha tia só entraria em contato comigo por motivos sórdidos.

Quero acreditar que estou só exagerando. Uma família jamais faria algo tão horrível assim, não é? Ainda mais uma família asiática. Existem estereótipos sobre nós, sobre como sempre nos apoiamos, mandamos dinheiro para nossa terra natal, sobre como temos um vínculo sagrado de ancestralidade e sangue.

Mas quem é que estou querendo enganar? Essa merda não existe mais. Uma briguinha entre irmãs e uma geração inteira entra em guerra, e os efeitos chegam até os filhos.

Não sei os detalhes exatos, mas não é preciso ser muito esperto para entender o ódio que minha tia sente por minha mãe. Minha linda mãe. A queridinha da família. Ela se casou com um homem bonito e teve lindas filhas gêmeas. Já minha tia, baixinha e robusta, se casou com um alcóolatra que a abandonou quando Patrick tinha dois anos. Ela nunca achou que seria errado insultar minha falecida mãe na minha frente. Pelo contrário, deve ter ficado ainda mais feliz por saber que a filha de sua irmã era obrigada a engolir suas palavras invejosas.

Quando eu tinha sete anos, perguntei por que ela me adotou, mas não a Chloe. Minha tia simplesmente respondeu:

– Eu não tive escolha. A Chloe já tinha sido adotada. Acredite em mim, eu teria recebido vocês duas com toda a bondade do meu coração. Alguém precisa expurgar os pecados que sua mãe passou para vocês.

Tudo isso foi dito enquanto ela revirava a correspondência atrás do meu subsídio de adoção mensal, como se fosse uma cadela raivosa, espumando pela boca.

O telefone toca de novo. Eu me encolho e coloco o aparelho no silencioso.

Meu coração está martelando. Sei que preciso conversar com os dois antes que a situação saia do controle, mas não consigo me forçar a atender. Não quando estou tão exausta e em pânico. Se eu atender, só vou dizer as coisas erradas e cair no joguinho deles.

Preciso descansar, respirar. Sim. Amanhã de manhã, quando estiver calma e recomposta, vou ligar para minha tia.

Vai ficar tudo bem.

Vou até a sala de estar e atiro o telefone no sofá. Vasculhando os remédios de Chloe, encontro um frasco de zolpidem. Pego um comprimido, mastigo até virar um pozinho fino e engulo com um gole de água da torneira.

Já de volta ao quarto, tudo está silencioso. Parado. Seguro.

Tiro as roupas cobertas de suor, me deito pelada na toalha que coloquei sobre a cama e puxo as cobertas até o queixo. Meus olhos permanecem fechados por um bom tempo, mas o sono não vem.

Fico encarando o teto mal iluminado. Rabiscos e linhas aparecem em meio à escuridão. Tem alguma coisa errada. Eu pisco e os rabiscos de repente se transformam em minhocas e centopeias, seus corpos tomando formas estranhas. Moldando-se, esticando-se, inchando. Meu pulso acelera de horror enquanto tento desviar o olhar.

Mas não consigo.

Não consigo me mexer. Não consigo controlar meu corpo. Ouço "Lacrimosa" tocar enquanto o teto gira e se transforma em um rosto. O rosto de Chloe. Seus olhos redondos, o cabelo preto, os lábios pequenos. Ela está descorada, quase de um azul-acinzentado. Não, não é ela. *Vai embora.* Choramingo e fecho os olhos com força, mas a imagem de seus membros nus e cinzentos invade minha consciência, se infiltra em minhas pálpebras. Minha irmã assoma sobre mim, as veias arroxeadas serpenteando pelo pescoço feito marcas de garras. Sua pele descamando, descascando. O cabelo preto cai sobre mim feito um casulo. Quero escapar, mas estou paralisada. Amarrada à cama. Estamos aprisionadas no vazio feito de seu cabelo; nada mais existe, exceto nós duas e a escuridão. Então, um ruído. A batida de um coração. Estamos no útero mais uma vez. É quente e úmido. Ela está a meros centímetros de distância, me capturando com seu olhar fixo. Minha gêmea.

Suas íris ficaram cinzentas e vidradas, apodrecidas de dentro para fora feito um peixe morto. Eu tento dizer *Sinto muito*, como se um pedido de desculpas pudesse cessar a assombração. *Sinto muito por ter roubado sua vida*. Mas meus lábios não se mexem. É como se estivessem costurados. Então minha irmã abre a boca. Ela a escancara. Desloca a mandíbula como se quisesse me engolir por inteiro. Mas, em vez disso, algo cai do buraco negro de sua garganta. Um grão de arroz. Não. A coisa está se contorcendo. É um verme. Depois outro. E mais outro. E outro. Até que uma cascata de vermes jorra de seu esôfago para me soterrar. Os insetos minúsculos e agitados rastejam para dentro de minhas narinas, deslizam por baixo de minhas pálpebras, se enterram em meus ouvidos, consomem a fina membrana de meus tímpanos. Mastigam e mordem e me comem viva até que eu esteja me afogando, até que eu esteja sufocando, até que não consigo mais respirar não consigo respirar não consigo respirar não consigo.

22

Acordo num sobressalto, tremendo e toda suada. As cobertas estão molhadas e frias. Minha boca está seca e repleta de catarro. Lágrimas escorrem pelas minhas bochechas e caem sobre meu peito úmido.

Chloe surge diante dos meus olhos de novo. Recuo até a cabeceira, como se ela estivesse mesmo presente, pronta para me imobilizar. Mas só há escuridão, um feixe de luz laranja escapando por entre as cortinas.

São 5h41 da manhã. Eu dormi. Foi tudo um pesadelo. Pura ficção.

Está cedo, mas não consigo pensar em voltar a dormir. Saio da cama, tomo um banho geladíssimo. Faço minha skincare, escovo os dentes. Evito olhar para o espelho, com medo de ver o rosto de minha irmã no reflexo. A melodia de "Lacrimosa" toca na minha cabeça. É insuportável. Mando a Alexa da sala de estar tocar uma música animada. Pharrell Williams ressoa pela caixa de som. Aquela porcaria de música do filme *Minions.*

Faço um café. Três doses de expresso, sem creme. Nunca mais quero voltar a dormir.

Então me lembro do zolpidem. Procuro os efeitos colaterais no Google: pesadelos, terrores noturnos, alucinações, entre diversos outros sintomas pavorosos. Pisando duro até o quarto, dou descarga no resto dos comprimidos. Prefiro ter insônia a passar por aquilo de novo.

Eu me sento com o café e encaro o horizonte completamente cinza de Nova York. O sol estende seus raios dourados através das nuvens, tingindo o céu de um amarelo queimado. Não consigo relaxar com Chloe se arrastando pela minha mente em fragmentos horríveis.

Preciso tirá-la da cabeça. Mas como?

Penso em Sophia. Ela disse que me mandou algumas afirmações positivas. Normalmente, eu pensaria que afirmações são uma ladainha gratiluz, mas estou perdendo a cabeça. Abro as mensagens dela e leio as citações:

Sou grata pelo que ainda tenho.

Terei paciência comigo mesma e meu sofrimento.

Cuidarei de mim no meu processo de cura.

Sou grata por estar segura e saudável.

Fecho os olhos e repito esses pensamentos positivos na cabeça, acrescentando o meu próprio.

Sou grata pelo que ainda tenho.

Terei paciência comigo mesma e meu sofrimento.

Cuidarei de mim no meu processo de cura.

Sou grata por estar segura e saudável.

Não estou sendo assombrada.

Repito tudo uma centena de vezes até que começo a acreditar. Até sentir que estou pisando em terra firme.

Abro os olhos.

Um pássaro passa voando pela janela para me cumprimentar. Respiro o ar gelado e solto um fôlego quente. A caneca emana calor para minhas mãos. Bebo o café até me sentir em paz. Até a lembrança de Chloe desaparecer nos recônditos de minha mente.

Estou segura.

Sou uma boa pessoa.

Está tudo bem.

Nossa. Talvez afirmações positivas não sejam ladainha.

Quando me levanto para colocar a caneca na pia, vejo o *meu* celular no chão e desvio dele. Não estou pronta para lidar com minha tia.

Por sorte, tenho a distração perfeita: aula de spinning. Pela primeira vez na vida, fico animada para me exercitar – qualquer coisa para tirar a noite passada da cabeça. Visto um conjunto de top de academia e leggings azul-petróleo da GymFish, tiro uma foto na frente do espelho (encolho a barriga com todas as minhas forças) e coloco o perfil da marca nos meus stories, junto com meu cupom de desconto. Em alguns minutos, chegam notificações de e-mail sobre pessoas usando meu link de afiliada. Três dólares, quatro dólares, dezesseis dólares de comissão. Depois de ler alguns comentários elogiando meu corpo para receber uma dose de serotonina, tomo um pozinho pré-treino que encontrei na despensa; ele faz a água ter gosto de Skittles e minha pele formigar de um jeito bom. Pondero se pego o trem ou vou andando, como uma verdadeira nova-iorquina, mas em vez disso peço um Uber. Durante os seis minutos de viagem, ouço música no volume máximo nos meus fones de ouvido, abafando meus pensamentos. Me sinto o Kendall Roy no início de *Succession*. No topo do mundo.

23

Chego à academia com dez minutos de antecedência. A garota na recepção me reconhece e me registra sem eu precisar pedir. Ela me entrega um par de tênis de ciclismo e me deseja uma boa aula. As paredes de iluminação tênue do estúdio são decoradas com mensagens motivacionais me dizendo que sou uma guerreira lendária e que devo acreditar em mim mesma. Subo na bicicleta que Chloe havia reservado, que calha de estar na primeira fileira. Olhando por cima do ombro, percebo que todo mundo vai conseguir me ver. Nunca fiz uma aula de spinning antes. E se eu fizer papel de otária?

– Chloe!

É Lily Schmidt, a Belladonna que trocou o menino com síndrome de Down por uma menina tailandesa neurotípica.

– Lily!

É tão gostoso saber o nome dela. Fazemos aquele gesto esquisito de beijar na bochecha antes de ela subir na bicicleta ao meu lado.

– Foi tão bom te ver ontem. Espero que você não esteja com muita ressaca.

– Ah, eu não bebi.

Ela arqueia a sobrancelha.

– Sério?

Penso em todo o álcool na geladeira de Chloe. Talvez as Belladonnas soubessem das tendências que ela escondia do feed de *clean girl*.

– Estou pensando em passar um tempo sóbria – digo, na esperança de esclarecer qualquer confusão. – Depois da morte da Julie, não quero alimentar hábitos ruins.

Lily coloca ambas as mãos sobre o peito.

– Isso é tão inspirador. É preciso muita coragem.

Sorrio diante de suas palavras, embora ela tenha reagido a uma mentira.

– Bom dia, pessoal! Todo mundo pronto pra suar?

Sophia chega desfilando na sala e todos deixam de conversar. Ela está vestida com um conjunto de academia verde-neon, e as luzes fracas acentuam seu tanquinho trincado e os músculos definidos das coxas. Ela monta na bicicleta e dá início à aula. Luzes neon piscam como se estivéssemos em uma rave. A música é um medley de músicas animadas e #empoderadas que reverberam em meu peito. Beyoncé, Katy Perry, Christina Aguilera, esse tipo de artista.

Ciclismo indoor é mais difícil do que pensei. Estou sem fôlego nos primeiros cinco minutos, mas Sophia grita:

– Estamos terminando nosso aquecimento, minhas belezuras. Se preparem para nossa primeira subida!

Meu monitor cardíaco registra que meu coração está batendo 175 vezes por minuto, e isso é só o *aquecimento*?

Estou ofegante quando começamos a subir, aumentando muito os níveis de resistência, as pernas doendo. Lily olha de relance para o mostrador de minha bicicleta, claramente se certificando de que está indo um pouco mais rápido e fazendo um pouco mais de esforço do que eu. Quando começamos algo chamado Tabata, sinto que estou prestes a desmaiar. Não consigo colocar ar suficiente dentro dos pulmões. Estou esbaforida. Bile sobe pelo meu estômago, meu coração se arremessa contra o peito, como se quisesse quebrar minhas costelas. Desacelero, apesar de todo mundo estar pedalando como se suas vidas dependessem disso, movendo as pernas ao ritmo da música. Começo a me perguntar se aulas de cardio são a resposta da elite para a automutilação.

Quando estico a mão para diminuir minha resistência, os olhos de Sophia se fixam nos meus.

– Quero ver todo mundo testando os próprios limites hoje, hein? O corpo de vocês é capaz de aguentar muito mais do que imaginam!

A gente constrói resiliência e excelência encarando essas dificuldades e superando a fadiga física!

Ela está me encarando com tanta intensidade que meus colegas de turma se viram em minha direção. Uma onda de pura vergonha me atinge no peito. A dose de censura coletiva força minhas mãos a deixarem o botão de resistência, e eu começo a pedalar mais uma vez, embora não consiga sentir as pernas.

– Mostra pra sua mente quem é que manda! – berra Sophia. – No três, quero que todo mundo repita: *Eu consigo!* Um. Dois. Três!

Gritos percorrem a sala.

– Eu consigo!

– E-eu consigo! – acrescento, sem fôlego.

Sophia aponta o dedo no ar, coberta de suor lustroso.

– Agora, pedalem! Pedalem! *Pedalem!*

Eu pedalo, mesmo que meus músculos estejam me implorando para parar.

Ao final da aula, estou indo e voltando do além. Virei puro suor. Meus poros parecem as Cataratas do Niágara. Há uma poça no piso de madeira sob meus pés. Vejo o pós-vida piscando diante de mim; tem cheiro de suor e som de música pop. É o próprio inferno.

Lily me dá um tapinha nas costas, e sua mão acaba deslizando por minha pele molhada. Está com uma cara arrogante, como se tivesse acabado de passar por cima de mim em uma competição. E foi isso mesmo que acabou de acontecer.

– Boa corrida.

Assinto, porque tenho um total de zero ar nos pulmões.

– Mas acho que algumas semanas sem pedalar acabam mesmo com a gente.

– Hã? – balbucio, quase vomitando.

O olhar de Lily repousa sobre minha barriga. Um centímetro das minhas gordurinhas pulou para fora do cós das leggings. Ajeito a postura, de repente muito ciente de meu próprio corpo, da circunferência de minha cintura, da falta de definição em meu abdômen, da flacidez de meus braços. Será que ela consegue ver que tem algo errado? Que sou uma pessoa diferente? Posso editar meu corpo nas fotos, mas não consigo alterar a realidade.

Desesperada, mudo de assunto.

– Ei, sobre aquela viagem em junho…

O Apple Watch dela se ilumina.

– Preciso levar a Wendy para a escola. Até semana que vem!

Lily acena para Sophia e sai correndo da sala. Como é que ela tem tanta energia? De qualquer forma, fico feliz por ela não ter dito mais nada. Sua saída abrupta me poupou de ter de inventar mais mentiras.

Estou atrapalhada com os pedais, tentando me soltar, quando Sophia vem me ajudar. Ela está radiante. Feito uma deusa grega besuntada que mandou ver no triatlo, pronta para ser imortalizada em mármore.

– Você está bem? Notei que não estava acompanhando o ritmo como de costume.

Eu me encolho e tento respirar algumas vezes para me acalmar enquanto encolho a barriga. Por sorte, ela não está analisando meu corpo feito Lily.

Enquanto tento inventar uma desculpa, empurro o rabo de cavalo suado para longe do rosto. Ele espirra algumas gotas de suor no chão.

– Acho que ando de cabeça cheia. – Minha tia tentando entrar em contato comigo quando deveria pensar que eu morri, a morte de minha irmã, o roubo de identidade… Mentiras em cima de mentiras em cima de mentiras. Tudo o que eu digo é: – Julie.

– Ah. Eu deveria ter imaginado. – Sophia balança a cabeça com compaixão. – Ainda me lembro da dor de quando quebrei o braço pouco antes das Olimpíadas. Um passo em falso durante uma festa num iate e… – Ela solta um longo suspiro. – Fiquei enfiada no meu quarto durante meses, deprimida. Fico feliz de você ter chegado nesse ponto do seu processo de cura mais rápido do que eu. O suor e a dor de hoje fazem bem. O exercício é a melhor maneira de fornecer dopamina pro nosso cérebro.

Apesar de a situação não ser exatamente a mesma, eu entendo o que ela quer dizer. Durante aqueles breves momentos de exercício extenuante, não pensei nem um pouquinho em meus problemas – principalmente porque o ácido lático ardia em meus músculos e sobrepujava qualquer possibilidade de pensar em alguma coisa. Mas, olha só, nem lembrei da Chloe ou da minha tia durante uns bons quarenta minutos. Isso vale alguma coisa, né?

– Obrigada pelo incentivo. – Abro um sorriso. – E pelas afirmações.

– As afirmações são todas da Bella Marie. – Ela inclina a cabeça em direção ao teto, com um sorriso brando. – Quando a conheci depois do acidente, ela me deu um pote inteiro de afirmações escritas à mão e me pediu pra ler uma por dia até que o jarro estivesse vazio. Ela escreveu um ano inteirinho de afirmações para mim. Isso foi... – Sophia suspira e balança a cabeça. – *Tão* especial. Se não fosse por ela, eu não estaria onde estou hoje.

Eu me pergunto se Bella Marie dedicou gestos parecidos de gentileza para Chloe, se algum dia ela faria algo por mim.

– Preciso ir para o evento de uma marca – comenta Sophia. – Mas, se precisar espairecer a mente, aparece para outra aula. Estamos sempre aqui.

Acho que estou começando a entender por que Chloe se exercitava todos os dias.

Estou gosmenta e exausta, mas por dentro me sinto bem. Como se tivesse conquistado alguma coisa, embora eu tecnicamente não tenha ido a lugar nenhum. Me sinto revigorada quando saio do estúdio e o ar empoeirado de Nova York açoita meu rosto: uma mistura prazerosa de lixo, exaustor de carro e café. Tiro uma selfie na frente do logo da academia, toda suada, com o corpo soltando vapor em meio à manhã de inverno, e posto nos stories. Toda hora é hora de ir na @SoulCycle. Um beijo para minha instrutora favorita, @sophchambers, você arrasa! ❤ Lembre-se da guerreira que existe dentro de você. #força #beleza

Enquanto caminho – sim, caminho – de volta até meu apartamento, observo o dilúvio de reações chegando. Uma seguidora responde: você me inspira e me ajuda a enfrentar meus dias. Mando um coração de volta e respondo: Você tem muita força aí dentro! Não se menospreze! A pessoa me enche de mais amor.

Agora entendo por que Chloe investia tanto tempo e energia em seus seguidores. Eles me apoiam e me empoderam. Não fazia ideia de como seria boa a sensação de se ter uma comunidade de fãs dedicados ao alcance dos dedos. De como eu desejava isso. Um clique e o mundo me enche de amor. Me sinto uma deusa.

Iz responde ao meu story: Tá com uma cara ótima, menina.

Angelique também responde: Você é tão bonita. A gente devia pedalar juntas qualquer hora!

Na verdade, todas as Belladonnas respondem, elogiando meu corpo, minha ética de trabalho. Eu sorrio, exultante por enfim ter um grupo de amigas que me apoiam. Quando chego ao meu apartamento, sei que sou capaz de conquistar qualquer coisa. Pego meu celular do chão e ligo para minha tia.

Sou capaz de fazer qualquer coisa que eu quiser. Estou no comando. Sou uma guerreira lendária.

24

A academia mentiu. Não sou uma guerreira lendária. Sou uma farsa. Uma farsa que deseja poder voltar no tempo e nunca ter pegado a merda do telefone.

– Você acha que eu sou idiota? – grita minha tia em cantonês. – Você mal conseguia engolir o Tylenol quando tinha febre. Precisava triturar e polvilhar na água porque tinha medo dos comprimidos ficarem presos na sua garganta. A última coisa de que você iria morrer é overdose de remédios.

– E-eu não sei do que você está falando – gaguejo em cantonês. – Eu sou a Chloe.

– Você acha que uma garota criada por gweilo falaria cantonês fluente? Mandarim, talvez, mas cantonês? Você não engana ninguém.

Ai, meu deus. Por que não pensei antes de falar? Ando de lá para cá com o top de academia suado apertando os ombros.

– O-o que você quer de mim, Titia?

– Que você transfira a propriedade da casa para o meu nome e me pague dez mil dólares.

Só isso?

– Tá bom…

– Por cada mês que você viveu às minhas custas. E pague pelas despesas do funeral da sua irmã também. Não vou gastar um mísero centavo com uma garota que eu nem conheci.

Insiro os números no aplicativo de calculadora. Dez mil vezes doze vezes os treze anos que morei com eles. Um total absurdo de 1.560.000 dólares.

– Tá maluca? Isso dá mais de um milhão!

– Você sabe quanto custou te sustentar durante todos esses anos? Quanto custou alimentar uma boca a mais?

É a mesma desculpa esfarrapada que ela usou quando roubou minhas economias.

– O dinheiro todo que você roubou da minha conta bancária não foi o bastante? Os cheques do governo não foram o bastante?

Estou exausta. Queria poder me esconder e acabar logo com isso. Por quanto tempo mais essa mulher vai ficar atrás de mim, me perseguindo feito um cachorro raivoso?

– Como você se atreve a falar assim comigo? – A voz dela retumba em meu ouvido. – Tá bom então! Eu vou até a polícia! Vou contar que você matou sua irmã e roubou a vida dela!

– M-matei? – Paro de súbito. – Tá maluca? Eu não matei ninguém!

– E você só calhou de estar em Nova York quando ela morreu?

– Ela que me ligou! Foi tudo coincidência. Quando eu cheguei, a Chloe já estava morta.

– E a polícia vai acreditar em você? Você roubou a identidade dela sem o mínimo remorso. Já provou que é uma mentirosa e uma criminosa.

Estou tremendo, com o coração disparado.

– Você não pode provar nada. Nossos genes são cem por cento iguais. Não tem como alguém conseguir diferenciar Chloe e eu.

Pelo menos, é o que eu espero. Preciso mesmo procurar no Google.

Minha tia solta uma gargalhada.

– Não preciso de nenhum teste genético. Tenho todas as provas bem aqui nas minhas mãos.

Minha boca fica seca.

– Como assim?

– A gente esteve gravando a ligação o tempo todo – conta Patrick. – Você admitiu ter trocado de vida, tá tudo registrado.

– O quê…

Minha boca fica entreaberta, mas nenhuma palavra sai, exceto por um gorgolejo. Encerro a ligação em meio ao pânico e atiro o celular no sofá antes de sair correndo até o banheiro para hiperventilar.

Ai, meu deus, ai, meu deus, ai, meu deus. Por que caralhos eu fui até a SoulCycle e me convenci de que era uma guerreira lendária? Não passo de uma ovelhinha. E agora eles me gravaram confessando o crime. Quanto tempo de cadeia será que isso dá?

Mas eu sou inocente… pelo menos em termos de homicídio.

Respira.

Lavo a boca e jogo água gelada no rosto.

Tá bom. Pensa.

Será que minha tia realmente arriscaria envolver a polícia? Extorsão é ilegal. Se ela decidir enviar a gravação, ela mesma poderia se meter em problemas. Será que ainda assim se arriscaria? Mas, mesmo que não leve isso às autoridades, minha tia ainda pode me foder. Se ela ou Patrick espalharem suas suspeitas nas redes sociais, vazarem parte do arquivo de áudio para algum fórum de fofocas ou o venderem para algum site de notícias inescrupuloso, vai estar tudo acabado. O público vai fazer especulações e me cancelar até não poder mais.

Sei como Titia age. Suas ameaças nunca são vazias. Se eu não ceder à chantagem neste exato momento, ela pode voltar e exigir ainda mais. Considerando a merda de que sou culpada, não estou em qualquer posição de negociar. É arriscado demais não a levar a sério quando tenho tudo a perder.

Um milhão e meio de dólares, no geral, não é tão ruim assim se eu fingir que é uma hipoteca, literalmente a locação de uma nova vida. Se eu fizer umas publis a mais e me encher de trabalho, talvez consiga recuperar o dinheiro em alguns anos. Talvez Titia me deixe pagar parcelado. Se eu repartir aos poucos, o total não parece tão assustador assim. Talvez dez parcelas de 156 mil dólares? Ou parcelas mensais de 15 mil? Quando penso desse jeito, a coisa não parece nem um pouco feia!

Vivo esquecendo que não sou Julie Chan, operadora de caixa da SuperFoods. Sou Chloe van Huusen, influenciadora. Tenho os meios para gerar um fluxo de caixa absurdo. Uma única foto minha vale milhares de dólares. Literalmente.

Quando penso no assunto, talvez manter minha tia na folha de pagamento seja um mal que vem para o bem. Ela é a única pessoa da minha antiga vida que poderia ameaçar minha nova identidade. É melhor mantê-la por perto do que me perguntar o tempo todo quando ela vai dar o bote.

Com esse pensamento tranquilizante, ligo de volta para ela.

Titia atende de imediato.

– Já se decidiu?

– Que tal um milhão?

– Que tal dois? – retruca ela na mesma hora.

Eu resisto à vontade de gemer.

– Deixa pra lá. Vamos continuar com o valor original. Você aceita parcelado?

– Com juros. Cinco por cento acumulado por mês.

– Cinco…

Mordo a língua conforme minhas veias esquentam de raiva. Como é que ela ousa pedir juros quando está me extorquindo? Mas claramente não há espaço para negociar. Eles têm a vantagem. Se minha tia abrir aquela boca suja dela, vai tudo pelos ares. Ela não pode ser o motivo de eu ser pega no pulo.

– Como é que eu vou ter certeza de que você não vai pedir mais dinheiro?

– Não tem como ter certeza. Você cometeu um crime horrível e jamais será perdoada.

Mordo o lábio, odiando esse grãozinho de verdade.

– Tá. Manda seus dados bancários.

– E o corpo da sua irmã? O necrotério não para de ligar.

Lampejos do cadáver de Chloe se reavivam em minha mente. Estremeço, tentando me livrar das imagens.

– Eu cuido disso.

25

— Queima ela.

– Você quer dizer cremar? – pergunta a mulher no necrotério.

– Isso. É.

Ela assente.

– Gostaria de dar uma última olhada nela antes de começarmos? Se despedir pela última vez?

Meu deus. Eu nem sabia que isso era permitido. Nego com a cabeça, afastando as imagens do corpo azulado de Chloe de minha mente.

Não sei se minha irmã gêmea queria ser cremada. Talvez quisesse um funeral de caixão aberto. Parece o tipo de coisa que gente rica faria, preservar o próprio legado injetando formol e silicone em seus cadáveres. Mas preciso me livrar do corpo de Chloe por completo, me assegurar de acabar com cada vestígio dela, de modo que, mesmo se as autoridades quisessem, jamais seriam capazes de comparar o DNA dela com o meu. É como dizem: sem corpo, não há crime.

Além disso, vi quanto um funeral completo custaria. Só o caixão é algumas dezenas de milhares de dólares. Isso sem falar no local do enterro. É basicamente um terreno permanente de Nova York que não pode ser vendido. Agora eu sou rica, mas não rica nesse nível. Com a chantagem de minha tia, não posso desperdiçar nem um mísero centavo.

Chloe terá que se contentar com uma cremação.

Ao sair do necrotério do hospital, passo ao lado de uma placa que diz SALA DE ORAÇÃO DE MÚLTIPLAS FÉS.

Será que minha irmã era religiosa? Os Van Huusen parecem ser do tipo que acredita em Jesus e outras porcarias religiosas. Talvez eu devesse fazer uma prece depois de ter roubado sua vida, acalmar seu espírito.

A sala vazia e escura parece seca, ao mesmo tempo que tem um cheiro úmido. Há quatro bancos e uma mesa contendo uma cruz e alguns textos sagrados. Eu me sento. A madeira range sob meu peso.

Fecho os olhos e abaixo a cabeça. As luzes do teto zumbem suavemente enquanto fecho as mãos diante do peito.

O que eu deveria dizer?

Descanse em paz, Chloe?

Por favor, não me assombre como vingança?

Permita que esse seja o fim do meu sofrimento?

Me deixe ter uma vida nova? Me deixe renascer?

Por favor, por favor, por favor, me ajuda, Deus. Maomé. Vishnu. Buda. Zeus. Quem quer que esteja ouvindo. Juro que não sou exigente. Só estou desesperada. Eu serei boa. Doarei para a caridade. Serei uma pessoa gentil. Vou rezar por você todos os dias, uma vez a cada hora. Faço qualquer coisa! *Por favor*, me dê um sinal.

Uma voz estala em meu ouvido.

– Isto é um Código Azul. Repito, isto é um Código Azul.

Abro os olhos e comprimo os lábios. Desenlaço as mãos.

Deus nenhum daria ouvidos a uma pecadora como eu.

26

Tenho boas e más notícias.

A má notícia é que estou com dificuldade para dormir. Toda vez que pareço estar prestes a perder a consciência, penso em Chloe. Em seu corpo. Em seus olhos. Em seu cabelo me aprisionando. Descanso um tiquinho aqui e ali apenas por pura exaustão física, mas é só isso. Aliás, minha pele está uma merda. Nem mesmo a melhor rotina de skincare do mundo seria capaz de me salvar da insônia.

A boa notícia é que perdi vários quilos. (Em especial porque meu corpo insone está tendo dificuldade para funcionar direito.) Agora caibo em todas as roupas de minha irmã, o que é maravilhoso.

No geral, minha aparência abatida corrobora a narrativa. Cada story que posto no Instagram faz os seguidores se encherem de preocupação em relação a mim. Falam que eu preciso descansar e me cuidar depois de minha perda. Que me amariam mesmo se eu tirasse um tempo só para mim. Ficam gritando nas minhas DMs para que eu valorize minha saúde mental.

É muita gentileza da parte deles, sério.

Mas não tenho tempo para descansar. Tenho contas (chantagens) a pagar e vídeos para gravar.

Estou à beira do rio Hudson, vestida com um sobretudo e um cachecol da Burberry combinando. Chloe repousa em minhas mãos, seu corpo contido em uma bela urna bege com uma tampa esférica. Simples. Moderna. Discretamente cara. Acho que ela iria gostar.

Fiona aponta a câmera para mim.

– Ok, gravando.

Abro a urna e contemplo as cinzas com amor. Suspiro como se estivesse prestes a gravar um pedido de desculpas. O vento sopra no momento dramático perfeito. Tiro o cabelo do rosto e digo:

– Vou sentir sua falta, Julie.

Imagens de nós duas na infância, irmãs gêmeas pequenininhas, surgem em minha mente. Chloe, corajosa e sorridente. Nós duas, com os dedinhos rechonchudos entrelaçados. A manga doce em minha língua.

Meu peito é tomado de uma sensação cálida. A pressão aumenta atrás de meus olhos.

Caralho, estou triste de verdade. Que perfeito.

Deixo o momento lúgubre assumir o controle. Meus olhos ficam marejados. Eu pisco. Uma lágrima escorre por minha bochecha. Solto outro suspiro. Mordendo o lábio, observo as águas agitadas do rio Hudson. Uma sacola de plástico passa flutuando vagarosamente. Inclino a urna e derramo as cinzas. Um pouco do pó de Chloe é soprado para dentro de minha boca e nariz. É como se ela estivesse tentando se arrastar para dentro de mim, retomar a própria vida, me infectar, célula a célula, espalhando-se por minha garganta, para dentro de meus pulmões. Tusso até expeli-la em forma de catarro e a cuspo nas águas. Suas cinzas são absorvidas pelo rio em um instante, apanhadas pela correnteza. Um ser humano se foi. Simples assim. Sou tomada pela saudade enquanto olho para a urna vazia. Não achei que aconteceria tão rápido. Vinte e quatro anos desapareceram em apenas alguns segundos. Carregados pelo vento para serem inspirados como micropoluição, afundando até o leito do rio, para servir de alimento aos moluscos.

Aperto a urna contra o peito e encaro a câmera com um olhar intenso de sofrimento, com as bochechas sensíveis por conta do frio.

– O luto não é algo fácil de se enfrentar sozinho. Se você ou seus entes queridos estão sofrendo pela perda de alguém, assim como eu, por favor, procurem apoio psicológico. Este vídeo é patrocinado pela BetterTherapy.

27

Sim, eu aceitei patrocínio num vídeo em que eu espalhava as cinzas de minha irmã. Olha só que novidade! Pagar chantagem não é barato. A vida não é barata. Acredite ou não, eu preciso do dinheirinho extra.

Mal tive tempo de absorver esta nova e confortável identidade antes de levar um tapa na cara com o segundo pior pesadelo de todo influenciador, que só perde para o cancelamento: impostos.

Achei que minhas finanças estariam tranquilas, já que Chloe andava faturando recorrentemente uns seis dígitos por mês. Mas comandar um negócio do calibre do dela não é barato, ainda mais considerando que ela gostava de terceirizar funções. Há diversas pessoas em sua folha de pagamento, desde os funcionários fixos, como Fiona, às estilistas e maquiadoras, como Kim e Fernanda, e todos os outros esquecidos no churrasco e freelancers que ajudam com os vídeos e na produção de conteúdo. Até mesmo o próprio contador custa uma boa grana. E, para o meu azar, Chloe lhes pagava salários justos – mais do que justos. Todo mundo está recebendo mais do que a média do mercado. O que é gentileza da parte dela. Mas também meio que me fodeu.

Para variar, em apenas algumas semanas, o bom e velho Tio Sam vai vir bater na minha porta com suas mãozinhas imundas e roubar metade dos meus ganhos para financiar guerras no exterior, já que eu me meti em uma faixa de impostos altos. Ver a estimativa de quanto terei que entregar foi como levar um soco no estômago. É muito mais do que eu já ganhei em um ano como Julie.

E olha, viver em Nova York é caro. Uma boa porção do dinheiro vai para a prestação do apartamento. Contas de restaurante, contando com as gorjetas, chegam a pelo menos oitenta dólares por refeição se eu quiser uma bebida. Isso sem falar que minhas corridas no Uber sempre calham de cair durante os horários de pico. E talvez eu tenha feito umas compras online durante noites insones. Também cortei o cabelo e fiz uma progressiva para me mimar, o que custou um total de oitocentos e cinquenta dólares além das gorjetas. Estou tentando consertar meu prognatismo em uma clínica de odontologia estética, e o tratamento está chegando a cinco dígitos...

Tá. Tudo bem. Eu admito! Não levo muito jeito com dinheiro, tá bom? Ter um cartão da Amex para passar quando eu quiser é muito tentador. Posso finalmente tratar minhas inseguranças com o dinheiro nu e cru. Só me deixa viver como uma pessoa rica por um tempo e, antes que você se dê conta, vou ter dado um jeito na minha vida. E, em minha defesa, não posso correr o risco de prejudicar a imagem *clean* de Chloe ao ser vista engolindo um Big Mac.

Enfim, depois de ser atingida pela realidade cruel dos assuntos fiscais, eu percebi que precisava tomar a dianteira e aceitar mais publis. Não estou a fim de estragar minha vida com os juros cumulativos de Titia, então, sim, eu tomei a decisão de aceitar um patrocínio da BetterTherapy. Mas não é como se Chloe não fosse fazer algo do tipo. Ela literalmente me explorou em um de seus vídeos. Pelo contrário, sou ativista da saúde mental. A BetterTherapy está me pagando cinquenta mil *e* me oferecendo sessões de terapia de graça com um terapeuta qualificado.* (*A BetterTherapy não se responsabiliza caso os usuários sejam designados a um terapeuta sem diploma ou certificação oficial.)

Estou assistindo à versão final do vídeo que meu editor me mandou para que eu aprovasse. A primeira metade são takes de mim andando ao longo do Riverside Park com a urna, com o Hudson ao fundo. Depois de alguns monólogos narrados sobre memórias de infância inventadas, o vídeo corta para mim atirando as cinzas. Fiona muito habilmente dá zoom em meus olhos lacrimejantes, depois mostra uma panorâmica do céu cinzento, como se minha irmã gêmea agora estivesse lá. O final do vídeo é marcado por uma seção de um minuto mostrando estatísticas sobre vício, listas de linhas de emergência e meu cupom de desconto da BetterTherapy.

O vídeo dura um total de trinta minutos, o que me permite enfiar três anúncios intermediários sem que seja excessivo.

Clico na miniatura que Fiona me enviou. Sou eu observando o horizonte com melancolia. Dá para ver meus poros, já que ela não colocou nenhum filtro para uniformizar meu rosto. Parece autêntico. Visceral. Ela sugeriu alguns títulos, mas pensei em um que é melhor.

Entro no YouTube, arrasto o vídeo, incluo a miniatura e digito: *adeus*... Tudo em minúsculas, com reticências para enfatizar a emoção.

Mantenho a descrição bem simples: Este é o vídeo mais difícil que eu já tive que fazer. Se você precisa de ajuda psicológica, experimente a BetterTherapy com meu código "chloe" para ter uma sessão experimental de graça.

Tempo estimado de envio: quinze minutos.

Enquanto aguardo, saio navegando pelo canal de YouTube de Chloe e encontro alguns vídeos arquivados de anos atrás. O mais antigo foi filmado com um filtro monocromático do iMovie. Ela está em seu quarto, talvez com dezesseis anos, com um ukulelê na mão enquanto canta a plenos pulmões a música "One Less Lonely Girl", do Justin Bieber. O cover é horroroso. Graças a deus ela não tentou uma carreira musical.

Incapaz de aguentar sua voz esganiçada, eu saio e assisto ao próximo vídeo arquivado. Esse não tem filtro, e ao fundo está sua parede turquesa. Ela está tentando um quadro de comédia: *M*rdas que os professores falam*. Não é engraçado, mas solto uma risadinha de vez em quando diante da honestidade constrangedora no rosto de minha irmã.

Seus vídeos arquivados me fazem voltar à época antiga da internet, quando as únicas pessoas no YouTube eram esquisitões solitários que filmavam conteúdo como uma última tentativa de estabelecer conexões humanas. Tudo o que temos agora são embustes desesperados para fazer fama.

Quase ao final do vídeo, a porta dela se abre de repente. Há um homem parado na soleira. Chloe dá um pulo para interromper a gravação. O vídeo termina abruptamente.

Franzo a testa. Será que aquele era o senhor Van Huusen?

Volto para o momento em que a porta se abre. A cabeça dele está fora do enquadramento, então não consigo ver sua expressão, apenas o breve pânico nos olhos de Chloe. Não deve ser nada. Ela deve ter ficado com vergonha. Mas não consigo ignorar isso. Estou perturbada.

Já faz um tempo desde que Julie morreu, e os Van Huusen ainda não entraram em contato.

Mordo o lábio, curiosa. O calendário de Chloe tinha um evento recorrente a cada dia 12 de março: "Aniversário da mamãe". É daqui uma semana. Posso usar isso de desculpa. Indo contra todo o bom senso, mando uma mensagem no grupo da família: E aí, quais são os planos pro aniversário da mamãe?

Enquanto espero, passo por mais vídeos arquivados. Há certa rigidez nos movimentos de Chloe, e não consigo dizer se é por ela estar desconfortável diante da câmera ou se tem mais alguma coisa a incomodando. Ela começa os vídeos com um "Oi, gente". Sua voz é suave, quase trêmula. Sinto como se estivesse observando uma versão espelhada de mim mesma quando adolescente. Não consigo desviar os olhos. Estou tão compenetrada que o tempo perde o significado.

Eu me sobressalto quando recebo uma notificação do iMessage. Meu coração dispara de empolgação, achando que é dos Van Huusen. Mas é uma mensagem de um número desconhecido:

> Oi, Chloe. Vi o seu vídeo mais recente e estou de coração partido por você. Sei que deve ser um momento difícil, mas nossa conversa anterior foi bastante produtiva, e não quero perder a potência de sua história. Se estiver com disposição, podemos discutir os próximos passos? Você mencionou que queria falar sobre seus pais adotivos. Talvez seja presunção de minha parte, mas parece que o que aconteceu com eles foi um momento decisivo para você e contribuiu para que entrasse em

contato comigo. Talvez elaborar tudo isso possa te ajudar com o seu luto também. Mas sem pressa, claro. Me avise se eu estiver passando dos limites.

Meus olhos ficam voltando à migalhinha de informação sobre os Van Huusen e a sequência de números na parte de cima da tela. Essa pessoa conhecia minha irmã gêmea, mas por que será que não está salva nos contatos? Também não há qualquer registro de conversas anteriores. Será que a Chloe apagou tudo? A princípio, a mensagem parece ser entre um terapeuta e uma paciente. Será que essa pessoa é psicóloga ou psiquiatra?

Jogo o número de telefone no Google e não recebo qualquer resultado. Porém, quando procuro em meu laptop, encontro um e-mail de Jessica Peters que tinha sido movido para o lixo havia algumas semanas. O nome desperta uma lembrança: pedi que Fiona cancelasse um compromisso com ela em meu segundo dia como Chloe. O e-mail não fornece nenhum contexto. Fiona encaminhou um link de convite para uma reunião e Jessica agradeceu, mas há sinais de que outras interações foram permanentemente deletadas pelo sistema. Acima do número de telefone e das informações de contato lê-se: Redatora da equipe do *The New Yorker.*

Franzo a testa. Por que Chloe estava em contato com a redatora de uma revista? Sobre uma *história*, ainda por cima.

Um link na assinatura de e-mail de Jessica redireciona para sua página de colaboradora, onde encontro dezenas de reportagens sobre notícias e cultura – mais especificamente, cultura *digital.* As matérias não são simples recapitulações do mais recente escândalo das redes sociais, com manchetes rápidas e mordazes para manter os fãs clicando sem parar, mas investigações minuciosas do *Zeitgeist* online, correlacionando fenômenos da internet a consequências sociais mais amplas. Seu texto mais recente explora como um meme viral e aparentemente inofensivo de um pato usando óculos de sol é, na verdade, um reflexo do desinteresse político por parte de jovens adultos nos Estados

Unidos, chegando ao ponto de entrevistar filósofos e estrategistas políticos para sustentar sua teoria. Outra matéria traça o perfil de uma influenciadora que costumava ser popular, mas que foi cancelada, detalhando sua rápida queda de popularidade e suas queixas em relação à fama na internet, fazendo uma analogia entre passar tempo nas redes sociais e passear por um zoológico.

Fecho a aba, incapaz de ler mais uma única palavra, enquanto minha mente se enche de perguntas. Jessica havia mencionado que Chloe tinha uma história para contar, algo que envolvia seus pais. E, com base nas reportagens anteriores, deve ter relação com a vida de minha irmã gêmea enquanto criadora de conteúdo digital. Independentemente do que seja, deve ter sido algo importante o bastante para que ela entrasse em contato com a mulher. O que Chloe poderia ter para dizer?

Apesar da curiosidade, preciso levar minha autopreservação em consideração. Não posso deixar que Jessica fique bisbilhotando quando estou fingindo ser minha irmã morta. Me envolver voluntariamente com uma repórter seria como colocar um revólver na mão dela e lhe dar permissão para atirar. É melhor cortar o mal pela raiz antes que seja tarde demais.

Elaboro uma resposta: Mudei de ideia. Não posso seguir em frente com a história. Por favor, não entre mais em contato comigo.

Após enviar a mensagem, eu deleto a conversa inteira, depois bloqueio o número de telefone de Jessica, além de seu e-mail, para que ela não possa me responder. Fico sentada, encarando a tela do celular com os olhos ressecados e os dedos no teclado. Fazer a coisa certa não fez com que minha insatisfação e curiosidade desaparecessem.

Mordendo o lábio, abro minha conversa com Fiona. Já sei que estou prestes a fazer algo idiota. Mas o silêncio dos Van Huusen e a mensagem de Jessica abriram uma caixa de Pandora. Não consigo evitar uma espiadinha.

Digito: Mandou bem no vídeo! Meu cérebro anda me deixando na mão esses dias. Qual é mesmo o endereço dos meus pais?

28

Como eu esperava, os Van Huusen moram em uma casa estilo *brownstone* no Upper West Side. Um carvalho antigo de galhos desfolhados sombreia os degraus da entrada.

Subo devagar a escada de tijolos congelados e toco a campainha. O zumbido causa um tremor em meu dedo. Enquanto espero uma resposta, espio através da janela. Há uma planta no peitoril – ou o esqueleto murcho e amarelado do que costumava ser uma planta.

Toco a campainha de novo.

Quando tenho certeza de que não há ninguém lá dentro, pego minhas chaves e tento a sorte, encontrando a correta na terceira tentativa. Eu a giro e a porta se destranca com um *claque* tão pesado que levo um susto. Com a sensação de estar invadindo uma casa, olho por cima do ombro como se alguém fosse me deter a qualquer momento. Uma mulher idosa vestindo um sobretudo grosso e marrom passeia com seu lulu-da-pomerânia do outro lado da rua. O cachorro está usando botinhas verde-neon. Eles nem olham na minha direção.

Respiro fundo, sussurro uma rápida afirmação – *Eu sou corajosa* – e entro.

Quando adentro a casa, piso sobre uma pilha de correspondência ainda fechada em cima de um tapete egípcio gasto. Colunas de poeira dançam no ar, iluminadas pela luz do sol que se derrama pela entrada.

Meus membros enrijecem enquanto fecho a porta às minhas costas.

– Mãe? Pai?

Nada.

Acabo lembrando da primeira vez que entrei no apartamento de

Chloe. Do corpo dela. Respiro fundo. Não sinto cheiro de nada – pelo menos não de decomposição. Talvez um pouco de bolor, poeira e madeira velha.

Acendo as luzes e examino a correspondência. A julgar pela camada de poeira fina que cobre a pilha, faz meses desde que alguém deu uma olhada nela. As primeiras cartas são do banco, e algumas da Associação de Ex-Alunos da Universidade de Nova York.

Por um lado estou curiosa quanto ao extrato bancário dos Van Huusen, por outro tenho assuntos mais urgentes a tratar.

Esta é a primeira vez que piso em uma casa de *brownstone* e, não vou mentir, estou bem empolgada. O lugar inteiro exala luxo. Rodapés de madeira e detalhes em latão destacam a mobília, que parece ter sido toda feita à mão. As estantes que vão do chão ao teto envergam sob o peso dos livros; partículas de pó cobrem as beiradas. As janelas enormes fazem o lugar estreito parecer espaçoso e vivaz. Se ao menos todas as plantas ainda estivessem verdes, essa seria uma casa vibrante.

Subo as escadas, e os degraus rangem sob os meus pés. O corredor do segundo andar está coberto de retratos de família empoeirados. Em cada foto, estão todos fazendo as mesmas poses: o senhor e a senhora Van Huusen em primeiro plano, vestindo suéteres de tricô, com as mãos posicionadas nos ombros de Chloe, de pé entre os dois. O sorriso dela é tão fino que quase some em cada retrato.

Vou até o escritório, mobiliado com duas escrivaninhas e mais estantes. O vento entra chiando por uma fresta na janela, desgastando as plantas quebradiças ao lado dela. Quando vou até lá para fechá-la, noto que a esquadria de madeira está com mofo preto, podre e úmido. Moscas mortas e uma mariposa jazem de barriga para cima no peitoril. Espano suas carcaças com minha manga, tentando não vomitar. A janela custa a fechar, e a fundação da casa range de agonia quando a forço para baixo.

Espio as escrivaninhas dos Van Huusen. Há uma caneca de cerâmica azul sobre um descanso de copo de cortiça. Dentro dela, uma mosquinha jaz sobre uma camada de sedimento marrom pegajoso. Os teclados estão empoeirados. Um leve toque no mouse faz o monitor se iluminar com a tela de entrada. Os computadores devem ter sido deixados em modo de suspensão. Vasculho as gavetas, na esperança de encontrar um bilhete com as informações de login, mas encontro apenas itens de papelaria. Depois de inserir uma série de senhas aleatórias, eu desisto.

Parece até que a casa foi abandonada às pressas, e não houve tempo de guardar a louça ou desligar os computadores.

No andar de cima fica o quarto principal e um pequeno canto de leitura. O quarto de Chloe, pintado de turquesa, fica no quarto andar.

Bisbilhoto sua mesinha de cabeceira, esperando encontrar um caderno ou diário. Em vez disso, encontro uma pilha de cartas abertas com o endereço de minha irmã em Manhattan. Que estranho. Por que ela traria essas cartas até ali? É quase como se estivesse tentando escondê-las.

Pego a que está no topo, retiro o papel do envelope e dou de cara com uma fatura da Casa de Repouso Kennedy. No mês de janeiro, eles sacaram um total absurdo de 35,5 mil dólares do "Fundo da Família Van Huusen" para cuidar de duas pessoas. Nome dos pacientes: VAN HUUSEN, MARGARET e VAN HUUSEN, CHARLES.

Boquiaberta de surpresa, dou uma rápida lida no texto uma, duas, três vezes, tentando dar algum sentido ao que estou vendo. Jogo a fatura que estou segurando no canto e vasculho o resto da correspondência, com o coração disparado. São todas faturas. A mais antiga data de agosto do ano passado.

Não foi muito depois da última mensagem de texto deles para Chloe. Será possível que duas pessoas sejam capazes de passar por um declínio tão drástico de saúde em apenas algumas semanas? Minha mente volta à mensagem que Jessica mandou. Será que era a isso que ela se referia quando mencionou o "momento decisivo"? Pelo que encontrei na internet, sei que os Van Huusen se aposentaram há algum tempo. Presumi que a falta de contato fosse por estarem viajando em algum lugar remoto, mas será que na verdade eles estavam em uma instituição? Como é que não existe qualquer registro disso na internet ou em qualquer outro lugar? E por que Fiona não mencionou isso quando pedi o endereço da família? Será que ela não sabia da verdade? Mas por que Chloe manteria isso em segredo?

Balanço a cabeça para clarear os pensamentos. Não adianta ficar especulando.

Peço um Uber até a Casa de Repouso Kennedy.

29

No caminho até a casa de repouso, minha mente vai de lá para cá, tentando se embrenhar nos segredos de Chloe. Como foi que os Van Huusen foram parar nessa instituição? Será que se envolveram em um acidente? E como é que ninguém ficou sabendo? Para alguém que dizia ser aberta e sincera com seu público, minha irmã estava escondendo muito mais do que parecia. Será que havia alguma coisa real na vida dela?

Para lidar com as dúvidas que atormentam minha mente, pego o celular e revejo os comentários que deixaram no meu vídeo mais recente, na esperança de encontrar um poço de compaixão. A maior parte do público demonstra empatia; no entanto, uma minoria pequena, mas bem expressiva, me repreende, censurando meu luto patrocinado. Cerrando os dentes, deleto esses comentários e denuncio os usuários por bullying e assédio.

O YouTube não está me oferecendo o alívio que eu desejava, então olho minhas DMs do Instagram, procurando mensagens solidárias de outras influenciadoras, que me desejam saúde e dizem que vão orar por mim. Doce como sempre, Iz me enviou: Me fala o seu endereço, vou te mandar minha famosa torta de pêssego. Vai fazer você se esquecer de tudo por um tempinho. Espero que esteja se recuperando bem. bjs.

Eu respondo: Você é meu anjo da guarda.

Ela reage à mensagem com um emoji de coração.

Bella Marie postou um story com um link para o meu vídeo e o seguinte comentário: Eu aplaudo @Chloe_Van_H por sua absoluta sinceridade e incentivo todos a assistirem seu vídeo incrivelmente vulnerável.

Não é fácil abrir o coração para o público assim, ainda mais sobre assuntos tão estigmatizados quanto vício e saúde mental. Minha mãe passou por maus bocados por conta do vício, e eu sei pessoalmente como é difícil trilhar o caminho dali para frente. Quero pedir a todos para se lembrarem de serem gentis e solidários. Vocês nunca sabem pelo que alguém está passando. Bjs Bella Marie.

O story seguinte diz: Se você tiver condições, por favor, doe comigo. O link leva até uma página de doação de um centro de pesquisa sobre vício.

Meus olhos ficam marejados, comovida pela gratidão enquanto clico no link. Uma pessoa anônima, registrada apenas como "B", fez uma doação de dez mil dólares. Deve ser Bella Marie. Só ela para ser tão generosa assim.

Estou prestes a lhe mandar uma mensagem de gratidão quando recebo uma notificação no celular de uma nova mensagem no grupo das Belladonnas. É da Bella Marie.

Meus amores, com a primavera logo aí, eu convido vocês a darem uma olhada em suas portas para encontrar uma surpresinha. Aliás, por favor, deem as boas-vindas à nossa nova irmã, Isla Harris!! Ela me inspira muito e eu sei que só vai somar à nossa família. Com carinho, Bella 🤍😸

Uma surpresinha? Fico imaginando o que poderia ser. A marca de roupas dela? Flores? Um cacho de seu belo cabelo loiro?

As Belladonnas respondem em rompantes.

Ana: Bem-vinda, Isla! Estou ansiosa para essa surpresinha 👀

Lily: Foi tão bom te conhecer, Isla. Fico feliz de ter você aqui com a gente.

Angelique: Se você tiver qualquer dúvida sobre o mercado, fala com a gente. Não sei o que eu teria feito sem este grupo. A gente tá aqui para te apoiar.

Maya: Estamos sempre ao seu lado! Somos uma família!

Emmeline: Oi! 😊

Iz responde: Nossa, agradeço a todas pelas boas-vindas! Mal posso esperar para ver a surpresinha. Estou me coçando para chegar em casa, mas agora estou na aula de pole dance. Ela anexa um vídeo em que está girando na barra.

Kelly: MDS QUE GOSTOSAAAAA!!! 🔥🔥🔥🔥🔥🔥

Sophia: Por favor, me ensina!

Lily: Eu sempre quis fazer pole dance!

Angelique: Menina, que corpo é esse? EU DAVA TUDO POR ELE.

Estou prestes a responder quando o motorista do Uber pergunta:

– Tudo bem se eu te deixar do outro lado da rua?

Espio pela janela. A Casa de Repouso Kennedy é uma mansão reformada em Old Westbury que poderia ser confundida com um set de filmagem de filme histórico. Uma pequena placa de latão afixada nos portões altos é que distingue a instituição dos country clubs e mansões vizinhos.

– Sem problemas. Obrigada.

Guardo o celular na bolsa e atravesso a rua. O portão está trancado. Há uma câmera perto da entrada, e seu olho escuro me encara. Uma placa de metal diz: *Disque 1029 para atendimento.* Digito o número no painel. Uma voz automatizada sai do alto-falante:

– Por favor, olhe diretamente para a câmera.

Achando certa graça, sigo as instruções e me posiciono diante da lente. Uma luz verde escaneia meu rosto. Ouço um bipe. Depois o som das engrenagens girando, e os portões se abrem para uma trilha de tijolos.

– Nossa – sussurro baixinho, impressionada, enquanto me dirijo até o asilo, olhando de relance para o gramado primorosamente bem cuidado.

Estamos no inverno, mas a grama, de alguma maneira, continua verde, tão impecável e suntuosa que quase parece falsa. Quero rolar em cima dela feito um labrador feliz.

Quando chego à entrada, as altas portas pretas se abrem e revelam uma bela funcionária de cabelo castanho vestindo uma camisa creme e calças sociais cinza. Ela sorri e gesticula para que eu entre.

– Seja bem-vinda de volta, senhorita Van Huusen.

Assim que estou do lado de dentro, começo a entender o valor por trás daquelas faturas absurdas. Essa não é uma casa de repouso comum financiada pelo governo. Não há cheiro de remédio ou desinfetante. Não há luzes azuladas estéreis no teto nem radiadores zumbindo. Não há enfermeiras sobrecarregadas correndo de lá para cá com olheiras escuras e cabelo bagunçado. Quase daria para pensar que entrei em algum clube de golfe sofisticado ou saguão de hotel – com piso de calcário e passadeiras, figueiras-lira percorrendo os tetos elevados – em vez de uma instituição para idosos.

A funcionária me oferece um tablet.

– Se puder fazer o favor de assinar aqui.

Pego o tablet e respondo às perguntas básicas, confirmando que não estive exposta a nenhuma doença nas últimas duas semanas e que permito que as câmeras me filmem por questões de segurança e monitoramento de qualidade. A última página é intitulada: **TERMO DE CONFIDENCIALIDADE**. O texto em negrito me deixa nervosa, mas torço os lábios em um sorriso, já que a funcionária ainda está parada ao meu lado. Leio por alto o monte considerável de texto. O acordo me proíbe de divulgar qualquer coisa de que eu possa tomar ciência nas dependências da Casa de Repouso Kennedy, incluindo informações sobre os residentes e os funcionários (além de outras exigências assustadoras escondidas nos parágrafos de juridiquês). Este lugar leva a segurança muito a sério. Mas, sinceramente, parece um pouco exagerado. De quem diabos eles estão cuidando? Do presidente?

Depois de concordar com tudo, devolvo o tablet para a moça, que me leva até um sujeito corpulento de cabelo espetado.

– Por aqui, senhorita Van Huusen.

Ele me conduz para fora do prédio da recepção e até uma área descoberta do lado de fora em um ritmo brusco, as pernas curtas farfalhando para a frente e para trás, desacelerando apenas quando passamos por um residente, para quem o homem sorri, cumprimentando-o com a cabeça.

Depois de passarmos por algumas fileiras de sebes, chegamos a um pátio, onde alguns funcionários e idosos estão reunidos. Percebo que os funcionários são majoritariamente latinos ou asiáticos, empurrando pessoas brancas ranzinzas em cadeiras de rodas brilhantes com tubos de oxigênio enfiados no nariz, mantas e chapéus de lã protegendo-os do frio. É desolador ver a pele transparente e seca, veias aparentes e lábios enrugados. Os olhos estão fundos nas órbitas, como se tivessem sido forçados para dentro. Alguns idosos estão parados perto de uma rotunda para tomar banho de sol, balbuciando para si mesmos. Enquanto passo por eles, eles observam meus movimentos com suas íris leitosas.

Um homem de casaco de lã chama minha atenção. Desacelero o passo e observo suas feições caídas, os olhos muito enrugados, o cabelo grisalho, tentando entender a familiaridade que se espalha em minha memória. Então tudo se encaixa. Ele é um ator, um dos famosos. Antiga estrela de filmes de ação no início dos anos 2000, que se tornou roteirista e diretor. Não deve ter mais de setenta anos, mas parece estar mais próximo dos três dígitos. Acho que Hollywood realmente mói as pessoas até os ossos. Mas quem diria que ele estaria ali? Da última vez que ouvi falar dele, o homem estava escrevendo um novo roteiro.

– Aquele ali é… – começo a dizer.

Mas o funcionário que estou seguindo gesticula em direção ao caminho.

– Por aqui.

Eu me dou conta de que ele não é bem um guia, mas um guarda cuja função é me impedir de sair perambulando.

Fechando bem a boca, eu o sigo pelo pátio, olhando de relance uma última vez para o ator. Agora entendo o termo de confidencialidade. Os residentes daqui são mais proeminentes do que eu imaginava.

– Chegamos.

O homem para diante de um prédio identificado como 4C.

Ler esse número me dá calafrios. Acho que gente branca não acredita que o número quatro dê azar. Tudo que consigo pensar é em morte.

O sujeito abre a porta para mim.

– Obrigada.

– Não há de quê.

Ele fecha a porta às minhas costas.

O prédio 4C é menos requintado do que a entrada principal, mas ainda possui detalhes elegantes. Balaústres de madeira escura, lâmpadas de luz quente, pinturas de paisagens refinadas ornamentando as paredes. Uma suave música de spa está tocando, e o ar tem um cheiro vagamente doce. Duas mulheres vestindo jalecos verde-escuros estão sentadas atrás da mesa das enfermeiras, digitando nos teclados. Elas me olham de relance e sorriem antes de voltar ao trabalho com expressões dedicadas.

O terceiro quarto no largo corredor está identificado com o sobrenome VAN HUUSEN. Abro a porta pesada de madeira e entro no cômodo. O casal está deitado em duas camas de hospital separadas, cada um ligado a um milhão de máquinas emitindo bipes. Ar estéril, um traço de metal e hálito rançoso.

Os dois mal parecem estar vivos.

O pavor se solidifica no meu peito enquanto me esgueiro para perto deles. Seus olhos estão semicerrados, desprovidos de alma. Estão usando máscaras de oxigênio, as bocas escancaradas em respirações curtas, as línguas vermelhas e muito secas. A pele acinzentada está ressequida e descamando feito escamas de peixe levantadas.

– Olá?

Não recebo qualquer reação.

O ar parece ficar rarefeito, e sou coberta por uma camada de pânico. Balanço a mão diante do senhor Van Huusen. Ele não reage. Vou até a senhora Van Huusen. Aceno. Nada.

Eles não conseguem nem me ver nem me ouvir.

Estão em estado vegetativo.

Os corpos imóveis me lembram o cadáver de Chloe. Eu me afasto aos tropeços das camas, cobrindo a boca com a mão, o pulso acelerado. Meus dentes batem enquanto deslizo pela parede. Cada bipe do monitor de batimentos cardíacos provoca pontadas de horror no meu sangue. Estou me encolhendo quando lembro que talvez haja câmeras de segurança. Fico ereta com um sobressalto e passo as mãos suadas no casaco, tentando fingir um ar de normalidade. Não quero alarmar nenhum funcionário que esteja nos observando com meu comportamento estranho. Olhando para o teto, encontro três câmeras com luzes vermelhas piscando, depois volto a encarar os Van Huusen.

Eles devem ter se envolvido em um acidente grave. É a única maneira racional de dar sentido para o fato de dois indivíduos perfeitamente saudáveis terem chegado a esse ponto em poucos meses. Estar na presença de seus corpos definhando me perturba, mas tenho a impressão de que algo neste cômodo vai me dar pistas sobre o que aconteceu com o casal. Não posso ir embora sem descobrir, não quando já vim até aqui.

Sei que eu poderia perguntar para as enfermeiras na recepção, mas não quero levantar suspeitas com minhas perguntas. Vasculhando mesas e armários, tento localizar uma ficha de paciente ou qualquer outra fonte de informação. Depois de alguns minutos, encontro um tablet acoplado à lateral da cama do senhor Van Huusen. O único aplicativo na tela inicial é da casa de repouso. Ele escaneia meu rosto. Uma voz automatizada ressoa pelos alto-falantes sobre a gravação de um drone mostrando o terreno da instituição, seguido de um grupo de idosos alegres em cardigãs acenando para a câmera.

– Bem-vindos à Casa de Repouso Kennedy, onde o cuidado é transparente e empático. Obrigado, Chloe van Huusen, por nos confiar o bem-estar de seus entes queridos.

Um tanto nervosa pela maneira como o programa diz meu nome, solto um suspiro de alívio quando a ficha dos Van Huusen preenche o portal.

Clico no arquivo intitulado CHARLES VAN HUUSEN. Há diversas abas, incluindo observações sobre alimentação e medicação, planos de tratamento, gravações do quarto do paciente e registros dos sinais vitais, que são medidos de hora em hora. Navego até o Histórico do Paciente primeiro e vou até a data mais antiga.

Meus lábios se entreabrem de choque enquanto leio a causa do coma. O paciente se envolveu em um atropelamento enquanto caminhava com a esposa em Bridgehampton. Apesar do socorro imediato dos serviços de emergência, o acidente resultou em graves ferimentos físicos, incluindo paralisia total dos membros inferiores e dano cerebral permanente. O restante do arquivo contém anotações em jargão médico complexo e resultados das cirurgias. O histórico de paciente de Margaret mostra a mesma coisa.

Os arquivos não revelam o que aconteceu com o culpado, então faço uma pesquisa no Google, inserindo a localização e a data do acidente. A única matéria que encontro é de um jornal local, que deixou as vítimas em anonimato, descrevendo-as como "residentes de longa data" e mencionando que "o motorista permanece solto".

Mal consigo acreditar no que estou lendo. Um acidente de carro, assim como aconteceu com nossos pais biológicos. Qual é a probabilidade? E estou surpresa pela falta de cobertura do caso, considerando a fama de Chloe.

De qualquer maneira, agora entendo por que esse incidente mudou minha irmã gêmea. Deve ter sido um gatilho que trouxe à tona traumas não resolvidos de nossa infância. Sou tomada de compaixão, e sinto o peito ficar quente. Seguro a mão seca do senhor Van Huusen, na esperança de que, mesmo em estado comatoso, ele pense que a filha adotiva veio visitá-lo. Ao lembrar que música ajuda a estimular o cérebro, dou play numa composição de Wagner no celular, já que os Van Huusen parecem ser o tipo de gente que gosta de clássicos. Volto até o tablet e leio os registros de tratamento. As enfermeiras e os médicos são incrivelmente minuciosos. O dinheiro realmente compra o melhor cuidado. Se bem que, pensando melhor, talvez as câmeras de segurança os mantenham na linha. Já que os responsáveis legais têm acesso irrestrito às gravações, você não ia querer ser flagrado cometendo um deslize.

Por curiosidade, clico nas gravações. A tela atualiza para uma transmissão ao vivo do quarto. Ver a mim mesma de um ponto de vista onisciente é meio desconcertante, então passo logo para filmagens de dias anteriores. O aplicativo começa a gravar toda vez que alguém entra no quarto, e anota seu nome e título. Escolho clipes aleatórios e observo enfermeiras injetando coisas em bolsas de soro e anotando sinais vitais. Depois de explorar a galeria por um tempo, vejo uma categoria chamada Visitante: CHLOE VAN HUUSEN.

Até este mês, ela passava aqui toda semana. Rever as gravações dela é quase como assistir a um de seus vlogs. Ela costumava se sentar com frequência ao lado da cama dos pais, passando uma pomada com cuidado em suas peles secas. Depois de alguns clipes, eu me dou conta de que posso ativar o áudio dos vídeos. O tablet zumbe com uma música. Chloe tocava clássicos para os pais, assim como acabei de fazer. Esse pequeno gesto faz uma pequena semente de afeto brotar dentro de mim, e eu me sinto mais próxima de minha irmã gêmea do que jamais me senti.

Continuo assistindo aos clipes, passando pelos meses, até que chego a agosto, quando o casal Van Huusen foi internado. Chloe está mais frenética nesse período, provavelmente porque o acidente tinha acabado de acontecer. Ela andava muito de um lado para o outro, com o rabo de cavalo preto e lustroso balançando atrás da cabeça pequena, ou ficava encolhida no sofá, com o rosto encostado nos joelhos, chorando baixinho. Mal consigo assistir a essas demonstrações de fraqueza sem me retrair, de repente me sentindo culpada por bisbilhotar, por estar sentada no sofá onde minha irmã já chorou.

Logo chego ao vídeo mais antigo, datado da mesma semana em que os Van Huusen foram internados. Chloe entra no quarto aos poucos, hesitando e encarando os corpos dos pais, paralisada por uns cinco minutos. Então ela desmorona, caindo no chão com um pranto tão escandaloso que preciso diminuir o volume, já que seu choro agudo açoita meus ouvidos enquanto ela gagueja:

– Minha culpa, minha culpa. É tudo minha culpa!

Que porra é essa?

Desligo o tablet e me levanto do sofá, olhando de relance para o casal em coma, com meu pulso acelerado de inquietação. Por que será que minha irmã pensava que era culpa dela? Da primeira vez que ela me ligou, Chloe havia dito algo parecido. *Erro, erro.* Será que era disso que estava falando? Será que ela esteve envolvida de alguma maneira no atropelamento?

O quarto começa a girar, e as paredes se fecham ao meu redor conforme minha respiração vai ficando curta. Não consigo pensar no assunto aqui, não ao lado dos Van Huusen, com seu aroma rançoso e salgado marinando no meu nariz, entupindo meus pulmões. Preciso sair daqui. *Agora.*

Saio correndo pela porta, evitando contato visual com as enfermeiras, e fico grata por todos os termos de confidencialidade que elas devem ter tido que assinar. Saio em disparada, passando às pressas pela funcionária na entrada, que me pede para assinar o horário de saída. Não consigo ficar aqui nem mais um segundo.

Quando já estou a um quarteirão de distância, paro para recuperar o fôlego. O ar congelante esfria minha garganta e queima minhas bochechas.

Por que Chloe esconderia isso? O que aconteceu naquele atropelamento? Por que a culpa foi dela? Os segredinhos e mentiras vão se acumulando dentro de mim – os remédios prescritos, o histórico de chiliques e, por fim, a overdose. Uma fortaleza física que não pode ser invadida. Será que está tudo conectado?

Caio na calçada, sentindo o cimento frio contra meu jeans.

Tudo o que eu queria era uma nova vida de influenciadora. E agora... Meu deus, no que foi que eu me meti?

30

Cerro o maxilar durante a viagem de volta para casa, para não chorar e assustar o motorista. O sujeito fica olhando para mim pelo retrovisor. Não tenho certeza se é porque me reconhece ou se os gemidos baixos e ansiosos que escapam dos meus lábios estão começando a preocupá-lo. Não consigo evitar: o acidente de carro, o estado vegetativo dos pais de Chloe, o que ela falou pelo telefone, *erro*. Nada faz sentido. Estou prestes a ter um ataque de pânico tentando juntar todas as peças. A alguns quarteirões do meu apartamento, ficamos presos no trânsito.

– Vou descer aqui.

Não espero o motorista responder enquanto saio tropeçando do carro e corro até meu prédio para poder surtar em paz. Minha visão está embaçada pelas lágrimas, desfocando os sinais de pedestre. Enquanto atravesso o cruzamento às pressas, quase trombo com um ciclista, que desvia do caminho no último segundo e para derrapando na rua. Ele me xinga aos berros, mas eu o ignoro e disparo até a porta, apertando a tag com força entre os dedos suados. No saguão, Ramos está conversando com uma mulher. Quando me vê entrar, o segurança acena, mas finjo que nem o vi e vou direto para os elevadores antes de apertar o botão freneticamente. Meu coração está disparado, e meu peito está tão apertado que parece que vou explodir.

Ouço Ramos me chamar.

– Chloe!

Estou balançando a perna, encarando o mostrador digital que exibe os andares em que os elevadores estão parados. O mais próximo ainda está a doze andares do térreo.

– Chloe!

Solto um gemido e me viro para ele.

– Agora não é um bom momento…

É uma mulher que não reconheço, de cabelo preto oleoso, rosácea e grandes olhos verdes. Ela estica a mão enluvada para segurar meu antebraço.

– Está tudo bem, Chloe? Fiquei te chamando, mas acho que você não me ouviu.

Quase solto um gemido de cansaço. A última coisa de que preciso é gastar ainda mais energia fingindo diante de uma das amigas de Chloe, mas reteso o maxilar e franzo os lábios em um sorriso.

– Estava com a cabeça em outro lugar.

– Desculpa se te assustei passando na sua casa. Mas fiquei um pouco preocupada depois da sua última mensagem. Tentei te responder, mas… acho que você me bloqueou.

Merda. É Jessica Peters. Eu me engasgo com a aflição se solidificando em minha garganta e começo a tossir de nervosismo. Ela me dá tapinhas nas costas, mas eu me desvencilho de suas mãos.

– Por que está aqui? Eu te falei que não quero continuar a história.

As palavras saem rápido, ansiosas. Observo o mostrador. O elevador mais próximo está a cinco andares do térreo.

A mulher inclina a cabeça e franze a testa.

– Eu sei, mas só precisava saber por que você quer parar. Faz meses que você está tentando encontrar alguém para cobrir a sua história. Agora que eu decido me arriscar, do nada você dá para trás? Só estou preocupada. Eu *sei* como essa história é importante para você.

O elevador chega atrás de mim com um tinido e as portas se abrem.

– E-eu só não consigo. Não consigo, tá bom? Por favor. *Por favor*, me deixa em paz, porra.

Entro no elevador e aperto o botão do vigésimo sétimo andar. Quando Jessica estica o braço para impedir que a porta se feche, eu grito:

– Ramos! Essa mulher está me assediando! Por favor, me ajuda! *Agora!*

Ouço os passos urgentes e estrondosos do homem. Jessica puxa o braço de volta, os olhos arregalados de susto. Então ela vê minha expressão de desespero. Com um suspiro, ela balança a cabeça com desânimo.

– Tá. Tudo bem. Entendi. Sinto muito, vou te deixar em paz. Mas, Chloe…

As portas do elevador se fecham, abafando suas palavras.

Assim que estou dentro do apartamento, atiro o casaco longe e grito a plenos pulmões, sentindo cada músculo exaurido. Por que diabos Jessica veio até aqui? Que tipo de história Chloe estava tentando contar? E qual é a relação disso com os Van Huusen? Passei o dia inteiro tentando entender as respostas, mas tudo que consegui apreender foi a sensação pavorosa de que está tudo errado. Eu me envolvi com coisas além da minha capacidade, e agora estou me afogando.

Exausta, deito no chão feito um peixe fora d'água, sorvendo o ar com desespero enquanto lágrimas de frustração escorrem de meus olhos. Sem a menor ideia do que fazer, pego o celular para passar o tempo e me distrair da situação quando sou surpreendida por meu próprio reflexo no espelho escuro. Estou um completo caos. Tem rímel escorrendo pelas minhas bochechas, meus olhos estão vermelhos e nojentos. Mas espera aí…

Vou rastejando até a janela, onde a iluminação faz minha pele parecer impecável, tiro uma selfie, edito meu nariz para que pareça menor e posto um story com o texto: Não dá para ter dias bons todos os dias #sinceridade #tristeza #ansiedade #luto #saúdementalimporta.

Em instantes, DMs preocupadas começam a chegar.

Nós te amamos!

Obrigada por ser tão transparente.

Você ainda está tão bonita.

Que rímel é esse? Quero saber para não comprar

Estamos do seu lado!

O apoio carinhoso de minha comunidade nunca deixa de me trazer satisfação. Eles são as muletas que me mantêm de pé. Não estou mais sozinha – e jamais voltarei a estar. Fico ao lado da janela durante uma hora, lendo todas as DMs, absorvendo a compaixão, me preenchendo até que eu me sinta mais ou menos um ser humano de novo. É um escapismo tão bonito. Antes que eu me dê conta, a questão dos Van Huusen e de Jessica vai parar no fundo da minha mente. O fato de Chloe ter dito *erro* não deve significar nada, foi só uma forma de luto se manifestando como autocensura. Seria culpa por ter sobrevivido? Talvez, se ela estivesse em seus últimos momentos. Talvez minha irmã quisesse que Jessica escrevesse uma matéria sobre sua experiência com o luto depois do acidente. A repórter mencionou que ninguém queria cobrir a história dela. Talvez o que minha irmã gêmea tivesse a dizer fosse chato, batido. Desde que monetizar problemas de saúde mental se tornou rentável, todo mundo escreve manifestos de luto. Claro, a história era importante para Chloe, mas todos acreditam que a própria história é importante. Para o azar de minha irmã, ela perdeu a oportunidade de contar a dela.

Quanto mais penso no assunto, mais faz sentido. Às vezes, a solução é a resposta mais simples. Preciso pensar positivo. Com os Van Huusen fora de cena, minha tia inclusa na folha de pagamento e Jessica com acesso bloqueado à minha vida, não há mais ninguém para me denunciar.

As coisas estão bem. Ótimas, na verdade.

Visto um pijama e jogo a roupa de cama suja na máquina de lavar. Quando estou pegando minha jaqueta, que eu tinha atirado na entrada de casa durante meu ataque de pânico, noto um envelope roxo com cheiro de limões e óleo de néroli debaixo dela. Uma letra cursiva escrita à mão dá volteios na parte da frente: *Chloe.*

Largo a jaqueta e pego a carta, sentindo um pico de empolgação. Deve ser o presente de Bella Marie. Quase tinha me esquecido dele com tudo o que acabou de acontecer.

Estou prestes a rasgá-lo quando mudo de ideia. Dá para ver que o envelope é caro. Robusto, fabricado com uma mistura de linho e lágrimas de sereia. Amo como Bella Marie manteve o ar tradicional com cartas de papel. Eu a imagino escrevendo ao lado de janelas francesas enormes. Cortinas brancas e translúcidas ondulam junto à brisa, e raios dourados entrecruzam sua pele pálida. Ela está sentada a uma enorme escrivaninha de madeira, uma das antigas, com uma vela acesa a um canto e um vaso de petúnias e peônias ao seu lado. Os materiais de papelaria estão dispostos em uma pilha organizada ao lado da máquina de escrever vintage e uma borboleta calha de entrar no quarto com aroma floral. Com a caneta de caligrafia na mão, Bella Marie rabisca meu nome no cartão com um sorriso nos lábios rosados. Enquanto coloca o cartão no envelope, ela borrifa um pouquinho de perfume.

Aperto o convite contra o peito, encantada, e sinto seu cheiro.

Usando uma faca de manteiga, abro a aba com cuidado e retiro o conteúdo. Não há nada de mais. É um cartão branco com caligrafia preta. Um cravo rosa desidratado foi selado com cera na parte de trás. Quando viro o cartão, sinto arrepios na espinha.

Chloe, você foi cordialmente convidada para o retiro anual em uma ilha, dos dias 9 a 16 de junho. Se desejar comparecer, por favor, poste uma foto em até um quindênio com este convite ao fundo. Lembre-se de manter este evento guardado a sete chaves. Será um período especial para ser compartilhado apenas com nossa família.
Com carinho, Bella Marie Melniburg

Mordo o lábio, dando pulinhos de empolgação. Não faço ideia de quanto tempo dura um quindênio e não me dou ao trabalho de pesquisar. Meu calendário já está reservado para junho, e cada fibrazinha do meu ser quer comparecer. Nem preciso pensar.

Estou prestes a postar uma selfie quando me dou conta de que meu rosto está uma merda. Mudo de ideia e levo a mesinha de centro até as janelas e reorganizo objetos do apartamento para criar a imagem perfeita. Um vaso de lírios brancos em plena floração. Uma vela da Le Labo em cima de diversas revistas *Kinfolk*. Uma taça de vinho branco.

Um prato dourado de porcelana com alguns anéis e um colar de madrepérola pendendo da borda. *A história secreta*, de Donna Tartt. Não sabia que Chloe gostava de ler e não faço ideia do assunto do livro, mas a capa combina com a estética bege da foto. Coloco um marcador de página no meio para convencer a todos de que estou de fato lendo. E, por fim, posiciono discretamente o convite no canto superior direito do enquadramento.

O sol está se pondo. Um brilho dourado cobre o céu de Nova York. Tiro um monte de fotos e escolho uma que inclui todos os elementos com perfeição. A iluminação está tão boa, as sombras tão nítidas, que nem preciso colocar filtro. Posto a foto no Instagram com a legenda O que vocês fazem quando a vida te dá um desafio? Eu gosto de me sentar com meu livro favorito. #autocuidado

Bella Marie curte a postagem depois de cinco minutos. Meu coração para. Ela viu. Confirmei minha presença através de uma linguagem secreta, um joguinho que só nosso círculo íntimo entende. Isso deixa meu coração quentinho, essa sensação de que pertenço a algum lugar.

Mal vejo a hora de junho chegar.

Ao longo da semana, as confirmações vão chegando. A maioria coloca o convite no fundo de uma publi ou um vlog. Mas algumas foram um pouco mais criativas.

Iz posta uma foto de piquenique. Uma toalha xadrez vermelha e branca, cesta de vime, tábua de frios e uma torta de pêssego. O pequeno cartão está posicionado debaixo de um prato, um acessório perfeito para a composição. A legenda diz: Nunca está frio demais para um piquenique. Tira a toalha do armário e se prepara para se divertir num piquenique dentro de casa!

No mesmo dia, ela me entrega em mãos uma bandeja de sua torta de pêssego. Fico tão feliz com a presença de Isla que a convido para entrar e tomar um chá.

– Como costuma ser essa viagem? – pergunta ela entre um gole e outro do chá preto *orange pekoe*. – Perguntei para algumas das outras meninas, mas elas ficaram evitando minhas perguntas. Foi meio estranho.

Engulo o chá. Ele queima minha garganta. Também percebi como as outras costumam evitar minhas perguntas. É muito frustrante não saber de nada.

Bella Marie gosta de ser discreta. – Espero que isso soe verdadeiro, embora minha voz esteja falhando. – Não posso falar muito, senão vai estragar a surpresa.

– Aff, odeio surpresas. Vocês são muito boca fechada, está me dando agonia. Por favor, estou te implorando, me dá alguma dica.

Ela está tão desesperada que não consigo não lhe dar uma casquinha. Não quero que crie ressentimento contra mim.

Repito o que os frequentadores dos fóruns especulam:

– Praias. Oceano. Sol. Coisa de gente rica. Você vai amar.

Isla solta um suspiro vagaroso.

– Espero que sim. Vou gastar muito para alguém cuidar das minhas filhas durante uma semana inteira.

A culpa pela mentira cresce em meu peito até que eu preciso inventar um pretexto para tirá-la do apartamento. Iz vai embora com muita graciosidade, é claro, e o lugar fica com seu cheiro durante uma hora. Baunilha, pêssego e açúcar.

A confirmação de Angelique chega por último.

O convite está na mesa ao lado de nada mais, nada menos que um ultrassom anunciando sua gravidez. A legenda diz: Esse bolinho está te dando oi de dentro do forno! Sommer e eu estamos muito animados para este novo capítulo de nossas vidas e, mais do que tudo, para compartilhar isso tudo com vocês. Por favor, me acompanhem nessa aventura de gerar uma vida e tudo que a maternidade traz. (Espero que mais doces!)

Ela recebeu meio milhão de curtidas em menos de cinco horas, ganhou vinte mil novos seguidores e os comentários estão repletos de "parabéns" de contas verificadas.

Eu comento: Parabéns!! Tô tão animada por você!!

Uma alegria se espalha pelo meu peito quando percebo que minha resposta está aninhada entre comentários deixados por outras Belladonnas.

Sophia: Isso quer dizer que eu vou ser tia? Parabéns!

Maya: Não consigo pensar em um casal que mereça mais do que vocês.

Ana: Rosas são vermelhas, violetas são azuis, amo seu bebê tanto quanto tu!!!!!!!!

Emmeline: A família mais linda de todas. Parabéns.

Iz: você vai ser a melhor mãe do mundo.

Kelly: Estou tão, tão, tão feliz por vocês!

Lily: Parabéns! Mal posso esperar para nossos filhos brincarem juntos daqui alguns anos! 👶 👶

Bella Marie: 🙊🙉🙈😊

31

Belle by Bella Marie é lançado no primeiro dia da primavera. É um sucesso instantâneo.

Não me surpreende. Durante as últimas semanas, o burburinho sobre a marca chegou ao ápice. Manter o desfile discreto criou um ar místico e alimentou as especulações, o que foi bastante eficaz, já que a maioria das influenciadoras enfia as próprias marcas goela abaixo de todo mundo. A estratégia de Bella Marie convenceu o público de que ela não queria *vender* os produtos, mas que a marca era de fato um projeto feito com carinho, pela arte.

A única divulgação na imprensa foi uma entrevista para a *Vogue* – uma matéria de página dupla dela no vestido lilás justinho de sua grife, que era quase angelical. Nela, Bella Marie contou detalhes cruciais sobre a marca: tudo tem origem rastreável e é feito por mulheres, ecológico, livre de plásticos, orgânico, sustentável, fabricado com zero emissão de carbono e inclusivo para todos os tamanhos: do PPPP ao GGGG. Dez por cento dos lucros serão destinados à pesquisa para a cura da endometriose.

Assim que os portões são abertos ao público, todo mundo se descabela, louco por um gostinho do ilustre clube liderado pela *it girl* favorita da internet. Os seguidores estão tão desesperados para comprar e apoiar Bella Marie que o site cai uma hora após o lançamento, o que só aumenta o hype.

As roupas não são baratas: cem dólares por uma camisa de algodão pesado feito na Itália; setecentos e oitenta por um suéter de lã belga. Não vou nem falar dos vestidos feitos de seda tecida à mão.

Antes de eu ser Chloe, só poderia sonhar em experimentar um vestido desses. Agora tenho a coleção inteira, já que sou uma das poucas influenciadoras com acesso antecipado.

Tiro fotos para o meu feed do Instagram e faço uma série de vídeos curtos de unboxing e estilizando diferentes looks, marcando a grife e a própria Bella Marie.

Em um rompante de gratidão e admiração, acabo stalkeando o perfil dela. Seu conteúdo é tão pitoresco que não me dou conta de que voltei até dezembro. Uma certa publicação chama minha atenção. É a foto de um pôr do sol, com retalhos de um céu rosado e alaranjado e do mar azul-escuro. A legenda diz: Você acha que está navegando em águas tranquilas, com ondas calmas, a praia deserta, mas na verdade isso é o mundo recuando para preparar um tsunami. Recentemente eu tive que encarar o meu próprio tsunami. Mas é importante saber lidar com a situação, ser grata e seguir em frente. Qualquer obstáculo em seu caminho é simplesmente a forma como o mundo te guia na direção certa. Os comentários foram limitados.

Eu me pergunto o que aconteceu.

Recebo uma notificação de que a conta oficial de Belle by Bella Marie repostou meu TikTok provando as roupas. Dentro de alguns minutos, ganho algumas centenas de novos seguidores. Abro o site da marca e descubro que cada peça está esgotada ou em pré-venda.

Estou tão inspirada pelo sucesso do lançamento que começo a sonhar com minha própria grife. O mercado de skincare asiático está em alta agora. Já vi algumas marcas ocidentais fingindo ser asiáticas através de um marketing desonesto, enganando os consumidores para que acreditem que estão comprando produtos da Coreia ou do Japão. Se eu tiver uma boa estratégia, talvez consiga me aproveitar dessa obsessão crescente pela Ásia.

Mando mensagem para Bella Marie e pergunto como ela começou com a marca, na esperança de receber algum conselho sábio. Ela não responde. Acho que era de se esperar. Deve estar ocupada com o lançamento.

Depois de fazer uma pesquisa e entrar em contato com Maya, a Belladonna guru de beleza que recentemente lançou a própria linha de maquiagem, One Drop, entro em contato com uma empresa que já ajudou diversas influenciadoras a dar início a projetos de sucesso. Eu lhes conto minhas ideias, meus sonhos, entrando em detalhes sobre o que quero fazer: séruns de chá verde, máscaras faciais que se parecem com papel de rolinho primavera, protetor labial de flor de cerejeira. As ideias vão jorrando de minha cabeça. Tudo é possível agora que eu sou Chloe.

A empresa responde no dia seguinte, e nós marcamos uma reunião uma semana depois, na qual não ouço nada além de "sim!". Então eles entram no tópico dos custos, dos investimentos. Meus olhos se arregalam diante dos números que me informam com tanta casualidade. Eu não sabia que começar uma marca era tão caro. Espero que ainda seja possível.

Consulto meu contador.

– Claro, você deve ter fundos o bastante para isso – diz ele.

– Sério? Ai, meu deus, eu tenho tantas ideias…

– Você andou guardando vinte mil por mês na poupança, então em alguns meses deve ter o capital necessário.

Meu coração murcha. Esse era o dinheiro que eu tinha separado para minha tia.

– Não posso usar esse dinheiro. Tirando isso, eu ainda tenho o bastante… né?

Há um momento de silêncio.

– Vai ser difícil. – A julgar pelo tom dele, dá para ver que está mais para *impossível.* – Mas você pode buscar investidores externos.

– Vou pensar no assunto.

Eu desligo.

Esse lembrete de minha tia acaba com minhas energias. Por que ela sempre tem que me colocar para baixo?

Como se estivesse me ouvindo, ela me manda uma mensagem: Vou ao banco semana que vem. E depois anexa um clipe de quinze segundos em que eu admito estar fingindo ser Chloe.

Apago o histórico do chat, atiro o telefone para o outro lado do quarto, o que acaba quebrando um vaso, e solto um grito. Titia é um lembrete aterrorizante de minha vida anterior, a única coisa que me impede de prosperar, de realmente realizar meus sonhos.

Queria que ela me deixasse em paz. Queria poder me livrar dela de alguma maneira.

Mas não posso. Ela me tem na palma da própria mão.

Mando um e-mail para a empresa cancelando nossa próxima reunião.

Na manhã seguinte, limpo os cacos do vaso, vou até o banco e mando a parcela mensal para minha tia.

32

Abril

Estou no meu habitat natural.

Eu me adaptei à carreira de Chloe como se sempre tivesse sido minha. Gravar vídeos é um processo instintivo. Tirar fotos não é nada de mais. Eu poderia escrever legendas sem nem pensar e mandar e-mails para marcas de olhos fechados.

Não achei que seria tudo tão rápido e fácil. Talvez seja porque passei a maior parte de minha vida absorvendo o conteúdo de minha irmã através de uma tela. Aprendi intuitivamente as nuances de seus vlogs diários, como narrar minha vida diante da câmera, os truques para melhorar o engajamento. E, se eu me perder em algum momento, posso simplesmente terceirizar a função. Empaquei na edição de um vídeo? Contrato um editor. Estou ficando sem ideias? Contrato um time criativo. Estou cansada demais para limpar o apartamento? Contrato uma faxineira. Os custos atrelados a todas essas contratações nem se comparam ao dinheiro que elas me ajudam a gerar.

Mas isso não quer dizer que as coisas são fáceis. Ser influenciadora é como tocar um canal de televisão com transmissão 24 horas por dia, 7 dias por semana, e eu sou a única apresentadora. Tive que monetizar cada aspecto de minha vida para lucrar, planejar minha rotina com base em patrocínios e vendas. Se não estou publicando nem filmando, gero capital em cima de atividades aparentemente mundanas fazendo uma live. Exatamente às 7h30, eu me mostro me arrumando para começar o dia. Às 21h30, mostro como relaxo antes de dormir. Os fãs enchem as lives e começamos e terminamos o dia juntos, como se fôssemos colegas de quarto. Às vezes eu até almoço com eles. Eu me tornei um refúgio, uma melhor amiga virtual sempre presente. Um grupo de seguidores solitários até se autodeclarou os *Companheiros da Chloe* e se tornaram meus apoiadores mais apaixonados. Conheço alguns de nome pela frequência com que aparecem ou fazem doações.

Durante os raros momentos em que estou offline, estou sempre trabalhando para melhorar e ser capaz de manter a imagem feliz e saudável de Chloe. Virei rata de academia. Todos os dias, posto um story no Instagram do meu corpo em uma sala de exercícios de iluminação fraca, o que acentua meus #bodygoals. (E assim também aumentei meu público masculino.) Recebi minha primeira injeção de botox, o que me torna uma influenciadora de lei. Mal foram dez unidades, apenas o suficiente para retardar o surgimento de rugas entre as sobrancelhas e na testa, não para fazer meu rosto parecer paralisado. O tipo de tratamento que as celebridades fazem para convencer os fãs de que ainda são naturais. O médico da clínica quase me convenceu a fazer um preenchimento labial, mas recusei. Mudar muitas partes do meu rosto vai estragar minha autenticidade.

Na área dos negócios, retifiquei o hábito de Chloe de rejeitar patrocínios a torto e a direito. Claro, não aceito qualquer coisa que cai no meu colo – isso faria de mim uma vendida –, só estou sendo um pouco menos exigente. Em minha defesa, tenho uma chantagem a pagar. As ameaças de minha tia são tão regulares e irritantes quanto minha menstruação, e, levando em conta sua taxa de juros absurda, mal estou progredindo. Toda vez que recebo o pagamento de uma publicidade que deveria fazer meus olhos brilharem, tenho que lidar com o fato de que ela vai ficar com uma parte dele. É como pagar uma dívida com o diabo. Pior, tenho a sensação de que, mesmo se eu conseguir quitar minha dívida, Titia vai continuar exigindo mais; que, enquanto eu viver como Chloe, ela nunca vai me deixar em paz.

Esse é o preço do meu crime.

Para me assegurar de que conseguirei fazer os pagamentos em dia, topei fazer uma (discreta) publicidade lucrativa e constante para uma empresa de balinhas para dormir, a URSINHOS DORMINHOCOS. São tão eficazes que chega a dar medo. Às vezes, meu alarme não consegue me acordar se eu tiver comido duas antes de me deitar. Também não tenho um único pesadelo, o que é uma bênção. Por mais que as afirmações positivas tenham ajudado a frear meus primeiros sonhos com Chloe, encontrar os Van Huusen à beira da morte fez os horrores voltarem durante meu sono. Se não fosse pelos URSINHOS DORMINHOCOS, eu teria insônia crônica. Não estou brincando: essas balinhas de gelatina minúsculas sabor lavanda são tiro e queda igual drogas pesadas… provavelmente porque também são. Não são aprovadas pelos órgãos competentes nem reguladas pelo governo, e é por isso que eu não falo abertamente que estou fazendo publicidade para a marca. Preciso inserir o produto sorrateiramente no meio de um vlog ou durante uma live em que estou relaxando. Mas, olha, dinheiro é dinheiro.

Também suspendi as compras impulsivas quando percebi que os recebidinhos podem tapar esse buraco. Todos os dias, eu recebo pelo menos três caixas de coisas de graça de marcas aleatórias. Às vezes, a mera quantidade de coisas se torna tão intimidante que eu deixo tudo acumular em minha sala de estar. Assim que a visão de tanta coisa gratuita começa a me incomodar, eu gravo um unboxing de recebidos para monetizar em cima do esforço necessário para organizá-los. Fiona e eu empilhamos as caixas atrás de mim para parecer que estou dentro de um forte de papelão, o que faz de mim uma linda princesinha num castelo marrom. Pego os pacotes como se fosse um jogo de Tetris, o que acrescenta um momento de tensão para os espectadores: *Será que minha torre de consumo excessivo vai me esmagar hoje?* Depois abro milhares e milhares de protetores solares, sabonetes líquidos faciais, linhas inteiras de base, cremes para o corpo, séruns, essências. Óleos para o cabelo, para o corpo, para se bronzear. Camisas, vestidos, calças jeans, óculos de sol, chapéus. Algumas empresas até mandam caixas enormes, do tamanho e peso do meu torso, só para no final acabar sendo uma apresentação elaborada de um produto minúsculo: uma máquina de *gacha* funcional para promover um delineador marrom; uma caixa repleta de balões que sobem no ar para mostrar uma única barra de sabonete; um pacote de quase quinze quilos contendo uma espreguiçadeira de praia, um chapéu e chinelos para divulgar um novo creme corporal com perfume de coco.

O último unboxing que gravei durou oito horas. Não estou brincando. OITO horas para abrir pacotes, jogar fora isopor, papel amassado, plástico-bolha e extrair os pequeninos potes de plástico de dentro deles. É um trabalho e tanto. As pessoas não têm noção do esforço por trás de um rápido vídeo de unboxing de trinta minutos. Ao final de uma gravação, meu apartamento está abarrotado de tanto lixo que me lembra aqueles rios em países em desenvolvimento entupidos de sacolas de plástico e garrafas verdes de Sprite. Que tristeza. Ah, fazer o quê?

Já que sou tão nobre, faço doações ou sorteios para me livrar da maior parte das porcarias. Às vezes, quando estou muito cansada de receber coisas de graça, deixo Ramos levar as caixas para a filha dele.

Nas raras ocasiões em que quero algo que não consta em minha lista de recebidos, eu simplesmente mando um e-mail prometendo divulgar a marca, e os produtos chegam à minha porta em poucos dias. (E, diferente de muitas influenciadoras, eu de fato posto o produto depois de recebê-lo!) Não paguei por nada no último mês.

Finalmente entendo o que as pessoas querem dizer quando falam que o rico fica cada vez mais rico.

E eu amo isso.

Vamos parar um segundo para sermos sinceros aqui. Cultivar um espaço seguro. Baixar a guarda e expor as partes mais verdadeiras, sombrias e cruéis de nossas almas. Estou prestes a anunciar uma verdade que pode ser difícil de engolir: qualquer um ia querer estar no meu lugar. Quem é que quer pagar pelas coisas quando se pode tê-las de graça? Não vou ficar aqui sentada fingindo que odeio o dinheiro e a atenção que recebo. Criadores que são "pé no chão" e rejeitam o capitalismo não passam de hipócritas proclamando ideias socialistas de dentro de suas megamansões ou coberturas em arranha-céus. Eles não dão a mínima. Se dessem, doariam todo o dinheiro que têm e viveriam em um apartamento studio de merda em vez de serem golpistas profissionais com egos inflados. E aqueles que odeiam esse estilo de vida não passam de invejosos. Se tivessem acesso à minha vida por um único dia, deixariam de fazer comentários presunçosos e proclamar discursinhos como se fossem melhores do que eu só porque são uns sem-vergonha pobres e cheios de ódio na internet. Merdas sobre como desperdiço as coisas e sou ingrata, privilegiada, ignorante. Ai, que dó. Quem se importa com isso, porra? E se você trabalhasse e chegasse no meu nível em vez de ficar reclamando o tempo todo?

E não é como se eu fosse uma das piores. De todos os grandes influenciadores, estou na base da cadeia alimentar. Imagina o que as pessoas com dois ou três milhões estão fazendo. Pelo menos não estou dando golpe com criptomoedas, filmando cadáveres em florestas onde as pessoas vão para se suicidar ou fazendo dancinhas de TikTok na frente de Auschwitz. Não matei ninguém, nem ateei fogo em lugar nenhum, nem aliciei nenhum dos meus fãs. Pelo contrário, eu salvo as pessoas com meu conteúdo. Meus seguidores literalmente me falam isso todos os dias: As suas lives me mantêm motivada. Elas me salvam durante os piores momentos porque sempre tenho algo me esperando na manhã seguinte.

Ouviu só? Eu salvo vidas.

Então, de modo geral, eu sou uma boa pessoa.

Uma pessoa boa pra caralho.

Todos os Companheiros da Chloe me dizem isso.

33

Maio

Tem algo errado.

O engajamento está caindo. Queria poder culpar o algoritmo, mas não tenho certeza se isso é verdade.

Uma porção cada vez maior do meu público diz que eu não pareço mais a Chloe. Que algo em mim mudou. Que minha vibe está diferente. Que sou menos autêntica. Que eles vão cancelar a inscrição.

Que bela porcaria. Se ao menos eles pudessem ver o quanto estou dando duro por trás das câmeras para manter as aparências, todas as horas que passei assistindo aos vídeos antigos de minha irmã para copiar seus maneirismos. Não é fácil imitar uma vlogueira com estilo de vida chato, personalidade sem sal e um sorriso permanente. Mas tudo o que as pessoas fazem é reclamar, reclamar, reclamar.

No começo, eu conseguia ignorar os comentários, tratá-los como trolls.

Mas então Fiona me mandou o link de um vídeo esta manhã: Viu isso aqui?

É um vídeo feito por Samantha, uma ex-fã. A Verdade Nua e Crua Sobre Chloe Van Huusen. Tem uma hora e dez minutos de duração.

Samantha tem 1,2 mil seguidores. O vídeo foi postado há cinco dias e só conseguiu atrair meras dez mil visualizações. Mas o alcance não é o que me incomoda. É o conteúdo.

O vídeo começa com Samantha contando histórias legais de como costumava ser minha maior fã, comprava todas as minhas collabs e comparecia aos meus *meet and greet* na VidCon. Mas depois disso ela faz um manifesto psicótico de quarenta e cinco minutos detalhando o quanto eu mudei nos últimos meses. Como me tornei superficial e obcecada com oportunidades de parcerias publicitárias. Como pareço menos autêntica. Como eu até *falo* diferente.

Mas aí vem a bomba: nos últimos vinte minutos, ela faz a acusação absurda de que na verdade eu sou Julie Chan. E quais são as provas? Uma análise profunda de *Encontrei Minha Gêmea Perdida E Dei Uma Casa Pra Ela #EMOCIONANTE*, em que Samantha examina cada segundo do vídeo, quadro a quadro, como se fosse a porra de uma stalker, apontando todas as nossas diferenças. Como Chloe tinha uma pequena marca de nascença no braço direito. Como meu nariz é ligeiramente maior. Como nossos dentes são diferentes. Chloe tinha gengivas mais bonitas e um sorriso impecável, enquanto eu tenho prognatismo (que ainda estou consertando). Como eu pronuncio certas vogais de maneira esquisita, prolongando os sons. Ou como eu digo *tipo* muito mais do que minha irmã jamais falou e sou menos eloquente de maneira geral – o que é elitista pra caralho.

A maior parte dos comentários parece concordar que, por mais que o vídeo seja um ótimo entretenimento, é forçação de barra. Parecido com as teorias da conspiração sobre clones da Avril Lavigne. Que ninguém é tão sociopata a ponto de trocar de vida com a própria irmã gêmea, e que, se fosse verdade, eu já teria sido desmascarada. Mas há comentários o bastante concordando com Samantha, o que faz minha mente vagar para pensamentos sombrios.

Como foi que ela descobriu a verdade? Será que Titia ou Patrick entraram em contato com ela? Não duvido nada. Eles sempre me dão uma rasteira quando estou na pior. Talvez isso seja uma ameaça, uma prévia antes de me pedir mais dinheiro.

Mando mensagem para meu primo: Você conhece a Samantha? Foi você?

Ele responde em um segundo, já que está sempre no telefone: Me manda mil dólares que eu te conto. Tô tentando conseguir um novo personagem no Genshin. Esse gacha é uma merda.

Respondo: vai se fuder. E mando o dinheiro.

Ele diz: Nunca nem ouvi falar da Samantha. Eu deveria saber quem é?

Por mais que Patrick seja um arrombado, não tem motivo para mentir sobre o assunto. Minha prisão não beneficiaria nem meu primo nem minha tia.

Mas isso significa que Samantha chegou a essas conclusões de maneira natural. Isso não é bom.

Há algumas semanas, eu teria me trancado no banheiro, me encolhido em posição fetal e hiperventilado, mas o tempo que passei como Chloe me mudou. Os exercícios, as afirmações positivas, as redes de apoio e a comunidade me deram um senso intrínseco de confiança e autocontrole.

Fecho os olhos, respiro fundo e sinto o chão que me sustenta sob meus pés.

Quando abro os olhos, bolo um plano de ataque para desmerecer essa teoria idiota antes que ela vingue. Não posso tirar satisfação com Samantha diretamente. Já estive na internet tempo o suficiente para conhecer o efeito Streisand. Quanto mais atenção eu chamar para o assunto, mais estarei colocando lenha na fogueira.

Preciso ser racional e metódica. Deixar as pessoas cientes sem dar nome aos bois.

Decido comentar sobre o vídeo em uma live do Instagram, já que quem costuma assisti-las são meus fãs mais fiéis. Sentada no chão da cozinha, onde eu pareço mais aflita e vulnerável, passo blush ao redor dos olhos e esfrego com tanta força que eles ficam parecendo injetados. Então tudo começa.

Os Companheiros da Chloe vão entrando. Finjo que quero conversar com eles, dando a entender que tenho ideias para vídeos futuros e mandando mensagens de aniversário.

O tempo todo, fico esperando pelo comentário inevitável sobre a minha aparência. E então finalmente o recebo.

Você parece tristinha hoje. Tá tudo bem?

Eu me agarro a essa oportunidade.

Leio o comentário em voz alta, como se tivesse visto por acidente. Faço uma pausa, para dar um efeito dramático. Dou uma fungada e esfrego os olhos.

– Sinceramente, pessoal... as coisas têm sido bem difíceis para mim.

O amor começa a jorrar.

Mds? Tá tudo bem?

A gente te ama Chloe! Vai ficar tudo bem!

– Vi um vídeo que me deixou muito, muito magoada essa semana... Eu entendo que alguns de vocês sentem que eu mudei – digo para meus oito mil espectadores –, porque eu mudei, sim. O luto muda as pessoas de dentro para fora. Não dá para comparar a Chloe que eu era antes da morte da Julie com a Chloe que eu sou agora. E-eu até vi um vídeo... – Eu me afasto da câmera para pingar soro fisiológico nos olhos e respirar com dificuldade. – Um vídeo, gente... que foi, tipo, muito maldoso. Tipo, *cruel.* A pessoa estava dizendo que a Julie assumiu minha identidade. – Balanço a cabeça de novo, angustiada. – Não sei que tipo de pessoa doente diria esse tipo de coisa. Como alguém poderia acusar minha irmã de fazer algo tão horrível?

Suspiro, como se estivesse fazendo uma confissão, como se fosse difícil continuar falando.

– Acho que o que estou querendo dizer é que... eu não sou só uma carinha por trás de uma tela. Sou uma pessoa de verdade. Eu leio comentários e assisto vídeos. E as palavras me atingem. Elas me *magoam.* Vocês têm o direito de achar que eu mudei e decidir que não gostam mais de mim. Podem sempre deixar de me seguir. Mas não precisam destilar ódio ou postar vídeos tão ofensivos. Ainda mais sobre alguém tão inocente quanto a minha irmã gêmea.

Ai, não chora!

Está falando do vídeo da Samantha?

Alguém pode me mandar o link na DM?

Isso é sobre a Samantha?

Você continua maravilhosa!

Te amo Chloe!

Você fica tão bonita quando chora. Amo como você é sincera!

Os corações abarrotam o canto da tela.

O grupo de conversa das Belladonnas vai à loucura.

Ana: Não acredito que alguém faria um vídeo tão horrível.

Kelly: Nossa, até eu acho isso baixaria.

Lily: Me liga se precisar de colo.

Iz: Estou de coração partido por você.

Maya: Tem gente que é tão surtada.

Emmeline: Estou tão triste por você, Chloe. Lembra que estamos aqui. Somos uma família!

Angelique: Aquele vídeo é tão nojento. Fiz um story para te apoiar. Acho que todas nós deveríamos fazer o mesmo.

Sophia: Ótima ideia!

Dez minutos mais tarde, oito das Belladonnas, anjas que são, postam um story me apoiando, defendendo minhas ações e repreendendo publicamente uma criadora de conteúdo anônima por ter magoado meus sentimentos. (Bella Marie tem andado quieta. Ela está na Noruega. Deve estar ocupada demais.) Mas a internet não é boba nem nada. Não existem sutilezas nas redes sociais. Todo mundo sabe exatamente de quem eu estava falando e os Companheiros da Chloe me amam tanto que bombardeiam a seção de comentários de Samantha.

Na manhã seguinte, ela apaga o vídeo e me manda uma DM pedindo desculpas, dizendo que se sente muito mal, que sua intenção nunca foi me magoar.

Não sinto a menor empatia. É isso que você ganha por fazer cyberbullying contra alguém.

Ignoro a mensagem por três dias, até que ela é obrigada a trancar todas as suas contas. Então mando uma resposta: Obrigada por entrar em contato. Sei que não é fácil pedir desculpas, mesmo quando a gente faz algo errado. Se estiver se sentindo deprimida por conta dessa situação, fique à vontade para usar meu link para ganhar uma sessão de terapia de graça na BetterTherapy. Com amor, Chloe V.

34

Junho

Estou definhando no sofá, tratando uma cólica menstrual com uma bolsa de água quente. Mas o timing é ótimo. Isso significa que terei um útero novinho em folha, sem inchaço, sangue e dor durante a viagem.

Estou revendo as publicações que deixei programadas quando ouço alguém parar diante da porta. Uma sombra se projeta pelo vão. E se demora. Um, dois, três... dez segundos. Encaro a sombra, esperando que ela vá embora. Quem será? Por que não está fazendo barulho nenhum? Eu me endireito, com o coração martelando. Um fã obcecado? Um stalker?

Uma carta desliza por baixo da porta.

Meus nervos dão lugar à empolgação e vou saltitando até a mensagem de Bella Marie. Durante as últimas semanas, ela anda deixando cartas com certa regularidade, mas nunca as vi sendo entregues em tempo real.

Cada carta é personalizada com uma caligrafia caprichada e uma flor seca afixada no cartão pesado. Véus-de-noiva. Jacintos. Não-me-esqueças. As mensagens são pequenas dicas sobre a viagem. Prévias. Eu me sinto uma criança juntando as pistas para chegar a um baú do tesouro.

Chloe, lembrete: fique longe de peeling químico no mês de maio.

Abraços, Bella Marie

Chloe, lembre-se de checar a data de validade do seu passaporte!
Com amor, Bella Marie

Chloe, espero que tenha deixado um estoque de vídeos e tenha programado suas publicações e stories diários. Nada de postar durante as férias! Para nos reconectar, precisamos nos desconectar.
Bjs, Bella Marie

Desta vez, é um crisântemo branco. Meu apartamento inteiro é tomado pelo odor pungente e bolorento, e eu fico zonza de enjoo. Acabo me lembrando de algo: um cesto de crisântemos e lírios brancos – flores de funerais chineses – ao lado de dois caixões, fotos dos meus pais penduradas acima deles, seus rostos embaçados.

Eu me desvencilho da lembrança e jogo o crisântemo no lixo, mas a sensação de estar sendo observada e exposta persiste.

Tiro a carta do envelope.

Chloe,
Nossas férias juntas são daqui uma semana. Não leve muita coisa!
Você vai encontrar lá tudo de que vai precisar. Vamos te buscar às 21h do dia 9 de junho.
Com carinho, Bella Marie

Com a carta em mãos, encaro as duas malas reforçadas espalhadas sem cerimônia no chão, com uma pilha de roupas se amontoando em seus compartimentos. Durante o último mês, andei muito animada aprontando as coisas de que achei que precisaria. Decido recomeçar depois dessa mensagem. Vou parecer uma troglodita com minhas malas gigantescas se todo mundo levar malinhas delicadas da Rimowa. Procuro a mala de mão de Chloe, mas não consigo achar. Mando uma mensagem para Fiona.

Ela responde: No depósito do apartamento. No estacionamento. Compartimento 13.

Ela é uma bênção de deus. Vou até o subsolo. Pneus cantam contra o piso de concreto ao longe. Uma luz se acende quando entro no depósito. Está com um cheiro de sujeira, de água parada, poeira e metal. O compartimento de Chloe fica lá no final. A mala de mão está em cima de algumas caixas. É uma coisinha bege, chique e com revestimento rígido, bem minimalista, bem a cara de minha irmã. Tento a sorte com as chaves no chaveiro e destranco o compartimento de primeira. A jaula de metal range e raspa contra o chão quando abro a porta. Retiro a mala e ela faz um baque no chão. Dá para ouvir os objetos se mexendo lá dentro. Um cadeado numérico me separa de seu conteúdo. Quatro dígitos. Dou um chute: a data do nosso aniversário. 2006. O cadeado se abre.

Graças a deus, Chloe era uma narcisista.

Puxo os zíperes para ver o que tem dentro.

Dezenas de livros gastos – não, são *diários.*

Ganhei na loteria.

35

Jogo os diários no chão do meu apartamento. São todos Moleskine. Chloe havia escrito o mês e o ano no cabeçalho de cada página, e o registro mais antigo é de 2010, quando ela escrevia única e exclusivamente com caneta gel rosa e uma letra cursiva cheia de frufrus. Na época, tínhamos mais ou menos onze anos e estávamos no início do fundamental.

Mergulho de cabeça, empolgada para desenterrar os segredos da vida dela. Detalhes de sua história que vão ajudar minha personificação, o que é particularmente importante para a viagem logo mais, quando estarei cercada pelas suas amigas. É o último lugar onde eu gostaria que meu segredo fosse desmascarado.

A primeira página do caderno de 2010 diz: *AVISO! Este é o diário particular de Chloe van Huusen. Se você não for a Chloe, pare...*

Viro a página.

3 de setembro de 2010
Tô me sentindo uma idiota escrevendo isso. Mas a mamãe e o papai me deram esse diário, então tenho que usar ele, ou vou me sentir mal. O que é que eu vou escrever aqui? Vão ser só páginas e mais páginas de mim acordando, indo pra escola, jantando.

E o que vem em seguida são páginas e mais páginas de Chloe acordando, indo para a escola e jantando. Uma chatice. Às vezes ela fica suspirando pelos crushzinhos dela. *James*, *Michael*, *Callum*, escrevendo seus nomes com letras garrafais e rechonchudas e coraçõezinhos cheios de voltas, brincando de "pobre, rica ou milionária" nas margens. De alguma maneira, ela sempre terminava milionária. Até nessas brincadeirinhas bobas a sorte está do lado dela.

As migalhinhas de drama surgem nas passagens sobre os Van Huusen. Chloe escreveu sobre como ela se esforçava para ser a filha perfeita, para não os decepcionar, e como ela odiava comparecer a reuniões familiares, já que o resto da família nunca escondia o fato de que ela não era uma Van Huusen *de verdade*. Embora eles lhe proporcionassem uma vida confortável, minha irmã confessou: *Queria ser capaz de amar mais eles. Queria que eles me amassem mais.*

É meio triste, para ser sincera.

6 de julho de 2011
Mamãe e papai vão me levar pra Hamptons de novo. Eu sei que não devia ficar reclamando das férias, mas, sempre que eu vou lá, fico morrendo de tédio. Parece que nenhum dos meus primos gosta de mim. Me dá tanta vergonha quando uma das tias obriga um deles a brincar comigo. Prefiro ficar sozinha.

Ultimamente ando pensando mais na minha família biológica. Na minha irmã gêmea. Eu me pergunto se ela pensa em mim. Queria que tivéssemos sido adotadas juntas, assim eu não teria que ficar aqui sozinha.

Essa foi a única vez que fui mencionada no diário. Só volto a aparecer de novo em 2014, alguns diários depois.

12 de outubro de 2014
Descobri mais sobre a minha irmã gêmea, a Julie. Tive que implorar pra mamãe e pro papai me contarem.

Ela tá morando com a nossa tia. Como será que é a vida dela? Queria conhecer ela e conversar com ela. Queria ser amiga dela.

Chloe queria ser minha amiga. Minha amiga de verdade. Não só um acessório para um vídeo do YouTube. Quando foi que isso mudou?

15 de outubro de 2014
Continuo pensando na minha irmã gêmea. Não consigo parar. Sinto inveja por ela poder viver com uma família de verdade. Eu me pergunto se ela tem alguma foto dos nossos pais biológicos na casa da nossa tia. Nem consigo me lembrar de como os dois eram. Queria poder encontrar a Julie, mas a mamãe e o papai dizem que seria complicado, já que eles não sabem onde ela mora. Mentira. Tenho certeza de que eles poderiam contratar um detetive particular. Já fizeram isso quando o marido da tia Caroline estava tendo um caso. Por que não podem fazer o mesmo por mim?

Eu me pergunto quem Chloe teria se tornado se tivesse sido criada por minha tia. Ela sempre foi a queridinha da família. Talvez Titia a tivesse adorado. Ou talvez a autoestima de minha irmã teria sido minada que nem a minha, constrangida até se sentir uma inútil, desprovida de qualquer valor.

Logo sou arrebatada pelos diários. Leio tudo: poemas depressivos que me dão vergonha alheia, listas de tarefas, manifestações, registros da alimentação dela (muito café preto e salada, e pouquíssima coisa além disso), reclamações de uma menina privilegiada. A cada nova página, eu mergulho em mais uma camada de Chloe, chegando cada vez mais perto de quem minha irmã realmente era. Em 2015, ela estava com dezesseis anos e tinha criado um canal no YouTube porque estava entediada e, como era de se esperar, solitária. Ela registrou como se sentiu quando conseguiu os primeiros cem inscritos: *acho que eu tô literalmente a isso aqui de morrer de felicidade.*

Quando ela chega a dez mil inscritos, Chloe cita o meu nome.

5 de abril de 2017
Não acredito. Dez mil seguidores!! Como assim?!?!?!?!?!?! Eu vou desmaiar. E daqui alguns meses vou pra faculdade. Já tive mil ideias de vídeos. Dicas de como decorar seu quarto no dormitório, guias de estudo etc. etc.

Eu me pergunto se a Julie me segue. Acho que seria esquisito se ela trombasse com um vídeo de uma garota exatamente igual a ela. Ou talvez a gente já não se pareça mais. Gêmeos podem crescer e ficar diferentes. Tem algo a ver com epigenética e o ambiente. Talvez a gente pareça duas completas estranhas.

Há mais relatos sobre sua jornada no YouTube e nas redes sociais. Desde o primeiro cheque que recebeu do Google AdSense até a primeira grande publicidade e ser reconhecida na rua. Os Van Huusen aparecem pouquíssimo, e só são mencionados depois de um jantar tenso em família.

Meus pais acham que ser influenciadora não é um trabalho de verdade e que eu deveria focar em entrar na faculdade de direito. Eles nunca dizem em voz alta, mas dá pra ver que sentem vergonha de mim. Acham que tô fazendo papel de palhaça na frente de todo mundo. Nunca vão entender o potencial de lucro dessa carreira ou o quanto estou levando meu futuro a sério. Talvez eu não devesse ficar surpresa. Os dois são tão velhos que ainda usam fax. Eles não entendem de internet que nem eu.

Chloe conhece Bella Marie em janeiro.

6 de janeiro de 2018
Fui convidada pro meu primeiro evento de uma marca!! E ele é organizado pela Bella Marie!!! MDS. Ela tem mais de quinze milhões de seguidores. Nem acredito que vou conhecer ela. Espero que ela goste de mim. Eu tô surtando. Não sei o que fazer!!! Pedi pra minha colega de quarto me ajudar a me vestir, já que ela estuda moda. Ela montou um lookinho chique com um blazer e uma gola rolê. Me sinto tão profissional.

Comentário depois do evento: Eu conversei com a Bella Marie. Na verdade, isso é mentira. Eu fiquei sentada toda sem jeito do lado dela, com medo de falar, mas ela virou a cabeça e falou comigo. Comigo! Eu sinceramente não consigo me lembrar do que eu respondi. Deve ter sido alguma coisa vergonhosa, já que eu tava surtando. Ela me fez tantas perguntas. Acho que contei pra ela sobre a Julie e os nossos pais biológicos??? Por que que eu fiz isso? O que deu em mim? Não consigo acreditar que contei esse tipo de coisa pra Bella Marie. Como eu queria ter uma máquina do tempo

7 de janeiro de 2018
A BELLA MARIE ME SEGUIU DE VOLTA NO INSTAGRAM. AI MEU DEUS!!!!!

Depois disso, ela escreveu *A Bella Marie vai ser minha amiga* uma centena de vezes, num exercício de manifestação.

Depois desse dia, as duas começaram a trocar DMs. Bella Marie a convidou para diversos jantares e brunches. Ela conheceu as outras Belladonnas, que na época eram apenas Emmeline, Kelly, Lily e Ana. Então, em um certo dia de primavera:

20 de março de 2018
Acho que a Bella Marie acabou de me convidar pra viajar com ela. Fiz minha colega de quarto ler o convite pra ter certeza de que eu não tô tendo uma alucinação. ai meu deus.

Durante o mês de maio, ela ficou ocupada com os preparativos para a viagem. Fez depilações, foi na manicure, planejou os looks com dias de antecedência. Fico abismada com o quanto somos parecidas. Eu fiz exatamente a mesma coisa.

Então chega junho.

8 de junho de 2018
Alguém me mandou um e-mail nojento. Era um link pra uma matéria antiga de 2003 sobre a mamãe e o papai terem dito umas merdas

racistas numa conferência. A pessoa anônima disse que eles só me adotaram porque tavam tentando limpar a própria barra. Bloqueei a pessoa na mesma hora. Por que caralhos alguém me mandaria uma coisa dessas? A mamãe e o papai jamais fariam isso.

No dia seguinte:

Acho que quero morrer.

Eu perguntei pra eles sobre a matéria.

E é verdade.

Bom, eles não falaram na minha cara, mas deu pra entender. Os dois são tão óbvios. Eles perguntaram "Onde foi que você viu isso?" em vez de negar que aconteceu.

Minha vida foi uma mentira. A porra de uma farsa. Não me admira que eles nunca tenham parecido uma família pra mim. Eu só fui uma moeda de troca. Uma filha chinesa pra atrair investidores chineses.

Eu me sinto tão idiota. Quero me jogar da porra de um prédio. E puxar eles comigo também.

Acho que nunca vou conseguir perdoar os dois. Queria que eles nunca tivessem me adotado. Queria que eles não existissem.

Tô tão feliz pela viagem. É exatamente disso que eu preciso. Ficar longe dessa coisa toda. Bella Marie vem me buscar hoje à noite. Preciso me concentrar nisso.

Estou passada. Então aquela teoria da conspiração aleatória que eu li era verdade? Só gente branca mesmo para pensar em adotar uma criança para fingir que não são racistas. Que loucura. Eu quase me sinto mal por Chloe.

Viro a página, animada para saber mais sobre a viagem, a parte que eu queria ler esse tempo todo.

Está em branco.

– Como assim, porra?

Folheio o diário do início ao fim, como se tivesse deixado passar alguma parte secreta, ou uma página que tenha ficado grudada na outra. Confiro a costura, para o caso de talvez alguma coisa ter sido arrancada, mas não, o diário está inteirinho. Novinho em folha.

Aquele foi o último registro.

– Só pode ser brincadeira!

Arremesso o diário com força contra as janelas. As páginas caem farfalhando no chão. Vou correndo até os elevadores, desço até o depósito e reviro cada caixa. Deve haver mais. Deve haver mais. Deve haver mais!

Nada.

O diário termina exatamente ali, antes de Bella Marie buscar minha irmã. Não há nada sobre a viagem. Nada sobre o que aconteceu com Chloe e os pais. Nada sobre o acidente de carro. Nada sobre me conhecer.

Ela parou de escrever por completo. Um hábito que manteve por sete anos. Interrompido.

Estou ofegante por conta de minha busca tresloucada. Tomada de raiva, inclino a cabeça para o chão e mostro um dedo do meio bem incisivo para o piso.

– Vai se foder, Chloe. Apodreça no inferno, sua vaca!

Ela não me deu nem isso.

36

9 de junho

Estou no meio-fio da calçada em frente ao meu prédio, com a mala de mão ao meu lado e o céu da tarde escurecendo acima de mim. Um carro buzina duas vezes. Alguém grita.

A cidade está úmida e embriagada. Um grupinho de garotas com sombra de olho vibrante chega aos tropeços até mim. A conversa alta se desmancha em sussurros quando me olham de relance e o reconhecimento cruza seus olhos. Eu me protejo com uma das mãos, sorrindo.

Pego o celular e atualizo meu feed, clicando nos perfis das Belladonnas. Nem uma única postagem sobre a viagem. Uma missão secreta.

Angelique anda publicando atualizações diárias de sua barriguinha de grávida. Ela está no segundo trimestre, e a barriga está só um pouquinho saliente por baixo das roupas. E ela parece radiante como sempre, com um sorriso confiante e perfeitamente branco, sem o menor sinal dos dentes tortos. Envio um coraçãozinho para ela enquanto um carro preto robusto estaciona na minha frente.

Um homem careca de terno preto sai do lado do motorista. Ele marcha na minha direção, grande e intimidante.

– Chloe van Huusen?

Meu coração dispara no peito enquanto assinto com a cabeça.

Ele abre a porta de trás.

– Vim te buscar.

– Ah! Tá bem. Obrigada.

O homem leva minha bagagem até o porta-malas enquanto eu entro no carro. O piso é revestido por um carpete bege macio. Os assentos são feitos de couro refinado, equipados com massageadores de pescoço e tornozelos. A porta se fecha automaticamente, e a barulheira da cidade se reduz a um zumbido por trás das janelas de vidro fumê.

Por instinto, eu saco o celular para tirar uma selfie, querendo compartilhar todo esse luxo com meus seguidores, que têm relações parassociais profundas comigo.

Os olhos cinza-ardósia do homem se fixam nos meus pelo retrovisor.

– Pode usar o celular, mas nada de tirar fotos. São ordens da senhorita Melniburg.

– Desculpa! – exclamo com uma voz aguda, guardando o aparelho.

O carro dá a partida com um *vrum* baixo, quase inaudível. As luzes da cidade passam num borrão pela janela.

– Para onde estamos indo?

– Aeroporto de Teterboro.

– Aquele de jatinhos particulares?

– Esse mesmo.

Eu me recosto no banco e mordo o lábio, empolgada.

Um jatinho particular. É a melhor viagem da minha vida.

O motorista para bem ao lado do avião. E eu quero dizer *ao lado* do avião.

Dou um passo e já estou na pista, mais outro e estou no carpete vermelho que leva até o jatinho.

Passo pela inspeção de segurança mais rápida possível – nenhum agente me aborda verbalmente para eu tirar meu notebook e produtos líquidos – antes de minha mala de mão ser guardada no compartimento de bagagem, e me deixam embarcar no jatinho. Passo todo esse tempo me coçando para tirar uma foto. Isso aqui é um baita desperdício.

Quando entro no avião, gritos agudos de "Chloe!" se espalham pelo ar, açoitando meus tímpanos. Oito Belladonnas chegaram antes de mim. Todas parecem quase idênticas usando calças de moletom cinza e regatas. Sou um peixe fora d'água com meus jeans. Devo ter deixado algum detalhe passar.

Bella Marie está no lugar onde deveria ficar a comissária de bordo. Diferente das outras Belladonnas, ela está usando um vestido azul-bebê soltinho e me recebe de braços abertos. Embora esteja descalça, ainda é mais alta do que eu, e seu queixo encosta em minha têmpora. Seu abraço tem perfume de mel e frutas cítricas, e o cabelo tem cheiro de sal e praia. Quando nos separamos, fico hipnotizada por seu sorriso radiante e límpidos olhos azuis. Ela passa as palmas das mãos incrivelmente macias pelos meus braços e segura meus dedos como se fossem um tesouro.

– Estou tão feliz por você estar aqui, meu amor. – O jeito que ela diz *meu amor* é música para os meus ouvidos. Eu não a vejo pessoalmente desde o evento, já que ela vive viajando ao redor do mundo de primeira classe, mas a maneira como ela me olha fixamente me convence de que somos melhores amigas. – Aproveita o champanhe e fica à vontade.

Ela toma minha bolsa Birkin e me entrega uma taça de champanhe efervescente.

– E a minha bolsa?

– Vamos guardar durante o voo. Tem algo de que você precise?

– Meu celular está lá dentro.

– Não tem sinal no ar.

– Eu baixei *The White Lotus* para assistir… – E então me lembro. Nada de eletrônicos! Detox de tecnologia! Oba! – Deixa pra lá.

Ela sorri e faz um gesto para os fundos, onde presumo que fique meu lugar. O interior do jatinho é elegante e bege, com detalhes em casca de tartaruga e madeira envernizada.

Dou oi para todas as Belladonnas, sentadas perto da dianteira do avião, reunidas em um grupinho. Os lugares não são distribuídos em fileiras, mas como um saguão ou uma sala de estar rebaixada. Suas cabeças saltam feito esquilos com cachos perfeitos enquanto passo pelo corredor.

– Chloe.

Ouço o som de chiclete de hortelã estalando contra os dentes de alguém. Kelly enrola uma mecha de cabelo preto entre os dedos.

Ainda não sei se ela gosta de mim ou não, então decido imitá-la.

– Kelly.

– Chloe, amei seu cabelo novo – comenta Emmeline.

Eu o clareei para um castanho quente.

– Ah, obriga...

– Sim, sim, amei o cabelo novo – acrescenta Ana.

– Combina perfeitamente com o seu tom de pele – opina Sophia.

– Não pode falar essas coisas, Sophia. Não sabia que é racista? – questiona Lily.

– É mesmo? – pergunta Sophia.

– Não é... – começo a responder.

– Sim, é sim – insiste Lily. – Eu sou mãe de alguém que pertence à minoria. Entendo dessas coisas.

– Eu não faço distinção de raça, só de cor de base – intervém Maya. Não sei se ela está de brincadeira, mas tenho certeza de que ela fez mais preenchimento labial desde a última vez que a vi. – Você parece um 23C Quente. Já teve tempo de experimentar minha nova linha de bases da One Drop? Temos cinquenta e seis tons. Muito diverso, para incluir todas as pessoas. Acho que te mandei na semana passada.

A caixa pesava mais de vinte e cinco quilos. Tive que alugar um carrinho para carregá-la até o meu apartamento.

– Eu recebi, mas ainda não tive a chance de usar nenhum.

Ela pisca os longos cílios falsos, com os olhos esfumados de azul cintilando.

– Ah.

Maya volta a conversar com Sophia e Lily. Elas tagarelam. Alguma coisa sobre engajamento e cliques. Então surge uma onda de risos alegres, uma piada interna.

Sou deixada ali no corredor, com o champanhe na mão, a atenção tirada de mim como um tapa. Deixo isso de lado e me dirijo até o assento vazio perto dos fundos do avião.

Angelique está afundando em sua poltrona acolchoada, com o cinto de segurança marrom frouxo contra a barriga saliente. Há uma mesa envernizada entre nós duas. Do lado de Angelique há uma garrafa aberta de champanhe e uma taça estreita, úmida de condensação.

Ela acena para mim.

– Ai, meu deus! Chloe!

– Oi! Como você está? – pergunto.

– Estou tentando achar uma posição confortável. – Ela passa a palma da mão pela barriga. Eu noto seu blush coral exagerado e me pergunto se ela está tentando parecer menos enjoada. – Eu estou tããããããããão pronta para isso tudo acabar logo.

– Tem certeza de que deveria vir na viagem? Você não parece muito bem.

A expressão dela se contorce, e o mais puro choque e confusão se espalham em seus lábios.

– Desculpa – digo às pressas, com a sensação de que falei algo errado, embora não tenha certeza do que seja.

– Isla!

As Belladonnas se viram feito flores atraídas pelo sol. Iz aparece com uma ecobag preta enorme no ombro. O cabelo cacheado está amarrado com um lenço, e seus grandes olhos castanhos se arregalam quando ela examina o jatinho.

Todas a recebem com um falatório estridente. Não consigo dizer quem está falando, já que não vejo seus rostos.

– Isla, que bom te ver!

– Ai, meu deus! Isla!

– Isla, parabéns pelo meio milhão de seguidores!

– Sim, parabéns!

– Os deuses do algoritmo estão se esbaldando com o seu conteúdo.

– Já, já vem um milhão!

Iz parece atordoada enquanto assente com a cabeça e sorri. Bella Marie pega a bolsa dela e lhe entrega uma taça de champanhe. Iz se senta ao meu lado.

– Parece que todo mundo já bebeu algumas taças. – Ela beberica o próprio champanhe de boas-vindas. – É melhor eu me apressar.

Concordo com a cabeça, terminando minha bebida também, que faz cócegas na minha garganta. Angelique enche nossas taças com o líquido dourado, depois se serve também. Iz e eu trocamos um olhar de surpresa.

– Acha que devia mesmo... – começa Isla.

– Uma tacinha por dia não dói. Minha mãe bebia o tempo todo e olha eu aqui! – Angelique solta uma risadinha. – E isso aqui é praticamente suco. Totalmente kosher.

Algo se fecha com um baque e chacoalha o jatinho. A conversa cessa. Bella Marie dá um passo no corredor. Acho que deve ser a iluminação fraca do avião, ou talvez seja o álcool em minhas veias, mas os movimentos dela são tão fluidos que chegam a assustar.

– Meus amores, estou tão animada para dar as boas-vindas a vocês para nosso retiro anual. – Sua voz é uma vibração baixa e delicada, e tenho dificuldade de escutar. – Assim como nos anos anteriores, esta viagem será uma oportunidade para nos reconectarmos com quem somos de verdade, para nos revigorarmos, longe de distrações tecnológicas. Espero que esta viagem traga para vocês um enorme alívio e grande inspiração. Por favor, meus amores, lembrem-se de que todas podem ficar à vontade neste avião. Ninguém aqui vai julgar. Vamos escutar umas às outras e compartilhar nossos sentimentos. – Ela sorri. – Somos uma família.

– Somos uma família – repetem as Belladonnas.

Iz me olha de relance com um sorriso perplexo.

– Sem mais delongas...

Bella Marie sorri e se vira para bater na porta da cabine do piloto.

O motor ganha vida, alto e abrupto.

Iz levanta a mão.

– Pode nos contar para onde estamos indo?

Bendita seja Iz. É a única pessoa que pode fazer perguntas sem levantar suspeitas.

Bella Marie continua sorrindo.

– Para minha casa.

– Casa – repete uma Belladonna.

Iz ergue a sobrancelha.

– Que fica... na França? Em Moscou?

– Não, não, não, meu amor. Fica no Caribe, perto de São Martinho. Uma das nossas ilhas fica lá.

– Uma das... Tipo, a ilha inteira? Só para vocês?

– É por isso que eu pedi para serem discretas. Vocês sabem como as pessoas reagem diante de ilhas particulares.

– Ter terras é, tipo, um crime passível de cancelamento hoje em dia – diz Ana.

– A gente ficou muito confortável em criticar as pessoas por serem bem de vida – concorda Emmeline.

Iz me olha de relance de novo. Eu desvio o rosto.

– Agradeço muito a discrição e sensibilidade de todas quanto a essa questão. – Bella Marie olha para Iz. – Mal posso esperar para você conhecer o lugar. Quando se der conta, minha casa também vai ser a sua casa!

– Bem – responde Isla, dando de ombros –, eu gosto bastante da ideia!

– Tendo dito isso – exclama Bella Marie –, apertem os cintos e se preparem para decolar!

O avião inteiro comemora enquanto o jatinho vai se arrastando em direção à pista. Todas apertam os cintos, exceto Bella Marie, que pega uma latinha de um carrinho de bebida. As Belladonnas enfiam as mãos ali dentro, com as unhas bem-feitas, e cada uma delas retira um comprimido, que logo colocam debaixo da própria língua. Bella Marie chega até o nosso canto do avião. Angelique pega um comprimido sem precisar ser instruída, com os lábios curvados num sorriso enquanto o joga na boca como se fosse uma balinha.

Iz se empertiga.

– Será que ela deveria mesmo...

Bella Marie abre um sorriso largo.

– Ela é adulta, e pode fazer o que quiser. Além disso, esses comprimidos são completamente seguros.

– Seguros?

– Totalmente seguros.

– Muito seguros! – acrescenta alguém.

– Os mais seguros do mundo – diz outra.

– Viram só? – Bella Marie me oferece um. – Totalmente seguros.

Os olhos dela se fixam em mim. Será que Chloe tomaria um comprimido sem questionar? Todas estão me encarando, e a atenção me puxa feito uma corda. Preciso tomar o comprimido, ou então vão desconfiar de mim. Não posso ser pega, muito menos agora.

Fecho os dedos em torno do comprimido rosa. Eu o coloco na língua. Antes que eu consiga mastigá-lo, ele derrete e vira algo doce. Parece bala de uva.

Bella Marie se vira para Isla, oferecendo os dois últimos comprimidos.

– Não uso remédios que não conheço – comenta Iz.

Bella Marie sorri.

– Ah, isso aqui não é nada de mais. Não é nada medicamentoso. Vocês sabem como eu sou terminantemente contra a indústria farmacêutica.

– Não, obrigada.

– Mas todas as outras tomaram um. Você não confia em nós? – pergunta Bella Marie.

– É seguro – garante Angelique, passando a mão na barriga.

– Pode confiar na gente – diz uma das garotas.

– Você está segura com a gente – acrescenta outra.

– A gente nunca te machucaria.

Seus sorrisos estão radiantes enquanto trocam risadinhas entre si.

– Posso tomar um primeiro, se você achar melhor. – Bella Marie coloca o comprimido na língua, fecha a boca e engole. Ela mostra a língua de novo. – Viu só?

Ela empurra a latinha na direção de Isla.

Iz balança a cabeça.

– É sério, eu não…

– Não vamos partir a menos que você tome. – A voz de Bella Marie está mais baixa desta vez. – Esta é uma semana para ser livre. Deixa todas as suas preocupações de lado. Você não vai me convencer de que nunca usou drogas antes, Isla Harris. *Se solta!*

A tensão no avião se intensifica.

– Toma! – exclama alguém.

– Toma! – diz outra.

– Toma!

– Toma!

– Toma!

– Toma!

– Toma!

– Toma! – repito por acidente.

– Toma! Toma! Toma! – entoamos em coro.

Iz olha de mim para Angelique. Ela solta um suspiro pesado e pega o último comprimido. Engole. Mostra a língua.

– Felizes agora?

A cabine inteira explode em aplausos e vivas. Também estou batendo palmas, já que a energia é contagiante.

– Você passou! – Bella Marie a envolve com um abraço.

Isla franze a testa.

– Quê?

– Era um placebo. Só açúcar.

Ela fica de queixo caído. Eu resisto à vontade de fazer o mesmo.

– Todas nós fizemos isso durante a nossa primeira viagem – conta Angelique.

– É um exercício bobo para a gente se aproximar – explica Bella Marie.

– Você foi mais rápida do que a Sophia na primeira vez dela – comenta Kelly. – Ela tentou abrir a saída de emergência antes de finalmente ceder.

Os olhos de Bella Marie se erguem até o teto, relembrando.

– Ah, quantas lembranças. – Ela se vira para a frente do avião com uma pirueta. – Agora que todas passaram, vamos decolar!

Ela aperta um botão e "All Too Well", da Taylor Swift, começa a tocar pelos alto-falantes. As Belladonnas berram a letra como se o Jake Gyllenhaal as tivesse insultado pessoalmente, os antebraços pálidos balançando no ar enquanto o jatinho alça voo.

Iz claramente ainda está pasma, assim como eu… embora eu não possa demonstrar.

Em vez disso, pego a garrafa de champanhe e lhe ofereço. Ela solta um último suspiro antes de pegá-la e beber direto do gargalo. A bebida espumosa escorre por seu queixo quando ela afasta a garrafa com outro suspiro.

– Foda-se. Vamos nos divertir!

A cabine inteira comemora.

37

Alguém me agarra com força pelos ombros, cravando os dedos na minha carne.

Acordo, piscando e soltando um gemido. A luz me dá dor de cabeça, e uma enxaqueca já está penetrando minha têmpora.

O cabelo de Bella Marie espeta minha bochecha encrostada de baba.

– Acorda, amor, estamos quase chegando.

Seu hálito é uma nuvem de coquetel sour e rosé. Estou enjoada. Quando foi que caí no sono? Deve ter sido em algum momento depois dos dez drinques e a vigésima música da Taylor Swift. Eu também estava cantando, embora não soubesse as letras... Mas, de alguma maneira, eu cantei? Foi quase como se eu tivesse caído num inconsciente coletivo da Taylor Swift. Eu lembro de me perguntar como as Belladonnas tinham tanta energia, os corpos se balançando feito fumaça, os membros incrivelmente longos e sinuosos, enquanto eu perdia e recobrava a consciência.

– Nossa – comenta Isla, perdendo o fôlego ao olhar pela janela. – É uma vista e tanto.

– Temos sorte do tempo estar tão bom esta semana – diz Bella Marie. – Andamos tendo tempestades de verão repentinas ultimamente.

Esfrego os olhos para me livrar do sono e me endireito.

E então eu vejo.

Azul. Uma larga extensão de oceano. Nenhuma terra à vista. Só vi imagens assim através de uma tela.

Maya descola um cílio falso da parede do avião. As outras meninas estão frenéticas, os corpos vibrando enquanto vão recolhendo peças de roupas do chão. Sério, de onde elas tiram tanta energia? É como se todas tivessem nuvens de raios em seu interior, prontas para estourar.

A saída de emergência se abre. Raios de sol e ar salgado se espalham pelo tubo de metal. Uma brisa quente e úmida roça minha pele. A mudança de temperatura me deixa arrepiada.

Uma fileira de mulheres e homens brancos altos entra no jatinho. Estão todos descalços, vestidos com linho pálido, sorrisos firmes nos lábios, carregando bandejas do que parece ser suco de laranja.

– Bem-vindas de volta à casa! – exclamam.

As Belladonnas aplaudem e soltam gritinhos feito cachorros mortos de fome enquanto alcançam as bebidas nas travessas. Bella Marie pega dois copos.

– Suco de laranja fresquinho, água de coco e um pouquinho de cafeína. É ótimo para ressaca.

Ela dá uma piscadinha enquanto empurra os copos nas nossas mãos.

Iz e eu bebemos tudo. É surpreendentemente refrescante e deixa certa doçura na minha língua que me faz querer beber mais.

Depois de nossos drinques de boas-vindas, saímos em fila do avião e damos de cara com um sol maravilhoso.

A ilha é pitoresca: águas azuis, praias branquinhas, palmeiras altas. Uma trilha de paralelepípedos leva para fora da pista. Ao longe, há uma floresta verdejante, arbustos repletos de botões de flores e construções de teto vermelho. Alguns guarda-sóis foram colocados na areia, e sombreiam cadeiras de praia. Uma rede foi amarrada entre dois coqueiros que se agitam levemente.

Já consigo sentir o bronzeado queimando minha pele assim que Bella Marie nos devolve as bolsas. Fico aliviada quando meus dedos se fecham em torno do meu celular, como se tivesse recuperado um membro perdido. Para minha surpresa, nem uma única notificação chega.

Sem sinal.

Iz também deve ter se dado conta.

– Tem wi-fi nesta ilha? – pergunta ela.

Bella Marie sorri.

– Estamos aqui para nos desconectarmos. Não tem sinal por aqui.

Fico pálida. Não tem sinal nenhum? Entendo que ela queira manter esta viagem em segredo, mas o que é que eu vou fazer se não puder atualizar meu Instagram a cada três minutos?

– E se minhas filhas precisarem de mim? – pergunta Iz.

– Você deu as informações de contato de emergência para a babá?

Iz faz que sim.

– Se elas precisarem de ajuda, nossa equipe irá repassar a mensagem o mais rápido possível. Há um cabo de internet na residência principal se você precisar mesmo usar a internet, assim como um telefone fixo. Mas eu recomendo muito que você resista à tentação. Desconecte-se. Esse é o objetivo desta viagem.

Iz fica em silêncio enquanto passa a mão pelo pescoço e comprime os lábios em uma linha dura.

Uma coisa é não podermos postar enquanto estivermos aqui, mas outra completamente diferente é saber que estaremos isoladas do resto do mundo. Parece um tapa na cara.

Eu mordo o interior da bochecha, sendo aos poucos tomada de pavor.

Mas então olho ao redor. As praias, o sol quente.

Enfio o celular dentro da bolsa. Que ridículo. Eu sou uma mulher adulta. Deveria ser capaz de sobreviver uma semana sem meu celular. Posso passar o dia inteiro relaxando nas areias branquinhas e bebendo coquetéis belíssimos em vez de cair no buraco das redes sociais e viver com medo constante da parasita da minha tia me mandar mensagens exigindo coisas. Isso aqui vai ser relaxante. Vai ser ótimo! Pode ser até divertido!

Pelo menos é isso que eu tento dizer a mim mesma.

Um rapaz que parece uma mistura de modelo da Ralph Lauren com um boneco Ken se apresenta. Seu nome é Viktor, tem um ar vagamente europeu, talvez um sotaque escandinavo, uma bela cabeleira dourada e olhos azuis, estreitos e profundos. As mangas curtas revelam seus bíceps volumosos e as veias salientes se espalhando pelos pulsos e mãos.

– O Viktor vai mostrar a ilha para vocês e ajudá-las a se acomodarem – explica Bella Marie. Ela está radiante debaixo do sol, vibrante e angelical. – Tenho que dar uma olhada numa coisa, mas vejo todas vocês no nosso jantar de boas-vindas.

Ela se despede com um aceno e Viktor nos conduz pela ilha.

Atrás de nós, o motor do jatinho ruge.

– O avião vai embora? – pergunta Iz ao rapaz.

– Vai.

– E se a gente tiver uma emergência ou precisar voltar para casa? Tem, tipo, um barco aqui ou coisa assim?

Agradeço a deus mais uma vez por termos Iz como a mais nova recruta. As outras Belladonnas trocam olhares e risadinhas entre si.

– No caso de uma emergência – explica Viktor –, nós vamos nos certificar de que a ajuda esteja a caminho. No momento, não há nenhuma maneira de sair da ilha. A menos que você seja o Michael Phelps e esteja planejando nadar no Mar do Caribe. Entendeu? Ele é um atleta olímpico.

O rapaz ri e revela dentes brancos.

As Belladonnas caem na gargalhada.

Iz e eu trocamos olhares. Acho que a piada passou batido por nós. Ou será que Viktor é tão gato que recebe risadas por dizer algo completamente idiota?

– Mas pode ficar tranquila – continua ele –, temos profissionais da saúde que são uma mão na roda na hora do aperto. Durante todos os anos que passei aqui, nunca houve um único incidente que não fôssemos capazes de controlar.

– A ilha é muito segura – diz Emmeline.

– Extremamente segura – completa Ana.

– Um total de zero crimes – acrescenta Kelly.

– Os Estados Unidos queriam ser a gente! – exclama Maya.

Seguimos o caminho que leva até um bosque e, antes de fazermos a curva, eu olho por cima do ombro. Bella Marie está ali parada, com a postura de uma boneca. Seus olhos azuis encontram os meus, mas não parece que ela está me vendo. Em vez disso, seu olhar vai muito além, olhando através de mim, quase vazio.

38

A maioria das Belladonnas decide dar início ao bronzeado nas praias. Enquanto isso, eu acompanho Iz em sua excursão pelo terreno – em especial porque também preciso conhecê-lo.

É um pouco constrangedor, já que Viktor fica mencionando histórias de Chloe fazendo certas coisas em certos lugares. "Quando jogamos tênis juntos, eu senti que estava numa partida olímpica contra a Naomi Osaka!", ou "Vocês, meninas, passaram a noite inteira fazendo pulseiras de amizade na praia", ou "Lembra quando nós assamos aquele porco na fogueira?".

Concordo com a cabeça e vou improvisando. Se o rapaz percebe que tem algo errado, não comenta nada. Talvez simplesmente não note essas pequenas nuances. Seus sorrisos largos e deliberados sugerem que não tem nada acontecendo dentro daquela cacholinha impecavelmente linda dele. Sempre que termina uma frase, Viktor se vira para nós com carinha de cachorro carente, como se estivesse esperando algum sinal de aprovação. Se eu lhe desse um soco na cara, ele provavelmente iria sorrir e responder, com o mesmo carinho de um cachorro:

– Que bela mira!

Apesar de tudo, a ilha é impressionante.

Tipo, *muito* impressionante.

Fico me beliscando toda vez que adentramos algum lugar novo, imaginando como a família de alguém seria capaz de ser dona desse pedaço do mundo.

Passamos calmamente pelas esplêndidas áreas esportivas: uma quadra de vôlei, uma de tênis e uma de squash que também serve para jogar basquete, além de um estábulo. Em seguida, há o saguão principal, onde fica a cozinha e onde os funcionários moram e trabalham, um prédio de três andares em estilo neogrego cercado de palmeiras. Perto do centro da ilha há uma fazenda, que abriga galinhas criadas soltas, vacas, ovelhas e outros animais. Viktor nos entrega algumas cenouras e nós alimentamos as cabras. Uma delas quase arranca meu mindinho. Ao lado da fazenda fica uma estufa enorme, onde eles plantam os próprios vegetais.

– Cada área tem ambiente climatizado, pra que assim a gente possa cultivar produtos do mundo todo, o ano inteiro – explica Viktor, com a voz animada, apontando com muito orgulho para as abobrinhas, as alfaces, os limoeiros. – Pegamos água do oceano e retiramos o sal em uma usina perto do litoral. Os canais que vocês podem ver percorrendo cada fileira de mudas servem como o habitat perfeito para peixes de água fresca, e eles adubam as plantas com seu excremento. É uma técnica que aprendemos na Ásia. – Ele me olha como se tivesse sido eu quem os ensinou a usar essa técnica. – Nada é desperdiçado na ilha.

Viktor nos apresenta a alguns dos funcionários que estão colhendo mangas suculentas de árvores viçosas. São todos altos e esguios e com uma beleza de outro mundo. Toda essa cena – os funcionários esticando os braços para colher frutas maduras – parece ter saído direto de uma revista. Uma porcaria meio distópica tipo *Admirável mundo novo*, onde os proletários ficam mais do que felizes de trabalhar.

Ficamos sabendo que a ilha é uma espécie de grande comunidade. Uma cooperativa requintada onde os trabalhadores moram, comem e fazem tarefas juntos. Algumas poucas famílias, como a de Viktor, trabalham para os Melniburg há gerações. E estamos falando de *muitas* gerações. Tipo, centenas de anos. Coisa de antes da Primeira Guerra Mundial. Não estou brincando.

A residência principal é uma mansão rústica mas chique, em estilo de castelo francês, com telhados ornamentados. Viktor nos mostra gigantescos retratos dos ancestrais dos Melniburg dentro de uma imponente entrada que inclui escadas-caracol simétricas. As molduras se erguem nas paredes de seis metros de altura, e os olhos vigilantes e azuis das pinturas parecem estar me seguindo. Alguns retratos são tão antigos que me surpreende que um museu britânico não os tenha roubado. Estou falando de pinturas a óleo direto do século XVIII e fotos em preto e branco de pessoas que poderiam ser confundidas com os Romanov. Também há algumas fotografias modernas, incluindo uma do atual império Melniburg. À frente e ao centro está Bella Marie. O pai dela, um homem de aparência bruta, com bochechas vermelhas e olhos azuis, está ao seu lado, e a mãe, uma mulher magra e loira com um olhar sombrio e atormentado, está à esquerda.

– Quem é esse cara? – pergunta Iz, apontando para uma pequena pintura perto do canto dos fundos, e sua voz ecoa pelo saguão espaçoso.

O homem está sentado em um banco simples de madeira. Está usando uma sobrecasaca bege, tem cabelo castanho e ostenta uma expressão resoluta; as bochechas pesadas fazem o rosto inteiro afundar. Uma atadura branca envolve seu olho esquerdo, enquanto o outro olha direto na sua alma. E quero dizer *direto* na sua alma. É difícil desviar o rosto. Cada cor existente no espectro visível de algum modo salpica sua íris azul: o ponto focal de uma pintura que, sob qualquer outra perspectiva, seria melancólica e sombria. O fundo é uma parede de tijolos acinzentados com uma abertura quadrada que revela um pedaço pequenininho do céu noturno. O sujeito foi pintado isolado, iluminado apenas por uma vela dourada fora do enquadramento, perto do canto inferior direito. Uma longa sombra se estende num breu ao longo do quadro. A sombra não pertence a ele, mas a alguém fora da tela.

– Esse é Nikolai Melniburg, o patriarca da família. – Viktor inclina a cabeça com um sorriso, como se estivesse arrebatado, quase... excitado. Sinto um arrepio. – De acordo com os registros históricos, essa pintura foi feita por volta de 1767.

Eu arquejo, impressionada. Eu sabia que os Melniburg têm grana há gerações, mas isso aí é riqueza *de gerações*.

– Nikolai foi o início de tudo para nossa família.

A voz de passarinho de Bella Marie atravessa o ar quente. Ela se aproxima de nós em um vestido solto de linho branco, um colar de pérolas delicado adornando o colo. Seu pescoço de cisne se arqueia quando ela olha para a pintura, a pele de uma palidez fantasmagórica, quase transparente quando reflete o sol.

– O que foi que ele fez? Inventou borscht, a sopa de beterraba? – brinca Iz.

Bella Marie ri.

– Ah, não, nada tão impressionante assim. – Ela chega mais perto do quadro e toca a intricada moldura dourada com o dedo indicador. – A história dele é meio engraçada. Nikolai era um plebeu que trombou com uma grande fortuna graças a uma combinação da mais pura sorte, idealismo e lealdade aos deuses certos.

Isla coloca a mão na cintura.

– Por acaso um gênio numa lâmpada concedeu três desejos para ele ou coisa assim?

– Bem mais simples que isso. Um nobre com parentesco distante com os Romanov tinha perdido um relógio de bolso. – Bella Marie encara seu ancestral, e seus olhos azuis cintilantes se encontram. – Era um relógio que pertencia ao pai dele, e a todos os pais que vieram antes, uma relíquia de família importante, com um valor sentimental inestimável. O nobre tinha prometido dar a mão de sua segunda filha em casamento ao homem que lhe devolvesse o relógio.

– E Nikolai encontrou o relógio?

Bella Marie assente.

– Na época, as segundas filhas não herdavam nada além de um título e o sangue aristocrático. – Ela dirige o olhar para a pintura que retrata uma família de quatro pessoas. Estão trajando roupas elegantes, vestidos com pregas. – O filho deles, Alexander, tirou vantagem de sua linhagem e contatos para abrir caminho até a alta sociedade. E agora, centenas de anos depois… – Ela abre os braços. – Aqui estou eu.

– Mas o que aconteceu com o olho de Nikolai? – pergunta Iz.

– A sorte não vem de graça. – Bella Marie olha de relance para mim, como se estivéssemos compartilhando um segredo que eu *deveria* conhecer. Um olhar furtivo que Chloe entenderia. A Chloe de verdade.

Minha pele se arrepia sob o olhar dela. Eu me viro para prestar atenção em Nikolai, trocando um par de olhos azuis por apenas um.

– Espera. – Iz se vira para Bella Marie. – Você está dizendo que ele abriu mão de um olho para ter sorte?

Bella Marie dá de ombros e sorri.

– Não passa de uma lenda antiga. Na verdade, ele arava a terra em posse daquele nobre e trombou com o relógio por acaso. Talvez tenha sido uma coincidência auspiciosa.

– Que cara de sorte – comenta Iz.

– Muita sorte – responde Bella Marie, nos guiando para fora do saguão. Quando passamos pelas enormes portas vaivém, ainda sinto como se alguém estivesse me observando, como se cada olho azul no cômodo atrás de mim tivesse se movido para encarar minhas costas.

39

Cada uma de nós ganha um chalé.

Isso mesmo. Cada uma.

Dez chalés inteiros para dez Belladonnas. Chego a ter dificuldade de compreender a magnitude da riqueza de Bella Marie. E pensar que existem famílias por aí ainda mais ricas que a dela.

Os chalés de madeira estão dispostos em fileira ao longo da orla, como se fosse uma rua isolada, cada um com seu próprio jardinzinho repleto de plantas tropicais e uma cerca de madeira para garantir privacidade. Uma mangueira torta faz sombra para meu telhado de sapé com seus galhos antigos e nodosos, que vão em direção ao chão, quase numa posição de súplica. Há uma pequena janela que dá para a varanda da frente. As cortinas estão fechadas. Areia cobre o pavimento de paralelepípedo que leva até a entrada, destacada por uma placa de madeira que diz: *Chloe.*

Há um cadeado do lado de fora da porta, mas não há tranca do lado de dentro. Acho que é porque ninguém vai sair por aí roubando coisas numa ilha particular. O cadeado deve estar ali para servir de barricada contra tempestades ou animais selvagens.

O interior do chalé é estonteante. Pé-direito alto, piso de madeira clara, poltronas e sofás de vime, tapeçarias intricadas feitas à mão e uma cama king com lençóis brancos e macios, e travesseiros gigantes que dão sono só de olhar. Os balaústres estão um pouco desgastados, como se algo tivesse sido amarrado ao redor deles, raspando o verniz, mas tirando isso parecem novinhos em folha. Portas francesas com ripas levam a um pequeno pátio de frente para o mar. Os ladrilhos de pedra do banheiro são ásperos sob os meus pés. Um espelho longo e bem iluminado está posicionado acima de uma pia que é apenas uma enorme pedra com o interior côncavo. O chuveiro e a banheira de imersão ficam do lado de fora, rodeados por uma cerca de bambu e um arbusto retorcido que bloqueia olhares curiosos.

Temos duas horas até o almoço. Bella Marie disse que estávamos livres para nos familiarizar com a ilha – *a casa de vocês* – nesse meio-tempo: andar por aí, explorar o lugar, pegar um bronzeado e socializar com os moradores... hã, com os funcionários.

Mas só tem uma coisa que eu desejo.

Encontro minha mala no guarda-roupa. Reviro os sapatos, as camisetas e os potes de URSINHOS DORMINHOCOS e pego meu notebook. Eu o abro e clico na barra no topo, procurando wi-fi.

Sem redes disponíveis.

Fico encarando as palavras por um tempo, na esperança de que mudem. Mas não mudam.

Com um gemido, fecho o notebook e me jogo numa poltrona de vime. Como Bella Marie pôde fazer isso com um grupo de influenciadoras que dependem de aplicativozinhos para sustentar as próprias carreiras? A tecnologia é essencial para minha existência. Nem sei se tenho alguma identidade fora da internet. Ela está arrancando meu ganha-pão de mim!

Será que essa é a sensação de ser uma usuária de drogas? Se sim, acho que devo ser viciada na animação de atualização do feed do Instagram. O som das notificações. A contagem das visualizações aumentando. O apoio dos Companheiros da Chloe. A torrente de elogios ao alcance dos dedos. Estou me coçando por uma dose de redes sociais. Sem isso, me sinto vazia, um buraco sem fundo. Uma criança de iPad sem iPad.

Para me distrair, passo o tempo guardando minhas roupas, organizando meus produtos de skincare e maquiagem na pia, tomando banho para me livrar dos odores do avião e mudando de roupa para um vestido leve de linho esvoaçante. Depois de secar o cabelo, pego o celular, na expectativa de ouvir algo de minha tia. Ela me condicionou a esperar por suas mensagens perniciosas em momentos aleatórios do dia, e a ausência delas é desconcertante. Eu não lhe contei sobre a viagem porque não queria lhe dar a oportunidade de estragar tudo. Mas isso significa que ela não sabe que estou sem sinal. E se ela me mandou uma mensagem e eu não recebi? E se ela estiver exigindo mais dinheiro *neste exato instante*? E se ela interpretar uma semana de silêncio como eu lhe dando as costas? E se achar que não vou cumprir minha parte do acordo? E se ela vazar as gravações com minha confissão?

Dou um tapa na minha própria cabeça, irritada por não ter me planejado antes de embarcar no jatinho. Estive muito empolgada, muito otimista. É uma viagem em grupo, o que é que poderia dar errado? Mas fico me esquecendo de que não sou apenas uma influenciadora normal. Eu sou uma farsa.

Meu peito se enche de desespero enquanto corro para o lado de fora com o aparelho erguido em direção ao céu. Vou tão longe que o mar quente roça meus tornozelos.

– Só uma barrinha. Meu deus, por favor, eu faço qualquer coisa. Só me dá um pouquinho de sinal.

Nada.

Eu teria gritado se não houvesse uma fileira de chalés de Belladonnas às minhas costas. Então ouço o som dos pés de alguém pisando na areia. Eu me viro e vejo Iz. Ela também está esticando o celular em direção às nuvens, com um cigarro aceso na outra mão.

Ela encontra meu olhar. Nós congelamos em nossas poses ridículas, com os aparelhos erguidos como se estivéssemos copiando a Estátua da Liberdade, e caímos na gargalhada.

– A gente está parecendo duas surtadas – grita ela, vindo até mim.

Eu me aproximo dela.

– Estamos nesta linda ilha e tudo o que queremos é usar o celular. Somos horríveis.

– Faz só algumas horas e eu já sinto que estou ficando maluca. E vai ser assim durante uma semana. Uma semana inteirinha! – Isla joga os braços para cima, espalhando cinzas na praia. – Como é que você aguentou isso durante tantos anos?

Mordo o lábio, pensando em Chloe. Será que ela também era viciada no celular?

– Você acaba se acostumando depois de um tempo.

E pelo menos minha irmã não tinha uma tia parasita na cola dela.

Nós duas caímos num silêncio derrotado, encarando as telas escuras.

– Olha – diz Iz, levantando a cabeça com um sorriso –, a gente não pode postar sobre a viagem, mas isso não quer dizer que não podemos tirar fotos para comemorar. Deveríamos aproveitar a estadia ao máximo.

Seu sorriso vibrante afasta o temor em meu peito. Isla tem razão. Embora eu não possa entrar em contato com minha tia, eu não deveria passar a semana toda me lamentando por isso. Meu mau humor vai se espalhar e infectar todo mundo. Vou lidar com Titia quando for preciso. No momento, tenho que pensar positivo.

– Vamos, sim.

Iz apaga o cigarro e nós nos arrumamos em seu chalé.

Estou curvando os cílios quando ela solta um suspiro.

– Não é uma loucura que a família dela seja dona de uma ilha inteira?

– Eu nem consigo imaginar esse nível de riqueza.

– E tudo por conta da porcaria de um relógio de bolso. O que foi que o Nikolai fez? Chupou o pau de Deus?

Solto uma gargalhada.

– E aqueles retratos de família – continua ela. – São tão… talvez seja maldade dizer isso, mas o tempo inteiro eu fiquei pensando como a família dela com certeza era dona de outras pessoas. Tipo, *dona* mesmo.

– Ah, com certeza. O pai dela devia chamar asiáticos de "orientais". Tem pelo menos uns dez criminosos de guerra naqueles retratos. Dinheiro de sangue e tal. – Passo uma camada grossa de rímel nos cílios e me detenho no meio da frase para me concentrar. Quando me dou por satisfeita, continuo: – Mas, sinceramente, eu trocaria minha vida pela de Bella Marie sem nem pestanejar.

Isla ri.

– Faz sentido que Bella Marie tenha chegado no nível em que está. Ela literalmente tem o mundo na palma da mão. É a própria definição de nepobaby.

– Acho que sim.

Mas sinto como se Iz estivesse depreciando Bella Marie. Claro, ela tem lá seus privilégios, mas ainda assim deu duro para chegar aonde chegou.

Isla baixa a voz.

– Quer dizer… meus deus, me sinto horrível de dizer isso quando ela literalmente nos convidou para a ilha dela… mas, sinceramente, não te deixa meio enojada? Ver tudo que eles têm? E não só Bella Marie, mas também todas as outras meninas. Tipo, elas não têm a menor noção do lugar delas no mundo, são tão indiferentes ao próprio privilégio. E dizem umas coisas que… – Ela balança a cabeça. Eu me pergunto se está pensando nos tweets de Emmeline. – Não sei. Talvez eu só esteja com inveja, mas quase fico com *raiva*. Às vezes, sinto como se estivesse me segurando para não dar uma carteirada nelas toda vez que falam alguma coisa sem noção. E o único motivo de eu me segurar é porque tenho certeza de que as coisas ficam feias quando elas são contrariadas… porque as coisas *sempre* são do jeito delas. Elas não conseguem viver num mundo em que as pessoas dizem não. Tipo no avião, com os comprimidos. Que *porra* foi aquela?

Entendo o que Iz quer dizer, mas quantas outras pessoas ricas deixariam mulheres como nós entrarem em suas vidas? E não é como se Bella Marie tivesse pedido para nascer desse jeito. Cara, se eu fosse ela, não teria metade dessa compaixão toda.

– Eu entendo – respondo, tentando evitar uma discussão. – Espero que as coisas sejam mais tranquilas durante o resto da viagem. Por outro lado, talvez esta seja a sua chance de se sentir que nem uma pessoa branca rica. Quando é que vai surgir outra oportunidade dessas?

Iz não ri de minha tentativa de fazer uma piada. Talvez não tenha sido engraçado.

Eu pigarreio.

– Só estou dizendo que não temos nada a perder do lado delas.

Quando você ficar próxima de Bella Marie, vai se ver no topo do mundo. Pensa em tudo que os contatos dela podem te proporcionar. Segue o meu conselho: esta é a sua chance de encontrar seu espaço na indústria, conseguir patrocinadores que vão pagar a educação das suas filhas e mais um pouco. Uma semana de férias na praia nem é um sacrifício tão grande assim, mesmo se elas pisarem um pouco no seu calo.

– Talvez. – Iz mexe nos cachos. – Só tenho medo de acabar irritando uma delas sem querer. – Ela comprime os lábios em uma fina linha e me observa no espelho. – Como é que você consegue manter a boca fechada? Você deve ter muito autocontrole.

O fato de estar escondendo quase todos os meus traços de identidade ajuda.

– No fim, tudo vale a pena. Confia em mim. Estou com você.

Isso faz Iz sorrir. Ela se aproxima e aninha a cabeça no meu ombro.

– Estou tão feliz de você estar aqui.

Saímos usando nossos melhores trajes e tiramos fotos correndo pela água, posando na areia, nos balançando nos sofás-camas suspensos. Vestimos nossos biquínis e sujamos a bunda com uma quantidade generosa de areia. Eu me sinto uma fotógrafa da *Sports Illustrated* enquanto tiro fotos deslumbrantes de Iz, de sua pele reluzente. Faço milhões de poses diferentes para conseguir o ângulo perfeito. Eu me agacho, deito de bruços na areia, me encolho nos arbustos, com água até os joelhos. Iz faz o mesmo por mim. Ela fica gritando elogios enquanto faço pose:

– Linda! Maravilhosa! Olha essas pernaaaas! Olha essa bunda! Que tanquinho é esse? Arrasaaaaaa!

Nós duas damos nosso máximo, embora ninguém mais vá ver essas fotos – talvez seja mais divertido, já que eu *sei* que ninguém vai vê-las. Não preciso me esforçar para fazer a pose perfeita ou conseguir o ângulo ideal. Fiscalizar minha imagem. Encolher a barriga. Nem preciso me esforçar para sorrir, já que eu estou me divertindo de verdade.

O tempo passa voando, e já estou sentindo o alívio de não ter acesso à internet. Talvez passar um tempo longe das redes sociais seja exatamente do que eu preciso.

40

— Espero que estejam todas se sentindo em casa.

Bella Marie está na cabeceira de uma mesa comprida, com a lua brilhando acima dela feito uma coroa. Os restos de nosso jantar ao ar livre estão espalhados diante dela, uma experiência gastronômica estilo charcutaria, onde os frios foram substituídos por bifes de carne e cada uva foi polida até ficar brilhante feito jade. É direto da fazenda para a mesa, das mãos para a boca. Meus dedos estão cobertos de migalhas e gordura, e minha boca está ácida por conta do vinho. As sobras da refeição estão dispostas ao longo da mesa, um rio de biscoitos profanados tal qual uma espinha retorcida.

– Vamos dar início à nossa primeira atividade?

As Belladonnas aplaudem e soltam risadinhas de empolgação.

Iz me cutuca com o cotovelo.

– Atividade?

Assinto e sorrio, porque não faço a menor ideia do que está prestes a acontecer. Ela sustenta meu olhar por um bom tempo. Será que andei evitando perguntas demais?

– É mais divertido quando é surpresa – tento tranquilizá-la.

Seguimos Bella Marie até o outro lado da ilha. Nosso caminho está ladeado de velas bruxuleantes. Fiapos de fumaça deixam rastros no ar como se fossem espectros, guiando nosso caminho floresta adentro. Embora estejamos no verão, a noite traz um friozinho. Aperto os braços ao redor do corpo, e minha pele se arrepia. Uma fogueira ardente surge no meio de uma clareira. Viktor está ao lado do fogo, com a roupa de linho tingida de laranja pelas chamas. As mãos estão enegrecidas de fuligem e seu sorriso é branco feito pérola. Quando ele vê Bella Marie, quase fica na ponta dos pés por conta do entusiasmo, correndo para ficar ao seu lado. Os dois trocam sussurros e o rapaz assente com a cabeça antes de desaparecer na escuridão. Ele volta com uma caixa de madeira e um monte de espetos afiados de metal. Bella Marie pega a caixa e a abre, revelando uma variedade de biscoitos, chocolate e marshmallow.

– Tã-dã! Nossa primeira atividade: noite de *s'mores*!

As Belladonnas se aglomeram em torno da caixa, espetando o corpo roliço dos cilindros brancos e macios e os posicionando na fogueira para assar.

Iz pega um espeto e um marshmallow.

– Eu não como *s'mores* desde que era criança.

Eu *nunca* comi *s'mores*.

Ela pega um quadradinho de chocolate.

– São da Hershey's?

– Jamais – responde Bella Marie com desdém, como se a marca estivesse muito abaixo de seu nível... e deve estar mesmo. – Nós mesmos produzimos o chocolate.

– Com seus próprios grãos de cacau?

– Temos chefs muito talentosos na ilha.

– Nossa. – Iz mexe a língua no interior da bochecha enquanto prova o chocolate. – Isso aqui é *maravilhoso*. Pode me passar a receita? Eu adoraria tentar fazer.

– Desculpa, amor. Infelizmente, a receita é um segredo de família.

– Não vou contar pra ninguém, juro pela minha mãe.

Bella Marie comprime os lábios.

– Os ingredientes são patenteados. Espero que você entenda.

Iz ergue uma sobrancelha.

– *Segredo de família*. Entendi.

Ela vai até a fogueira.

Pego um marshmallow e afundo seu corpinho branco e macio no espeto de metal. Ficamos em torno das chamas quentes, assando-os.

Iz dá a volta até o lado oposto para conversar com Ana e Lily. Estão todas sorrindo e fazendo piada. Me sinto um pouco incomodada por estar isolada.

Trocar mensagens online com as Belladonnas me proporcionava uma separação agradável entre meus mundos. Eu podia contemplar minhas respostas por alguns minutos, ou horas, antes de responder. Na noite passada, no avião, bebi bastante e me livrei de minhas inibições. Sem o distanciamento de janelas de conversa e o torpor do álcool, vejo a mim mesma com outros olhos. Não consigo deixar de me comparar às outras. A personalidade amigável de Isla, o sucesso e a beleza ofuscante das Belladonnas. Fico profundamente ciente de meu disfarce, de como não pertenço de verdade a este lugar. Queria ter bebido mais drinques durante o jantar para me soltar, mas, em vez disso, estou rígida e desconfortável, como se os braços de minha tia estivessem apertando minhas costelas feito um espartilho.

De repente, meu marshmallow pega fogo.

– Merda.

Eu o agito freneticamente, aumentando as chamas. Angelique surge ao meu lado e apaga o fogo com um único sopro.

– Obrigada.

– Imagina.

Ela avalia a coisa parecida com carvão na ponta do meu espeto. Sem dizer nada, troca meu marshmallow carbonizado pelo dela, que está todo douradinho.

– Não precisa.

– Não tem problema. – Angelique sorri. – Quer ver um truque?

Faço que sim com a cabeça.

Com delicadeza, ela puxa a parte de fora do marshmallow e expõe o interior branco e mole debaixo da crosta dourada.

– É assim que sabemos que está perfeitamente assado. Diz "ah".

Digo "ah" e ela coloca o exterior dourado na minha boca. É de dar cárie de tão doce e faz eu me sentir uma criança, da melhor maneira possível.

Angelique espeta e assa mais dois marshmallows até ficarem perfeitos, e faz *s'mores* para nós duas.

– Você vai ser uma ótima mãe – comento, dando uma mordida e tentando encontrar assunto.

O lanchinho não é tão gostoso quanto achei que seria: é muito doce, e o chocolate não derrete por completo, mas eu me vejo enchendo o bucho, já que todo mundo está lambendo os dedos e preparando mais.

– Ah, para com isso.

Angelique ri.

– Não, estou falando sério. Você tem uma vibe muito maternal.

Ela fica em silêncio, acariciando a própria barriga. Não tenho certeza do que dizer, então mudo de assunto.

– Como você e o Sommer se conheceram?

Angelique me olha de canto de olho.

– Achei que você soubesse.

Pego outro pedaço de chocolate e começo a mordiscá-lo de nervosismo.

– Eu sei, mas me conta de novo, por favor. Eu ouviria histórias bonitinhas tipo essa um milhão de vezes.

– Bella Marie nos apresentou. Sommer era namorado dela.

Enfio o chocolate inteiro na boca e o quadradinho de sabor amargo derrete na minha língua.

Que esquisito. Juntar sua amiga com o seu ex.

– Quanta consideração – digo em vez disso.

Angelique assente.

– Bella Marie já salvou minha vida uma porção de vezes até agora. Se não fosse por ela, eu ainda estaria gravando meus videozinhos do YouTube no meu apartamento sem graça com o meu iPhone.

Acabo me lembrando da história dela, do TEPT-C que consta no seu perfil. É nítido que Angelique já passou por muita merda. Não sei como ela continua tão agradável quando a minha própria vida só me deixou amargurada e infeliz.

– Foi Bella Marie que me colocou em contato com o meu agente maravilhoso, o que me proporcionou um contrato literário. E depois ela me apresentou ao Sommer, e ele é a melhor coisa que já me aconteceu. Em dois anos, minha vida mudou por completo. – Angelique está olhando com carinho para o outro lado da fogueira, para Bella Marie, que parece estar presa entre as chamas. – Eu faria qualquer coisa pra continuar tendo essa vida.

Ela passa a palma da mão pela barriga.

Penso em Iz, que escapou de um relacionamento abusivo, e em Sophia, que perdeu o sonho de participar dos Jogos Olímpicos. Até em Chloe com a lorota da adoção dela. Eu me pergunto qual é a história das outras: Kelly, Ana, Maya, Lily. Talvez até de Emmeline. Na tela, são todas aparentemente perfeitas. Mas devem ter passado pelos próprios percalços. É quase como se Bella Marie procurasse, de propósito, pessoas que precisam dela, pessoas que estão numa maré de azar, vulneráveis, para reerguê-las.

Sinto um quentinho se agitando em meu estômago que quase me deixa tonta. Talvez o vinho tenha entrado em meu sangue, me distanciando do meu nervosismo, ou talvez a companhia de Angelique tenha me tranquilizado, com sua voz suave tão doce quanto o marshmallow e o chocolate em minha boca. Eu me vejo estendendo a mão para a sua. Não é o tipo de coisa que já fiz antes, me aproximar fisicamente de alguém, mas me parece necessário.

Quando ela fecha a mão em torno da minha, sinto que fiz a coisa certa. Nossa conexão é tão meiga e afetuosa que preciso me segurar para não fechar os olhos e me deleitar.

Então ela diz algo que eu queria que não tivesse dito.

– Sinto muito pela Julie.

Fico rígida de novo.

– Ando pensando na perda de entes queridos ultimamente – sussurra Angelique, tão baixo que mal dá para ouvir com o barulho da fogueira crepitante. – Deve ter sido tão difícil. Sei que você se importava muito com ela.

Os olhos de Angelique estão repletos de sinceridade, e preciso desviar o olhar para que ela não veja minha expressão de mágoa.

Se Chloe se importava mesmo, eu nunca fui capaz de sentir. Nem por um segundo.

– Eu queria ter tratado ela melhor – respondo, encarando meus dedos entrelaçados nos seus, sentindo seu calor percorrer a palma da minha mão até chegar ao meu braço. – Queria ter tratado a Julie melhor.

Minha voz sai trêmula. É difícil dizer essas palavras em voz alta. Elas me machucam de uma maneira que eu não estava esperando. Por mais que eu quisesse que a Chloe de verdade dissesse isso, que minha irmã gêmea desejasse ter sido mais gentil comigo, também queria ter sido mais gentil comigo mesma, mais delicada.

Sempre acreditei que não valia muito – talvez porque minha tia me falasse isso. Mas e se não for o caso? Se ela tivesse investido nas minhas qualidades, será que eu teria sido bem-sucedida sem precisar roubar a vida de outra pessoa? Eu me atirei na identidade de Chloe e me adaptei com facilidade, como se a vida de minha irmã nunca tivesse estado fora de alcance, como se eu sempre tivesse sido capaz de fazer isso.

Angelique fica em silêncio por um instante. Ouço o som de tambores, música. Mas, quando olho ao redor, não vejo nada. Talvez sejam as batidas do meu coração, tudo obra da minha cabeça.

– Acho que você já viu como influenciadores exploram as próprias famílias – diz ela por fim –, como as coisas podem ficar feias. Talvez você não quisesse que a Julie tivesse que passar por isso. Você a tratou bem do seu próprio jeito.

Parte de mim tem dificuldade de acreditar nisso, não só porque Angelique está aos poucos se tornando uma vlogueira de família – o que a faz parecer hipócrita –, mas também porque sinto que ela está falando palavras vazias só para ser legal. Se Chloe se importava, por que se aproveitou de mim, para início de conversa? Mas outra parte minha, a parte amolecida perto do calor da fogueira, quer acreditar em Angelique. Esse desejo brota da minha vontade ávida de ter um vínculo com minha irmã gêmea.

Chloe está morta. Jamais poderá esclarecer suas intenções. Mas talvez essa seja a minha chance de acreditar que ela se importava comigo da própria maneira, de acreditar em uma verdade mais agradável. Quero me proporcionar um futuro melhor, com mais espaço para o perdão, e às vezes isso significa reescrever o passado.

Aperto com força a mão de Angelique.

– Obrigada. Acho que você tem razão.

A caixa de chocolate se fecha com um estalo ao meu lado, e eu me encolho.

Bella Marie sorri.

– Meus amores, espero que tenham gostado dos docinhos desta noite. Vamos dar uma pausa nessa sobremesa e seguir para a parte dois?

41

Ao me aproximar das chamas com um pedaço de papel apertado entre os dedos, meus olhos lacrimejam por conta da fumaça e do vento, o que deixa tudo turvo, como se eu estivesse bêbada ou exausta. As sombras oscilantes sob as árvores se movem, os galhos estalam e se esticam. Mais uma vez, ouço, em algum lugar ao longe, a batida de tambores, o ruído de instrumentos de corda. Iz está à minha esquerda, Angelique à minha direita, e a fogueira flamejante arde diante de nós. Reprimo a vontade de encarar as chamas, sua dança hipnótica; ela me deixa tonta, me faz querer cair.

– Estão todas prontas?

Bella Marie nos instruiu a escrever uma coisa que desejamos deixar para trás de uma vez por todas depois da viagem, e depois atirar o pedaço de papel ao fogo. *Um ritual de purificação para ajudar a manifestar boas energias.* Parece uma baboseira de autoajuda, mas todas estão empolgadas. Acho que não faz mal tentar.

Olho para o papel em minhas mãos. Há apenas uma palavra: *Titia.*

Sim, um ser humano.

Escondida em meu cantinho escuro da floresta, a única coisa em que consegui pensar foi minha tia. Sua voz grosseira, a língua ferina, a parcela dos meus ganhos que ela exige a cada mês. Mesmo nesta ilha remota, ela é a única coisa que me afasta da felicidade, a única coisa que me impede de florescer. Se ela sumisse, se ela me deixasse em paz, eu sei que seria capaz de atingir meu potencial. Sem minha tia, eu *realmente* seria capaz de recomeçar.

E, em minha defesa, Bella Marie não estabeleceu os parâmetros direito. Sei que ela quis dizer para escrever algo tipo *insegurança*, mas em momento nenhum ela disse que *não poderíamos* citar uma pessoa.

– Agora – diz Bella Marie –, fechem os olhos e se concentrem. Inspirem suas intenções e exalem para exorcizar toda a energia negativa no papel.

De olhos fechados, a voz dela é íntima, como se estivesse perto o suficiente para lamber minha orelha. Sigo suas instruções, e os pelos em minha nuca se arrepiam.

– Abram os olhos e deixem que o papel encontre o fogo. Permitam que a negatividade seja consumida por ele e desapareça para sempre.

Todas soltam os papéis. Eles voam até as chamas feito pétalas de flores. Mas há uma rajada de vento repentina e o meu desvia do caminho.

– Merda – sussurro baixinho, me abaixando para pegar o papel. A palavra *Titia* ficou borrada de terra. Faço menção de atirá-lo de novo na fogueira…

– PARA!

Eu me afasto das chamas, olhando de repente para Bella Marie. Ela vem correndo até mim e arranca o papel de minha mão. A música para do nada enquanto olho ao redor. Todas estão me encarando. Suas expressões temerosas são atravessadas pelas sombras.

– O-o que foi?

– Você foi escolhida.

– Escolhida? – Meu coração martela nos ouvidos.

– Sim, escolhida – confirma Bella Marie, com o reflexo do fogo dançando em seus gélidos olhos azuis.

– Escolhida! – exclama Sophia.

– Escolhida – repete Maya.

– Esco…

– O que isso significa? – pergunta Iz, interrompendo Emmeline.

– O papel dela não será queimado – esclarece Bella Marie. – Não assim. Não agora.

– Hã. Eu meio que preferia que ele fosse queimado.

Estico a mão até o papel. Kelly o agarra e entrega a Bella Marie de novo.

– A questão não é o que você prefere – diz Kelly. – A questão é o que o mundo quer que você faça.

Bella Marie segura o meu papel em uma das mãos, sem olhá-lo, enquanto toca meu ombro com a outra. Seu hálito cheira a chocolate e fumaça.

– Seja sincera, meu amor. Tem algo atormentando seu coração, não tem? Algo sombrio e pesado. Algo que você precisa confessar. Consigo sentir sua inquietação. Você mudou nesses últimos meses, se tornou uma pessoa completamente diferente por conta do seu sofrimento.

As palavras causam uma onda de pânico em mim, e de repente me dou conta de que estou suando – talvez eu estivesse suando há um tempo. Minhas roupas estão úmidas e grudam em minha pele. Mas eu não estava com frio mais cedo? Por que estou me sentindo tão febril agora?

– O seu papel – comenta Emmeline. – O que você escreveu?

– Hã... – Procuro alguém que me acuda. Olho para Angelique, que desvia o rosto, e depois para Iz.

– Não era para ser uma coisa pessoal? – questiona ela. – Deixa ela queimar o papel. Não é nada de mais.

– Não! – exclama alguém, não sei quem, não sei dizer quem.

Estou mais do que estressada; as árvores que nos cercam estão começando a girar. As sombras respiram, pulsam. Sinto como se estivesse flutuando, só um pouquinho, perdendo o controle de meu corpo.

– Quero que você nos conte – pede Bella Marie. – O que foi que você escreveu? Pode confiar em nós, meu amor. Somos seu porto seguro, lembra? Somos sua família há anos. Volte para nós. *Confesse.*

Seus olhos azuis são como a manhã: seguros e serenos, arrancando a verdade de mim.

– M-minha tia.

Depois de me observar durante um bom tempo, como se estivesse procurando por algo que não está ali, Bella Marie me solta.

– Sua tia.

– Sua tia? – pergunta Lily.

– Por que a sua tia? – acrescenta Emmeline.

Não posso contar a verdade. Não posso revelar que ela está me chantageando. Isso iria me expor por completo, anunciaria para todas que não sou a Chloe.

Por que eu confessei? Por que simplesmente não arranquei o papel das mãos de Bella Marie e o atirei no fogo? As palavras escaparam antes que eu conseguisse me controlar. Como vou encobrir meu rastro?

– Quero dizer minha tia biológica... a tia de Julie. Eu não conhecia ela muito bem, mas, desde que minha irmã morreu no meu apartamento, ela anda me ameaçando.

Bella Marie inclina a cabeça.

– Te ameaçando?

– Sim, tipo, pedindo dinheiro. Ela... – Engulo em seco. – ... andou ameaçando vazar os segredos da Julie. Acho que minha irmã gêmea estava envolvida com algumas coisas desagradáveis. E-eu não quero que o nome dela seja manchado. Quero proteger ela.

– Entendi. – Bella Marie amassa o papel na mão e abre os braços para me acolher. Eu me aproximo dela e deixo que me abrace. – Entendo sua dor, Chloe. Também entendo a dor da Julie. Muito obrigada por ter confessado.

Eu me aconchego no corpo de Bella Marie, em seu calor, em seus ossos. Seu perfume é incrivelmente doce, feito uma bala, e quase sinto vontade de lamber sua pele, seu suor. Ela se afasta.

– Eu sei exatamente o que pode te ajudar.

– Ah, não precisa...

– Deixa disso!

Fico feliz por Bella Marie falar isso, porque eu quero a ajuda delas, a redenção delas. Quero o apoio delas. Ela se aproxima, me dá um beijo na testa e, assim, suas palavras viram uma promessa. Baixo a guarda, à mercê de seu toque quando ela segura minha mão e me guia pela floresta como se eu fosse uma criança. Bella Marie começa a pegar galhos do chão, e as Belladonnas logo se juntam. Quando me dou conta de que estou segurando um punhado de gravetos, já estou voltando até a fogueira. Viktor aparece com um barbante e um pedaço de musselina. Nós formamos um círculo, com o fogo estalando e crepitando. Todo mundo se senta de pernas cruzadas.

O joelho de Iz encosta no meu, e ela estica a mão para me tocar. Seus dedos estão úmidos e têm cheiro de terra.

– Tá se sentindo meio estranha?

Estou prestes a responder, mas minha atenção é desviada para Bella Marie, para sua pele macia, para o aroma de chocolate. Ela usa o dedão para prender meu queixo, separar meus lábios e enfiar o pedaço amassado de papel com o nome de minha tia dentro de minha boca. Começo a salivar por conta do objeto estranho, o papel áspero por conta da terra, mas de alguma maneira ainda doce. Depois, ela desliza dois dedos entre os meus lábios, o que me faz estremecer, e puxa a massa molhada para fora, com a minha saliva formando um arco na escuridão. O punhado de gravetos que reunimos foi amarrado para formar um ninho. Bella Marie coloca o papel molhado no meio e o envolve com o tecido de musselina. Há uma música metálica se espalhando pelo ar, uma orquestra para além das árvores, cantando para nós.

– Juntas, em grupo, nós vamos salvar a Chloe. – Bella Marie cantarola, e me sinto leve, minha cabeça parecendo um balão sobre o pescoço. – Venham aqui.

Nós nos aninhamos umas às outras, nós dez, de mãos dadas. A energia de todas me invade, e o apoio delas é palpável.

– Eu te ouço, Chloe – afirma Bella Marie, mais alto, rouca. Sua voz é um estalo escaldante, se infiltrando nos recantos mais maleáveis do meu cérebro. – Eu sinto a sua dor. A sua agonia. A sua raiva. A dor que você sente por você mesma e por sua irmã gêmea.

Então, todas repetem aquelas palavras para mim. *Eu te ouço, Chloe. Eu sinto a sua dor. A sua agonia. A sua raiva. A dor que você sente por você mesma e por sua irmã gêmea.* Até mesmo Iz fala isso, embora sua voz esteja mais baixa do que a das outras, com uma certa lentidão, talvez confusão, resistência. Sinto como se estivessem me ouvindo de verdade. Como se estivessem escutando. Elas entendem minha dor, minha raiva, estão compartilhando do meu fardo sem reclamar, e estão trazendo tudo à tona, minha frustração reprimida desabrochando.

– O que você quer, Chloe? – pergunta Bella Marie. – O que você quer que aconteça com a sua tia?

– Eu…

O mundo vira um borrão. Estou sem ar, embora mal tenha me mexido. É como se estivesse surrupiando coisas do mercado: estou ciente demais de alguma presença vigilante que pode me flagrar a qualquer momento, mas meu coração também está disparado com uma adrenalina inconfundível.

– Eu quero que ela sofra como eu sofri. Quero que ela sinta medo de mim. Que nunca mais venha me incomodar.

O calor se espalha pelas minhas bochechas, e me dou conta de que estou chorando inconsolavelmente. A ponto de soluçar.

Bella Marie me abraça enquanto derramo lágrimas feias e salgadas, seu hálito quente contra minha pele. Seu carinho é tão belo que chega a sufocar, e ainda assim eu desejo mais.

– Então é isso que você terá.

Uma histeria coletiva nos acomete, uma energia frenética que impulsiona nossos corpos. Nós nos unimos em um ato tão grosseiro, tão deselegante, tão feio, enquanto chutamos e pisoteamos o punhado de gravetos, despedaçando e quebrando cada galho, gritando e ofegando, até ele se tornar apenas uma pilha marrom de lascas de madeira e papel.

Bella Marie recolhe os restos do ninho, com terra entre os dedos, manchando suas unhas, e entrega o cadáver para mim. A fogueira à minha frente arde, um verdadeiro inferno, e o calor pulsa por meu corpo, me atraindo. Eu grito, um som gutural, libertador e purificante, e atiro o amontoado de gravetos quebrados nas chamas. As Belladonnas bradam e uivam, suas sombras dançantes nítidas contra as gavinhas oscilantes e alaranjadas. Meu corpo está alvoroçado, feito as árvores que gesticulam ao meu redor. Observo o crepúsculo límpido, e é como se algo tivesse se desprendido de meu peito em uma explosão de calor. Volto a olhar para a fogueira, para o ninho em chamas, e vejo o rosto de minha tia nas colunas dançantes de laranja, amarelo e vermelho – eu a vejo queimando até ressecar, carbonizar, e se transformar em nada. E sinto – acredito – que ela não vai me incomodar. Eu sei. Só sei que não vai mais.

Estou livre.

42

Acordo no susto. Minha boca está seca, e estou com uma leve dor de cabeça. O fundo de minha garganta está doce, mas coberto de fuligem.

Tento voltar a dormir, mas imagens da noite passada surgem em minha mente, explosões vibrantes de lembranças. O jantar, a fogueira, os *s'mores*... a cremação de minha tia? Ou pelo menos a queima de uma espécie de efígie. É ridículo, quase surreal. Talvez eu tenha bebido demais. Entornei algumas taças de vinho, e sempre fui fraca para bebida. Será que estava bêbada aquele tempo todo? Será que estava vendo coisas?

Rolo até ficar deitada de lado e dou uma olhada no celular, como se ele pudesse me dar alguma luz. Mas eu o deixei na mesinha de cabeceira na noite passada, então não há vídeos nem fotos para refrescar minha memória, nenhuma mensagem, nenhuma publicação em rede social.

Como vou saber se foi real sem ter nenhum registro?

Durante o café da manhã, ninguém comenta o ocorrido. Todas estão de rosto lavado, bebendo suco e colocando pedaços de fruta na boca. Com uma colher dourada, Bella Marie dá batidinhas em seu ovo cozido de gema mole, aninhado em um porta-ovo de porcelana, criando assim uma rachadura irregular ao longo da circunferência. Enquanto retira a casca bege, ela olha de soslaio para mim com um sorriso.

– Quer um também? É uma delícia quando você mergulha uma fatia de torrada nele.

Ela aponta para a poça de gema lustrosa, amarela e gosmenta.

Desvio o olhar sem responder, me sentindo enjoada. Está todo mundo agindo com tanta normalidade que quase me convenço de que foi tudo coisa da minha imaginação, um sonho esquisito ou uma alucinação.

Apenas Iz está meio mal-humorada. Está isolada em um canto, tragando um cigarro sem parar, remexendo no isqueiro dourado, *abre, fecha, abre, fecha,* fazendo a chama surgir e desaparecer. Quando nossos olhos se encontram, ela ergue as sobrancelhas com uma expressão de incredulidade. Nenhuma de nós fala nada, como se não quiséssemos levar a culpa por atrapalhar o café da manhã agradável e sereno das outras.

Porém, enquanto passo manteiga na torrada, não consigo deixar de invocar as lembranças daquela noite absurda. Quando tento me recordar do que estava pensando, dou de cara com um beco sem saída. É como se eu *não* tivesse pensado em nada – como se eu estivesse agindo de forma irracional. E tem a questão de minha tia. Não vou negar: eu me sinto mais leve. Como se um peso tivesse saído dos meus ombros. Quando olhei para meu celular mais cedo, nem pensei nas mensagens dela. Não estava ansiosa por culpa dela, não conseguia ouvir sua voz mordaz no fundo da mente. Até mesmo agora, tudo simplesmente… sumiu.

Será que o meu estado atual é por conta do que aconteceu ontem? Será que aquilo libertou algo de dentro de mim? Tirou o encosto dela? Mas como isso faria sentido? Queria que minha tia me mandasse um sinal para confirmar que nada mudou, que tudo que eu sinto no momento é mentira.

Depois do café da manhã, Bella Marie diz que temos um tempinho para nós mesmas antes de nossa atividade em grupo da manhã. A menção a uma *atividade em grupo* me causa arrepios. Se for parecida com a última, vou tirar o corpo fora.

Estou voltando para o meu chalé quando ouço alguém atrás de mim. Eu me viro, na esperança de que seja Iz. Quero conversar com ela sobre o que aconteceu. Se alguém consegue entender a confusão em minha cabeça, esse alguém é ela. Mas, para o meu espanto, é Kelly. Seu cabelo preto feito tinta está preso para trás. Sem maquiagem, ela parece a sua versão adolescente que viralizou com um vídeo ensinando a cachear o cabelo. De qualquer forma, sua presença me deixa desconfiada. Eu me viro, querendo evitar seus comentários passivo-agressivos, mas ela agarra meu braço.

– Vamos conversar.

– Ah, eu não...

Mas ela me puxa até a praia. De canto de olho, vejo Lily arrastando Isla até a estufa. Bella Marie está mais além na trilha, de olhos fixos nas duas. Eu me pergunto se ela mandou Kelly e Lily falarem com a gente. Deve ter percebido que havia algo errado durante o café da manhã. Minhas bochechas esquentam de vergonha. E se eu tiver estragado o clima do grupo? Aposto que Chloe nunca agiu dessa maneira.

Kelly faz eu me sentar em um banco de madeira sombreado por uma palmeira. Mal consigo olhar para ela, então fixo os olhos no horizonte. O céu está tão azul que parece que ele e o mar são um só.

– Para onde você foi?

A voz dela é brusca e impaciente.

– Não sei o que você quer dizer com isso.

Cravo os dedões nas coxas, me perguntando por que é Kelly quem está aqui, e não Angelique ou Sophia. Nossa, eu aceitaria até a Ana. Ela poderia recitar poesia ruim sobre sentimentos, piscar seus grandes olhos de boneca para mim e então o assunto estaria encerrado.

– A gente costumava ser tão próximas – comenta Kelly. – Antes da sua pausa das redes sociais, você compartilhava tudo comigo.

Arqueio a sobrancelha. A julgar por como ela anda sendo maldosa, não consigo acreditar nisso. Mesmo assim, essa conversa está ficando pessoal demais, então tento me esquivar logo de cara.

– Minha barriga não está me deixando em paz...

Ergo a bunda um centímetro acima do banco antes de Kelly mandar:

– Senta aí.

O tom dela é tão enérgico que eu obedeço sem questionar, engolindo um nó de tensão na garganta.

– É óbvio que as coisas mudaram entre a gente, mas acho que essa é a nossa chance de acertar as coisas. Então não vamos ficar de rodeios. Tá na cara que você tá preocupada com o que aconteceu na noite passada. Me diz em uma palavra no que você tá pensando.

– Em uma palavra?

– Parabéns por mostrar que está me ouvindo! Quer um prêmio?

Eu me eriço diante do sarcasmo dela e reviro a cabeça atrás de uma resposta. É melhor entrar no joguinho do que quer que ela tenha planejado fazer em vez de resistir.

– Atordoada?

– Levando em consideração tudo que aconteceu, é natural estar atordoada. Eu sei que você anda tendo lapsos de memória ultimamente.

– É por causa da minha irmã gêmea...

– Ela morreu e você encontrou o corpo dela. Supertraumático ou sei lá o quê, descanse em paz, blá-blá-blá. Agora pode me deixar continuar?

Assinto debilmente, cutucando as unhas, retirando a terra da noite passada que eu não tinha percebido. Kelly continua:

– Quando tudo isso aconteceu comigo da primeira vez, eu também me senti atordoada e confusa.

– E você queimou uma efígie da sua tia?

– Não exatamente, mas foi algo parecido. E será que você pode parar de me interromper? Sério, é muito irritante. A Chloe que eu conhecia não faria isso.

Mordo a língua.

– Desculpa.

Ela suspira.

– Há alguns anos, eu lancei uma série de vídeos que viralizaram e minha carreira evoluiu mais rápido do que eu achei que seria possível. Meus pais até me deixaram largar o ensino médio e me mudar de Oklahoma para Nova York para ser influenciadora em tempo integral, porque reconheceram meu potencial. Hoje em dia, sei que não existe audiência fiel, mas naquela época eu era ingênua e tinha *tantos* sonhos. Não fazia a menor ideia de como poderia ser fácil tirarem tudo de mim. – Kelly balança a cabeça. – Pra ser sincera, eu ainda não sei por que meu público perdeu o interesse, mas depois de alguns anos meus vídeos mal conseguiam chegar em quatro dígitos e meu número de inscritos tinha estagnado. As marcas pararam de trabalhar comigo por causa do engajamento limitado, e eu não tinha visualizações o bastante para receber uma quantia boa do Google AdSense. Tentei correr atrás das tendências, mudar de personalidade... qualquer coisa que me fizesse recuperar o que eu perdi. Mas as pessoas não pareciam se importar.

Eu sabia de tudo aquilo por cima. Kelly, assim como uma infinidade de outras criadoras de conteúdo, tinha sumido do mainstream, e em geral não era culpa de nenhuma delas. Assim que se perde o interesse do público, você escorrega e cai num buraco de esquecimento, reduzida a só mais uma menção em uma longa lista de celebridades de internet ultrapassadas. Quando você se dá conta do que deu errado, os seguidores já seguiram em frente, e a pequena janela de oportunidade para reaver a atenção deles já se fechou.

– Eu era uma fracassada de vinte anos sem diploma de ensino médio. Ficar na frente de uma câmera se tornou uma coisa vergonhosa e vexatória, como se eu fosse uma macaca e tivessem pedido pra eu me apresentar diante de um auditório vazio. Depois de um ano sem o menor progresso, minha mente foi para um lugar sombrio. Eu não tinha a menor esperança. Estava ansiosa e deprimida. No meio do meu desespero, fiz uma última tentativa de recuperar meus seguidores entrando em contato com as criadoras do momento para fazer uma collab. Eu era um caso de dar dó, e a maioria das pessoas nem ao menos teve a decência de me responder. Mas aí uma pessoa disse sim.

– Bella Marie – concluo, já que é a resposta óbvia.

Um sorriso raro e sincero faz os lábios de Kelly se curvarem.

– Ela me fez recobrar o fôlego, me deu uma luz no meio dos meus problemas e soluções para coisas que eu achava que eram impossíveis. Tipo mascar um chiclete de sabor forte para combater a ansiedade, fazendo minhas papilas gustativas se centrarem no presente, coisas simples assim. E, quando ela me convidou para esta viagem, minha carreira finalmente começou a deslanchar. Eu tive a segunda chance que andava procurando e enfim recobrei as esperanças.

– O que foi que ela fez?

Dessa vez, Kelly não me repreende por interrompê-la. Os olhos dela cintilam quando ela vira o rosto para mim.

– Fecha os olhos e sente o seu corpo. Comparada a como estava antes, como está se sentindo agora?

Eu obedeço. Por trás da escuridão das minhas pálpebras, reflito intensamente sobre o meu estado presente.

– Eu me sinto... nas nuvens.

– Essa leveza no seu peito é um sinal de sintonia. Por causa do nosso esforço coletivo na noite passada, o universo ouviu o que você andou manifestando e te deu um gostinho do que vem por aí. Mas essa sensação maravilhosa não é permanente. Se você quiser que os seus desejos durem, vai precisar acreditar de verdade e aceitar a energia positiva que estamos te dando. Do contrário, isso aqui é só temporário. Acha que consegue fazer isso?

Franzo o cenho. É verdade. Eu me sinto nas nuvens, mais leve, alheia a qualquer preocupação, como se, a qualquer momento, pudesse ascender aos céus. Mas não é uma leveza despropositada, não sou uma partícula de poeira sendo levada pelo vento, uma molécula que corre o risco de ser vaporizada pelo sol. Estou firme, no controle, pronta para dominar o mundo. Se pudesse ficar assim para sempre, sem qualquer preocupação, sem fardos, protegida da sensação pesada que minha tia plantou dentro de mim, eu faria qualquer coisa que elas me pedissem.

Mas um pequeno fio de hesitação mantém meus pés no chão. Será que Kelly está falando a verdade? Será que essas sensações são resultado de uma manifestação coletiva? A noite passada não foi um momento agradável. Odeio minha tia e queria que ela me deixasse em paz, mas cremá-la? Isso nunca foi minha intenção.

Abro os olhos e vejo Kelly me encarando fixamente. Os poços

escuros de suas pupilas me causam arrepios na espinha. Estremeço, embora a brisa esteja quente. Ela prossegue:

– Depois que me tornei uma só com o grupo e aceitei o que todas estavam me oferecendo, protegida por nosso entendimento e esforços mútuos, eu consegui nascer de novo. Meus sonhos se tornaram realidade mais uma vez. Não quer isso pra você também?

Engulo em seco.

– Quero.

– A gente pode te ajudar. Mas, para isso, precisamos manter uma sinergia coletiva positiva. Isso significa que precisamos confiar umas nas outras. Acreditar umas nas outras. É a única maneira de conseguirmos nos motivar e proteger. Não podemos crescer e realizar nossos sonhos a menos que tenhamos apoio. Lembra que nem todo mundo recebe uma segunda chance. A única coisa que nos interessa é o seu bem. Entendeu?

As palavras dela vibram em meu peito, fazem meu pulso acelerar. O fio de hesitação que mantém meus pés no chão se esgarça depois de tudo que Kelly falou. Não quero ficar presa no lugar quando poderia alçar voos tão altos.

– Sim. Sim, eu entendi.

E, assim que as palavras saem da minha boca, me sinto leve mais uma vez.

43

O sol da manhã se derrama sobre minha pele. A brisa está fresca. Cada fôlego que inspiro é uma dose refrescante do ar salgado do mar.

– Agora, abram os olhos e sintam as mudanças em seu corpo – instrui Sophia, dando fim à nossa meditação de cinco minutos.

Ela é a líder de nossa atividade em grupo da manhã: ioga vinyasa nos jardins. Sophia é instrutora de ioga certificada, e uma baita profissional. Acho que nunca fiz a posição do cachorro tão bem quanto hoje. Meu corpo está flexível e revigorado, como se eu tivesse me livrado de qualquer preocupação.

Sophia está vestida com linho branco – todas nós estamos, leves e frescas. Ela insistiu, já que roupas mais soltas são mais *autênticas*, porque é assim que se pratica ioga na Índia. Claro, que seja. Preciso admitir que essas roupas são mais confortáveis do que leggings justinhas e tops de academia apertados. A melhor parte é que eu não preciso me preocupar se a pele da barriga está saltando para fora quando me abaixo para tocar os dedos dos pés. É meio empoderador.

– Antes de concluirmos o exercício, quero que todas nós digamos uma coisa positiva sobre nós mesmas, e que o grupo inteiro repita como se estivesse falando *com a outra.* Eu posso começar, e aí vamos dando a volta.

Depois do que Kelly me falou, presumo que essas afirmações sejam mais um recurso para as manifestações coletivas. Aos poucos estou entendendo o poder das afirmações, mas ainda parece um tanto narcisista elogiar a si mesma de maneira tão aberta.

– Eu sou bem-sucedida – começa Sophia.

– Você é bem-sucedida – dizemos. Engulo meu constrangimento interno, lembrando a mim mesma de proteger a sinergia do grupo.

– Eu sou bonita – diz Ana.

– Você é bonita – repetem todas com facilidade, sorrindo.

Hã. Por que será que eu sou a única com tanta dificuldade de falar? Ai, meu deus. Será que tenho misoginia internalizada? Sabe de uma coisa? Ela é bonita. Assim como eu!

– Eu sou empenhada – declara Kelly.

– Você é empenhada.

– Eu sou uma boa pessoa – afirma Angelique.

– Você é uma boa pessoa.

– Eu sou leal – diz Lily.

– Você é leal.

– Eu sou uma boa mãe – fala Iz.

Olho de soslaio para ela enquanto repetimos:

– Você é uma boa mãe.

O que quer que Lily lhe disse hoje de manhã deve ter surtido efeito. O zen dela vibra na mesma frequência que o de todas as outras.

– Eu sou inteligente – diz Emmeline.

– Você é inteligente.

– Eu sou corajosa – continua Maya.

– Você é corajosa.

Há uma breve pausa, e eu me dou conta de que é minha vez.

Eu pigarreio, tomada pela vergonha.

– E-eu mereço coisas boas – digo.

– Você merece coisas boas.

Elas repetem sem nem piscar. Sem um pingo de dúvida. Como se fosse verdade. Uma coisa óbvia. Uma luz explode dentro do meu peito, pulsando quente pelas minhas veias. Meus lábios se curvam em um sorriso e eu me empertigo.

Sinto que mereço coisas boas. De verdade. O grupo me abençoou com um valor ofuscante e ninguém vai me fazer mudar de ideia, nenhuma voz atormentadora ou ameaças ferrenhas.

Eu mereço coisas boas.

A última é Bella Marie. Todas nós nos viramos para ela, e ela abre seu sorrisinho perfeito.

– Eu sou uma líder.

– Você é uma líder – repetimos para ela.

21

O almoço é um piquenique à beira-mar. Drinques rosados e efervescentes em taças de champanhe cobertas de condensação, sanduíches cortados em triângulos, pratos de frutas tropicais, saladas de couve-galega com sementes de romã e tarteletes de morango em miniatura estão dispostos sobre uma toalha quadriculada. Um guarda-sol nos protege dos raios solares.

Depois da nossa sessão de ioga, uma energia dourada se espalha pelo meu corpo. A cada passo que dou, sinto que mereço coisas boas. Sou incrível, bonita, corajosa e gentil. Não me sinto tão bem assim – tão *livre* assim – há muito tempo. Somos um grupo de mulheres jovens e motivadas com um desejo enorme de acolher e escutar umas às outras. Deixamos a maquiagem de lado, baixamos a guarda e estamos usando roupas de linho parecidas. Estamos de rosto lavado e vulneráveis, com todas as imperfeições à mostra.

Se é assim que vai ser o resto da semana, eu nunca mais quero ir embora.

– Não sei como agradecer vocês – digo. – Eu precisava tanto dessa pausa.

– Imagina, meu amor – responde Bella Marie, entregando a Emmeline um guardanapo depois de ela derrubar suco de laranja nas calças brancas. – A gente não ouve nossos próprios corpos o bastante. É uma honra receber todas vocês aqui.

– É ótimo tirarmos um tempinho para nós mesmas – acrescenta Ana.

– Ainda mais para nós, mães – opina Lily, olhando para Iz. – Do contrário, íamos acabar nos perdendo de nós mesmas. – Para Angelique, ela acrescenta: – Sem querer te assustar nem nada disso.

– Ah, imagina. – Angelique afaga a própria barriga. Ela olha as ondas ao longe, com uma expressão solene se assentando na testa cheia de botox. – Não estou nem um pouco preocupada com isso.

Iz coloca um pouco de salada na boca.

– Lily me levou para dar uma caminhada mais cedo hoje de manhã, e foi aí que caiu a ficha. Não consigo acreditar que você tem uma ilha inteirinha só para você. – Ela mastiga, depois engole. – Essa vida é... *uma loucura.* E vocês fazem isso *todos os anos*?

– É tudo graças à Bella Marie – responde Kelly. – Ela abre mão de tanta coisa pela gente.

– É tão generosa – diz Emmeline.

– E tão perfeita – comenta Lily.

– E linda também – acrescenta Maya.

As Belladonnas olham com admiração para Bella Marie, que sorri timidamente. Seu cabelo dourado está quase branco sob os raios de sol.

– Ai, parem com isso – murmura ela, cobrindo a boca.

– Nós todas damos muito duro – continua Kelly. – Esta é a única semana do ano inteiro em que fazemos uma pausa.

Todas concordam com a cabeça.

Mas ouço uma risada. A mais leve risadinha de Iz. De repente, atenções se voltam para ela, que olha em volta, com os lábios comprimidos em uma linha fina.

Kelly inclina a cabeça, com os olhos se estreitando de inquietação. Sinto cheiro de hortelã, embora ela não esteja mascando chiclete.

– Do que você está rindo?

Ela está sorrindo, mas seu tom é brusco.

– Isla – chama Lily, segurando o copo de suco com um pouco mais de força. – Lembra do que a gente conversou mais cedo?

– Lembro, mas, quer dizer, é só que... Sabe?

Iz tenta rir para descontrair, mas ninguém ri com ela.

– *Sabe*... o quê? – questiona Kelly.

Iz olha ao redor, como se torcesse para que alguém completasse sua frase. Todas ficam em silêncio.

– Nós somos *influenciadoras.*

– E o que você quer dizer com isso? – pergunta Kelly.

Fico paralisada, e meu estômago se contrai. A água bate nas pedras a alguns passos dali, respingando na minha coxa.

Iz pega o garfo, como se esperasse que a gente deixasse o assunto de lado. Quando mais ninguém se pronuncia, ela deixa o talher de lado e fala baixinho:

– Eu só quis dizer que ser influenciadora não é, tipo, a coisa mais difícil do mundo. – Ela olha de canto para Kelly. – Você literalmente produz conteúdo reagindo aos outros.

Kelly arqueia a sobrancelha.

– E daí?

– Você vai mesmo me forçar a falar? – Iz suspira. – Tipo, isso não dá tanto trabalho.

Eu aperto a barra da blusa, e minha respiração acelera. *O que ela está fazendo?*

Kelly abre a boca e solta uma risada chocada e enfurecida.

– Você sabe quanto tempo tive que trabalhar pra chegar aonde eu cheguei? E, só pra constar, eu tenho gastos muito, *muito* altos com a minha produção. Tenho uma equipe de cinco pessoas. Eu alimento famílias.

– Certo. Mas, no fim das contas, você não simplesmente aperta o play e se grava reagindo?

– Eu abomino essa descrição do meu trabalho.

Iz assovia.

– *Abomina.* Nossa.

Mordo o lábio e olho repetidamente de Kelly para Iz. Quero que elas parem de brigar. Quero que elas voltem a como estávamos alguns instantes atrás. Uma família. Uma rede de apoio. O que aconteceu com todo o sermão de Kelly sobre sinergia coletiva? Será que as regras não se aplicam a ela se ela tiver se ofendido?

– Todas nós deveríamos ficar calmas… – começa Emmeline.

– Se você acha que é tão fácil, por que não vai em frente e faz também? – debocha Kelly.

Iz se afasta, erguendo as mãos no ar como quem diz *Não tá na cara?*

– Eu nunca vou receber aplausos pela minha mediocridade porque não sou o estereótipo de uma menina branca bonita.

Eu me encolho por Iz ter dito a verdade em voz alta e olho de relance para Bella Marie, esperando que ela alivie a tensão. Mas o maxilar dela está retesado. Os olhos não estão acompanhando quem está falando, como se estivesse perdida em pensamentos.

Kelly cerra os punhos.

– *Mediocridade?*

– O conteúdo da Kelly não tem nada a ver com raça – defende Ana.

– Claro, *você* é que acha.

Iz revira os olhos.

Acho que deveríamos todas parar para respirar intromete se Sophia. – Praticar um pouco de meditação positiva e…

– Como é que é? – esbraveja Ana. – Eu dei duro para ter os meus seguidores! Você tem noção do quanto eu sacrifiquei para chegar aonde eu cheguei?

– A sua carreira inteira é definida pela sua aparência – continua Iz. – Quer dizer, sem querer ofender, mas você precisa admitir que é verdade. Esse é literalmente o seu nicho. Você não canta. Você não faz tutorial de maquiagem. Você não se interessa por saúde e bem-estar. Você só é bonita. Você tira selfies e fotos do próprio corpo.

– Que mentira. Eu escrevo poesia!

– Fazer quebra de parágrafo entre frases fragmentadas não é poesia! – As costas de Iz estão empertigadas feito uma flecha, e há uma ruga horrível entre suas sobrancelhas. – Quer dizer, isso é… Por que é que a gente está falando sobre isso?

Angelique termina o suco de laranja e se serve de uma taça de vinho enquanto Lily passa a mão na testa.

– Só porque somos brancas não quer dizer que não damos duro para conseguir seguidores – argumenta Maya.

– As redes sociais criam oportunidades iguais para todo mundo – acrescenta Emmeline.

– Iguais? – Iz se sobressalta. – Tá de brincadeira comigo? Vocês sabem que a base das redes sociais começa na vida real, né? As redes sociais são inerentemente desiguais. Quer dizer, mesmo se a gente deixar a raça completamente de lado, existem tantas barreiras pra acessibilidade. Quem tem dinheiro pra comprar um celular? Quem tem acesso à internet? Quem tem tempo de fuçar os aplicativos e entender as tendências em vez de trabalhar em jornada dupla pra colocar comida na mesa? Até o país em que você nasceu tem influência. Não existe igualdade nas redes sociais. Claro, de vez em quando elas destacam criadores de origens minoritárias, mas isso é tipo encontrar uma agulha num palheiro.

– Meu deus – exclama Emmeline. – Você não precisa ficar aí fazendo um discurso que nem o Obama…

Eu me retraio.

– *Obama?* – repete Iz.

– ... é condescendente e depreciativo.

– Estou tão decepcionada com você – declara Lily. – Achei que você entendesse.

Iz revira os olhos.

– Eu não vou ficar quieta por causa de uma coisa tão idiota quanto *sinergia coletiva.*

As meninas soltam exclamações horrorizadas e um silêncio tenso sufoca o ar.

– Você está sendo incrivelmente grosseira e hostil hoje, Isla – comenta Maya.

– Muito grosseira – concorda Ana.

– Terrivelmente hostil – repete Kelly.

– Jesus. Só estou dizendo que a gente deveria se responsabilizar pelo que fala. Ainda mais *você*, Emmeline.

Emmeline se empertiga.

– Eu? Por que você está apontando o dedo pra mim?

– Você sabe exatamente do que eu estou falando.

Porra.

Emmeline está visivelmente trêmula, como se houvesse uma

bomba-relógio dentro dela, *tic, tic, tic*, prestes a explodir. Suas bochechas pálidas ficam vermelhas enquanto seus olhos marejam.

– Aqueles tweets foram de *anos* atrás.

– Não era legal ser racista em 2010!

Emmeline começa a lacrimejar.

– Olha só o que você fez! – Kelly segura a mão de Emmeline e afaga as costas da amiga. – Pede desculpas.

– Quê? – Iz empurra o prato de comida para longe. – Não! Tá de brincadeira comigo, porra? Sinto que tô ficando maluca.

– Óbvio – retruca Ana. – Dá para ver que você é uma invejosa, e isso não é nem um pouco bonito.

– É muito feio – concorda Maya.

Olho ao redor da mesa e percebo que Ana, Maya, Lily, Kelly e Emmeline de alguma maneira ficaram de mãos dadas, com os ombros colados uns aos outros feito uma parede sólida. Todas estão arreganhando os dentes. Suas expressões são tão parecidas que, por um segundo, eu não consigo dizer quem é quem.

– Tá? Agora vocês estão atacando a *minha* aparência? – Iz solta fogo pelas ventas, exasperada. – Tá bom. Vamos falar sobre aparência e raça, já que vocês estão tão desesperadas para fingir que isso não influencia nada. Olha só, eu tenho uma novidade para contar: influencia, sim! É uma coisa inerente na área da fotografia e de conteúdo em vídeo.

Ela se vira para Emmeline, que está com dois filetes de lágrimas escorrendo pelas bochechas.

– Tipo os seus vídeos. Eu amo a estética, que eu não duvido que seja obra do seu editor e de toda a sua equipe de arte, mas você nunca deixa de reclamar sobre como a sua vida é difícil. Sobre como anda deprimida e se sentindo sozinha o tempo todo. Enquanto isso, fica viajando de primeira classe pra Paris, comparecendo a desfiles de moda, comendo brunch no hotel e relaxando na sua coberturazinha em Nova York com o seu cachorro. Você pode se dar ao *luxo* de ficar entediada, e as pessoas aceitam tudo. Por quê? Porque você é bonita de um jeito estereotipado. Desejável aos padrões ocidentais. As pessoas se solidarizam com os seus problemas porque a sua aparência torna as suas birras toleráveis. E não estou dizendo que a sua depressão não é de verdade. É completamente válida. Só estou dizendo que se uma pessoa negra, latina, ou, nossa, até asiática – ela se vira para me olhar, e eu me encolho – dissesse as mesmas coisas que você, elas seriam taxadas de ingratas. Se a gente ficasse morgando na cama que nem você, nosso cabelo oleoso seria visto como sujo e preguiçoso em vez de uma coisa normal. A gente precisa se enfiar nessas caixinhas perfeitas e inofensivas enquanto vocês têm o privilégio de reclamar, já que vocês se encaixam na estética da menina branca triste que a sociedade tanto cobiça.

– Isso não é verdade – retruca Emmeline, enxugando as lágrimas com um guardanapo quadriculado. – Você não sabe como eu dei duro pra chegar aonde cheguei. Não sabe do que eu abri mão. Você está me magoando.

– Você não pode usar a sua choradeira para fugir o tempo todo, Emmeline. – Iz suspira, enquanto o resto da mesa fica de queixo caído. – Claro, todas nós demos duro para chegar aonde chegamos. Mas ainda assim é importante reconhecer nossos privilégios. Todas nós dedicamos horas das nossas vidas. Todas nós ralamos. Todas nós fizemos sacrifícios. Mas algumas pessoas sacrificam menos e ganham mais. E outras pessoas se matam de trabalhar pra receber migalhas. Essa é a natureza da vida, e as redes sociais não são uma exceção.

Há um silêncio ensurdecedor enquanto uma brisa gelada passa por nós. Emmeline soluça. O sol se esconde atrás das nuvens. Minha pele está formigando, com a sensação de que estamos no inverno.

– Isla – rosna Kelly –, só porque você não é tão bem-sucedida quanto a gente não quer dizer que você pode ser uma filha da puta amargurada e invejosa e diminuir os nossos trabalhos.

– Uma *filha da*... – Iz fica boquiaberta. – Tá falando sério, porra?

Ela não recebe resposta nenhuma além de carrancas furiosas. Um ressentimento borbulhante.

Então ela se vira para mim.

Seus olhos estão desesperados. O ar parece ficar mais rarefeito enquanto minha garganta se fecha. Eu balanço a cabeça devagar. *Por favor, não me meta nessa história.* Mas é tarde demais.

Meu coração se alvoroça dentro do peito enquanto todo mundo passa a prestar atenção em mim. Todos os nove rostos e nove pares de olhos me encaram, esperando que eu diga alguma coisa. Que eu escolha um lado. Esse tempo todo, eu evitei me envolver, deixando que elas ficassem trocando farpas. Mas agora as Belladonnas estão de olhos arregalados e sobrancelhas erguidas.

Você concorda com a gente, né? Não quer se tornar uma de nós? Não quer ser aceita, feliz e leve?

Iz está ofegante.

– Vai, Chloe. Você sabe do que eu estou falando, né?

– Hum, hã. Eu...

Duas palmas bruscas cortam o ar. Todas nós nos viramos para olhar Bella Marie. Ela está de pé, feito uma mãe prestes a dar bronca nos filhos.

– Acho que todas nós magoamos umas às outras nessa conversa acalorada. – Ela se vira para Kelly em específico. – Você tem que ser mais compreensiva com a Isla. Ela é nova aqui. Não sabe pelo que tivemos que passar. Não sabe o que tivemos que sacrificar. Não passou pelo que a gente passou. Este é só o segundo dia. Nós mal começamos. Deem a ela tempo para entender o nosso mundo. Lembrem-se, meus amores, nós somos uma família.

Ninguém repete essa afirmação.

Há um leve tremor nos olhos de Bella Marie, a menor das fissuras em meio à sua perfeição, uma fratura antes de um terremoto.

– Kelly, eu agradeceria se você se desculpasse com a Isla por chamar ela daquilo.

Kelly solta um suspiro irritado.

– Desculpa se o que eu falei te ofendeu.

Bella Marie se volta para Iz.

– E então? E você, Isla?

– Você não tá falando sério, né? – retruca Isla.

Mas todas ficam esperando que ela se desculpe. Ela balança a cabeça, olha decepcionada para mim e depois desvia o olhar.

O interior da minha garganta queima de culpa. Quente, ácida e paralisante.

Ela se levanta da mesa e ninguém a impede de ir embora.

Eu sou a única que a ouve sussurrar:

– Isso nem é um pedido de desculpas de verdade, porra.

45

Não aguento ficar perto das Belladonnas. O clima está estranho. Mas, acima de tudo, estou decepcionada comigo mesma. Por não ter defendido Iz. Claro, ela poderia ter sido mais delicada, mas não estava completamente errada. Eu entendi o ponto de vista dela.

Perambulo pela ilha e acabo indo parar na frente do chalé de Iz. Fico tentada a bater na porta. A pedir desculpas e oferecer um ombro amigo. Mas algo me impede. A ilha inteira tem um ar pesado, uma sensação avassaladora de que alguém está me observando, fungando no meu cangote. Acabo lembrando de Bella Marie no dia em que chegamos, como ela ficou parada na pista com um olhar vazio, e sinto um arrepio.

Queria que as coisas pudessem voltar a ser como eram hoje de manhã. Já perdi toda a energia estimulante e queria tanto recuperá-la.

Em vez de abordar Iz, eu vago sem rumo pela ilha. Passo por alguns funcionários usando suas roupas impecáveis de linho branco enquanto aparam a grama e podam as árvores. Eles sorriem para mim com seus dentes perfeitos, olhos cintilantes, parecendo modelos saídos direto da *GQ* ou da *Vogue*. O que caralhos tem na água daqui para que a pele deles tenha um brilho tão anormal? Eu me pergunto se tem um dentista na comunidade ou se todos já saem do útero com dentes branquíssimos, selecionados artificialmente pelos dentes e pela pele lustrosa.

– Bom dia, senhorita Van Huusen – exclamam, inclinando a cabeça. – Como está? Precisa de ajuda? Para onde está indo?

Por mais que eu adore receber atenção, isso está começando a me irritar. Todo mundo está muito atento aos meus movimentos, igual um médico acompanhando a recuperação de um paciente com doença mental.

Para evitar olhares curiosos, caminho até a extremidade da ilha, perto da praia. Meus pés descalços deixam pegadas na areia macia, cada grãozinho quente contra minha pele. O agitar das ondas vai e vem, roçando os dedos dos meus pés. Eu perco a noção do tempo. De alguma maneira, acabo indo parar nos fundos da ilha, onde a areia se mescla com as pedras e a vegetação. Coloco as sandálias e subo a colina, perambulando entre as árvores mirradas que não estão tão bem cuidadas quanto as que ficam lá na frente. Chego a uma clareira que leva a um despenhadeiro rochoso. Diante de mim há o mar azul e o céu sem fim. A brisa refresca minha pele úmida e eu encontro uma pedra que serviria como o lugar ideal para dar uma descansada. Talvez um pouco de meditação positiva acalme minha mente. Sophia ficaria orgulhosa de mim.

Estou me acomodando na pedra quando ouço gravetos estalando. Uma silhueta surge entre as árvores. Uma mulher idosa. Ela é magra, veste linho marrom e branco. Nós pés, usa mocassins.

Franzo as sobrancelhas. Tem algo familiar nela.

Ela está atordoada, então não me nota. A pele está descorada sob o fustigante sol de verão, e veias azuis sobem por seu maxilar. Seus olhos estão vermelhos e embaçados. Ela se aproxima cada vez mais da borda do despenhadeiro, fazendo pedras estalarem sob os sapatos. Olho da mulher para o penhasco e de novo para ela, conforme a distância entre os dois vai diminuindo tanto que me deixa desconfortável. Mais três passos e ela vai despencar em direção à morte.

Por que ela não está parando?

Será que eu deveria dizer alguma coisa?

– Hã. Com licença? Tem um desfiladeiro ali, então toma cuidado.

Minha voz sai fraca, aguda feito a de uma criança.

A mulher se detém, levantando poeira sob os pés. Ela vira a cabeça para mim, o pescoço se torcendo feito uma corda. Ela não está olhando para mim, mas para além de mim. Atrás de mim.

Meus braços se arrepiam enquanto engulo em seco, seguindo seu olhar. Não há nada ali. Apenas árvores, pedras e o céu azul. Volto a encará-la, inquieta.

– Hã... Oi? – digo, forçando um sorriso.

Desta vez, a mulher parece ouvir minhas palavras. Seus olhos se aguçam, e ela dispara em minha direção com passos curtos e rápidos. Salto para longe da pedra, alarmada por sua aproximação.

– Você não é daqui – diz ela, com uma voz tão rouca e áspera quanto a de um fumante.

– N-não, não sou. Eu sou convidada da...

– Você deveria ir embora antes que seja tarde demais. – A mulher me agarra, e seus dedos secos e esqueléticos se cravam em minha pele quente. – Vai embora antes que eles te peguem também!

– Hã. O quê...

Então ouço passos se aproximando. Pessoas correndo. Gritos.

– Senhora Melniburg!

Senhora Melniburg?

Agora que estou prestando mais atenção, consigo ver as semelhanças. O pescoço longo feito o de um cisne, o queixo pontudo, o semblante delicado.

– O que você está esperando? – questiona ela, ofegante. – Vai! Corre!

A mulher me empurra para longe.

Não sei o motivo. Talvez seja o desespero em suas pupilas ou o som de pessoas em seu encalço, mas minhas pernas se mexem antes que minha mente consiga acompanhar o que está acontecendo. Eu recuo aos tropeços enquanto continuo com os olhos fixos nela.

Quatro funcionários vestidos de cinza surgem além das árvores e correm até a senhora Melniburg, agarrando seus braços. Estou longe o bastante para que não percebam minha presença.

– Me soltem! – Ela se debate violentamente contra os homens.

– Aqui é perigoso, senhora Melniburg. Vamos voltar lá para dentro.

Um galho estala sob meus pés. Quatro cabeças se viram em minha direção.

Merda.

O maior deles, alto e intimidante, se separa do resto. Ele me espia por entre as árvores. Meu corpo está paralisado, e meu coração está pulsando na garganta fechada. Só consigo soltar um gritinho enquanto imploro para que minhas pernas se mexam. Se mexam.

Se mexam!

O instinto de lutar ou fugir finalmente me domina. Eu me viro e começo a correr em disparada na direção contrária. O sujeito vem atrás de mim. Eu arrisco olhar por cima do ombro quando ele se aproxima, esticando as mãos robustas, tentando me alcançar. Eu me choco contra algo duro e caio de bunda no chão, perdendo todo o ar nos pulmões. O mundo está girando. Um rosto pálido assoma sobre mim, me banhando em uma sombra fria.

Solto um grito e ergo os braços para me proteger. Mas não sinto socos, chutes nem braços me agarrando. Apenas ouço o som das ondas.

– Desculpa. Não quis te assustar.

Essa voz. É familiar. Abro os olhos e espio por entre os dedos.

Viktor. Ele balança a cabeça para o outro homem, gesticulando para que ele se afaste.

– Ela é uma estimada convidada da senhorita Bella Marie.

O sujeito resmunga algo em voz baixa e volta a se juntar ao grupo que está segurando a senhora Melniburg, aos gritos, com força entre os braços.

– Está tudo bem?

Viktor me estende a mão. Eu a seguro com relutância. Seus dedos são ásperos, calejados. Ele me coloca de pé com um rápido movimento, e o ar atinge meu rosto.

– S-sim – gaguejo. Grama seca espeta minha coxa por cima das minhas calças de linho, como se fossem agulhas. Eu as espano. – O que diabos foi isso?

– Perdão pelo meu amigo ali. Ele tem ordens estritas para ficar de olho na senhora Melniburg. Às vezes acaba sendo superprotetor.

– O suficiente pra me perseguir como se estivesse pronto pra me matar? Um pouco exagerado, não acha?

– Não é para nós. Você também não fica nervosa quando acha que a sua família está em perigo?

Não tenho família nenhuma com quem me importo, então talvez eu não entenda. Engulo em seco e limpo a testa, que está coberta de suor.

– Aquela mulher me disse umas coisas estranhas.

Viktor assente, nem um pouco surpreso.

– Os médicos dizem que ela sofreu diversos traumas cerebrais. As quedas quando era ginasta, e agora o vício e o derrame recente. Também suspeitamos que seja demência. Às vezes ela fala coisas que não fazem sentido. É uma pena o que a velhice traz.

A senhora Melniburg parecia mesmo estar atordoada. Como se a cabeça não estivesse no lugar.

Penso mais uma vez nos Van Huusen. Os dois vegetando nas camas de hospital. É deprimente pra caralho.

– Ela não deveria estar em uma casa de repouso ou coisa assim?

– Ela está sob os melhores cuidados aqui na ilha. E está cercada pela família. Não tem melhor lugar para se estar.

Acho que ele tem razão. Aqui tem comida e ar fresco. Além disso, conhecendo os Melniburg, devem ter uns médicos chiques enfiados aqui. Eu me pergunto quanto é o salário de Viktor.

– Você parece assustada. – O rapaz coloca a mão no meu ombro com um sorriso. – Tenho algo que pode te animar.

46

Viktor me entrega um machado. A lâmina afiada cintila sob o sol. Eu fico pasma.

– Tá falando sério?

– Qual é o problema, Chloe? Você sempre implorava para cortar lenha comigo.

Mordo a língua. Porcaria de Chloe e seus hobbies esquisitos. Quem caralhos se diverte cortando lenha?

Com certa relutância, eu aceito o machado. Quando Viktor o solta, quase caio para a frente por não estar esperando todo aquele peso.

O rapaz posiciona um toco recém-cortado diante de mim e cruza os braços. Está esperando.

Suor escorre das minhas axilas. Respiro fundo e me preparo. Contraio o abdômen e encolho a pélvis, como se estivesse numa aula de Pilates. Sou a rainha da SoulCycle. Posso fazer qualquer coisa. Sou uma guerreira!

Miro o machado no meio do toco, depois ergo os braços por cima da cabeça. Golpeio com toda a minha força, soltando um grunhido. O machado corta a madeira bem ao meio, partindo-a em dois com um estalo agradável. Os pedaços caem para os lados. Um cheiro fresco de cedro surge no ar, com sua carne de madeira exposta.

Eu me sobressalto, surpresa com minha própria força. Puta merda! Sou mais forte do que eu pensava.

Viktor ri e prepara as partes no ângulo certo de novo, para que eu possa parti-las em quatro. Talvez Chloe tivesse razão. Isso aqui é muito bom para desestressar – e mais divertido do que achei que seria. Não me admira que lenhadores pareçam tão tranquilos. É impossível sentir raiva se você vive dando porrada nas coisas, partindo-as ao meio.

A certa altura, Viktor me diz que já cortei lenha o bastante para hoje.

– O que vai ter hoje à noite? – pergunto.

Ele sorri.

– Jantar ao lado da fogueira.

– Ah, que legal.

Espero que essa refeição seja mais tranquila que a outra. Talvez Iz tenha se acalmado e as meninas sejam capazes de perdoá-la. Eu só queria que todo mundo se unisse de novo.

Ajudo Viktor a empilhar a lenha em um carrinho de mão. Depois de colocar o último pedaço, solto um suspiro satisfeito e tiro as farpas de madeira das minhas roupas.

Um calor se espalha pelas minhas costas. Viktor me abraça, enfia o rosto no meu cabelo e cutuca minha bochecha com o nariz.

Fico paralisada.

– Hã. O quê…

Ele me apalpa, beija meu pescoço, desliza uma mão até o meu seio e a outra até minhas pernas, me apertando. Solta um gemido ofegante.

Eu grito, o empurro para longe e me afasto depressa. De alguma maneira, minhas mãos topam com o machado. Eu o ergo diante de mim.

– Fica longe de mim! – berro.

Os olhos dele se arregalam, e as mãos saltam para cima. Ele recua.

– O que caralhos tem de errado com você? – grito.

Confuso, Viktor franze as sobrancelhas.

– V-você costumava gostar quando eu fazia isso!

– Quê?

– Depois de cortar lenha, nós íamos para perto do celeiro. Para gastar toda a energia em excesso. Era o nosso hábito.

Nosso hábito?

Minha boca está tão escancarada que uma mariposa poderia entrar.

Agora faz todo o sentido que Viktor tenha tantas lembranças de Chloe. Os dois devem ter passado muitos dias *e* noites juntos.

Eu deixo o machado de lado e tento soltar uma risada descontraída.

– Desculpa, não estou no clima para isso. A mãe de Bella Marie está, tipo, *marcada* no meu cérebro. Não é lá exatamente, hã, o melhor afrodisíaco.

Ele assente com a cabeça, como se entendesse completamente.

– Entendi. Mas sempre que você precisar de mim, estou à disposição.

– Claro. – Pigarreio. – Eu, hã, te aviso quando precisar de você. Eu acho. Para… transar.

Certo. Agora estou completamente envergonhada. Nós dois ficamos em silêncio por um instante, com um constrangimento se espalhando entre nós.

Passo a mão pela testa, ainda me recuperando de quando ele me apalpou. Estou desesperada para mudar de assunto.

– Então, você mencionou a fogueira hoje à noite, né? Eu posso ajudar a arrumar as coisas.

Ele fica surpreso com essa sugestão.

– Sério? Tá bom!

Levamos a lenha para a praia e a colocamos ao lado de uma longa mesa de jantar. Depois disso, eu o ajudo a montar as tochas tiki que estavam guardadas em caixas no depósito.

– Vou pegar um pouco de álcool acendedor – diz Viktor, desaparecendo dentro da pequena construção de madeira.

Enquanto aguardo, ouço um rangido. Os ruídos de patinhas minúsculas. Deve haver uma infestação de ratos. Sinto arrepios só de pensar. Embora eu esteja morando em Nova York há alguns meses, não estou acostumada a andar na rua de noite, quando os ratos estão à solta.

Viktor volta com uma garrafa de álcool acendedor. Nós cobrimos as tochas para que se acendam e fiquem queimando durante mais tempo. Quando terminamos, a noite já tingiu o céu, e os funcionários estão organizando o jantar. Eles abrem uma longa passadeira no centro da mesa e colocam velas retorcidas e vasos de flores em cima. Pergunto se precisam de ajuda, e todos ficam surpresos.

– Ah, que isso. Por favor, sente-se, senhorita Van Huusen – respondem, com suor acumulado ao longo das têmporas.

É um pouco constrangedor ficar sentada ali sozinha enquanto os funcionários zanzam ao meu redor. Viktor tenta puxar conversa, falando alguma coisa sobre como gostaria que cortar lenha fosse um esporte olímpico, mas a lembrança de suas mãos ásperas surge em minha mente assim que ele abre a boca.

Embora faltem apenas dez minutos para o jantar, decido ir até meu chalé com a desculpa de que quero trocar de roupa. Quando volto a sair, usando um luxuoso vestido de seda verde-esmeralda de Belle by Bella Marie com uma fenda na lateral, a mesa já foi posta. Bella Marie e sete Belladonnas, exceto Iz, estão me aguardando. Alguns funcionários estão tocando música ao vivo – violino, violoncelo e harpa – a uns passos dali. Os tons exuberantes da música ressoam no ar, acompanhados ao fundo pelo som do mar. Não reconheço a melodia – talvez seja original.

Fico afastada por um instante e observo as Belladonnas. Suas vozes são tão suaves quanto o canto dos pássaros enquanto elas conversam em tons agudos, as risadas feito sinos de vento cortando o ar. Tranças francesas se entrecruzam em suas cabeças, as mechas tão apertadas e firmes quanto a amizade entre elas. Pequenas flores foram colocadas entre cada nó: peônias, margaridas, petúnias, camélias. Deixei esse detalhe passar, pelo visto. Passo os dedos por meu cabelo solto e escuro. Sinto bem lá no fundo aquele anseio, o desejo de me sentir incluída. Eu me pergunto se Chloe costumava trançar o cabelo como elas. Eu me pergunto se as outras sentem que eu não sou a mesma mulher que elas costumavam conhecer.

Bella Marie me vê.

– Chloe! – exclama, me chamando com a mão.

As outras sete se viram para mim, me chamando em um coro alto e doce, me dando as boas-vindas:

– Chloe!

É impossível resistir à gravidade das Belladonnas.

Então eu me junto a elas.

47

Passamos os pratos umas para as outras. Pão recém-assado, fofinho e coberto de manteiga. Salada. Mais salada. Sopa de abóbora. Aspargos assados. Tomates *heirloom* maduros. Batatas com sálvia. O prato principal é frango assado com molho de gengibre servido em uma cama de cuscuz. Tudo que eu como é delicioso, até mesmo o álcool. É o tipo de vinho que eu gosto, nem muito seco nem muito ácido, mas frutado e doce, e desce fácil pela garganta. Quando termino minhas batatas, já bebi quatro taças e meu corpo está quente, vibrando.

– Sentimos sua falta hoje – comenta Bella Marie.

Ela guardou o lugar ao lado dela para mim, assim como em seu evento de lançamento. Está sentada à cabeceira da mesa, e eu estou de frente para Emmeline. Angelique está ao meu lado. Elas exalam perfume de limão e frésia.

– Sim, sentimos sua falta – repete Emmeline.

– Muito mesmo – concorda Ana.

– Você perdeu nossa sessão de tranças – conta Lily.

– Colhemos flores para você e tudo o mais. Agora elas já murcharam – acrescenta Angelique, fazendo biquinho.

Elas sentiram minha falta. E colheram flores para mim.

– Desculpa. Fiquei andando por aí, respirando um pouco de ar puro.

– Viu algo interessante? – pergunta Sophia.

Imagens da mãe de Bella Marie surgem em minha mente. O aviso dela. Balanço a cabeça para desanuviar a mente.

– Nada de mais. Encontrei uma pedra legal para meditar.

Sophia assente, exuberante.

– Amei. Espero que você tenha dito algumas afirmações positivas. Você merece coisas boas.

– Você merece coisas boas – repetem todas.

Eu me aprumo diante das palavras.

– Ouvi dizer que você passou um tempinho com o Viktor hoje mais cedo… – Ana morde o lábio em um sorrisinho malicioso – … *cortando lenha*.

A mesa inteira explode em risadinhas agudas, os corpos oscilando.

Ai, meu deus. Será que cortar lenha aqui é um eufemismo? Será que todas elas sabem sobre a relação entre Chloe e Viktor? Olho para Bella Marie, apreensiva. Ela exibe um sorriso brando e agradável. Nenhuma indicação de que tem algo errado enquanto toma seu vinho tinto.

– Espero que o Viktor tenha sido um cavalheiro – comenta Maya. – Ah! A menos que você goste quando eles são mais brutos. Machão tipo um touro.

Mais risadinhas. Mais gargalhadas.

Baixo o garfo, sentindo uma inquietação me atravessar.

– Eu amo quando o Viktor corta minha lenha – diz Ana. – Ainda mais perto da praia.

– Da praia? – pergunta Emmeline. – Onde na praia?

– Perto da figueira-de-bengala, onde fica o balanço. Ou, melhor dizendo, *no* balanço.

Ana dá uma piscadinha.

– O balanço! – exclama Emmeline.

– O balanço é um ótimo lugar – cantarola Sophia.

– Um ótimo lugar – repete Lily. – Eu amo balanços.

A fogueira ao nosso lado estala, e a lenha se quebra. Puta merda. O Viktor é o brinquedinho sexual compartilhado entre todas. Que baboseira de sororidade é essa?

Olho ao redor da mesa. Será que todo mundo… será que *todo mundo*? Até mesmo Bella Marie? Estou enojada. O vinho em meu estômago parece uma poça de ácido se revirando enquanto as risadinhas das Belladonnas ficam cada vez mais altas.

Bella Marie encontra meu olhar e inclina a cabeça de leve.

– Alguma coisa errada, amor?

A mão dela encosta em minha coxa por baixo da mesa. Um de seus dedos desliza pela fenda do meu vestido esmeralda. Sua pele é tão macia e quente que me causa um formigamento, uma excitação. Eu me lembro de como ela falou que eu ficava *maravilhosa* de esmeralda durante o lançamento e engulo em seco, recuando de seu toque, desesperada para mudar de assunto.

– Cadê a Iz?

As risadas cessam. Assim como a música, só por um instante, para mudar para outra melodia. A maré recua. Todo mundo está olhando para mim. Parecem lâminas afiadas cravadas nos meus ossos.

– Se você está falando da Isla – responde Bella Marie –, ela decidiu jantar sozinha ao lado do telefone para falar com as filhas. Parece que ela sente muita falta delas. Embora eu quisesse que ela estivesse se desconectando com a gente.

– Ah, entendi.

A faca de Kelly raspa contra o prato.

– Você não é nada parecida com a Isla – diz ela para mim, espetando o garfo com força no frango. O metal se choca contra a porcelana. – Você é muito mais comportadinha.

– Não fica se mordendo de inveja só porque o algoritmo não a favorece – completa Emmeline. – Não fica dando sermão como se a gente fosse um bando de idiotas.

– Mulheres que nem a Isla não são feministas de verdade – opina Ana –, sempre ficam jogando umas contra as outras quando a gente deveria se apoiar.

– Exatamente – conclui Maya. – Os homens dominam as redes sociais de qualquer área e nicho. Até no ramo da beleza, um império todo construído com base na exploração das vulnerabilidades femininas, os criadores mais badalados são homens. Mulheres que nem a Isla só desvalorizam nossos esforços ao alimentar nossas rivalidades.

– Você é tão melhor que ela – diz Kelly. – E não fala de boca cheia.

– E não fuma – acrescenta Sophia –, não fica inalando aquelas toxinas carcinogênicas, envenenando o seu lindo corpinho. Ela nem está tentando largar o cigarro!

– Menos raivosa – continua Ana. – Menos amargurada. Mais bonita. Maravilhosa.

– Muito bonita – concorda Lily. – Deslumbrante, para ser sincera.

– Não só deslumbrante. Sublime – arremata Maya.

Sublime? Resisto à vontade de sorrir. Sinto um quentinho inebriante diante desses elogios, embora parte de mim queira defender Iz.

– Você é tão sublime que quero arrancar um pedacinho de você e te provar debaixo da minha língua.

– Eu te amo tanto, Chloe – murmura Emmeline.

Paro de me segurar. Um sorriso se espalha no meu rosto.

– Como vocês são carinhosas. Obrigada. *Obrigada* – digo duas vezes. Não consigo me conter. Me sinto tão grata.

– Eu também te amo, Chloe – repete Angelique.

– Eu te amo, Chloe – diz Lily.

– Eu te amo, Chloe – diz Sophia.

– Eu te amo, Chloe – diz Kelly.

– Eu te amo, Chloe – diz Maya.

– Eu te amo, Chloe – diz Ana.

– Eu te amo, Julie.

Meu coração para. Viro a cabeça de repente para Bella Marie, com o pulso disparado.

– O-o quê? O que foi que você disse?

Ela pisca. Sorri. Inclina a cabeça.

– Eu disse "Eu te amo, Chloe".

Respiro fundo. Devo ter ouvido errado. Bebi demais. O mundo está entrando e saindo de foco. Sua bela figura oscila por conta do vinho, mas ainda assim ela está divina. Acabo me lembrando da Julie adolescente, que ficava navegando infinitamente pelo Tumblr, reblogando toda vez que ela aparecia na tela. Minha ídola.

Bella Marie volta a tocar minha coxa, deslizando os dedos para os pontos sensíveis na parte de cima de minha perna, como se seu lugar fosse ali. O tecido fino me permite sentir cada sulco de seu dedo, estudar cada espiral em seu mindinho. Eu me aprumo e me mexo sem pensar, tomando suas mãos delicadas, suaves feito manteiga em minha pele. Ela entrelaça nossos dedos. Depois se inclina sobre Emmeline e também segura a mão dela. Num piscar de olhos, estamos todas unidas. Nós nove. As palmas das minhas mãos estão no meio das de Bella Marie e Angelique, e a energia delas me atravessa feito um raio. Quente, perigoso e ainda assim afetuoso, penetrando meu corpo, se infiltrando em meus músculos. Sou calor e luz. Estou nas nuvens, mas com os pés no chão e acolhida.

– Eu amo todas vocês – digo. A frase sai com naturalidade. Sopra feito o ar, uma verdade. Avassaladora. – Eu *amo* vocês.

– A gente também te ama – respondem elas.

Uma risadinha inebriada sobe minha garganta, e uma euforia pura me escapa, sem filtro. E se espalha, ecoando harmonia. Nós todas rimos até perdermos o fôlego. Felizes. Mesmo quando as risadas esmaecem, nossos corações estão cheios. Nossas mãos ainda estão entrelaçadas quando os funcionários retiram nossos pratos e os substituem por pedaços de torta de limão e bebidas verdes efervescentes combinando. O gás sobe pelo copo de vidro frio coberto de condensação.

– Aproveitem a sobremesa, meus amores.

Bella Marie me solta, mas queria que não soltasse. Prefiro comer feito um cachorro, uma besta – com o rosto no prato, lambendo, sorvendo – a soltá-la.

Mas como um bom ser humano, pego o garfo e me empanturro. A torta está perfeita. Cítrica e doce, com uma leve acidez. Gelada conforme se dissolve em minha língua, com a massa se esfarelando pela manteiga. Remexo o conteúdo na boca, salivando quando as notas de violino se elevam, e empurro o recheio cremoso entre os dentes. Quando engulo, só me resta uma boca vazia implorando para molhar a garganta. Levo a bebida verde até os lábios. É efervescente, doce, ácida e ligeiramente amarga. Áspera e refrescante por conta das ervas, limpando meu paladar, formando um par perfeito com a sobremesa. Eu bebo e como e bebo e como e bebo e como e bebo e como até não sobrar mais nada.

O mundo está me abraçando, o ar noturno quente enquanto meu interior borbulha de prazer. Os músicos mudam de canção e eu acho que reconheço a melodia. É familiar, ligeiramente perturbadora, mas não consigo identificá-la, não quando estou cercada de risadas e mulheres bonitas. Não consigo prestar atenção. Não vou prestar atenção.

Um rompante de energia em meu interior implora para se soltar. Paro de resistir.

– Vamos dançar!

Pulo da cadeira, e de alguma maneira meus pés vão parar sobre a mesa. Faço dela a minha passarela, contornando as velas, os vasos, os cestos de pães. As meninas riem e batem palmas, e me amam tanto, ah, mas tanto. Seus rostos se espicham e se retorcem com o mais puro amor. Elas se juntam a mim, algumas em suas cadeiras, os vestidos esvoaçando em torno dos quadris estreitos, exibindo as coxas longas e bronzeadas; outras dançam na areia, os braços serpenteando pelo ar, as flores nos cabelos desabrochando. Nós nos reunimos e damos piruetas em torno da fogueira, rodopiando perto da linha da espuma do mar, carregadas pelo violoncelo triunfante, as notas forçando minhas pernas a cederem. A água está gélida, congelante, mas eu não me importo. Eu chuto e chuto e chuto, encharcando meu vestido até estar completamente ensopada. As outras meninas fazem o mesmo. Belas criaturas iluminadas pelo luar.

48

Eu acordo.

Está escuro. Frio. Pisco diante das vigas de madeira acima de mim. Estou em meu quarto.

Minha pele está seca, e há vestígios de sal nos meus lábios. Doçura e amargor na minha garganta. Torta de limão. Meus pés estão cobertos de areia, doloridos, cansados. Cansados do quê? Tento dar algum sentido a tudo isso.

A dança. Ah, como a gente riu e dançou.

Fecho os olhos e me perco nas lembranças.

Devo ter me divertido tanto que desmaiei. Sim, sim. Eu me lembro. As meninas, meus amores, me tiraram da água depois que meus olhos se cansaram de permanecer abertos, com os vestidos e cabelos encharcados feito alga marinha, pingando água. Elas me seguraram como se eu fosse seu bebê, uma coisa a ser amada desde a primeira vista e o primeiro fôlego. Estavam gargalhando, rindo, encantadas.

– Ai, você é tão linda – disse uma delas.

Não consigo lembrar quem. Minha visão estava turva, as silhuetas escuras e parecidas de noite. Apenas o mais vago contorno, o cabelo loiro. Mas metade delas é assim.

– Você é tão charmosa – comentou outra enquanto me colocavam na cama com cuidado. – Eu te amo.

– Você merece coisas boas.

– Você é gentil.

– Você é calorosa.

– Você é uma farsa.

Meus olhos se abrem de repente, o coração martelando na garganta.

Eu me viro na direção da voz. Meu sangue gela.

É Chloe.

Ela está viva. Sentada no sofá, de costas para mim. Eu conseguiria identificar seu cabelo preto e opaco onde quer que fosse, o formato de sua cabeça, que se assemelha à minha. Ela fede, pungente, a decomposição.

Por que minha irmã está aqui?

– Uma impostora – declara ela. – Um ser humano desprezível. Egoísta e narcisista. Não passa de uma sanguessuga. Uma parasita. Uma *assassina.*

– N-não. – Estou me engasgando. Balbuciando. Minha voz está fraca. – Eu não te matei. Você morreu de overdose. Não foi culpa minha. A culpa foi só sua!

Ela fica de pé. Eu me encolho e olho em torno, atrás de alguém que possa me ajudar. Mas não há ninguém para testemunhar a aparição de um fantasma. Minhas meninas foram embora. Fui abandonada *de novo.* Será que o meu destino é ficar sozinha?

Recosto-me com força contra os travesseiros, desejando afundar em suas fibras macias, me tornar uma só com os fios e as penas de ganso, ser apagada deste mundo.

– Então por quê? – Sem se virar, minha irmã flutua até mim. Seus pés nunca saem do chão. – Por que você tomou meu lugar, Ju-ju? Por que roubou minha identidade? Por que roubou tudo que eu tenho?

– E-eu não roubei nada. Era só... v-você morreu! Teria ido tudo pro lixo.

– Não.

Aos poucos, ela se vira. Então enfim a vejo. Minha boca fica seca, e meus olhos se arregalam de horror.

Chloe foi devorada. Não sobrou nada além de ossos e cabelos. Vermes mordiscam alguns dos tendões em torno do maxilar dela, mas mal se sustentam no lugar. Enquanto ela paira ameaçadoramente, com seu hálito fétido formando uma nuvem ao meu redor, as larvas caem sobre meus lençóis, insetos débeis se retorcendo atrás de carne e podridão.

– Você roubou tudo que eu dei duro para conseguir. – O osso do maxilar estala enquanto ela fala. – Você é uma trapaceira e uma impostora. Eu queria que você nunca tivesse sido parte da minha família. Que nunca tivesse sido minha irmã. Minha irmã gêmea. Eu te odeio.

– N-não. Eu te amava. Eu sempre te quis na minha vida, mas você me abandonou. Você me abandonava o tempo todo.

– Você roubou minha vida sem um pingo de remorso.

– Me desculpa. Eu juro que isso me deixa mal todos os dias.

– Mentirosa.

Eu me encolho, porque sei que ela tem razão. Sou uma mentirosa. A linha que separava nossas vidas ficou tão borrada que a vida de Chloe parece mesmo a minha. Não há nada de que sentir remorso.

Ela sobe na cama, estica a mão esquelética na minha direção e arranha minha bochecha, mas eu não me mexo. Uma parte de mim deseja seu toque. Minha irmã. Minha gêmea. Entre soluços, eu confesso com a voz rouca:

– Durante tanto tempo, tudo que eu quis foi que você voltasse a fazer parte da minha vida. Eu queria uma família. A mamãe e o papai. Nossa casa, que tinha cheiro de arroz e sopa. As bancadas gosmentas e os cantos empoeirados. Os armários pequenos e escuros onde podíamos nos esconder juntas. Queria tudo isso. Só queria minha família de volta, mas agora é tarde demais. Vocês estão todos mortos, então eu fiquei com o que consegui. Os restinhos do que tinha sobrado. Só calhou de ter o formato da vida que você deixou pra trás.

Eu enfim ouso dizer em voz alta as palavras que sempre estiveram aprisionadas dentro de mim.

– Família – sussurra ela bruscamente em meu ouvido, numa voz estridente. – É só isso que você queria mesmo? Não a minha vida?

– É verdade – respondo, desesperada.

– Então não é tarde demais.

Choro com mais força, as palmas das minhas mãos molhadas, salgadas e enrugadas.

– É, sim.

– Não, não é.

Ela coloca as mãos em mim de novo. Eu me sobressalto. Então me dou conta de que o toque é diferente.

Suave, leve. Sólido e real.

O perfume doce de flores. De amor. Eu me arrisco e abro os olhos. Chloe se foi, e em seu lugar há oito lindas mulheres na cama comigo. Seus olhares são amorosos, mesmo no escuro. Todas repousam as mãos em mim, macias e delicadas. Sou uma flor murcha que elas estão tentando reviver. Um filhote de passarinho que caiu de uma árvore.

– Agora nós somos a sua família – afirma Bella Marie. Ela está bem ao meu lado. Seu hálito quente é doce contra minha bochecha. Uma carícia. – Feche os olhos e se concentre na minha voz, Julie.

Perco o fôlego. *Julie*. Elas sabem.

– C-como?

– Sentimos a diferença da sua energia. Chloe sempre foi um azul frio, mas sua alma é dourada e quente. Melhor, de certa forma. A sua verdade nunca se escondeu de nós.

Meu queixo treme, e balanço a cabeça.

– Me desculpa. Eu... eu...

Ela me aquieta.

– Está tudo bem. Nós te aceitamos, Julie.

– Nós te aceitamos, Julie – repetem as outras.

Meus pulmões se enchem de ar de novo. Elas me aceitam. Como Julie. Elas sabiam que eu era uma farsa, mas ainda assim me receberam de braços abertos, seguraram minhas mãos, dançaram comigo. Como uma família.

– Por quê?

Baixinho, Bella Marie responde:

– Porque nós te escutamos, Julie. Nós te entendemos.

– Nós te escutamos – murmuram as demais, com as mãos me cobrindo por inteiro, afagando, tranquilizando. – Nós te entendemos.

– Nós vemos o seu sofrimento – continua Bella Marie –, suas fraquezas, tudo que você teve que superar em relação a sua tia e sua infância. Ser separada de sua família, uma vítima deste mundo desprezível. Você carregou todo esse peso, uma montanha de dor, e ainda assim você se reergueu com sua determinação e resiliência. Assim como na noite passada, quando você exorcizou sua raiva pelo fogo. Foi muito poderoso.

– Muito poderoso – diz Emmeline.

– Poderoso e belo – acrescenta Ana.

– Perfeito – conclui Maya.

Ouço ossos chacoalhando e vejo Chloe no canto do quarto. Ela recuou, incapaz de quebrar a barreira de amor das minhas meninas, meu porto seguro. Minha irmã me encara com inveja. Meus dentes batem de medo. Não consigo tirar os olhos dela, não importa o quanto eu tente.

– Mas e a Chloe?

Ela está aqui. Não estão vendo?

– Quietinha. – Bella Marie encosta o dedo em meus lábios, passa a outra mão pelo meu cabelo encharcado de suor. Eu me concentro nela. Apenas nela. – Era para ter sido *você*. A gêmea errada nos encontrou primeiro. *Você* estava faltando.

– Eu?

– Quando sua irmã morreu, você viu a oportunidade e se agarrou a ela. Você agiu diante do impensável, se arriscou e se ergueu até o topo. *Outras pessoas* te considerariam uma vergonha, imoral, psicopata, mas nós, não. *Nós*, não. Você fez o que qualquer uma de nós faria. Nós jamais vamos te julgar ou te repreender por sua coragem e determinação. Você é exatamente igual a todas nós. Nós te entendemos. Não está vendo? Podemos nos tornar sua família. Uma família de verdade. Nós somos as *únicas* pessoas capazes de te entender e te aceitar.

Estou sem fôlego, zonza por conta das palavras dela. Por um breve instante, eu me pergunto se estou sonhando. Tanta gentileza só parece possível dentro da minha cabeça. Mas a energia delas é visceral, seus hálitos adocicados não podem ser só faz de conta.

– Você é o nosso orgulho.

As palavras dela são uma onda de validação. Eu quero me afogar nelas.

– Orgulho?

– Nosso maior orgulho – dizem todas.

Eu sorvo essas palavras. Eu sou o orgulho delas. Elas me entendem, assim como todos os meus erros. Elas entendem por que eu fiz o que fiz, por que tomei a vida de Chloe. Elas não me consideram um monstro ou uma criminosa. Elas não vão me explorar para tirar vantagem. Elas me respeitam, me admiram.

Posso ser a família delas. Eu *sou* a família delas.

A confiança faz minhas pálpebras ficarem pesadas. Eu as fecho e me concentro na voz de Bella Marie, em sua doce piedade.

– Julie, você está segura – diz ela.

– Julie, você é calorosa – fala outra.

– Julie, você é carinhosa.

– Julie, você é bondosa.

– Julie, você é atenciosa.

– Julie, você é inocente.

– Julie, você merece coisas boas.

– Julie, você é uma de nós.

– Agora nós somos sua família.

– Nós vamos te proteger.

As palavras estão repletas de magia, drenando o medo dos meus ossos. Consigo respirar de novo, sorvendo profundamente o ar com perfume de lavanda e limão. Estou calma e tranquila. Respiro algumas vezes enquanto elas repetem afirmações para mim.

Carinhosa. Bondosa. Atenciosa. Inocente. Mereço coisas boas.

Quando volto a abrir os olhos, Chloe sumiu. Foi exorcizada. Jamais voltará. Sei que isso é verdade por conta da leveza cintilante em meu peito, assim como sei que minhas meninas me libertaram de minha tia. Minha nova família me salvou. Minhas meninas, que me aceitam como eu sou. Elas me paparicam, massageando meus braços com delicadeza, enxugando minhas lágrimas, esfregando meus pés doloridos, beijando minha testa, trançando meu cabelo, enchendo-o de flores. Eu sou amada. Elas me amam. Eu sou a família delas. Mesmo enquanto Julie. Caio em prantos de novo, mas desta vez não é de medo. É de amor. De triunfo. Meu coração está tão cheio que preciso me desfazer em lágrimas para aliviar a pressão, ou então vou explodir e virar uma gosma rosa e dourada.

Então ouço uma agitação do lado de fora. Penso que ouvi alguém gritar pedindo ajuda. Parece Iz, mas não tenho certeza.

Espera aí.

Cadê a Iz? Eu não a vejo desde o almoço. Desde que ela saiu pisando duro.

Viro a cabeça para as portas francesas, por onde feixes de luz cortam a escuridão nebulosa. Mas Bella Marie segura minhas bochechas úmidas.

– Concentre-se em nós – pede ela. – Concentre-se em mim, Julie. Eu te amo, Julie.

Mesmo de noite, seus olhos azuis são marcantes. Quero beijá-los, chupá-los feito um pirulito. Ela se aproxima e me dá um beijo na boca. Eu me derreto toda. Desapareço em seu sabor e seu cheiro, doce e amargo feito a torta de limão e as bebidas verdes efervescentes. Estou apaixonada. Sou puro amor. Estou cercada de amor. Consigo senti-lo no toque de todas que me cercam. O pertencimento. A aceitação. Minha família. Nova, linda e perfeita.

49

Eu acordo, mas não sinto medo.

Estou quentinha, radiante, cercada de amor.

As meninas estão amontoadas ao meu redor, os corpos brancos vestidos de linho como cobertas feitas de abraços e calor. Elas ficaram comigo durante toda a noite. Me protegeram e cuidaram de mim, como se eu fosse delas.

Eu me remexo e sem querer acordo Bella Marie, que adormeceu ao meu lado. A luz que se derrama pelas portas francesas ilumina seu cabelo dourado.

– Bom dia – diz ela.

– Bom dia – repete mais alguém, que se ergue perto dos meus pés. Emmeline.

– Bom dia.

– Bom dia.

– Bom dia.

– Bom dia.

– Bom dia.

– Bom dia.

Angelique está do meu outro lado. Ela aninha a barriga grávida e eu estico a mão para tocá-la. Ela me deixa sentir a saliência, o chute do bebê. É uma menina. Eu sei que é. Tem que ser. Mais uma de nós, crescendo, se formando. Mais uma parte de nossa família para amarmos. Uma pressão quente aperta o fundo dos meus olhos, e eu quero chorar de novo. Angelique, essa criadora de vida, é tão bonita, e sua bebê será ainda mais perfeita. Já quero segurar a filha dela nos braços, afagá-la e beijar suas bochechas gorduchas. Sentir o cheirinho da adorável nuca da recém-nascida. Estou tão feliz.

Sophia ministra outra aula de ioga matinal para nós.

Nós nos esticamos e nos dobramos em diferentes posições. Nossos corpos são tão flexíveis. Repletos de energia.

É fácil completar a savasana com uma meditação de dez minutos. Meus pensamentos são apenas nuvens flutuando em um céu azul. Tudo passa. Estamos todas em paz.

Proferimos nossas afirmações coletivas.

– Eu sou amada.

Você é amada.

De tarde, nós tricotamos na fazenda. Um pianista toca a música de fundo de nossa atividade, com dedos leves nas teclas pretas e brancas. Cada uma de nós recebeu a tarefa de completar um quadrado que vamos transformar em uma colcha de tricô ao final. Escolhi o padrão com uma pequena margarida no centro, embora eu jamais tenha tricotado antes.

– Escolha difícil, mas tenho certeza de que você consegue – garante Ana.

– Nós vamos te ajudar se você não souber como fazer – acrescenta Kelly.

– Mesmo se ficar imperfeito, será perfeito porque foi você que fez – conclui Lily.

Bella Marie me ensina a montar e dar pontos, suas mãos trabalhando junto das minhas, delicadas e pacientes feito beijos, feito flores roçando a palma da minha mão. Nossas agulhas fazem *clique, clique, clique* conforme eu enfio a agulha, puxo o fio, faço o ponto e empurro a linha para o outro lado. Acabo adotando um ritmo. Enfiar, puxar, fazer e empurrar. Enfiar, puxar, fazer e empurrar. De vez em quando, paro para tomar o suco rosa que me deram. Alguma coisa com goiaba e toranja. Talvez hortelã.

– Você aprende tão rápido, Julie – comenta Bella Marie.

– Tão rápido – repete Emmeline.

– Mais rápido que todas nós – elogia Angelique.

Estou radiante, explodindo de orgulho.

De alguma maneira, passamos horas tricotando. Termino meu quadrado. Minha margarida acaba ficando feia. Deformada. Irregular. Mas as meninas adoraram.

– Está lindo.

– Perfeito.

– Tem tanta personalidade, eu amei.

– Amei!

Nós juntamos as nove partes. Elas formam um quadrado perfeito. Uniforme, maravilhoso e inteiro, assim como quando estamos todas juntas.

Bella Marie pega minha mão e me dá um beijo na bochecha. Eu a amo tanto que chega a doer. Quero devorá-la por inteiro, de dentro para fora, e deixar apenas a pele, para que eu possa usá-la e me tornar ela. É esse o nível do meu amor.

– Você pode escolher o que fazer com a colcha – diz ela. – Quer ficar com ela?

Assinto. Eu sei o que quero fazer. É algo ainda melhor.

Bella Marie me entrega a colcha, a lã pesada de amor.

Eu a entrego a Angelique.

– Para sua bebê. Nossa mais nova família. Para que ela possa estar coberta de carinho.

As meninas fazem *ounnn* diante do meu presente.

– Isso é tão gentil, Julie.

– Tão gentil.

– A coisa mais gentil do mundo.

Angelique hesita. Meus braços estão esticados com a colcha, que está ficando pesada diante da rejeição iminente. Há algo nos olhos dela. Um distanciamento. Estão embaçados. Como se ela estivesse prestes a chorar.

Eu a magoei.

Ah, não! Eu a magoei!

– O que foi? – pergunto, largando a colcha para segurar suas mãos, para que ela possa sentir minha energia calorosa e carinhosa.

– Ela está triste – diz Ana.

– Por que você está triste? – pergunta Lily.

– Não fica triste, nós te amamos – acrescenta Sophia.

– Somos uma família – relembra Emmeline.

Angelique balança a cabeça, puxando as mãos das minhas. Ela enxuga as lágrimas e pega a colcha.

– Não estou triste. Estou feliz. Tão feliz que comecei a chorar.

– Ela está tão feliz que começou a chorar! – exclama Emmeline.

– Nós ficamos felizes por você estar feliz – conclui Kelly.

Angelique abre um enorme sorriso e joga a colcha em torno dos ombros.

– Estou tão feliz – repete ela enquanto dá saltinhos, usando a colcha de capa. Nós voltamos a dançar, contagiadas por nossa alegria abundante.

Mas tem algo errado. Olho de relance para Angelique. Ela diz estar feliz, mas eu não acredito. Eu estava segurando suas mãos quando ela falou isso. A pele dela tocou a minha, e compartilhamos energia. Minha aura estava quente, dourada, eufórica, mas a dela estava fria e azul.

Ela é uma mentirosa.

Ela não está feliz.

Ela está fingindo, e só eu sei da verdade.

O tempo passa tão rápido.

De alguma maneira, já é hora do jantar.

Nós nos empanturramos dentro da mansão Melniburg esta noite. O piso do palacete francês é de mármore, as paredes são brancas e o pé-direito é tão alto que poderia desaparecer no céu. Nossas vozes ecoam na construção como se fantasmas estivessem reproduzindo nossas risadas.

A mesa em que comemos é opulenta. Tem pelo menos quatro metros e meio de largura. Foi esculpida a partir de uma única árvore de sequoia, sem cortes nem tábuas, uma relíquia da natureza. Deve ter vivido centenas de anos, talvez mais, antes de ter sido derrubada, lixada e polida. Nosso banquete também faz as vezes de baile de máscaras. Trajamos máscaras elaboradas de renda roxa e dourada, azul e preta, branca e carmesim, que escondem nossos belos rostos e mostram apenas os lábios pintados de batom. Amo tanto minhas meninas que consigo identificar cada uma delas só pelos dentes, pelo formato dos lábios e por quantos centímetros cúbicos de preenchimento labial acentuam seus biquinhos perfeitos.

Elas disseram que o menu asiático é em minha homenagem. A equipe da cozinha preparou pãezinhos no vapor, bolinhos fritos e pato de Pequim, além de salada de edamame, barcas de sashimi e sopa de missô. Temos *gimbap*, *japchae* e *kimchi* de guarnição e garrafas e mais garrafas de vinho de arroz. Eu bebo até ficar completamente vermelha. A música lembra vagamente alguma trilha sonora de dramas asiáticos históricos, instrumentos de madeira e de corda preenchendo o glorioso salão com sons encorpados e infinitos.

Bella Marie me observa com um sorriso. Sua máscara é verde e seu vestido azul muda de tonalidade, parecendo se transformar a cada movimento. Iridescente feito um beija-flor. Quero me jogar em seus braços e ser abraçada por suas asas vibrantes.

– À Julie! – exclama alguém, erguendo o copo.

– À Julie!

Todas erguem as bebidas, e o álcool chacoalha em suas taças.

Engolimos o líquido e nossos corpos esquentam, com chamas semelhantes se acendendo em nosso interior. Enchemos o estômago de comida deliciosa. Mergulho uma fatia de sashimi em molho de soja e *wasabi*, depois a coloco na boca. O sabor rico de atum explode em minha língua.

Emmeline se vira para Ana e diz:

– Preciso dizer que você estava muito certa.

– Certa? – pergunta Ana. – Sobre o quê?

– Sobre o Viktor e o balanço!

– Ah! O balanço!

– O balanço! – repete Lily.

O grupo solta risadinhas e eu olho de relance para a porta, ao lado da qual Viktor está parado. Ele encara o vazio. Eu me pergunto se consegue nos ouvir em meio a flauta, cordas e risadas. Eu me pergunto como ele se sente. Eu me pergunto se está tão feliz quanto nós.

– Ele segue o ritmo do vaivém. – Ana balança a colher para a frente e para trás, feito um pêndulo. – É maravilhoso.

– O melhor de todos – elogia Sophia.

– Muito bom – comenta Emmeline.

– Acabei de me lembrar – acrescenta Maya. – A Julie ainda não passou pelo Viktor, já que ela não é a Chloe.

– Ai, tem razão! – exclama Emmeline.

– Você deveria experimentar logo – opina Maya.

– Isso, logo – reitera Kelly. – Será que a gente deveria chamar ele aqui para a sobremesa?

– Ai, não sei, não.

Olho para Bella Marie, que sustenta meu olhar com seus olhos azuis, exibindo o reflexo da própria Mãe Terra.

Ela sorri. Lábios perfeitos e naturais.

– Talvez a Julie não goste de *cortar lenha* – responde simplesmente.

– Aaaaah – fazem as outras, me entendendo por completo, como se fôssemos uma só.

50

Estamos do lado de fora, perto da praia.

Uma fogueira queima entre nós. As chamas tórridas rugem, beijando o céu noturno, tingindo nossa pele com um brilho alaranjado. Ouço violinos e tambores ao longe. Notas pulsantes e agudas que chegam bem nítidas aos meus ouvidos.

Estamos rindo de alguma coisa quando Viktor aparece com uma caixa.

– Aaah! – exclamam as meninas conforme ele dá a volta na fogueira.

Todas pegam o que quer que haja lá dentro, escondem na palma da mão, fazendo barulhinhos de beijo para o segredo entre seus dedos.

Eu sou a última. Viktor baixa a caixa diante de mim. Eu solto um arquejo.

Um ratinho minúsculo, carnudo e rosado. Eu o pego. Sinto seu calor em minha mão, e ele é do tamanho do meu dedo, além de in crivelmente fofo. Ainda é recém-nascido, então seus olhos não se desenvolveram completamente, e as bolinhas pretas estão escondidas por trás de uma camada translúcida de pele. Em miniatura desse jeito, lembra pouquíssimo sua forma final. No momento, não me causa nojo nenhum, não como suas irmãs ratazanas, bem mais feias, aqueles roedores gordos e desagradáveis que zanzam desesperadamente no esgoto imundo das cidades.

– Ai, sua coisinha linda – murmuro.

O ratinho se revira em minha mão e estica os bracinhos e as perninhas. Devo tê-lo acordado. Ele se deita de bruços e rasteja debilmente. Pezinhos pequeninos e carnudos batucam, batucam, batucam, fazendo cócegas em mim por conta de sua delicadeza enquanto o ratinho reúne a força necessária para um guinchar fraquinho. Nessa hora eu me dou conta de que já fui pequena assim, inocente assim, tão adorável, um punhado de células dentro de uma barriga.

– Julie – chama Bella Marie –, já estamos quase na metade da nossa viagem e estou tão triste.

– Tão triste – repetem as meninas.

– Tão triste – digo.

– Quero comemorar com você a mais nova adição à nossa família. Compartilhar nosso vínculo, nosso segredo. Esta noite, nós vamos te deixar entrar em nosso mundo, um pequeno passo para nos tornar uma família ainda mais verdadeira. Eu me lembro de quando a Chloe esteve no seu lugar. Foi um momento tão bonito.

Embora ela tenha me abandonado, fico feliz por Chloe, satisfeita por saber que ela teve a chance de conhecer o verdadeiro significado da palavra família, ainda mais depois de descobrir a verdade sobre sua adoção. Todo mundo merece ser feliz assim. Essas mulheres a salvaram na hora certa.

– Você é cristã? – pergunta Bella Marie.

– Não – respondo.

– Budista? – pergunta Kelly.

– Não.

– Xintoísta? – pergunta Emmeline.

– Não.

– Muçulmana? – pergunta Ana.

– Não.

– Ateia? – pergunta Angelique.

– Hmm. Agnóstica? – sugiro.

– Agnóstica! – exclamam elas, em meio a risadas.

O ratinho treme na minha mão. Está vivo e saudável. O ar tem cheiro de cinzas. De algo queimando.

Bella Marie acaricia o próprio ratinho com o dedo mindinho.

– Você se lembra da história de Nikolai?

Faço que sim com a cabeça. É sobre o relógio de bolso que o sujeito trocou por uma esposa.

– Bem, eu não estava sendo cem por cento sincera. Não foi só sorte. Ele jurou lealdade a uma entidade divina e rezou bastante, pedindo por mudanças. Uma folga da labuta de plebeu.

Agora entendi por que perguntaram minha religião. Se eu quiser ser da família, é claro que precisamos reverenciar os mesmos deuses. Adorar o mesmo ser espiritual. Por mim, tudo bem. Vou fazer qualquer coisa para ser parte da família. Quero ser uma delas, de corpo e alma.

– Qual deus? – pergunto.

Bella Marie fica satisfeita, com os olhos cintilando de entusiasmo. Eu disse a coisa certa.

– Esta é a beleza de Eto – explica ela. – Não existe um deus único. Não existe uma entidade única. Eto se transmuta e flui com o tempo, moldando a si da forma que melhor atenda nossos interesses.

Eto. Nunca ouvi falar desse nome, mas me parece familiar, como se o tivessem sussurrado para mim em uma paisagem onírica e etérea, logo antes de eu acordar.

– E que forma Eto tem agora? – pergunto.

As meninas dão risadinhas.

– Eto assume qualquer que seja a forma que nos empodera – responde Bella Marie. – Já se perguntou como tocamos o coração de milhões de pessoas em apenas alguns anos? Como cimentamos nossas posições de influência no sempre volúvel *Zeitgeist*? É tudo graças às bênçãos de Eto. E, assim que o mundo se cansar de influenciadores, e isso é uma coisa inevitável, Eto vai nos empoderar de maneiras diferentes, de maneiras que nem somos capazes de imaginar com nossas mentes simplórias no momento.

– Mas como? – questiono, tentando juntar as peças do quebra-cabeça. Tentando dar sentido a essa ideia tão esquisita, tão boba, tão impossível. Será que era isso que Kelly queria dizer com sinergia coletiva e manifestação? Será que elas estavam simplesmente rezando para algum deus? – Como Eto consegue fazer isso?

Observo todas as meninas, relembrando a legião de seguidores que possuem, como Kelly foi capaz de ressurgir apesar de ter caído no esquecimento. Será que elas realmente acreditam que foi graças a Eto?

Bella Marie balança a cabeça.

– Não cabe a nós entender Eto. Eto age de maneiras incognoscíveis. Logo você vai ver. Assim que abrir seu coração e servir a Eto, Eto vai retribuir o favor.

Todas as meninas assentem, exceto Angelique, que está encarando o ratinho em sua mão, segurando-o contra a barriga para que sua filha possa ouvir os guinchados através de seu abdômen crescido.

– Assim como a Chloe – continua Bella Marie. – Ela ganhou milhões de seguidores em diversas plataformas assim que jurou sua lealdade. É tudo graças a Eto.

Eu me pego franzindo a testa, embora não quisesse fazer isso. Será que Eto é mesmo o motivo do crescimento de minha irmã? Será que ela já acreditou nisso? Não consigo nem imaginar. Chloe, minha gêmea, que parecia tão equilibrada e pé no chão desde que era um bebê, acreditando em algo tão nebuloso quanto isso.

– Julie? – Bella Marie sorri para mim, com os olhos tão cálidos e amáveis que eu poderia beber deles e sentir o sabor do céu úmido de verão. – Para onde você foi? Volte para nós.

Volte para nós.

Minhas meninas, todas tão bonitas e talentosas. É claro que elas seriam amadas. É claro que seus seguidores chegaram de maneira orgânica e sincera. É claro que são bem-sucedidas. Eu jamais cogitei qualquer outra possibilidade.

Mas consigo ver na vibração de seus corpos, na curva de seus sorrisos, nas batidas regulares de seus corações. Elas realmente acreditam que algum deus é o motivo de seu sucesso. Que há um corpo celestial amorfo controlando os números em suas telas.

Nós.

Elas acreditam em Eto. Agora eu consigo sentir: a fé delas é um ingrediente necessário para sua sincronicidade, sua união, sua sinergia coletiva.

Eu preciso me adequar para me tornar uma delas. Preciso acreditar em Eto para que o *eu* se torne *nós.*

Não importa no que eu acredito de verdade, qualquer que seja a lógica ou razão cutucando meu cérebro, me contendo. Preciso sacrificar tudo isso no fogo, deixar que desapareça nas chamas. Não posso perder a chance de ser aceita, de me tornar tão inextricavelmente conectada, não agora que enfim encontrei pessoas que entendem meus defeitos, que me acolhem com afeto, que me amam enquanto *Julie* e mais ninguém. Elas são o sangue correndo em minhas veias, os ossos sustentando meu corpo, o coração batendo em meu peito.

Eu vou me forçar a acreditar, se é isso de que elas precisam. Mesmo se isso significar colocar minha fé em um deus que nem tenho certeza que existe. Eu faria qualquer coisa para me tornar *nós.*

Estou pronta.

– Como eu juro lealdade?

As meninas amam minha pergunta. Seus corpos estão vibrando de empolgação, compulsivos e elétricos. Meu peito é arrebatado, como se eu tivesse mordido o sol, e sei que isso é o início de tudo, um sinal inebriante de que estou sendo recebida no *nós.*

Bella Marie se empertiga com um sorriso radiante.

– Eto vive em nós através do nosso amor. Da nossa dedicação. Enquanto lhe mostrarmos nossos corações e nossa devoção, Eto retribuirá nosso amor.

Ela se senta ao meu lado e me mostra o ratinho em sua mão. O filhotinho rosado, que boceja, abrindo bem a pequenina boca.

Bella Marie pega uma de minhas mãos enquanto a outra segura o ratinho.

– Repita comigo. – Ela observa o animalzinho. – Você vai crescer e ser forte.

Eu faço a mesma coisa. Todas nós fazemos. Observamos nossos ratos, enchemos o animalzinho com nossas intenções, com nosso afeto.

Você vai crescer e ser forte.

Nesse momento, Bella Marie me entrega seu ratinho, e Ana pega o meu. Cada uma de nós troca de rato em círculo. Uma nova criaturinha rosada na palma de cada uma.

Emmeline é a próxima:

– Você vai crescer e ser lindo.

Trocamos de rato de novo. Fazemos isso diversas vezes. Um novo ratinho a cada vez, um novo desejo a cada repasse. Os animaizinhos são banhados com a nossa devoção, os nossos sonhos, coisinhas sortudas se remexendo em nossas mãos.

Você vai crescer e ser rico.

Você vai crescer e ser amado.

Você vai crescer e ser protegido.

Você vai crescer e ser corajoso.

Você vai crescer e ser admirado.

Você vai crescer e ser bem-sucedido.

Então chega minha vez. Meu ratinho original voltou às minhas mãos. Eu o abençoo com minhas intenções.

– Você vai crescer e merecer coisas boas.

Você vai crescer e merecer coisas boas.

– Agora, devemos aceitar o amor que demos a Eto e consumi-lo.

– Consumi-lo?

– Isso – responde ela com delicadeza. – Veja.

O violino guincha. As notas são agudas e cortantes enquanto Bella Marie separa os lábios e coloca o ratinho na língua. Uma coisinha minúscula, mal preenche um décimo de sua bela e exuberante boca. Fico hipnotizada enquanto observo os olhinhos brilhantes do rato por trás de uma camada de pele, totalmente cego, enquanto Bella Marie o captura atrás dos lábios e mastiga devagar, metodicamente, conforme os ossos são *triturados, triturados, triturados.* Penso ouvir um guinchado, mas pode ter sido apenas o violino. Ela engole. Abre a boca. O ratinho sumiu. Vejo apenas sua língua, gengivas, dentes brancos e úvula rosada.

Fico encarando sua boca escancarada. Por um instante, imagino que é um truque de mágica, ou uma brincadeirinha feito os comprimidos no avião. Que o ratinho está simplesmente atrás das costas dela, não nas profundezas de sua garganta. Mas então os lábios de Bella Marie se fecham em um sorriso e me dou conta de que não foi um truque. Ela o engoliu. Minha respiração titubeia e eu pisco rapidamente, como se um mosquito estivesse preso dentro das minhas pálpebras.

– Agora é a vez de vocês.

Meu ratinho estremece. Ele mexe a cabecinha bem devagar, como se estivesse esticando o pescoço, como se fosse capaz de enxergar, como se não fosse cego de verdade, mas estivesse ciente. Ciente da boca que talvez vá comê-lo. Minha respiração está curta, e o suor escorre por minha pele.

Não me sinto feliz, boa nem bonita. Não quero comê-lo. Não quero consumi-lo. Estou com medo.

– Não tenha medo.

Eu olho para Maya, que está do outro lado da fogueira. Como foi que ela soube o que eu estava pensando?

– Você não tem nada a temer – garante Lily.

– Agora você pode contar com a gente – lembra Sophia.

– Estamos bem aqui – diz Angelique.

– Vamos te proteger – afirma Ana.

– Somos uma família – declara Kelly.

– Uma família – repete Emmeline.

Então todas colocam os ratinhos na boca. Mastigam, mastigam, mastigam, *trituram, trituram, trituram.* Engolem. Todas parecem revigoradas, felizes, radiantes. Eu quero me sentir como elas. Feliz e radiante. Não com medo.

Bella Marie se ajoelha, e seu vestido fica salpicado de areia. Ela segura minha mão, chegando tão perto que seus quadris ossudos espetam minhas pernas. Seu hálito, com cheiro de sangue e carne, sopra em minha direção.

– Você vai ser uma de nós – diz ela. – E eu te amo. Agora, coma.

– Agora, coma – pedem todas.

Os olhos delas me atravessam, perfuram minha pele, drenam todo o calor em meu peito até que não reste nada além de um vácuo de escuridão. Preciso comer, ou elas vão me odiar. Se eu não comer esse rato, elas não vão me considerar parte da família. Se eu parar agora, nunca serei *nós*. Serei excluída, ignorada, abandonada de novo.

O que é um ratinho perto de oito lindas mulheres, perto da família que eu sempre quis?

Há um silêncio no ar, uma calmaria repentina. Encaro meu ratinho e meus sentidos se dissolvem, se embotam. Não sinto nem medo nem felicidade. Não sinto nada. O ratinho não é nada. Preciso dele dentro de mim para renascer. Para estar plena de novo. Preciso comer o rato para receber o amor de todas.

Eu o levo até a boca e o coloco na língua. Ele se mexe, os pezinhos rastejando para escapar de minha prisão úmida e pegajosa. Eu me engasgo ao obstruir sua rota de fuga. Sinto seu pânico. A batida de seus membros em minha língua. A pressão de sua cabeça por trás de meus lábios. Eu me encolho e mordo com força para acabar com seu sofrimento, e sinto o ferro cobrindo minha língua, o crânio frágil em meus molares. Não mastigo, apesar de poder acabar me engasgando, e o engulo inteiro, mesmo que jamais tenha feito isso antes, nem com um comprimido. O ratinho cutuca minha úvula. Desliza pela minha garganta. Suas unhas arranham minha traqueia, como se ainda estivesse vivo, desesperado para escapar, escalando meu esôfago. Ele atravessa o canal estreito da minha garganta. Não consigo mais senti-lo depois que ele desaparece em algum lugar dentro de meu peito.

Eu abro a boca. Mostro para as meninas que comi. Sou uma delas. Sou da família.

Elas disparam na minha direção com gritinhos afetuosos e aglomeram seu calor protetor em torno do meu corpo, tapando os buracos que haviam aberto mais cedo. Bella Marie me envolve com os braços e encosta o rosto em minhas coxas. Elas são meu porto seguro de afeto, ternura e carinho, me preenchendo mais uma vez com seu amor resplandecente.

Em meio ao ardor delas, eu me esqueço do que comemos.

51

Estou sozinha no meu quarto.

Não consigo dormir, embora meus olhos estejam fechados há horas. Tem algo errado dentro de mim. Como se uma criatura viva estivesse tentando escapar de minha garganta, voltar à vida, ir atrás de vingança. Eu me sento, temendo que, se continuar deitada, talvez eu acabe vomitando e morrendo sufocada que nem Chloe, com espuma na garganta. Respiro fundo diversas vezes, lutando contra o enjoo e dizendo ao meu corpo que está tudo sob controle.

Mas tenho uma sensação esquisita. Como se estivesse me esquecendo de alguma coisa. A imagem de alguém surge em minha mente, seu nome na ponta de minha língua.

Então ouço um grito.

Penetrante, gutural, rouco. O som vem de alguns chalés de distância, mas é tão alto que poderia estar bem ao lado do meu ouvido.

Angelique.

A preocupação se sobrepõe ao meu enjoo pungente; corro até o chalé dela e empurro a porta da frente. O cômodo está com cheiro de ferro… de sangue.

Angelique está no chão, gemendo, balbuciando alguma coisa que parece ser *Me desculpa, me desculpa, me desculpa.* Sua pele está pálida, úmida de suor, e o vestido branco está manchado de vermelho até suas coxas.

Disparo até ela e a aninho em meus braços. Os músculos de Angelique dão espasmos ao meu toque.

– O que aconteceu?

Ela se agarra a mim, as mãos sangrentas escorregando em minha pele. Não consigo decifrar as palavras incoerentes que ela sussurra.

Kelly entra às pressas, depois Maya, que avisa que vai buscar Bella Marie e sai correndo mais uma vez.

– O que aconteceu? – pergunto de novo.

– Meu bebê – diz Angelique, com a voz rouca. – Acabou.

– Acabou? O que acabou?

Ela pisca devagar, sua voz um murmúrio que apenas eu consigo ouvir.

– Eu sou... uma boa pessoa?

– O quê?

Sua cabeça tomba para o lado antes que ela consiga responder, e Angelique desmaia em meus braços.

Eu a sacudo, em pânico.

– Angelique? Angelique! Está me ouvindo?

Estou chorando, com a garganta fechando de preocupação. Olho para Kelly, que está encarando o sangue. Ela está em silêncio, com as mãos sobre o coração, como se estivesse orando.

– O que vamos fazer? – questiono. – Ela precisa de ajuda. Um hospital. Um médico!

Ouço o retumbar de passos. Todas as outras Belladonnas entram correndo. Emmeline, Lily, Ana, Sophia, Maya. Bella Marie é a última, e vem acompanhada de Viktor e outro homem branco e parrudo segurando uma maca. Eles pegam o corpo de Angelique e a colocam na maca. Os dois a levantam e a carregam para fora do quarto. O resto de nós os segue de perto conforme eles a levam ao prédio administrativo a alguns minutos de caminhada. Há uma pequena enfermaria. A luz é forte e estéril, iluminando a intensa perda de sangue de Angelique, a poça quente e pegajosa de vermelho entre suas pernas.

Estou prestes a entrar com eles para me certificar de que ela vai ficar bem, quando Bella Marie me detém.

– Vai ficar tudo bem com ela. Nós temos um médico.

Mas ela está roendo as unhas.

– Você tem que ligar para a emergência – insisto. – E se ela precisar de uma transfusão? Ela perdeu muito sangue e-e...

Minha respiração falha quando penso na criança. Aquele espírito quentinho que respirou contra a palma da minha mão, lindo e pleno. Eu senti o bebê hoje de manhã, e agora... Mal se passaram doze horas desde então. Como isso foi acontecer tão rápido?

– Ela deveria estar com o marido, o Sommer. Com a família dela.

– Nós somos a família dela – responde Bella Marie.

– Bella Marie! – grito.

Ela se sobressalta. Cambaleia para trás, com sua máscara de perfeição se rachando.

Catorze olhos me encaram. Estão espantados por eu ter gritado. Eu também estou.

Por que você não está feliz? Por que gritou com alguém da sua família? Que falta de consideração da sua parte.

Não gosto dessa sensação crescendo dentro de mim. Não é serena, não é agradável. É uma agitação vermelha, eriçada, espinhosa. Mas não consigo deixá-la de lado, não quando Angelique e seu bebê estão morrendo. Não posso deixar isso acontecer de novo, não posso permitir que outro membro da família morra. Respiro fundo, fecho os olhos e organizo os pensamentos. Então dou um passo à frente, pego a mão de Bella Marie e falo com ela gentilmente.

– Meu amor, minha pombinha, estou preocupada com a Angelique.

– Eu também estou – responde ela.

– Tão preocupada.

– Muito preocupada.

– Eu só... Acho que talvez ela vá precisar de transfusões e... mais alguma coisa. Sei que você tem ótimos serviços médicos aqui, mas estou preocupada. Ela é a Angelique! É nossa família. E se...

Eu balanço a cabeça e deixo Bella Marie completar o pensamento com o pior pesadelo que ela poderia ter. Ela abre bem a boca, de repente se dando conta.

– Você tem razão. – Bella Marie se joga em mim, me aperta em seus braços. – Você tem toda a razão, Julie. Eu te amo tanto. Angelique precisa ficar segura. Você tem razão.

– Você tem tanta razão, Julie – concorda Emmeline.

– Tanta razão – repete Ana.

– Muita razão – acrescenta Lily.

– Vou ligar imediatamente para a emergência. Esperem aqui.

Então Bella Marie sai em disparada. Acho que é a primeira vez que a vejo correr. Ela parece tão estranha. Desengonçada. Um amontoado de membros atrapalhados que não se mexem direito.

A porta da enfermaria se abre e Viktor sai da sala, coberto de sangue.

– Vou fazer as malas da Angelique. Vocês todas esperem aqui.

Então ele dispara, a passos largos, noite adentro.

– A Angelique vai ficar bem – diz Maya.

– Vai ficar bem – repete Emmeline.

Ana me puxa para um abraço.

– Ela vai ficar bem.

Nós todas nos abraçamos. Seus braços se entrelaçam ao meu redor enquanto afirmam para si mesmas o bem-estar de Angelique.

Eu retribuo o abraço e me obrigo a acreditar, a me adequar, com a mente girando de náusea.

– Está tudo bem – digo, com os braços ainda cobertos pelo sangue de Angelique.

52

Meia hora depois, o helicóptero de resgate chega.

É uma espaçonave alienígena enorme, com uma carcaça cinzenta que se mistura à noite, as hélices espalhando um estrondo na ilha silenciosa, balançando as copas das árvores.

O helicóptero aterrissa em um campo, achatando a grama como em um círculo de plantação. De longe, vejo os paramédicos trajados de laranja transportarem Angelique até o veículo de resgate. Bella Marie também está ali, com seu corpo esguio fantasmagórico sob as luzes incandescentes do helicóptero, sua sombra se esticando pelo gramado.

O helicóptero decola aos céus, com Angelique protegida lá dentro. Pouco antes de desaparecer no breu da noite, eu vislumbro o que está pintado na traseira: CG-484. Deve ser um número de identificação. O código de barras de um helicóptero.

Bella Marie vem até nós com uma ruga incomum entre as sobrancelhas loiras e finas. A noite tinge sua pele de roxo, feito uma língua depois de se engasgar com um punhado de balinhas de uva. Seu vestido bege está manchado de sangue marrom, e há um rastro borrado em sua bochecha, como se fosse um hematoma.

– Ai, Julie! – Ela segura minhas mãos, com os olhos arregalados e marejados. – Você tinha razão. Os paramédicos disseram que, se eu tivesse demorado um minuto a mais pra entrar em contato, Angelique teria corrido risco de vida. Sou tão grata a você. Uma heroína!

– Heroína!

– Heroína!

– Heroína!

– Heroína!

– Heroína!

– Heroína!

Forço um sorriso enorme entre as bochechas, embora minhas entranhas estejam se dissolvendo em líquido corrosivo.

– Obrigada, obrigada.

Quero tanto me sentir grata. Quero tanto ser uma heroína, afundar no belo amor delas, me empanturrar como se fosse um pêssego maduro no verão. Mesmo assim, continuo com a sensação de que tem algo errado. Há uma força me impedindo de ser arrebatada, embora eu queira muito.

– Meus amores – diz Emmeline, seus grandes olhos repletos de lágrimas. Ela parece uma bebezona. – Estou com medo. Não gosto de ver sangue. Me dá gatilho. Podem passar a noite comigo?

– Ai, não! – exclama Maya. – Não fica com medo, estamos aqui.

– Pensa em coisas boas – acrescenta Sophia.

– Vamos passar a noite com você e te manter segura – declara Maya.

Elas paparicam Emmeline, dançando em torno dela em um círculo e me arrastando para esse tornado de amor enquanto entramos no chalé de Emmeline dando piruetas e caímos em sua cama. Um ninho de lindas mulheres com perfume de grama recém-cortada e sangue.

– Boa noite – diz Emmeline.

– Boa noite – responde Maya.

– Boa noite – acrescenta Sophia.

– Boa noite – murmura Ana.

– Boa noite – sussurra Kelly.

– Boa noite – diz Bella Marie.

Elas todas esperam por mim.

– Boa noite – concluo.

As meninas afundam os rostos nas cobertas brancas. O quarto está escuro e tão quente que me deixa enjoada. Estou suando em goteiras, espremida entre as coxas de Ana e a axila de Sophia. A perna de alguém está esticada sobre a minha barriga, me prendendo no lugar, apertando minhas costelas.

Suas respirações vão ficando pesadas, calmas. De alguma maneira, todas adormeceram. Tento me juntar a elas, escapar noite adentro e me refugiar num sono tranquilo, mas meu estômago parece uma correnteza agitada, e não consigo me esquecer de Angelique, de seu sangue em minhas mãos, da poça vermelha entre suas pernas, de seu bebê. *Acabou*, foi o que ela disse.

O que acabou?

Por que parece tudo tão errado?

Meu estômago se revira. Tem alguma coisa voltando.

Eu me atrapalho para sair do meio das cobertas, do emaranhado de membros pálidos e sangrentos, e me debruço sobre o vaso sanitário, borrifando a porcelana com espuma rosada e atum mastigado. Então, uma coisa dura e pegajosa é regurgitada do meu esôfago. Ela encosta primeiro em minha língua enquanto desliza, gosmenta, antes de cair no vaso.

Eu pisco.

O ratinho. Meio digerido. Seus olhos pretos estão quase vivos.

Zonza de náusea, coloco todo o resto para fora: o sashimi, o álcool, os drinques rosa e verde, a torta de limão. Esse tempo todo eu tenho a péssima sensação de que há algo se agitando em meu interior.

O que foi que eu fiz, porra?

Quando já não resta nada no meu estômago e estou nauseada por conta do ar pútrido, dou descarga em tudo. Não consigo nem olhar para o rato, aquela pobre coisinha rosada, enquanto ele desaparece rodopiando. Cambaleio até a pia e lavo a boca antes de me olhar no espelho.

Meu reflexo me causa um sobressalto. Passo a mão no rosto, nas bochechas, estico a pele em torno dos olhos. Estou medonha, horripilante. Quase como… Chloe na noite em que a encontrei morta.

– Merda.

Chacoalho a cabeça para me livrar dessas imagens. Como foi que eu acabei assim? Repasso na cabeça os últimos dois dias. Um beija-flor, um rato e um lenhador. Muitas danças e risadas. Lembro de ter sido divertido; eu estava exultante, eufórica. Me senti amada. Foi bom. Lindo.

Até… o sangue. Até Angelique. Meu estômago se contrai apesar de estar vazio, um lembrete de que estou deixando passar algo importante.

Alguém importante.

O gosto de pêssego e açúcar. O perfume de baunilha.

Meus ouvidos zumbem. Cubro a boca.

Como eu pude me esquecer?

Iz.

Eu me endireito com um arquejo, sentindo meu hálito amargo. O que aconteceu com ela? Por que ela não está com a gente?

Estou prestes a me virar para a porta para encontrá-la quando Bella Marie bloqueia a saída. Ela está enlameada com amontoados de sangue. Seus braços se estendem como se ela fosse me envolver num abraço sórdido, sufocar meu nariz na curva de seu ombro. Não consigo respirar. Tento lhe dizer isso, *Não consigo respirar*, mas meus ruídos são abafados contra sua roupa e sua pele.

– Ai, meu amor – murmura ela –, você precisa tomar soro? Eu preciso quando me forço a vomitar.

Eu me afasto bruscamente.

– O quê? Não, eu…

– Tá tudo bem, Julie. Isso não é nada de que se envergonhar.

– Não, não é isso, eu só estou preocupada com a… – Não consigo me forçar a dizer Iz. O nome dela fica preso na minha garganta. – Com a Angelique.

Bella Marie suspira e afaga minhas costas.

– Você é tão gentil, tão atenciosa. Mas não precisa se preocupar. Angelique está bem, eu consigo sentir. Vai dormir, meu docinho, e amanhã você vai acordar se sentindo melhor.

Ela faz cafuné em mim como se eu fosse uma criança, com delicadeza e afeto. Por um instante, eu quase me deixo levar por essa névoa de felicidade deslumbrante, elusiva e carinhosa. Mas então eu me lembro de Iz. Preciso mantê-la sempre em mente. Não soubemos dela o dia inteiro, e ninguém mais a mencionou. De jeito nenhum ela teria deixado de falar comigo se estivesse planejando ir embora mais cedo. Tem algo muito, muito estranho.

Mas, no momento, digo apenas:

– Tudo bem.

Deixo Bella Marie segurar minha mão e me levar até a cama, onde me permito afundar entre os montes de costelas e pernas mais uma vez.

53

Não consigo dormir. Os membros das Belladonnas parecem uma mortalha sufocante e suada. Minha cabeça gira enquanto tento juntar as peças do quebra-cabeça. Angelique, Iz, os ratos, o aviso da senhora Melniburg, esta ilha inteira. Tem algo errado. Não consigo ignorar como tudo que fizemos é problemático pra caralho. Minha garganta coça com uma necessidade intensa de gritar. Talvez seja o fantasma do rato morando dentro de mim, os restos de sua alma arranhando meu esôfago.

Não acredito que comi a porra de um rato para demonstrar devoção.

Não acredito que todas essas mulheres também enfiaram ratos goela abaixo.

Eu estremeço, me lembrando de como fui arrebatada por seus murmúrios afetuosos, me jogando de cabeça na ideia sedutora e abstrata de um *nós*. Aquela energia reverberante e radiante era inebriante. Mas, agora que o calor se foi e meu peito e meu estômago estão frios e vazios, sou forçada a encarar minhas ações.

Essa gente.

O que tem de errado com elas? Não acredito que testemunhei todas engolirem um animal inteiro e ainda assim quis ser uma delas.

O que me leva à pergunta: o que caralhos havia de errado *comigo*? Onde eu estava com a cabeça? É como se a razão tivesse me escapado por entre os dedos, desintegrado feito areia. Será que eu estava tão desesperada para me juntar a elas que jurei lealdade a uma entidade divina ridícula e amorfa só para elas me aceitarem em seu grupinho? Sei que posso me sentir um desastre solitário e infeliz de vez em quando, mas não ficaria tão suscetível a essas merdas se estivesse em sã consciência.

Será possível que elas andaram me drogando com todas aquelas bebidas? Com a comida? Isso explicaria por que sempre me sinto grogue depois dos jantares, por que minha memória surge fragmentada.

E agora eu me pergunto: o que mais eu *iria* fazer se não tivesse caído na real? E se eu não tivesse botado para fora a carcaça do que comi? Será que eu teria segurado as mãos macias das Belladonnas e me jogado de bom grado nas profundezas dessa loucura?

O tempo se arrasta enquanto repasso mentalmente tudo de horrível que fiz. Quando amanhece, eu me mexo, acordando as Belladonnas, que piscam devagar até recobrarem a consciência, com os olhos encrustados de sono. Elas estão feias e exalam um fedor pungente. Hálito amargo, sangue e suor cozidos entre lençóis de algodão egípcio.

– Bom dia – começa uma.

– Bom dia – responde outra.

– Bom...

– Vou tomar um banho. – Elas todas me encaram, de olhos arregalados e confusos. Eu logo acrescento: – Bom dia, meus amores. Com licença.

Embora eu esteja enojada pelo que fizemos, não consigo me forçar a magoá-las. Não sei dizer se é medo ou se uma parte pequena e solitária minha ainda tem a esperança de ter o amor delas ao alcance dos dedos.

Eu me desvencilho do emaranhado pegajoso. Enquanto saio andando do quarto, o coro de trinados hipnotiza umas às outras. *Bom dia. Bom dia. Bom dia.* Preciso dar tudo de mim para não me deixar ser atraída de volta.

Não calço os sapatos. As pedras espetam meus pés enquanto percorro a trilha de cascalho que me leva pela avenida de chalés. Meu pulso retumba quanto mais me aproximo da casa de Iz, que fica quase ao final da fileira. Essa é a minha chance de investigar. Empurro a porta, mas ela nem se mexe.

O cadeado. Eu puxo. Está trancado.

Que porra é essa?

Estou prestes a bater na porta quando ouço passos. Volto correndo até o caminho, com o coração disparado.

Uma funcionária passa por mim e quase dou um encontrão nela. Ela é morena, está vestindo uma túnica de linho branco e exibe um sorriso intenso nos lábios.

– Precisa de alguma coisa, senhorita Chan?

Chan.

Será que essa ilha inteira sabe que eu sou a Julie? Que eu sou basicamente uma criminosa que roubou a identidade da própria irmã gêmea? E ainda assim estão todos sorrindo para mim?

Eu sei que sou fodida da cabeça, mas essa gente está em outro nível.

Sorrio de nervosismo para a funcionária, meus olhos saltando para a porta de Iz, para o cadeado. E se tiverem trancado ela ali? Não, as Belladonnas não fariam isso... Bella Marie não faria isso.

Mas por dentro fico remoendo a possibilidade. *E se.*

Eu tinha pensado que eram todas criaturas belas e perfeitas. Mas, depois dos ratos, não consigo olhar para elas da mesma maneira. Não sei do que elas são capazes.

– Não, eu estou bem, obrigada. Só, hã, queria tomar um banho pra me livrar do sangue. Haha.

Torço para que a mulher me deixe sozinha, para que eu possa dar uma olhada em Iz.

– Claro! Se precisar de mais toalhas, é só pedir.

Ela fica ali parada. Me encarando.

Passo por ela e pelo chalé de Iz, olhando por cima do ombro enquanto a mulher sorri. Não posso investigar nada agora, não com essa funcionária me olhando fixamente.

Tudo bem. Haverá mais oportunidades no futuro. Eu tenho mais três dias aqui.

Enquanto volto ao meu chalé, minha mente é inundada por pensamentos envolvendo Chloe. Durante cinco anos, ela foi membro das Belladonnas, uma fiel de Eto, parte daquela família. Então ela morreu, e as meninas mal se importaram, aceitaram uma substituta num piscar de olhos. Conheci minha irmã gêmea durante quatro anos vagos de nossa infância, e ainda assim continuei pensando nela durante a maior parte da minha vida. E, quando não consegui criar um vínculo com ela, quando ela me abandonou, eu preenchi sua imagem com ódio e inveja, porque não conseguia imaginar uma vida em que ela não ocupasse a minha cabeça. Ela era importante para mim nesse nível. É assim que deveria ser fazer parte de uma família.

Quando encaro a verdade desse jeito, a crueldade das Belladonnas com Chloe fica aparente. Será que comigo seria diferente? Será que o lindo afeto delas não passa de uma fantasia? Uma miragem que vai desaparecer assim que eu abrir os olhos? Em certo momento eu desejei seu companheirismo, sua amizade, sua compaixão e sinergia coletiva. Mas tenho a péssima impressão de que tudo que recebo aqui é falso e superficial, tão autêntico quanto uma publicação paga.

Odeio o que vai se desdobrando dentro de mim. Saber que as Belladonnas não são as pessoas que eu esperava que fossem. Queria poder fechar os olhos para toda a inquietação crescente, não só em relação a quem elas são, mas ao que fizeram com Iz. Tudo seria tão mais simples se eu pudesse me afastar da verdade e viver feliz para sempre na bolha de positividade tóxica delas.

Mas eu não consigo.

Não consigo me livrar dessa sensação. Preciso ver a verdade com os meus próprios olhos.

Enquanto tomo banho, limpando os vestígios do sangue de Angelique e o suor, a terra entre os dedos dos pés, o cheiro das Belladonnas em meu cabelo, alguns ramos de flores presos entre as mechas, eu bolo um plano: agir de noite, quando todas estiverem dormindo, sem funcionários à espreita. Preciso invadir o chalé de Iz só para confirmar que ela está bem, que minhas piores suspeitas não são reais. Não tenho uma chave, então vou ter que usar a força bruta. O machado perto da fazenda, que usamos para cortar lenha. Perfeito.

Certo, então vou invadir o chalé de Iz.

E agora?

É mais provável que Iz esteja sã e salva, não é? E, se estiver, então está tudo bem. Posso empurrar essas preocupações para um canto empoeirado do meu cérebro, taxá-las de tempestade em copo d'água e fingir que está tudo perfeitamente bem.

Mas e se os meus piores medos *forem* verdade? E se Iz estiver trancafiada e for tudo culpa das Belladonnas? Não vou mais poder negar a realidade. Terei que encarar o fato de que essas meninas, que eu quero acreditar que são lindas e inocentes, são tudo, menos isso.

Se Iz tiver sido encarcerada e machucada pelas Belladonnas, não tem como continuarmos nesta ilha. Preciso inventar uma maneira de escaparmos.

Há um telefone fixo e um cabo de internet na residência principal que podemos usar para pedir ajuda. Temos que estar perto de algum país – São Martinho? – que possa mandar um helicóptero para cá.

Mas eu não posso simplesmente pedir para usar o telefone. Isso seria suspeito pra caramba. Era para eu estar me *desconectando.*

Será que eu deveria seguir o jogo até o fim da semana e zarpar daqui em segurança? Mas e se coisas mais esquisitas ainda acontecerem? Uma noite a gente está comendo ratos, na próxima pode ser coisa pior. Cavalos? Tartarugas? Talvez elas arranquem um pedaço da coxa roliça do Viktor e a grelhem até ficar ao ponto para malpassada e me peçam para devorá-lo.

Meu deus, no que foi que eu me meti?

Mordendo o lábio, saio do chuveiro e me seco com uma toalha. Não posso ficar pensando muito nisso. Primeiro, preciso me concentrar em Iz, verificar se ela está bem e, quando chegar a hora, tomar as decisões que forem necessárias.

Ouço três batidas na minha porta.

– Julie, meu amor, você vai fazer ioga com a gente?

Respiro fundo e encaro meu reflexo no espelho. Meu cabelo escuro, as sobrancelhas ralas, os olhos escuros e profundos, a pele bronzeada e os lábios finos.

Lembre-se de quem você é. Não caia no papinho delas. Não se deixe levar.

Por enquanto, preciso me misturar.

54

— Você é humilde – afirmam as meninas depois da ioga.

O choque de confiança inebriante que costumo sentir não vem. Mascaro minha antipatia com um sorriso enorme. Ninguém me questiona.

De tarde, almoçamos tigelas de açaí. Assim que tenho tempo para mim mesma, esvazio o estômago, já que agora tenho certeza de que elas estão me drogando.

Eu me pergunto se os vícios de Chloe começaram nas viagens para esta ilha. Se ela desenvolveu um vício pela euforia e pela felicidade que se deteriorou em dependência de drogas e álcool. Consigo entender. Aquela energia radiante dentro de mim é algo que eu ficava desesperada para sentir.

Mas é exatamente por isso que não posso me arriscar com nada do que me derem para comer. Um passo em falso e vou ser tragada pela correnteza viciante dos *eu te amo* e ficar com os pulmões tão cheios de uma ânsia líquida que vai ser impossível respirar.

É noite de filme no palacete francês. Estou enfurnada em um canto do cômodo.

As meninas estão decidindo entre *A Bela e a Fera, Miss Americana* e *Meia-noite em Paris.*

– Não foi o Woody Allen que aliciou a própria filha? – pergunta Maya.

– É importante separar o autor da obra – responde Kelly.

Todas batem palmas e concordam com a cabeça, como se o que ela falou fosse, nossa, tão profundo.

Ouço alguém bater à porta.

– Quem é? – pergunta Bella Marie.

– É o Viktor.

A sala irrompe em risadinhas enquanto as meninas colocam mechas de cabelo atrás das orelhas.

– Pode entrar – diz Bella Marie.

As portas duplas se abrem por inteiro. O rapaz sorri para nós.

– Olá, senhoritas.

– Oi, Viktor – respondem elas com doçura.

Eu me pergunto como deve ter sido a vida dele. Nascido naquela ilha minúscula, moldado para se tornar um brinquedinho. No início, pensei que ele fosse um desmiolado, mas agora sinto pena. Será que ele ainda seria capaz de sair dessa? Ou será que foi corrompido permanentemente?

Ele entrega um pendrive para Bella Marie e sussurra no ouvido dela.

Os olhos dela se arregalam de felicidade.

Quando Viktor se retira do cômodo, encontra meu olhar. Agora deve saber que sou a Julie. Eu me pergunto no que ele está pensando. Ele fecha a porta atrás de si.

– Tenho notícias da Angelique – anuncia Bella Marie, saltitando até o projetor.

O aperto no meu peito cede. O fato de ela estar sorrindo deve significar que Angelique está bem.

– Eu sinto tanta falta dela – comenta Lily, embora essa seja a primeira vez que ela a menciona desde a noite passada.

Bella Marie insere o pendrive e clica em alguns botões no projetor.

É uma gravação de uma página de vídeo do YouTube. O título diz apenas: ".".

Isso mesmo. Um ponto-final.

E tem três milhões de visualizações.

Os olhos de Angelique estão turvos, manchados de lágrimas.

Sommer está com um braço em torno dos ombros dela. Ele encara o próprio colo.

Bella Marie apaga as luzes e aperta o play.

O vídeo começa com um *bipe... bipe... bipe.* Sons que me fazem lembrar da casa de repouso dos Van Huusen. O casal está em silêncio, de mãos dadas. O cabelo de Angelique está bagunçado, diferente do usual, e os lábios estão pálidos. Ela está vestindo uma camisola branca horrenda – uma camisola *de hospital.* Meu peito se aperta quando me dou conta de que os dois estão em um quarto de hospital. Os bipes vêm dos monitores de sinais vitais. Cinco segundos de silêncio se passam, e então Angelique suspira e faz contato visual através da câmera.

– Eu realmente não queria gravar este vídeo. – A voz dela falha, a isso aqui de chorar. – Mas prometi ser transparente e vulnerável durante cada etapa da gravidez.

Minha boca fica seca, e meu coração dispara. Eu sei o que vem a seguir.

– Na noite passada – continua Angelique, com lágrimas surgindo em seus olhos –, eu tive um aborto espontâneo.

Aí está.

Mordo o lábio e cubro o peito desolado com as mãos. Fico de coração partido enquanto ouço Angelique relatar os sonhos que ela tinha em relação à criança; os nomes *Celine*, se fosse menina, e *Thomas*, se fosse menino.

Mas então...

– Isso é tão triste – comenta Lily.

– Tão, tão triste – repete Emmeline.

– A coisa mais triste do mundo. Acho que vou chorar – acrescenta Ana.

– Muito triste – diz Maya –, mas ela continua tão bonita.

– Sim, maravilhosa – concorda Kelly.

Eu observo as Belladonnas. Elas estão encarando a tela, sorrindo com os caninos brancos à mostra, banhadas pela luz do projetor, como se estivessem gravando um vídeo publicitário para um kit de branqueamento de dentes.

– Ela está reluzente – diz Sophia.

– Que nem um anjo – acrescenta Lily.

– E o Sommer é tão gato – comenta Kelly.

– Não só gato – intervém Maya. – Um *gostoso.*

– *Tão* gostoso – geme Emmeline.

– O mais gostoso de todos – conclui Ana.

Elas se viram umas para as outras e dão risadinhas, com os dedinhos delicados cobrindo as bocas, como se esse vídeo fosse, nossa, tão bonitinho, extasiadas enquanto assistem à própria amiga se desfazer em lágrimas por ter pedido a criança. Reprimo o impulso de dar um tapa no rosto de cada uma delas, de dar uma voadora naqueles lábios falsos para que o silicone exploda, de partir aquelas máscaras para que as risadinhas coletivas pareçam chiados.

A única pessoa em silêncio é Bella Marie. Ela está estoica, impassível. E talvez isso seja ainda pior. É como se ver sua amiga aos prantos, de luto, não lhe causasse tristeza. Só... nada.

Eu levo os joelhos até o peito e me abraço com força.

O vídeo é curto, mas de partir o coração. Dura cinco minutos. Não tem qualquer propaganda.

O slide seguinte é de comentários. Mal consigo lê-los porque meus olhos estão turvos de lágrimas e confusão, mas tenho a impressão de que a maioria esmagadora é positiva, a julgar pela maneira que as Belladonnas murmuram, sorriem, dão risadinhas e batem palmas.

O slide seguinte: a aba Analytics do YouTube. No intervalo de cinco horas, ela ganhou mais de trinta mil seguidores. Milhões de visualizações. Milhares de comentários. Depois: Instagram Insights. Crescimento e números parecidos. Por fim, a conta no TikTok. Angelique separou o vídeo em duas partes. Cada uma tem mais ou menos cinco milhões de visualizações. Ela só ganhou dois mil seguidores, o que está na média para o TikTok, onde as visualizações raramente se transformam em seguidores. Mas então Bella Marie nos mostra outra gravação. Uma live de TikTok onde a única coisa na tela é o ultrassom de Angelique e um par de sapatinhos amarelos de recém-nascido com estampa de cupcake.

O gráfico no canto indica que há dez mil pessoas assistindo ao vivo. Ao lado do ultrassom há um pedaço de papel que diz: todos os presentes que recebermos nesta live servirão para custear o memorial do meu bebê.

As doações estão habilitadas.

Uma gravação de trinta segundos começa. Há música de fundo: "See you again", do Charlie Puth, da franquia Velozes e Furiosos. Estou horrorizada não só pela escolha da música, mas também pelas doações que chegam. Vinte flores. Mais cem flores. Alguém manda um chapéu de caubói. A animação se insere no ultrassom, como se o feto morto estivesse usando o chapéu, o útero criando um bigodezinho. Uma pessoa diferente doa um globo de discoteca, que gira perto do topo da tela, com as luzes holográficas apontando para a foto em preto e branco. Agora um corgi feliz, com a língua de fora, enquanto balança a bundinha para o feto cinza.

– Angelique queria que eu mostrasse isso para vocês – explica Bella Marie enquanto passa para o próximo slide.

Um print de seus ganhos na live de cinco horas: foram 32.982 dólares. O TikTok vai ficar com metade como comissão, o que significa que ela acabou de faturar mais de quinze mil dólares.

Fico de queixo caído quando as Belladonnas batem palmas e soltam gritinhos eufóricos, suas palmas zumbindo no meu ouvido.

O projetor desliga e mergulhamos numa escuridão momentânea. Bella Marie acende as luzes, que brilham sobre sua cabeça feito uma auréola, e seu cabelo fica da cor de mijo.

Ela desliza até o centro do cômodo, as mãos unidas sobre o peito.

– Estou *tão* contente pela Angelique. Graças a Eto, o crescimento dela tem sido explosivo. E, como o sacrifício dela foi especial e sagrado, em breve o mundo inteiro vai ver como ela é gentil, linda e doce.

Meu sangue gela.

Sacrifício.

O bebê.

O primogênito dela.

Claro. Como foi que eu não percebi?

Ela sacrificou *seu primogênito* para Eto para conseguir *seguidores*.

Bem, acho que é oficial. Não tem mais como negar.

Elas são todas umas surtadas.

– A Angelique é tão gentil – diz Emmeline.

– Tão gentil – diz Kelly.

– E tão bonita – diz Maya.

– Deslumbrante – diz Sophia.

– Incrivelmente doce – diz Lily.

– Um docinho de coco! – diz Ana.

Elas todas se viram para mim, esperando que eu me junte ao coro. Tem uma pedra entalada em minha garganta que não sai do lugar nem se eu tentar engoli-la, uma vontade primitiva de gritar: *QUAL É O PROBLEMA DE VOCÊS, CARALHO?* Mas não é a hora certa. Não quando estou presa nesta sala com elas. Suas unhas longas e pontudas de acrílico poderiam dilacerar minha carne a qualquer momento. Os dentes brancos poderiam mastigar meus dedos feito cenouras.

– Tão doce, tão linda, tão gentil – repito, desesperada para que as lágrimas que ameaçam escapar de meus olhos voltem para dentro. – E eu sinto tanta falta dela.

Bella Marie sorri. Suas feições são tão simétricas que é quase medonho, sobrenatural.

– Eu sabia que você entenderia, Julie. Você é linda demais para não entender. – Ela balança a cabeça, com um único dedo cutucando os lábios. – Meus amores, eu tive uma ideia bem inusitada.

– Inusitada? – pergunta Ana.

– Inusitada de que jeito? – indaga Maya. – Um inusitado divertido?

– Não, não, não. – Bella Marie olha para mim. – Acho que deveríamos tornar oficial.

Meu coração pula até a garganta.

– T-tornar o que oficial?

– Tornar você uma de nós. – Os olhos de Bella Marie estão arregalados, esbugalhados, revelando as linhas injetadas na esclera branca. – Parte da família.

– Pensei que eu já fosse. Eu comi... ontem à noite, na frente da fogueira.

Risadinhas se espalham pelo cômodo.

– Ai, sua bobinha – cantarola Bella Marie. – Aquele foi só o primeiro passo. Uma iniciação.

Suor surge nas minhas costas. Comer a porra de um rato foi uma *iniciação*?

– Foi um gesto para Eto, para mostrar o que você está disposta a fazer – explica Bella Marie. – Engolir seus medos, deixar de lado a moralidade por um breve momento. Uma demonstração de devoção.

– Certo. – Engulo em seco. – Devoção. Então, hã, como é que é de verdade?

Ela abre um sorriso enorme, tão grande que consigo ver sua úvula. Penso no ratinho de novo. Como ela o engoliu com facilidade, como se fosse uma cobra. Ela agarra meus braços e me empurra com pressa para fora da sala, me levando para o grandioso saguão de entrada com todas aquelas pinturas dos Melniburg – todos adoradores de *Eto*, líderes de culto – preenchendo a parede.

– Viktor! – berra Bella Marie. – Ahhhhh, Viktor! Cadê você? Vem aqui agora!

– Sim?

Dou um salto quando a voz dele surge à minha direita. Ele apareceu do nada.

– Prepare o saguão principal. Estamos prestes a deixar a Julie entrar para nossa família!

Alguém para atrás de mim, rápido demais para que eu possa me virar. Ouço um silvo. *Pow!* Desabo no chão, com os ouvidos zumbindo. A pressão faz minha têmpora latejar enquanto minha visão vai e vem. Tornozelos delicados dançam ao meu redor, e ouço o som de vozes cantarolando.

E então a escuridão.

55

Sinto cheiro de algo pungente, penetrante, de amônia.

Acordo com um sobressalto e começo a tossir para me livrar do fedor pútrido que está alojado nos pelos do meu nariz, marcado a ferro no meu cérebro.

Minhas pálpebras estão secas, gosmentas, grudando nas córneas.

Bella Marie está ajoelhada à minha frente, usando um vestido branco transparente, parecido com o de uma noiva. O cabelo está torcido em duas tranças presas com laços pretos nas pontas. Ela baixa o pote com o pó fedorento. Deve ser o cheiro que me acordou no susto.

Olho em volta. Pé-direito alto, piso de mármore. Estamos na sala de jantar. As mesas e cadeiras foram retiradas, e alguém fechou as cortinas, nos mergulhando num breu total, exceto por algumas velas bruxuleantes aqui e ali.

Minha cabeça lateja como se meu crânio tivesse se partido ao meio.

– Vocês deram um murro na minha cabeça?

– Tivemos que fazer isso – responde Bella Marie, com uma ruga se formando entre as sobrancelhas, como se de fato lamentasse o gesto. – Mas não queríamos, acredite em mim. Dói muito para nós fazer isso.

– Fui eu que te acertei na cabeça – conta Sophia. Ela está com as outras meninas na extremidade do cômodo. Estão todas usando vestidos brancos combinando, com o cabelo preso em uma coroa de trança. – Pode ter sido um pouco pior, já que andei fazendo aulas de kickboxing. Espero que não esteja doendo muito.

– Tá doendo muito, pra ser sincera.

Levanto as mãos para massagear a cabeça. Sinto resistência. Olho para baixo e vejo que meus braços foram presos a uma cadeira de madeira com correntes de metal. Eu me engasgo com o pânico que pulsa em minha garganta. Que porra é essa? Elas me amarraram?

– Ah, não! Me desculpa! – choraminga Sophia.

– Ai – geme Lily.

– Tadinha da Julie – murmura Emmeline.

– Não se preocupa, só dói por, tipo, uns três dias – garante Maya.

– Foram quatro pra mim – comenta Ana. – Mas eu tenho baixa tolerância pra dor. Você é tão forte, Julie. Tenho certeza de que isso não vai ser um problema.

Preciso fazer um esforço enorme para fingir tranquilidade, e não gritar: *Vão se foder!*

Será que Iz também está amarrada assim em algum lugar? Ela deve estar tão assustada e sozinha. Preciso sair daqui e ajudá-la. Só preciso enfrentar essa última etapa, e então vou fugir. Prefiro me jogar na porra do mar e ser dilacerada por tubarões, ou estrangulada por uma lula gigante, a ficar presa aqui.

– Como eu me torno parte da família? – pergunto. – Estou desesperada. Quero que seja logo porque eu amo muito, muito todas vocês.

– Ah! – exclama Bella Marie, dando um pulinho no ar. – Amo o seu entusiasmo e amo você, Julie. Então vamos começar.

Ela se dirige até a extremidade da sala, onde ajusta a agulha de um antigo gramofone. "Confutatis", de Mozart, ganha vida com um arranhão.

– Viktor! – chama Bella Marie. – Traga o Nikolai.

O rapaz entra no cômodo com o retrato do sujeito. Ele coloca a pintura em um pilar de mármore e posiciona uma vela em frente à moldura.

Nikolai me encara com seu único olho azul, e o bruxulear da vela faz sua silhueta tremer.

Viktor fica atrás da pintura.

Bella Marie acaricia a moldura.

– Nikolai foi o primeiro a jurar lealdade a Eto. Certa noite, em um sonho, Eto lhe passou uma mensagem. Pediu algo que fosse valioso para ele: um olho. E, quando Nikolai acordou, ele sabia, lá no fundo, que precisava seguir as instruções de Eto. Então, pegou uma colher e... – Ela faz o gesto de arrancar um dos olhos. – Uma semana depois, quando estava carpindo os campos, encontrou um relógio de bolso, e a vida dele... a vida de todos nós... mudou para sempre.

Jesus Cristo. Quem Nikolai achava que era? Uma Joana D'Arc de segunda? Ele deve ter tido um surto psicótico por ser um plebeu malnutrido com estresse crônico. Um pesadelo e uma sortezinha idiota depois, e ele fez sua linhagem inteira seguir uma religião delirante.

E agora, aqui estou eu. Que sorte a minha.

Bella Marie encosta a palma da mão no dorso da minha.

– Para que você se junte de fato à família, para que Eto te escute, você precisa fazer a mesma coisa.

Estremeço, com o pulso acelerando de susto.

– Arrancar meu próprio olho?

Ela ri, um *rá* bem rápido. Satisfeito.

As outras meninas riem também. De maneira dissimulada, na verdade.

– Não, não, não, minha querida. Prometer algo importante para você. Algo muito precioso. Quanto mais significativa for a promessa, mais significativa será a recompensa.

Seus olhos estão intensos. Ela realmente acredita nisso.

– E você? O que você prometeu?

O olhar de Bella Marie se abranda. Ela olha para a própria barriga e faz carinho ali.

– Meu pai me fez passar pelo ritual quando eu tinha treze anos. Coincidiu com a primeira vez que menstruei. Eu odiava tanto ter TPM que ofereci meu útero para me aliviar da agonia da cólica. Aos quinze anos, fui diagnosticada com endometriose e, um ano mais tarde, declararam que eu era infértil por conta de alguma insuficiência ovariana primária.

Ela respira bem fundo e fecha os olhos, digerindo o luto. Eu me pergunto se é por isso que ela ficou tão indiferente diante do suposto sacrifício de Angelique.

– Meu pai ficou fora de si quando se deu conta do que eu fiz.

Fui precipitada e imatura: um único desejo e eu coloquei um ponto-final em nossa linhagem, decapitei nossa história. Mas eu era só uma criança com dor, desesperada para sentir algum alívio. Eu não sabia o que o meu sacrifício significava de fato.

Sua voz está rouca e cansada. Com certa relutância, meu coração dói. A dor dela é tão ardente que baixo a guarda, me encolhendo diante do retrato de Nikolai, a sombra assomando por trás dele.

– Mas prometi corrigir meus erros. É por isso que tenho vocês, meus amores. Minha própria família, que vai carregar meu legado. – Abrindo os olhos, ela repousa as mãos nos meus ombros. Bella Marie me observa com carinho, como uma mãe dando conselhos à filha. – Pense bem. Não cometa o mesmo erro que eu cometi ao prometer demais. Seja lá o que você oferecer, Eto recolherá o pagamento. Embora o momento exato esteja fora do nosso controle, é inevitável. Mas a oferenda deve ser imponente. Eto não aceitará nada muito pequeno nem muito fácil.

Cravo as unhas fundo nas palmas, sentindo cada partezinha de mim tensa. Quero que isso acabe logo. É coisa demais para processar.

– E como eu faço a oferenda?

– Esse é o milagre de Eto. Assim que você declarar em seu coração, determinar suas intenções, Eto irá te escutar. Você vai sentir a resposta no fundo da alma, clara e direta. Vai simplesmente saber. Para mim, foi como se um beija-flor tivesse entrado em meu coração, uma energia vibrante e eletrizante. Mas cada uma de nós sentiu uma coisa diferente.

– Foi suave para mim – conta Lily. – Como as nuvens. Tão delicioso quanto algodão-doce.

– Eu fui atingida por uma explosão de criatividade e inspiração – comenta Ana. – Tudo parecia possível. Eu podia escrever uma centena de solilóquios!

– Eu senti dor – diz Sophia. – Ela me dilacerou. Achei que fosse morrer.

– Eu fiquei triste – acrescenta Maya. – Chorei durante horas quando Eto finalmente me escutou.

– Eu também – concorda Emmeline. – Fiquei inconsolável.

– O meu foi um orgasmo – responde Kelly, de olhos arregalados. – Senti Eto gozar dentro de mim. Várias vezes. Foi um triunfo. Meus membros ficaram tremendo a noite toda.

Beleza. Obrigada, Kelly. Eu com certeza não precisava saber disso.

– Então por que Nikolai está aqui? – pergunto. – Se tudo que eu preciso fazer é falar dentro da minha cabeça?

– Para te dar incentivo, claro – responde Bella Marie. – Jurar lealdade pode ser uma experiência muito solitária e aterrorizante, abrir mão de algo tão valioso. A pintura está aqui para te lembrar de toda a glória que resultou do sacrifício dele. Uma prova de que tudo vale a pena.

– Vocês não vão estar presentes?

– A oferenda é um processo sagrado. Deve ser suportada apenas por você e Eto. Um membro da família não pode ser testemunha, já que isso poderia causar pressão desnecessária. No entanto, uma testemunha deve estar presente para saber que o ritual foi completado. – Ela gesticula para Viktor. – Assim que seu sacrifício for aceito, você repassará a informação para a testemunha e o segredo será mantido para sempre.

– Espera, então o Viktor conhece o juramento de todas vocês?

Bella Marie assente com a cabeça.

– Foi o dever que o pai dele cumpriu, assim como todos os pais que vieram antes. Um legado familiar que ele é encarregado de cumprir.

– E se ele abrir a boca?

– Ele vai explodir em uma bola de fogo divino.

Eu solto uma gargalhada, mas Bella Marie se sobressalta, com uma surpresa brusca estampada na testa franzida.

– Ah. – Eu pigarreio. – Você estava falando sério.

– Meu amor, eu falei sério esse tempo todo. Estou revelando a verdade do mundo para você. Não é motivo de risada.

– Certo. – Eu mordo a língua. – Desculpa.

Ela alisa o vestido branco.

– Não tem problema – responde, embora esteja visivelmente descontente. – Agora vamos te deixar sozinha. Vocês três, comportem-se.

Ela sorri para mim, Viktor e Nikolai antes de pedir para que as outras meninas a sigam para fora da sala. Elas marcham atrás dela feito patinhos, se despedindo com acenos.

– Boa sorte – diz Bella Marie.

– Vou torcer por você – diz Kelly.

– Logo você vai ser da família – diz Maya. – Oficialmente. Uma de nós!

– Da família – acrescenta Emmeline.

– Espero que a sua cabeça não fique doendo por muito tempo, ou então vou ficar me sentindo mal – comenta Sophia. – Mas você ainda está linda.

– Tão linda – concorda Ana.

– Maravilhosa – conclui Lily. – Sério.

A porta se fecha com um baque atrás delas, ecoando pelo saguão vazio.

Olho de relance para Nikolai. Pirata de um olho só. Depois para Viktor, que encara uma parede distante com o olhar vazio.

Ergo os braços, testando as amarras. As correntes tilintam e apertam meus pulsos com força.

Solto um suspiro.

Como foi que eu vim parar aqui? Tudo que eu queria era ser uma influenciadora.

Encaro a sombra que se projeta atrás de Nikolai.

Acho que chegou a hora de fazer um acordo com o diabo.

56

— O que as pessoas costumam dar de oferenda?

Os olhos de Viktor se voltam para mim.

– Não tenho permissão de contar.

Reviro os olhos.

– Certo. Aquela coisa toda de explodir-em-fogo-divino. Você realmente acredita nisso?

O rapaz franze a testa, claramente irritado por eu ter perguntado.

Justo. Ele já deve ter sofrido lavagem cerebral. Uma linhagem inteira de Viktors doutrinados a serem brinquedinhos-sexuais-e-testemunhas. Uma verdadeira selvageria.

Talvez essa seja minha única chance de conseguir arrancar respostas dele, já que as Belladonnas não vão abrir o bico.

– Eles te pagam para você fazer tudo que faz? – pergunto.

– Servir aos Melniburg é o único pagamento de que preciso. É a maior honra do mundo.

Certo. Hã. Nossa. Então ele é literalmente um escravizado.

– Você já saiu desta ilha?

Ele cerra os dentes, hesitando em dar uma resposta. Depois de fazer silêncio o bastante, ele balança a cabeça, de olhos baixados para o chão.

– Você seria um sucesso lá fora – digo. – Você tem o charme de um homem branco europeu. Que nem o Alexander Skarsgård.

– Alexander Skarsgård?

– De *Tarzan*? *Big Little Lies*?

O rapaz inclina a cabeça, confuso.

Fico de queixo caído.

– Vocês não assistem TV por aqui? Ou filmes?

– Só o que a senhorita Melniburg permite. Às vezes, os Jogos Olímpicos. Amamos as Olimpíadas.

Não me admira que ele fique tagarelando sobre o evento.

– E *Succession*? Você deve ter assistido *Succession.*

– O que é *Succession*?

Puta merda.

– É o melhor programa... – Suspiro. Não faz sentido explicar nada para Viktor. Há coisas mais importantes no momento. – E a Chloe? Você pode me contar o que ela ofereceu?

Ele me olha de soslaio.

– Eu devo manter isso em segredo...

Eu sei, eu sei. Bola de fogo divino, ou sei lá o quê. Mas a Chloe morreu, então, tecnicamente, ela não pode contar nada para ninguém mesmo se quisesse. E eu sou a irmã dela... irmã gêmea! Acho que ela iria querer que eu soubesse.

A boca dele se aperta em uma linha fina.

Inclino a cabeça de maneira meiga.

– Por favor? De verdade, não acho que isso é quebrar as regras. Eu sou basicamente a Chloe, de qualquer forma. Eu te dou permissão.

Cutuco a canela dele com o meu pé.

Viktor se remexe e eu quase me sinto mal por deixar um homem adulto inquieto e suando. Mas que seja. Não é como se esse papo de Eto fosse verdade. Viktor não vai explodir em fogo divino. E eu realmente quero saber qual foi o sacrifício de Chloe. *Preciso* saber. Tenho a impressão de que, assim que eu souber a resposta, tudo vai se encaixar.

Como posso arrancar informações de Viktor quando a mente dele está vigiada por regras divinas?

Ele é meio simplório, com o isolamento e a falta de conhecimento programados, mas continua sendo um ser humano. Deve ter lá seus desejos. Quanto menos você tem, mais você quer. Eu sei muito bem. Como posso tirar proveito disso? Não custa tentar. Não tenho nada a perder.

– E se eu fizer uma oferta para *você*? – pergunto.

Os olhos dele se arregalam.

– E-eu?

– Que tal se, em troca de me contar o que a Chloe sacrificou, eu te der o que você quer?

– Qualquer coisa?

– Sim, tipo objetivos, ambições, um objeto. Qualquer coisa.

Estou colocando muitas expectativas sobre os meus ombros, mas não é como se eu estivesse planejando cumprir essa promessa. Assim que tudo isso terminar, duvido que vá voltar a vê-lo. Uma mentirinha ou duas não muda muita coisa para mim.

Viktor reflete longamente, roendo as unhas. Sério, a empolgação dele é quase bonitinha.

– Uma medalha olímpica?

Meu deus. Ele é tão fácil de agradar. Talvez eu até consiga realizar seu desejo. Deve haver algumas réplicas dando sopa por aí no eBay. Ele não vai saber a diferença.

– Vou te dar algo ainda melhor – respondo. – Posso te conseguir uma medalha *de ouro.*

Viktor se aproxima de mim num salto.

– O quê? Sério?

– Sério! Prometo te conseguir uma medalha de ouro se você me contar o que a Chloe sacrificou, e se eu não cumprir minha palavra, que Eto me destrua com fogo divino. Juro do fundo do meu coração.

Ele pondera o que falei com seriedade, dando uma volta em torno de minha cadeira e encarando Nikolai, como se pedisse permissão, gemendo e grunhindo o tempo todo.

– Os pais adotivos dela – responde Viktor por fim, apertando os olhos, com um medo visível de explodir. Mas, quando nada acontece, ele abre os olhos por completo e seus ombros relaxam. Ele olha ao redor da sala e solta um suspiro surpreso. – O que ela ofereceu foram os Van Huusen.

Ah.

Então é por isso que minha irmã pensava que o acidente de carro foi sua culpa.

Se bem que… quais são as chances?

Não. Preciso ficar calma. Nossos pais morreram em um acidente de carro, e ninguém rogou praga nos dois. Milhões de pessoas morrem da mesma maneira todos os anos. E, por conta da idade, em algum momento os Van Huusen teriam batido as botas de qualquer maneira.

É tudo uma coincidência. Com toda certeza.

Viktor passa as mãos pela própria roupa, parecendo feliz de não ter se tornado uma bola de fogo.

– Viu só? – digo. – Pode confiar em mim. Eu sabia que nada te aconteceria. Estou do seu lado. Mas já que estamos falando disso… Por acaso as Bell… as outras tiveram algo a ver com a morte da Chloe?

– A senhorita Melniburg jamais machucaria alguém da família. Jamais. – Ele está ofendido por eu sequer ter perguntado. – Mas às vezes, depois que Eto cobra seu preço, a pessoa que fez o sacrifício pode sentir culpa e remorso profundos. – Com certa hesitação, ele se aproxima e sussurra: – Como a senhora Melniburg. Ela tentou…

Ele faz um gesto imitando uma forca.

Então não foi só derrame e demência.

– Está dizendo que a Chloe pode ter… se desvivido?

– Se desvivido?

Eita. Usei gíria de internet com um Skarsgård das cavernas que só assiste aos Jogos Olímpicos. Por que estou me censurando, aliás?

– Cometido suicídio – explico.

Ele dá de ombros.

– É possível.

Quanto mais eu descubro como esta ilha é horrível, mais cometer suicídio faz sentido. Talvez o acidente dos Van Huusen tenha sido o momento do acerto de contas que forçou Chloe a encarar como sua suposta "família" Belladonna era toda fodida. Se eu tivesse sido ludibriada a fazer parte desse grupinho superficial de amigas durante cinco anos, acho que também teria acabado recorrendo a medidas drásticas para fugir.

Mas isso ainda não explica por que ela me ligou.

Com seu último suspiro, a palavra que minha irmã me disse foi: *desculpa.*

Foi um pedido de desculpas. Não foi um pedido de ajuda.

Por quê?

Ouvi dizer que a vida inteira das pessoas passa diante dos olhos quando elas estão prestes a morrer. Talvez Chloe tenha pensado em mim, sua família, em seus momentos finais.

Mas pelo que ela estava se desculpando?

Pela nossa infância? Não. Ela não precisava se desculpar por isso.

Pelo vídeo? Sim. Isso faz sentido.

Minha irmã havia gravado aquele vídeo se aproveitando de mim depois de ter sido doutrinada por Bella Marie, depois de ter sido arrastada por esse grupo surtado comedor de ratinhos, com a mente atordoada pelas drogas e pela histeria. E se, depois que a ficha caiu, ela se deu conta de como me tratou mal? Talvez quisesse se desculpar antes que fosse tarde demais.

Chloe nem sempre foi uma influenciadora egocêntrica. Ela costumava ser gentil e afetuosa. Mas a promessa de conexão e poder corrompe qualquer um, pode nos impulsionar a fazer coisas horríveis quando estamos sozinhos e desesperados. Quando enfim nos libertamos dessas bolhas protetoras, mas tóxicas, e abrimos os olhos para as feridas que causamos, é normal sentir remorso e culpa e querer se redimir, mesmo se isso significar encarar a verdade nua e crua.

Talvez seja isso que minha irmã gêmea tenha tentado fazer com a ligação e o pedido de desculpas. Se redimir comigo.

A história de Chloe terminou há bastante tempo. Jamais terei como saber quais foram suas intenções. Tudo o que sei é o que eu digo para mim mesma. É o que eu acredito.

E é nessa realidade que quero acreditar.

Ainda assim, aceitar essa possível verdade abre um buraco de arrependimento em meu peito. Suas últimas palavras foram um pedido de desculpas, e mesmo assim… eu tirei tudo dela.

Eu sou horrível. Eu mereço tudo que me aconteceu.

Depois que tudo acabar, preciso deixar a vida de Chloe para trás. Construir algo novo para mim mesma. Deixá-la descansar em paz.

Fecho os olhos e respiro fundo.

Mas, primeiro, preciso acabar com este assunto. Para ser sincera, só estou feliz de não precisar mastigar um morcego ou um coelho.

Minha tarefa parece simples.

Preciso fazer uma oferenda a um deus falso. Mas ela tem que ser boa o bastante para enganar Viktor. Ele já testemunhou pelo menos sete Belladonnas completarem seus sacrifícios. Ele vai saber se eu estiver mentindo. Preciso pensar em algo convincente.

O que eu tenho para oferecer?

O *meu* primogênito? Essa é boa, mas Angelique já fez isso, e não quero parecer pouco criativa com a minha oferenda ao diabo.

Familiares parecem uma boa opção.

Mas quem? Meu primo? Minha tia? É esquisito que, mesmo agora, ao pensar neles, os dois não me incomodem mais. Chloe está morta, então a coisa mais próxima que eu tenho são as Belladonnas...

Um rompante de luz atravessa as cortinas. Um trovão retumba acima e vibra por toda a mansão no momento exato que "Confutatis" chega ao clímax com as batidas da percussão, um coro estrondoso rugindo acima da tempestade. Meu coração se esgarça, batendo que nem louco. A imagem de um incêndio explode em minhas retinas. Chamas laranjas roçam o céu, colunas de fumaça, gritos estridentes. Meu peito explode de euforia, em ondas quentes que inflamam meu sangue com adrenalina.

Então, sem qualquer aviso, a sensação se dissipa e me deixa ofegante, ansiando por mais.

Pisco e recobro a consciência. Os olhos de Viktor se iluminam de empolgação.

– A oferenda foi aceita por Eto.

Com cautela, olho para o retrato de Nikolai. Da sombra.

– Puta merda – sussurro para mim mesma.

Caralho, você é de verdade?

57

O jeito de dar um fim a isto.

A ideia me atingiu com uma claridade abrupta e específica, como se Eto tivesse me ordenado a executar este plano terrível. Como se eu fosse uma marionete à sua mercê.

Mas não é possível. Eto não existe de verdade. Eto é uma obra de ilusões e psicose.

O trovão foi só uma coincidência. Bella Marie não tinha mencionado que andavam tendo tempestades de verão? E aquelas visões de fogo… devem ter sido um truque da minha própria imaginação horripilante. Talvez minha fúria incandescente contra as Belladonnas tenha assumido uma forma mais literal. E elas andaram me drogando com alucinógenos que podem ter permanecido no meu sangue, me fazendo ter visões horríveis. As chamas em minha mente são meros fragmentos de fantasias violentas, não algo a se realizar de fato. Há uma explicação lógica e racional para tudo.

Eto não existe. Não mesmo.

Chego no grandioso saguão de entrada, onde as Belladonnas estão reunidas, às risadas. Quando me ouvem, a conversinha cessa e elas abrem sorrisos enormes.

– Julie! – cantarolam, correndo até mim com passinhos ligeiros de balé. – Você conseguiu?

Eu assinto.

Todas gritam e riem, batendo palmas.

– E aí, o que você sentiu?

– Tristeza?

– Êxtase?

– Um orgasmo?

– Isso, isso, conta para a gente!

Engulo em seco e olho de soslaio para Viktor, imaginando se ele irá avisá-las. O rapaz voltou a exibir seu olhar vago e distante de Skarsgård. Ele não pode se voltar contra Eto, contra o que Eto aceitou... *se* Eto existir de verdade. E talvez ele confie em mim.

As Belladonnas agarram punhados do meu vestido, passam os dedos no meu cabelo, como se desejassem dar pequenos nós nas mechas para nos unir para sempre.

Solto um gemido. Elas começam a salivar.

– Meninas – digo, com doçura. – Foi muito assustador. Muito, *muito* assustador. Tão assustador que eu quase chorei.

– Ai, não!

– Você tem que pensar positivo.

– Isso, isso, pensamento positivo.

Olho por cima de suas cabeças afobadas para Bella Marie. Ela está serena, elegante como sempre. Seus dedos finos e esguios alisam o cabelo loiro. Eu estico os braços. Ela vem sem demora, debruçando-se sobre mim.

– Já que eu fiquei tão assustada, preciso de todas vocês. Preciso da minha família. – Eu me afasto de seu corpo frio e ossudo. – Podem passar a noite comigo? E me proteger?

Ela entreabre os lábios e inspira longamente, como se estivesse sentindo meu cheiro, com ânsia de saborear a fragrância de Eto, que acabou de me tocar.

– É claro, minha querida Julie. Faremos qualquer coisa por você. Por nossa família. Nós vamos te proteger. Eu te amo.

As Belladonnas se fundem, formando uma malha de braços em torno das minhas costelas, me erguendo no ar e me girando.

– *É claro. Nós te amamos. Vamos passar a noite toda com você, o tempo todo* – cantarolam até que voltamos ao meu chalé.

Desabamos na cama. Uma massa de corpos empilhados feito peixes frescos se debatendo. Elas me aninham, tal qual galinhas superprotetoras cuidando de seu frágil ovo, alisando meu cabelo, massageando meus braços com seus dedos úmidos.

– Vamos dormir – dizem todas.

– Esperem.

Eu me desvencilho de seus braços, e seus olhos se fixam em mim, com curiosidade. Eu desapareço virando o corredor. Sinto um alívio temporário por essa breve separação. Mas consigo ouvir a respiração coletiva delas. É como se estivessem fazendo meditação em grupo, com inspirações e exalações coordenadas. Meu pulso vibra enquanto deslizo o dedão pelo cadeado. Destranco minha mala de mão e encontro os URSINHOS DORMINHOCOS. O lacre de segurança de plástico reluz sob a luz fraca da noite. Ursinhos roxos me encaram com seus sorrisos distantes.

Volto com o frasco atrás das costas.

– Estou com tanto medo, meninas. Vocês nem imaginam o mau pressentimento que estou tendo.

– Mau pressentimento? – pergunta Maya.

Eu assinto.

– Como se eu estivesse sendo cancelada.

Ouve-se o rugir de um trovão. Todas elas ofegam, linhas de expressão horrorosas sulcam seus rostos, e as bocas se escancaram. Até Bella Marie parece amedrontada.

Eu assinto, desesperada, grata por elas estarem reagindo exatamente como eu queria.

– Estou tão incomodada por esses pensamentos que não sei nem se vou conseguir dormir hoje à noite. – Eu lhes mostro o frasco de URSINHOS DORMINHOCOS. – Eu sei que tomar alguns vai me ajudar a dormir. Mas... – Engulo em seco. – Eu me sentiria tão solitária de tomar sozinha.

Abro o lacre de segurança e jogo algumas balinhas de gelatina na mão. Observo as Belladonnas com olhos arregalados e cálidos.

Elas se entreolham, trocando incertezas.

Tá de brincadeira comigo, porra? Elas estavam amassando filhotinhos de rato como se fossem doce, mas não conseguem aceitar balinhas de gelatina para apagar, só porque não são regulamentadas pelo governo nem aprovadas pela vigilância sanitária?

Fala sério.

Minhas mãos estendidas estão tremendo.

– Elas são seguras – digo a Bella Marie. É a única que pode convencer as outras. Eu me aproximo e engulo uma gelatina para demonstrar minhas intenções. – Têm sabor de limonada com lavanda.

Os olhos dela se anuviam de preocupação.

– Por favor – insisto. – Estou me sentindo tão sozinha, e tão triste, e tão, *tão* assustada. Não quero ser a única a tomar. Pensei que éramos uma família.

Bella Marie me observa com atenção. Por fim, ela assente e coloca uma balinha de gelatina na boca. Ao ver isso, as demais Belladonnas a copiam. Mas, por segurança, eu digo:

– Só uma não é o suficiente. Eu tomo duas para que elas surtam efeito.

Coloco outro ursinho na língua. Talvez seja porque já estão comendo um, mas ninguém me questiona, e todas aceitam um segundo ursinho.

Verdade seja dita, uma única dose já basta para fazer qualquer um cair morto. Duas é um exagero, ainda mais para quem está começando a tomá-las. Mas eu venho usando URSINHOS DORMINHOCOS todos os dias nos últimos meses. Já criei resistência. Em geral, preciso tomar seis para ter uma boa noite de sono. Dois não são nada. Mas, para quem nunca tomou…

Sophia já até abre a boca em um bocejo, que se espalha feito uma praga. Todas escancaram os maxilares e piscam vagarosamente.

Eu bocejo também e subo na cama.

Elas se aconchegam em volta de mim, com os membros cobrindo meu corpo feito renda.

– Boa noite – digo.

– Boa noite – repete Bella Marie.

– Boa noite.

– Boa noite.

– Boa noite.

– Boa noite.

– Boa noite.

– Boa noi…

A respiração delas aos poucos se abranda até pegarem no sono.

Eu estou acordada. E viva.

E, puta merda, está acontecendo mesmo.

Mas, primeiro, preciso encontrar Iz.

58

Embora os URSINHOS DORMINHOCOS sejam tiro e queda (e possivelmente ilegais), cuidado nunca é pouco. Se uma delas acordar, acabou. E eu ainda não tenho certeza se estou fazendo a coisa certa. Se meus pensamentos e ações ao menos são meus – ou se são de Eto. (Mas Eto não pode ser de verdade. Né? *Né?*)

Com o coração martelando contra as costelas, eu me desvencilho com cuidado dos corpos esguios, os braços e as coxas se mexendo como se fossem cobras adormecidas. A cama afunda com meu peso enquanto me desloco por entre seus corpos. Kelly solta um gemido e fico paralisada, com a pulsação vibrando. Ela bate os lábios, como se estivesse comendo algo delicioso, e solta uma risadinha. Sinto os pelos dos braços se eriçarem quando a risada se espalha, contagiosa, pelas outras meninas.

Saio da cama e fico de pé na pontinha dos dedos, mal fazendo qualquer barulho. O chalé estremece. O vento açoita o teto de sapé, chiando por entre as ripas das janelas. A porta range quando eu a abro. Antes de fechá-la atrás de mim, paro para ouvir se alguém se mexeu.

Ouço roncos abafados e respirações profundas e adormecidas. E meu coração disparado.

Solto o ar dos pulmões enquanto, aos poucos, fecho a porta às minhas costas. Fico de olhos atentos atrás de funcionários à espreita. Não há sinal de qualquer sorriso impecavelmente branco.

O ar fresco da noite está perfumado de neblina e chuva. Eu me atenho à fileira de árvores até chegar à fazenda, depois me esgueiro para dentro do barracão de madeira. A porta enferrujada guincha quando eu a forço a se abrir. Olho por cima do ombro para ver se alguém ouviu. Não há nada além da noite.

O barracão está um breu. Tateio as paredes atrás de um interruptor, mas não encontro nada.

Queria ter trazido meu celular para usar de lanterna. Tudo o que consigo ver são silhuetas vagas: estantes, caixas, lonas. As sombras se remexem com a corrente veloz das nuvens cobrindo a lua. Algo sai em disparada pelo chão. Estremeço diante da lembrança dos ratos. De canto de olho, noto um longo cilindro que parece o cabo de um machado. Eu me atiro em sua direção, ansiosa para tê-lo em mãos. Mas é só uma enxada de jardinagem.

Ouço um ranger às minhas costas.

Os pelos de minha nuca se eriçam, sensíveis, como se alguém estivesse me observando.

Pow! A porta do barracão se fecha com um baque, e as paredes estremecem. As estantes levantam poeira, que vai parar no meu rosto. Com o coração martelando, eu me viro para a entrada.

Uma figura sombria segura um machado, com a ponta afiada apontada para mim.

Tento gritar, mas nada sai. Meu coração está entalado na garganta, e o mais puro pânico penetra meu corpo.

A figura se aproxima e eu me encolho, me apressando para me esconder atrás de uma pilha de caixas, mas a luz se acende antes. Uma mariposa se atira contra a lâmpada que zumbe. *Paft, paft, paft.*

– Parece que você viu um fantasma.

Pisco, e meus olhos se adaptam à luminosidade.

É só Viktor.

Estou paralisada de medo, encarando o machado. Não parece que ele vai me machucar. Acho que estou segura... por enquanto.

– B-bem, quer dizer...

Gesticulo para o machado.

– Ah! Eu só ia guardar depois de ter amolado.

Ele o leva na minha direção e eu dou um pulo para trás.

– Que isso, porra?!

– Desculpa! Era só pra ver se você queria dar uma olhada no meu trabalho.

– Hã... Tá? – Eu me aproximo um pouquinho e dou uma olhada no fio. Está polido à perfeição, reluzindo feito um espelho, refletindo a expressão empolgada do rapaz. – Está... bem afiado.

Ele concorda, animado.

– É preciso muita habilidade para amolar um machado, sabia? Passei duas horas afiando com uma lima. Agora vai cortar lenha como se fosse manteiga.

Viktor me encara, esperando mais elogios.

– Impressionante mesmo. – Esse molequinho Skarsgård acabou de deixar a minha vida muito mais fácil. A sorte finalmente está do meu lado. – Posso pegar emprestado um pouquinho?

– Quer cortar lenha?

– Tipo isso.

Ele sorri e me entrega o machado, mas, assim que eu fecho os dedos em torno do cabo, Viktor o puxa de volta e dá um passo para trás. Ele inclina a cabeça, e seus lábios se franzem.

– Você não estava pensando em fazer nada de *ruim* com ele, estava?

Merda.

– Ruim? – Solto uma risada de nervosismo. – Não. Nada de ruim.

O que é verdade. Resgatar Iz não é algo ruim. Pelo amor de deus, para a maioria das pessoas eu seria uma heroína.

Viktor estreita os olhos.

– Está mentindo.

Ele aperta o cabo de madeira com mais firmeza.

Por que foi que ele escolheu justo este momento para ser mais perceptivo?

– Só estou tentando ajudar a Isla.

O rapaz se afasta, sacudindo a cabeça.

– Bella Marie não iria gostar disso.

Ele já está quase saindo pela porta.

– Espera aí! – Mas Viktor não espera. O que eu deveria fazer? Sou fisicamente mais fraca que ele, e o cara está literalmente com um machado nas mãos. Assim que Viktor está prestes a sair correndo, eu grito: – O sacrifício da Chloe!

Ele fica paralisado.

– Você quebrou décadas de rituais quando me contou. Bella Marie não iria gostar nem um pouco disso.

Ele está rígido ao se voltar para mim, de olhos aguçados. Os músculos em seu maxilar estão saltados até as têmporas.

– Se ela ficar sabendo – digo, com a voz falhando por conta do nervosismo –, vai ficar brava. Talvez até se livre de você.

Uma expressão sombria franze sua testa.

– Isso não é uma coisa muito legal de se dizer. Não estou gostando muito de você no momento.

Viktor aponta o machado para mim, mas eu me aproximo dele. Meu sexto sentido me diz que estou na vantagem. Ele é só um fantochezinho de sorriso bonito que sofreu lavagem cerebral. Também é uma vítima. Existe uma maneira de eu assumir o controle.

– Se você tentar me impedir – continuo –, vai ser o seu fim.

Viktor franze as sobrancelhas.

– Como assim?

– Eu programei uma mensagem para Bella Marie contando em detalhes o que você me disse. Vai ser enviada amanhã de manhã. – Não existe mensagem nenhuma, é claro, mas esse Skarsgård das cavernas não tem como saber. – Então, mesmo se você der um jeito em mim hoje, ainda pode se encrencar.

Uma camada brilhante de suor encharca seu belo lábio superior.

– *Mas*... Bella Marie não precisa saber. Se você me deixar escapar e me der o machado, como o bom garoto que é, eu deleto a mensagem.

Coloco uma das mãos trêmulas na arma.

– E como eu vou ter certeza de que você vai deletar a mensagem? A voz dele está tensa.

– Por que eu mentiria? Além disso... – Empurro a lâmina para longe de mim. Ela se afasta sem resistência. Seja lá o que eu estiver fazendo, está dando certo. – Você deve se lembrar que Eto aceitou minha oferenda. Em breve, Bella Marie e as outras meninas vão sumir. – Eu me aproximo do rapaz e coloco as mãos em seus braços, torcendo para que ele não perceba como estou nervosa. – Quando Bella Marie estiver fora de cena, quem vai cuidar de você?

Os olhos dele se arregalam de medo. Viktor balança a cabeça, angustiado, e larga o machado. Reprimo a vontade de soltar um xingamento quando a arma cai no chão com um tinido, a um centímetro do meu pé.

– Mas você pode confiar *em mim* – garanto. – Fora desta ilha, eu tenho milhões de fãs. Nossa, alguns dos meus vídeos chegam a ter mais visualizações do que os Jogos Olímpicos.

Viktor rói as unhas com a mesma energia de um ratinho assustado.

– Sério?

Faço que sim com a cabeça.

– Sério. E eu já te falei, não falei? Você tem o charme de um homem branco europeu. Se nos unirmos, tenho certeza de que vamos te arranjar algo ótimo depois que tudo isso acabar.

Ele morde o lábio e dá meia-volta. Espanando a poeira da face plana de uma pá apoiada na parede, Viktor observa o próprio reflexo.

– Você acha mesmo? Que eu posso ser igual ao Skarsgård?

– Acho! Total. Bem, talvez parecido com o Skarsgård. A gente poderia dar um jeito na sua imagem.

Eu me aproximo um tanto do machado e o pego agora que Viktor está distraído com a própria aparência. De arma em mãos, me sinto muito mais segura. Mas, só para garantir, arremato o negócio com um pouco de validação.

– Sei que você está com medo, mas também sei de mais uma coisa: você é mais inteligente do que pensa. Precisa acreditar em si mesmo. Vou deixar você decidir se vai me permitir escapar esta noite. Como demonstração da minha confiança. Estou colocando minha vida nas suas mãos.

Estou basicamente tirando essas frases de mãe do meu rabo, na esperança de que ele acredite em mim. Porém, só para o caso de eu precisar fazer algo trágico, agarro o machado com tanta força que tenho medo de que ele vá escorregar das minhas mãos como se fosse um sabonete.

Viktor me observa pelo reflexo na pá.

– Você promete não contar para Bella Marie?

O olhar dele é sincero.

– Minha boca é um túmulo. Eu prometo. Pode confiar em mim.

Ele me observa intensamente. Ergo o queixo bem ao alto, séria. Ele suspira e fecha as mãos em concha sobre os próprios olhos.

– Ai, como está escuro aqui! Não consigo ver nada nem ninguém. Se alguém saísse andando na minha frente agorinha mesmo, eu jamais saberia!

59

Ergo o machado acima da cabeça e o atiro em cheio na tranca, que se parte com facilidade e cai com um tinido pesado no chão.

Sou recebida dentro do chalé pelo cheiro pungente de suor e mijo.

– Iz?

Ouço um gemido.

– Iz!

Os pulsos dela estão presos à cama, com a boca tapada.

– Puta merda. – O que caralhos fizeram com ela? Arranco a fita da boca dela. – Você está bem?

Ela grita quando vê o machado, fechando os olhos com força, como se eu estivesse prestes a matá-la. Deixo o machado no chão.

– Sou eu. Vim aqui te ajudar.

Iz abre os olhos devagar, estreitando-os.

– C-Chloe?

Ser chamada pelo nome de minha irmã gêmea me deixa confusa por um instante. Esqueci que ela não sabe do meu segredo.

– S-sou eu. – Desamarro seus pulsos, que estavam presos com nada mais, nada menos do que lenços de seda da Hermès. O que tem de errado com essa gente?

– Á-água – pede Iz, com a voz rouca.

Corro até o banheiro e encho um copo, que ela bebe de uma vez só. Limpo seu suor com o lenço.

– O que aconteceu com você?

Ela balança a cabeça, apalpando o peito, como se estivesse prestes a chorar. Estou desesperada para ter respostas, mas lhe dou espaço para respirar. Acendo a luminária na mesinha de cabeceira, iluminando o seu rosto acabado. Os olhos estão vermelhos e úmidos; os lábios, rachados, sangrando. Está toda suada, coberta do próprio sebo e de crostas de saliva seca. Seus cachos, geralmente saltitantes, estão amassados em uma bola firme na lateral de sua cabeça.

– Aconteceu tudo tão rápido – conta ela por fim, com a voz rouca. – Depois do almoço, não aguentei ficar perto de vocês, então usei o telefone fixo para ligar para minhas filhas e jantar com elas. Quando desliguei, já tinha me acalmado, então pensei em me juntar a vocês. Tinha até uma parte idiota de mim que se convenceu de que eu tinha exagerado. M-mas aí eu vi vocês e... – Isla sacode a cabeça. – Parecia... errado. Vocês estavam dançando e cantando, mas, quanto mais perto eu chegava, mais parecia que... tinha algo esquisito. A vibe era tipo... como se vocês fossem umas zumbis drogadas ou coisa assim. E as risadas! Meu deus, vocês todas estavam rindo como se estivessem chapadas, enquanto os funcionários ficavam parados ali, observando como se vocês fossem uns animais de zoológico. Foi horripilante pra caralho.

Passo a mão na testa. É assim que a coisa parecia de fora?

– A vibe estava toda estranha, então meti o pé e fui me esconder no meu quarto. – Ela se vira para mim. – Mas aí ouvi você gritar algumas horas depois.

– Eu?

Isla faz que sim.

– Quando fui dar uma olhada em você, a porta estava trancada, então dei a volta por trás e espiei pelas ripas das portas francesas. Foi aí que eu vi as meninas ao seu redor na cama. Você estava gritando e chorando enquanto elas entoavam uma coisa parecida com...

Ela ergue o olhar para mim. Minha boca fica seca.

– Parecida com o quê?

Iz balança a cabeça.

– Não importa. Enfim, do nada, dois caras me derrubaram por trás. Eu gritei pedindo socorro, mas alguém colocou a mão na minha boca.

Então a pessoa gritando naquela noite *era* Iz.

Meu peito arde de arrependimento. Enquanto ela gritava por ajuda, eu me deixei ser mimada até ficar mansa. Relaxei e deixei que as meninas a depreciassem no almoço. Eu me vangloriei enquanto nos comparavam durante o jantar. O que caralhos tem de errado comigo?

– Quando dei por mim, tinham me carregado até aqui, me amarrado e tapado minha boca.

Sua voz está carregada de ódio. E não sem razão.

Lembro das marcas nos balaústres da cama. Há quanto tempo isso tem acontecido? Quantas outras foram tratadas da mesma maneira? E as Belladonnas são todas cúmplices nesses esquemas horrorosos. Não acredito que eu queria ser uma delas – que, por um momento, eu *fui* uma delas. Não consigo acreditar que estávamos saltitando e cantando como se estivéssemos todas *ai, tão felizes* quando elas tinham literalmente aprisionado Iz. Nenhuma delas sentiu culpa alguma. Nem mesmo uma migalhinha de remorso ou empatia.

O que caralhos tem de errado com elas?

E por quanto tempo mais vão conseguir se safar dessa merda se ninguém colocar um ponto-final nisso?

Mais cedo na noite de hoje, eu não tinha certeza se ia dar cabo do que surgiu em minha mente. A ideia de sacrificar sete seres humanos é perversa, um ato que jamais deveria se concretizar. Mas a ficha está caindo: se eu não fizer isso, não há como fugir de forma definitiva. Mesmo se, de alguma maneira, eu conseguir sair desta ilha, enquanto as Belladonnas estiverem vivas elas darão continuidade a qualquer porcaria psicopata de culto que julgarem necessário. Pior: assim que ficar claro que eu escapei, que já não quero mais ser parte de *nós*, ser da família, elas virão atrás de mim. Se Iz foi aprisionada só por gritar socorro, que coisas diabólicas elas fariam com alguém que as traiu?

Não posso ficar parada de braços cruzados, esperando que as coisas fiquem bem. Se eu não der um basta, isso vai se espalhar para o mundo real e as Belladonnas jamais enfrentarão a justiça. Eu tenho certeza. Com o tanto de poder que os Melniburg têm, não me surpreenderia se alguém na Suprema Corte também já tivesse se metido com esse demônio – meu deus, talvez até um presidente ou outro. Não posso esperar que o sistema penal faça justiça, porque ela não afeta gente como os Melniburg. Preciso botar a mão na massa enquanto estiver na vantagem. Enquanto ninguém estiver esperando. Enquanto Eto, quer exista ou não, estiver ao meu lado.

Isso precisa acabar aqui. Agora.

– Sinto muito, Iz. Sinto muito não ter vindo te ajudar. Acho que elas me drogaram, ou tentaram controlar minha mente, ou coisa assim. Eu não estava bem da cabeça… não estava pensando direito. Foi só quando elas me fizeram comer um rato que…

Iz faz uma careta.

– Te fizeram comer o quê?

– É uma longa história. Mas no fim eu acabei caindo na real.

Conto o que aconteceu com Angelique, o que descobri sobre Eto.

– Você não ofereceu nada, não é? – pergunta ela.

Eu ignoro a pergunta.

– Olha, a gente não tem tempo a perder. Eu dopei as meninas, pra que não acordassem durante um tempo. Precisamos agir rápido. Você tem um isqueiro aí?

Iz cambaleia até a própria mala, abre um zíper do compartimento da frente e tira um isqueiro dourado que reflete o luar.

Eu o pego.

– Sei que você deve estar morrendo de fome e de ódio delas, mas preciso da sua ajuda. Aquelas meninas…

Engulo em seco. E se Iz achar que estou passando dos limites?

Ela se levanta abruptamente.

– Me diz o que eu tenho que fazer.

Graças a deus.

60

Sob o manto da noite, nós nos esgueiramos para dentro do barracão de madeira que serve de depósito e levamos até o meu chalé todas as garrafas de álcool acendedor que encontramos. Em silêncio, Iz e eu empilhamos toda a mobília do pátio contra as portas francesas, para que ninguém consiga forçar a saída por trás.

– Certo – diz Isla, espanando as mãos. – E agora?

Eu não lhe contei meu plano inteiro. Me parece errado envolvê-la nessa coisa toda, mas, além disso, tenho a sensação de que preciso fazer isso sozinha. Ela não estava presente em minha breve visão. Nem como membro das Belladonnas ou autora do incêndio.

Sei que não há regras rígidas em relação a sacrifícios humanos. Não é como se existisse um manual detalhando o que fazer ou não fazer quando se troca almas por poder. (Porra, eu nem tenho certeza se acredito nessa história de Eto.) Mas, se vou cometer assassinato, é melhor eu cometer direito. Não tenho nem o tempo nem o privilégio de ir com calma e fazer um test drive. Preciso mergulhar de cabeça e acreditar que vou sair viva dessa.

Não posso correr nenhum risco. Ter uma variável a mais talvez vá foder com tudo.

E, de qualquer maneira, tirar Iz desta situação vai fazê-la sair no lucro. Ela vai ser salva *e* não vai precisar cometer nenhum crime.

– Você não deveria se envolver – digo.

Ela franze a testa.

– Como assim? A gente não vai simplesmente fazer uma fogueira para sinalizar que precisamos de ajuda?

– Hã... – Desvio os olhos para o álcool acendedor, depois para o chalé. – Então, sobre isso...

Isla segue meu olhar. Seus olhos se arregalam e ela passa as mãos na testa, como se a realidade de repente a atingisse, já que a adrenalina inicial da raiva se dissipou.

– Merda – sussurra ela. – Merda, merda, merda. Puta merda. Você não está pensando em machucar elas para valer, né?

– Não surta.

– Como eu não vou surtar? – A voz dela está estridente. – Você está pensando em atear fogo...

– Shh! Você vai acordá-las. Nós... *eu* preciso dar um basta nisso. Olha, eu sei que você tem família e filhas para cuidar. Não precisa se envolver no que vai acontecer. Posso levar a culpa toda sozinha.

– Mas...

– É o mínimo que eu posso fazer depois de ter te deixado na mão daquele jeito. – Iz tenta protestar, mas eu balanço a cabeça. – Vai ficar tudo bem comigo. Corre até a residência principal e se esconde por perto até ver as chamas. Os funcionários vão perceber e sair correndo para apagar o fogo. Nessa hora, você entra. Ainda lembra onde fica o telefone fixo?

Ela faz que sim.

– Liga para o serviço de emergência. Diz para eles que a ilha para onde mandaram o helicóptero CG-484 ontem precisa de mais auxílio, já que começou um incêndio. Assim que você confirmar que a ajuda está a caminho, se esconda até eles aparecerem.

– Ai, meu deus. – Ela anda de um lado para o outro, depois se agacha e ofega profundamente. – Não acredito que isso está acontecendo. Que parada mais fodida! A gente não pode fazer isso.

– Não! Foda-se tudo. – Eu me abaixo e a agarro pelos ombros. – Sei que dá medo, mas é só assim que isso tudo vai acabar. Acha mesmo que elas vão te deixar sair daqui depois de tudo que fizeram? Mesmo se, por algum milagre, a gente fugir desta ilha, você acha mesmo que elas vão deixar a gente simplesmente voltar para o mundo real sem sofrer nenhuma consequência? Pensa no tanto de poder que elas têm. Vai ser a palavra de oito mulheres brancas idolatradas contra *nós*.

Os olhos de Iz se anuviam de desespero.

– Tem que ter outra solução. Um outro jeito de a gente sair daqui em segurança.

Entendo sua preocupação, mas eu sei, lá no fundo, que esta é a única maneira de seguir em frente.

– Não posso te explicar os detalhes, mas tenho certeza de que isto é a coisa certa a fazer. Você precisa confiar em mim.

Digo isso com total confiança, de olhos bem abertos e com sinceridade.

Isla fecha os olhos e solta um gemido, agarrando os cabelos.

– Isso aqui é mesmo *muito* fodido!

– Eu sei. Mas não temos escolha. Agora vai, antes que alguém perceba que você sumiu.

Ela fica de pé e acalma a respiração.

– Cruzes! Essas são as piores férias da minha vida. – Ela avança a duras penas. Depois de alguns metros, Iz para e olha por cima do ombro. – Boa sorte.

– Pra você também.

Eu a vejo correr em direção à residência principal.

Eu me volto para a entrada do chalé, com duas garrafas de álcool acendedor, e respiro fundo, trêmula.

Eu sou forte.

Eu sou corajosa.

Eu sou uma guerreira.

Eu vou ficar bem.

Eu entro.

61

Apoio o machado perto da porta e me esgueiro para dentro do quarto. As mulheres estão adormecidas, balbuciando coisinhas inofensivas em voz baixa. Passo por elas e empurro meu peso todo contra as portas francesas para checar se a mobília do pátio está bloqueando com firmeza a saída dos fundos. As dobradiças não se mexem nem um centímetro, mesmo com toda a minha força. Eu me aprumo e respiro, nervosa.

Não tem mais como voltar atrás.

Trabalho rápido, ensopando o cômodo com álcool acendedor. Minhas mãos estão tão suadas por conta do nervosismo que quase derrubo as garrafas duas vezes. Encharco tudo. As paredes, os sofás, o tapete chique. As cortinas, o guarda-roupa, entre as gavetas. Não acredito que estou fazendo isso. Estou literalmente prestes a assassinar sete pessoas. Como assim, porra? Mas não consigo parar. Em vez disso, tento pensar no que vai acontecer depois, no que eu vou fazer quando tudo pegar fogo, como vou voltar para o mundo real e de alguma maneira justificar meus crimes.

Quando termino, o quarto está com um fedor pungente e nauseante de butano. Minhas roupas estão úmidas de suor e álcool acendedor. Sou um motor de combustão ambulante com um isqueiro no bolso. O único lugar que não molho é a cama, por temer que, se eu me aproximar demais, uma das feras adormecidas vá despertar e me abordar.

Depois de esvaziar a última garrafa, vou de fininho até o guarda-roupa. Quando o abro, a luz automática acende e ilumina um trechinho do quarto escuro. Tiro o cadeado de minha mala de mão para poder usá-lo para prender as Belladonnas do lado de dentro.

Ouço o farfalhar do lençol. Um gemido. Uma das meninas está se mexendo.

Meu coração batuca contra o peito. Fico parada. Incrivelmente imóvel. Uma ratinha encurralada, à espera do lobo mau.

– Ai. – É Bella Marie. – Que cheiro é esse?

Olho para a porta. Será que eu deveria começar o incêndio agora? Acender as chamas e sair correndo?

Mas Bella Marie está acordada. E se ela conseguir despertar as outras antes de o fogo se espalhar? Uma porcariazinha de cadeado de mala não seria páreo contra sete pessoas se jogando contra a porta. Preciso que a maioria delas esteja dormindo quando o incêndio começar, porque assim, quando acordarem, seus pulmões já vão estar cheios de fumaça, o monóxido de carbono vai ter entupido suas traqueias, o piso vai estar cuspindo fogo debaixo delas e não haverá nenhuma rota de fuga.

Eu a ouço sair da cama.

– Julie?

Merda. Bella Marie percebeu que eu não estou lá.

Mas a voz dela parece a de uma mãe preocupada. Ela não sabe o que está prestes a acontecer.

Contra todo o bom senso, eu volto ao quarto.

– Oi – sussurro, na esperança de que a escuridão mascare meu pânico, o suor reluzindo em minha têmpora.

– Meu amor, você está sentindo esse cheiro?

Ela esfrega os olhos, sonolenta.

Respiro profundamente e parece que levei um tapa na parte de trás da cabeça. Estrelas giram diante de meus olhos por conta do butano pungente.

– Não! Não sinto nada. A gente deveria voltar para a cama.

Bella Marie não se mexe, só me encara. Seus olhos azuis brilham para mim.

– Por que está perambulando por aí, Julie?

Engulo em seco.

– Por nada. Só precisava esticar as pernas porque… tive um pesadelo.

– Um pesadelo?

– Isso. Um pesadelo bem ruim. Cancelamento e tudo o mais. Por que você está acordada?

Os URSINHOS DORMINHOCOS deveriam tê-la colocado num coma induzido.

Os dentes brancos de Bella Marie reluzem no escuro.

– Meu amor, eu só fingi comer os ursinhos para te dar apoio moral. Cuspi quando você não estava olhando. Você sabe como eu sou contra a indústria farmacêutica. Desculpa te decepcionar.

Ela dá um passo em minha direção. Tem um sobressalto. Olha para baixo. Seus pés pisaram em uma poça de álcool acendedor.

Merda.

As sombras de seu rosto se contorcem conforme suas sobrancelhas se franzem e os lábios formam uma carranca. Bella Marie ergue a perna, passa um dedo delicado pelo arco do pé e cheira. Seu corpo se empertiga e ela me encara com uma expressão tresloucada, vindo até mim com passos duros. A luz do guarda-roupa ilumina seu rosto penetrante.

– Julie, o que você ia fazer com esse álcool acendedor?

– Nada.

Eu me afasto, lembrando do machado perto da porta. Fico me coçando para me atirar nele, mas temo que, se me mover rápido demais, ela possa partir para cima de mim com seus membros magricelas antes que eu alcance a arma.

Engulo em seco e me mexo devagar. Meus músculos rangem e meus ossos estalam enquanto me aproximo aos poucos da entrada. Durante todo esse tempo, não consigo desviar os olhos das íris azuis de Bella Marie.

– Não minta para mim. – Seus olhos estão tão esbugalhados que parecem anormais. Como se ela fosse o Gato de Cheshire. Ela chega tão perto que meu estômago se embrulha de medo. De alguma maneira, ainda consigo sentir o cheiro de mel de sua pele em meio ao butano. – Somos uma família, lembra? E na família nunca mentimos uns para os outros.

– Mas deixamos alguém amarrado na própria cama?

Bella Marie congela. Inclina a cabeça para o lado com um sorriso brando.

– Você achou a Isla? – Sua voz é tão leve que assusta, quase brincalhona. É o tom que você usaria para dar os parabéns a uma criança pequena por solucionar uma conta matemática simples. – Você precisa entender que o que fazemos é pelo bem da família. É por amor. Depois de alguns dias, Isla vai recobrar a razão. Acontece com todo mundo.

– Isso é desumano.

– Desumano? Eu? Desumana? Foi você que roubou a vida de sua irmã. – Eu me encolho. Não foi ela que disse que isso foi um ato corajoso? – Não consegue ver o que eu fiz por vocês? Estou abrindo as portas para vocês. Dando as boas-vindas à família. Eu sou generosa. Gentil. Sou linda e carinhosa. As coisas geralmente são mais tranquilas. Nós normalmente apresentamos uma nova integrante por vez, para que ninguém fique atordoada. Mas foi por causa dos tweets de minha querida prima e de *você* que precisamos improvisar. – Ela abre os braços para um abraço. – Mas ainda não é tarde demais. Todo mundo comete erros. Se você se arrepender, nós vamos te aceitar de volta.

Um dia atrás, seus braços receptivos teriam aquecido meu peito. Mas agora meu sangue fica frio enquanto dou outro passo para trás.

– V-vai se foder – esbravejo.

Agora ela está diante da luz, com a pele pálida. Bella Marie deixa os braços caírem e suspira.

– Eu deveria ter imaginado que a irmã gêmea da Chloe causaria problemas. – Ela dá tapinhas na própria têmpora. – Depois de eu ter feito tudo aquilo pra dar um jeito nela.

Meus dentes estão batendo.

– Dar um jeito nela?

Bella Marie inclina a cabeça e faz um barulhinho tipo *oun.*

– Meu amor, você é lerda? A Chloe nunca teria morrido de algo tão blasé quanto *overdose.*

– V-você… – As palavras ficam entaladas em minha garganta. – Você a matou.

– Não seja tão vulgar. *Matar* é uma palavra muito dramática. Eu simplesmente a ajudei a cair num sono eterno quando batizei a água dela com algumas drogas que teriam interação adversa com os antidepressivos.

Perco o fôlego diante da facilidade com que ela diz isso. Como se já tivesse se safado de coisa parecida antes.

– As meninas sabem que você fez isso?

– Todas sabem, menos a Angelique. Ela ainda é novata e acabou de cumprir a promessa, então não está a par de tudo.

Fico feliz que ela não saiba. Talvez suas palavras na noite dos *s'mores* tenham sido sinceras. Mas não consigo acreditar que o resto esteve fingindo esse tempo todo. Acho que não fui a única que usou uma máscara.

– Enfim – continua Bella Marie –, acho que sua irmã gêmea deve ter se sentido culpada pelo que Eto tirou dela. O acidente de carro dos Van Huusen foi o começo de sua revolta. Um desperdício, para ser sincera. Mas acho que você vai ficar feliz de saber que sua irmã foi uma pessoa amável até o último segundo... Bem, exceto pelo breve momento em que ela nos ameaçou. Aquela bobinha achou que poderia nos expor entrando em contato com uma jornalista.

– Jessica Peters – sussurro para mim mesma.

Essa era a história que Chloe queria ter contado.

– O *New Yorker* tem sido nosso parceiro há um tempo. Comprar o silêncio deles foi tiro e queda. – Bella Marie faz uma careta. – Não gosto de como isso soa. *Tiro* e queda. *Tiro* e queda. *Tiro*. *Tiro*. É tão feio. A gente deveria pensar em dar uma repaginada nessa expressão.

– Você matou a Chloe!

– Eu te falei para não usar essa palavra! Depois de se virar contra mim, contra a família, desse jeito, e me ameaçar, sua irmã sabia como as coisas terminariam para ela. Você tem que silenciar o ruído antes que alguém consiga gritar. É uma doutrina da nossa família, que você teria conhecido amanhã de manhã se tivesse sido mais obediente. – Ela suspira. – Mas preciso admitir que foi falha minha não ter ficado com ela até o final. Senti sua pulsação desacelerar, então achei que o assunto estava encerrado. Nunca gostei de encarar a morte. É muito violenta, nem um pouco bonita, não recomendo. Também tinha que me preparar para um ensaio fotográfico para a *Vogue* mais tarde naquela noite. Quando Anna Wintour te manda chegar às seis, você chega às seis. Nem um único minuto de atraso.

Estou perdendo o chão. Como é que ela consegue falar disso tudo de maneira tão casual? Como se misturar assassinato e *Vogue* na mesma frase fosse tão natural quanto cobrir panquecas com calda.

– Claro, eu não estava contando com você – continua Bella Marie. – Mas imaginei que você fosse um presente de Eto, dado o seu passado. A solidão, a culpa, a necessidade de ter uma comunidade e receber validação. Fazia sentido.

Estou tão perto do machado que sinto sua força gravitacional puxando meus dedos. A presença da arma me encoraja a abrir a boca.

– E aí? Então eu sou mais suscetível ao seu culto biruta? Ao seu deus falso?

Bella Marie arqueja, tapando a boca com a mão. O chalé estremece sob o vento, e as tábuas de madeira rangem.

– *Falso?* – Ela balança a cabeça devagar. – Como você consegue ser tão obtusa? Não está vendo os milagres que estão acontecendo? Olha só para nós, para nossa influência. A fogueira e a sua tia. Você sentiu a mudança, não sentiu?

Odeio admitir que sim. Mas deve haver outra explicação para tudo que está acontecendo.

– Todas essas meninas são lindas e talentosas, será que é tão difícil assim de acreditar que elas atrairiam fãs? Que talvez estar ao seu redor, ter acesso aos seus contatos e à sua riqueza, daria um impulso na influência delas? Existem *milhares* de explicações racionais e razoáveis. Não é como se toda influenciadora jurasse lealdade a algum deus.

– Angelique – responde Bella Marie, chegando perto demais. – Você a viu. Você viu como Eto tirou o bebê dela.

Seu hálito está azedo, ácido.

– Ela bebeu durante a viagem inteira e tomou aquelas drogas

esquisitas que você deu… o que, por sinal, não é coisa de quem é contra a indústria farmacêutica…

– É holístico!

– Ela comeu a porra de um *rato*! E mesmo que não seja por nenhum desses motivos bizarros, abortos espontâneos acontecem o tempo todo. Pode ser tudo uma enorme e horrível coincidência. E é claro que ela ganhou seguidores depois de postar aquele vídeo de partir o coração. As pessoas amam histórias trágicas!

– E quanto a mim? – Agora ela está gritando, desesperada e grosseira. – E quanto a mim?

– As pessoas têm problemas de fertilidade sem precisar sacrificar o próprio útero para o diabo!

Meus dedos tocam o cabo de madeira.

Bella Marie está tremendo.

– Eto *não é* o diabo!

– Tá bom! As pessoas têm problemas de fertilidade sem precisar sacrificar o próprio útero para Eto!

Ela arreganha os dentes, com a expressão contorcida de fúria.

– Não. Pessoas. Como. EU!

Bella Marie avança para cima de mim. Antes que eu me dê conta, minhas mãos estão em torno do cabo do machado e eu golpeio indiscriminadamente enquanto ela envolve os dedos no meu pescoço e aperta. Sinto certa resistência contra a arma quando o machado atinge algo firme. Líquido quente espirra em minha bochecha, em meu olho, e arde. As mãos de Bella Marie se afrouxam e soltam meu pescoço. Puxo o machado com um grunhido, com a visão afetada.

O ar está ferroso, metálico.

Limpo a gosma do meu olho, com o pulso acelerado. Ao ver meus dedos escarlates, me dou conta de que é sangue. Fios vermelhos escorrem pelos ombros de Bella Marie, pela clavícula protuberante, e pingam no chão, saindo de um corte enorme e horizontal no pescoço dela. Em meio ao pânico, não a atingi com força o bastante, e o machado não fez um corte limpo.

Um segundo se passa enquanto o mundo desacelera. Minha mente está vazia. Nossas respirações estão pesadas, fora de sincronia. Minhas pernas ficam bambas, fracas diante da imagem da carnificina. A silhueta dela oscila um pouco e Bella Marie cambaleia de choque enquanto apalpa o próprio pescoço, com um carmesim violento pulsando entre os dedos. Seus olhos encontram os meus, as pupilas tão dilatadas quanto as de um animal selvagem. Ela abre a boca para gritar. Porém, antes que qualquer som saia de seus lábios, eu me firmo e lanço o machado em direção ao seu pescoço mais uma vez – em direção à mulher que matou minha irmã gêmea. Pele macia, músculos tensos, vértebras. O machado ensanguentado passa até o outro lado, espirrando sangue na parede. O corpo dela cai com um baque brusco no chão, fazendo o chalé inteiro tremer. O ar entra em meus pulmões com dificuldade enquanto algo roça a ponta dos dedos dos meus pés. Olho para baixo. Cabelo loiro. Olhos azuis. Pele pálida. A cabeça dela. A boca de Bella Marie está paralisada em meio a um grito, o rosto congelado de horror conforme seus olhos azuis vazios, desprovidos de alma, encaram o teto.

Meu sangue está pegando fogo, meu coração tão disparado que não consigo me mexer, não consigo pensar. Meus olhos estão fixos em Bella Marie. O machado escapa de meus dedos. O tinido agudo da lâmina atingindo o piso me dá um estalo. Minha mente está girando.

Bella Marie.

Eu fiz isso. Eu a matei. Eu sou uma *assassina.*

Estou completamente coberta de suor e meu cérebro está fora de si, zonzo do butano que preenche meu nariz. Meus membros parecem gelatina, e sinto vontade de vomitar, mas preciso me acalmar. Não tem mais como voltar atrás. Não depois de eu ter manchado minhas mãos de sangue e assassinado Bella Marie. Preciso terminar o que comecei. *Agora.*

Incitada pela pura adrenalina, passo aos tropeços pelo corpo, pisoteando o sangue quente e pegajoso, e dou uma olhada na cama.

O restante das Belladonnas ainda está dormindo. Mas seus corpos tremem, lutando para recobrar a consciência.

Com toda a força de vontade que me resta, retiro o isqueiro do meu bolso com uma das mãos, o cadeado com a outra. Cambaleio até a porta da frente, evitando a cabeça decapitada de Bella Marie. Abro o isqueiro dourado de Iz e sinto o metal frio ao toque me firmar no presente. Rolo o dedão contra a rodinha dentada. Uma chama fina azul e laranja surge. Jogo o isqueiro no álcool acendedor que espalhei mais cedo. O fogo irrompe, uma coisa monstruosa entrando em erupção num piscar de olhos, e envolve Bella Marie. Eu me afasto, fecho a porta com força e a tranco. A fumaça escapa por entre as frestas perto das dobradiças.

Quando largo o cadeado, meu corpo está tão fraco que eu desabo no chão. Rastejo de quatro para longe do chalé em chamas, com meu vestido manchado do sangue de Bella Marie, deixando um rastro carmesim em meu encalço. O teto de sapé se incendeia como se fosse acendalha. Fiapos de fumaça preta sobem em espirais até o céu escuro, destacados pelas chamas amarelas. As janelas se tornam luminárias, um portal laranja para o interior fulgurante e incandescente. Penso ter ouvido um grito, algo gutural. *Bang, bang, bang.* Talvez seja um ser humano. Talvez sejam as fundações da casa desmoronando. Talvez seja coisa da minha cabeça. O teto de sapé afunda, abrindo caminho para uma gigantesca nuvem de fumaça. O fogo estala, uma silhueta dançante, uma fogueira para os deuses. O miasma sufocante de um sacrifício. O calor chamusca as pontas dos meus pés, mas não me mexo. Observo o chalé inteiro ser tomado por um laranja-dourado, rugindo enquanto os funcionários chegam correndo. Desesperados, eles atiram baldes de água no fogaréu, mas logo ficam simplesmente parados e observam enquanto a fuligem mancha seus rostos pálidos.

Minha visão fica turva de fumaça. Um pranto sobe rasgando minha garganta, ou talvez seja uma risada. Ou um grito? Não sei dizer.

Enquanto admiro a estrondosa e bela criatura que concebi, um monstro vil que engoliu sete vidas com tanta facilidade, eu rezo.

Rezo para que Eto seja de verdade. Preciso acreditar que isso tudo não foi em vão.

Então vem a escuridão.

62

Dois dias depois

Acordo acorrentada a uma cama de hospital. Um policial está sentado ao meu lado, meio adormecido. Quando ele me ouve puxando as algemas de metal, desperta com um sobressalto. Seus olhos se arregalam e ele aperta um botão ao seu lado.

– O que aconteceu? – balbucio, a boca seca.

Mas o homem se recusa a falar comigo. Estou desorientada, com uma enxaqueca braba triturando meu cérebro, como se ele tivesse se partido ao meio. Meus pulmões estão ásperos, contraídos. Cada fôlego é um chiado e uma tosse. Uma torrente embaçada de médicos, enfermeiras e policiais entra. Seus murmúrios são ensurdecedores e perturbadores. Eles me lembram das meninas cantarolando.

Fecho os olhos e procuro refúgio no sono mais uma vez.

63

Duas semanas depois

— Olha direto para a câmera.

Um disparo. Uma luz explode em meu olho e eu o aperto. Quando inspiro, meus pulmões estremecem. Os médicos me disseram que eu tive sorte de sobreviver depois de toda a fumaça que inalei. Embora a definição deles de *sorte* seja um tanto diferente da minha. Depois de passar duas semanas na UTI de um hospital em São Martinho, fui forçada a vestir um macacão laranja berrante que não valoriza nada a minha pele bronzeada e fui enfiada num avião para ser fichada pelos meus supostos crimes. Pelo que me explicaram, já que a ilha Melniburg fica localizada em águas internacionais, estou sujeita às leis de meu país de origem, que também é o das minhas vítimas: os Estados Unidos. E, se alguém sabe algo sobre os grandiosos Estados Unidos da América, é que nós amamos armas, águias-de-cabeça-branca e liberdade, além de termos penitenciárias *fantásticas* de última geração. Não há nada de desumano e hostil nelas, *que isso!*

Então, não. Não sinto que eu esteja lá com muita sorte.

– Vira para a esquerda.

As algemas de metal entre meus pulsos retinem quando viro para encarar a parede cinza de tijolos. Eu me vejo fazendo biquinho, embora esteja tirando uma foto de identificação para registro policial, não uma selfie. Mas, se existir a chance de ela vazar em algum momento, é melhor que eu fique gostosa nela.

Outro disparo de luz.

– Agora, vire para a direita.

Disparo. Luz.

– Certo, Julie, pode ir até a próxima sala.

Eu me sobressalto ao ouvir o nome *Julie.*

É mesmo. O mundo sabe que eu roubei a identidade de minha irmã gêmea e que, na verdade, sou Julie Chan. E você não vai acreditar em quem me expôs.

Iz.

Isso mesmo. Aquela Iz.

A puta da Isla Harris.

Depois de eu ter salvado o rabo dela daquelas psicopatas e a impedido de se tornar uma assassina – de ter sido *assassinada* –, ela me dedurou enquanto eu estava inconsciente. Alegou que tinha ouvido as outras meninas me chamando de Julie em um ritual de culto, e não demorou muito tempo para as autoridades ligarem os pontos.

Parte de mim quer ficar com raiva pela traição. Porém, depois de tudo pelo que passei, do sangue em minhas mãos, estou conformada demais para sentir algo tão mordaz quanto raiva.

Ainda assim, às vezes penso no que poderia ter acontecido se eu tivesse simplesmente deixado Iz naquele chalé.

Sou conduzida até uma sala próxima aos fundos da delegacia, onde o defensor público que me designaram me aguarda. Ele está usando um paletó xadrez sem graça, pelo menos dois números maior que o dele, tem uma entrada no cabelo que lembra os Arcos Dourados do McDonald's e fica pigarreando contra o punho fechado. Uma pilha de pastas está disposta diante dele. A sala tem cheiro de café velho.

O homem fica de pé e me oferece um aperto de mão.

– Eu me chamo David, sou seu advogado designado pela defensoria pública?

Sua voz é acanhada, e todas as suas frases parecem perguntas.

Eu me sento do outro lado da mesa e cruzo os braços.

Sem jeito, ele deixa a mão cair e se senta também.

– Certo, então, há, vamos repassar rapidamente todas as acusações contra você? – Ele remexe as pastas diante de si e abre uma. – Estou vendo aqui… falsidade ideológica, obstrução de justiça, roubo, incêndio criminoso, oito homicídios dolosos…

– Espera aí. – Descruzo os braços e chego mais perto. Bella Marie, Kelly, Sophia, Lily, Ana, Maya, Emmeline. Sete garotas. Sete mortes. – Oito? Essa conta está errada.

O sujeito dá uma olhada no documento. Aponta para uma linha.

– Diz bem aqui: oito homicídios.

– Não é possível. Eu ma… só sete pessoas morreram no incêndio.

– Bem, acho que, hã… – Ele se atrapalha com a pilha de documentos, pegando outra pasta. Quando ele a abre e folheia, acaba derrubando o copo de café por acidente. A tampa de plástico preta se desprende e o conteúdo marrom turvo se derrama no chão. – Ai, meu deus, essa não.

O sujeito se inclina para limpar a sujeira antes de se dar conta de que não tem nada para enxugá-la.

– Hã. Vou chamar alguém para vir dar um jeito nisso?

Ele sai da sala.

Fecho os olhos e solto um suspiro cansado, torcendo para que eu não precise lidar com esse homem durante muito tempo antes que Fiona encontre um substituto.

Usar meu direito a um único telefonema para entrar em contato com uma funcionária foi algo patético e vergonhoso. A dor de não ter ninguém me atingiu em cheio naquele dia. Fiquei preocupada que Fiona ficaria apreensiva diante da ideia de ainda trabalhar para mim, levando em conta que a história sobre o massacre na ilha já estava estampada em todos os canais de notícias. Mas, para minha surpresa, ela atendeu a ligação com muito interesse. Parece obra do destino, mas ela é fã de true crime. Concordou em continuar a trabalhar para mim, desde que pudesse contar para as pessoas que sua patroa é ninguém menos que a *própria* Julie Chan. Assistentes de influenciadoras e celebridades de primeira categoria existem aos montes, mas assistente de uma suposta assassina em massa? Só há uma! O status social te leva longe nos dias de hoje.

Encaro a câmera de segurança no canto da sala vazia. Seu olho preto me encara de volta.

Fico sozinha por uma quantidade assustadora de tempo e, já que não há relógio, não consigo saber quantos minutos se passaram. Poderiam ser cinco. Poderiam ser trinta. Inquieta e nervosa, tiro documentos das pastas e leio todas as anotações que David deixou nelas.

Detalhes dos meus crimes, dos acontecimentos antes do incêndio, e então uma lista das sete vítimas encontradas entre as cinzas. Mas daí eu vejo, bem no finalzinho da página: *A ré é acusada de cometer o homicídio doloso de sua irmã gêmea, Chloe van Huusen.*

Releio a frase de novo, de novo e de novo, e as palavras não fazem o menor sentido. *Homicídio doloso de sua irmã gêmea, Chloe van Huusen. Homicídio doloso de sua irmã gêmea, Chloe van Huusen. Homicídio doloso de sua irmã gêmea, Chloe van Huusen.*

Que *porra* é essa?

Meu sangue ferve diante dessa acusação. Estou tremendo, e as algemas de metal retinem como se fossem sininhos de Natal. Enquanto estava no hospital, eu planejava me declarar culpada. Não havia como me safar de ter matado as Belladonnas. Eu estava literalmente coberta com o sangue de Bella Marie. Mas matar *Chloe?* Não. Vai se foder.

Eu não matei minha irmã gêmea.

Foi tudo uma coincidência, uma coincidência terrível.

Preciso esclarecer os fatos. Eu *não* matei Chloe van Huusen.

Quando a porta enfim se abre, eu me viro para a entrada, desesperada para gritar a verdade na cara de David.

Mas a pessoa que entra a passos largos pela porta não é a anta daquele defensor público. É uma mulher alta, vestindo um terninho azul-marinho de caimento perfeito. Seu cabelo ruivo está preso para trás em um coque apertado e impecável. Ela passa por cima da poça de café, com os saltos estalando, antes de deixar a maleta de couro pesada cair com um baque surdo na mesa de metal.

Antes de sequer se apresentar, ela puxa a cadeira, se senta diante de mim e me olha bem no fundo dos olhos.

– Deixa eu te contar como vou te tirar daqui.

64

Shannon é uma advogada sem papas na língua que não tem medo de jogar sujo para ganhar um caso. E como ela ganha. Fiona ouviu falar dela através da rede de fofocas de assistentes: três anos atrás, Shannon trabalhou num caso em que um investidor havia supostamente (definitivamente) matado a própria esposa. Cada evidenciazinha apontava para o marido depois de ele ter flagrado a mulher tendo um caso, mas Shannon foi capaz de fazer mágica durante o interrogatório cruzado, fazendo as testemunhas contradizerem as provas apresentadas no tribunal. Ela conseguiu que a acusação de homicídio doloso fosse diminuída para homicídio culposo, e seu cliente se safou com três anos de serviço comunitário, quando originalmente podia pegar de quinze anos a prisão perpétua.

Shannon cobra um valor robusto, mas já provou que vale o investimento. Depois de eu assinar os documentos para que me represente, de alguma maneira ela garantiu minha liberdade condicional por uma fiança surpreendentemente baixa. É um milagre que eu tenha permissão de estar sentada dentro do meu apartamento – hã, da Chloe – sem um macacão laranja, considerando que meus supostos crimes incluem o assassinato de oito mulheres queridas. Agora estou aguentando o cárcere privado enquanto advogados e assistentes jurídicos zanzam ao meu redor. Estou usando uma tornozeleira preta com monitor de GPS que me dá coceira.

Meus olhos se arrastam até a mesinha de cabeceira onde escondi meu celular. Faz um mês que não toco nele. Isso mesmo. Um mês. Quatro semanas. Trinta – quase trinta e um – dias. Minha abstinência é por medo. Tenho certeza de que as pessoas na internet vão arrancar meu couro. Não preciso piorar meu estado mental já frágil.

Passar um tempo longe das redes sociais tem sido purificador de certa forma. Minha mente desacelerou, eu aprendi a ouvir mais meu corpo e fico menos distraída. É como se meus neurônios estivessem literalmente se recuperando. E mesmo assim... o corpo fino de metal do celular continua a me atiçar. Anseio por seu peso na palma da minha mão, a conexão ao alcance dos dedos. O amor. A comunidade.

Só uma olhadinha. Que mal pode fazer?

– Julie?

Eu me viro para Shannon.

– Desculpa, fiquei distraída.

Ela está sentada na minha frente com uma prancheta.

– É importante que você se concentre. Não pode ficar distraída assim no tribunal. O júri vai interpretar isso como falta de credibilidade.

– Certo. Desculpa.

Shannon está me ensinando a contar minha história, para nos prepararmos para o julgamento. Não tem sido muito difícil. Minhas alegações sobre atividades similares a um culto e lavagem cerebral foram corroboradas assim que as autoridades revistaram a ilha e encontraram toneladas de plantas psicoativas tóxicas e uma legião de escravizados doutrinados de sorrisos branquíssimos.

Duas pessoas até concordaram em testemunhar em minha defesa: a mãe de Bella Marie, que alega que foi mantida em cativeiro na ilha durante cinco anos; e Iz, que confirmou que o culto era verdadeiro, que foi feita de refém durante dois dias e que nossas vidas estavam correndo risco de verdade. (Eles questionaram Angelique. Ela invocou o direito ao silêncio para tudo até agora.) Com todas essas evidências a meu favor, Shannon acha que é uma possibilidade realista mitigar o assassinato das Belladonnas como legítima defesa. *Eu só estava tentando fugir de uma situação de perigo. Tive que matar para sobreviver.*

A "verdade" começa a ficar confusa quando o assunto é Eto. Confessar que prometi as Belladonnas a Eto demonstraria que tive intenção de cometer meus crimes, e assim destruiria qualquer argumento de legítima defesa. Quanto a essa questão, diante da lei, fui instruída a dar de ombros e responder: *Não sei.* Por sorte, ninguém vivo pode atestar o fato de que o incêndio teve motivações nefastas, e não legítima defesa.

Bem, exceto Viktor. Mas até onde sei, depois de o terem levado de avião para ser interrogado nos Estados Unidos, ele parece ter ficado com aquele bico bonitão fechado.

A parte complicada é minha irmã gêmea.

Embora Bella Marie tenha confessado ter assassinado Chloe, é tudo disse me disse, já que ela está morta. Sem falar que não pega bem que eu simplesmente calhei de aparecer no apartamento de Chloe, trombei com seu corpo e menti para os policiais na mesma hora dizendo que eu era ela, para depois trocar de identidade sem o menor remorso após sua morte. Minhas ações não pintam uma boa imagem. Para alguém de fora, existe uma base razoável para argumentar que eu planejei a morte de Chloe para roubar sua identidade.

– Certo – diz Shannon. – Vamos repassar tudo que aconteceu, tim-tim por tim-tim.

– Eu estava voltando para casa depois do meu turno na SuperFoods quando a Chloe me ligou.

– O que ela falou durante a chamada?

Embora haja provas de que a ligação ocorreu, não há nenhuma gravação. Tudo que o tribunal tem é a minha palavra.

– Ela parecia estar se esforçando para respirar. E ficou me pedindo desculpa por alguma coisa. Dizendo que algo tinha sido um erro. E então, antes de dar seu último suspiro… – Eu puxo o ar, tentando parecer convincente. – Ela disse alguma coisa sobre ser culpa de Bella Marie.

Essa mentira é a minha passagem para fora da cadeia. Claro, talvez entre nos registros como uma mera alegação, mas, assim que o júri ouvir isso, vai ter dificuldade de apagar essa informação da cabeça.

– É verdade que você teve dois dias de folga na semana em que a Chloe foi encontrada morta?

– Sim.

– O paramédico presente na cena do crime observou que a senhorita Van Huusen estava morta havia alguns dias, mas, já que a autópsia nunca foi executada, o horário exato da morte não está claro. As gravações das câmeras de segurança do prédio também continuam inconclusivas, já que é difícil diferenciar você e sua irmã gêmea. É possível que você tenha ido até Nova York durante a sua folga e a assassinado?

– O quê? – grito. – Não!

– Fique calma. Não erga a voz. Isso é apenas o que a promotoria poderia argumentar.

Meus pulmões estremecem e reprimo a vontade de tossir. A questão das câmeras de segurança me dá gatilho. Não sou capaz de negar que estava em Nova York, já que Chloe poderia ser confundida comigo em qualquer momento em que aparece nas gravações. Mas que surpresa. Meu rosto, que havia aberto as portas do mundo dela para mim, talvez seja também a minha ruína.

Bella Marie nunca apareceu nas câmeras próximas do prédio, já que simplesmente calhou de as câmeras perto da escada de incêndio nos fundos terem "dado curto-circuito" durante a época do incidente. Aposto que ela deve ter mexido nelas.

– Não – respondo, resoluta.

– É verdade que você pediu que o corpo de Chloe fosse cremado?

– Sim.

– Você fez isso sabendo que a hora da morte continuaria inconclusiva?

– Se eu soubesse, jamais teria feito isso.

Shannon me interroga extensivamente sobre a sequência de eventos, se é possível que eu tenha coagido outra pessoa a me ligar usando o celular de Chloe, por que não pedi uma autópsia etc. É uma conversa minuciosa e frustrante.

– Depois que encontrou o corpo de sua irmã – continua ela –, por que decidiu assumir sua identidade?

Essa é a segunda parte do plano.

– Quando a encontrei morta, só assumi sua identidade porque precisava desvendar a verdade sobre como ela morreu. Senti que tinha algo errado depois de ela ter mencionado a Bella Marie em sua última ligação para mim. Eu sabia que a Bella Marie devia estar envolvida de alguma maneira. Quando a polícia chegou, eu menti sobre quem era porque precisava me vingar pessoalmente por minha irmã gêmea. Uma mulher branca como a Bella Marie jamais seria levada à justiça pelos métodos convencionais. O bom fim justifica o meio cruel. Eu não sou uma assassina. Eu busco a verdade. Busco a justiça da minha própria maneira.

– Hã... Certo, então vamos trabalhar em cima disso e amenizar um pouquinho. Parece que você está contando uma história em vez da verdade, mas é um bom começo.

– Mas é a verdade.

Não contei nenhuma história a Shannon a não ser esta. Preciso dela do meu lado.

– Não estou dizendo que não é. Só estou dizendo que vamos trabalhar em cima dela, tá bom?

Seu tom duvidoso me incomoda. Batuco os pés conforme a necessidade de receber validação cresce em meu peito, acompanhada de uma sombra de arrependimento. E se eu não tivesse matado as Belladonnas? E se eu tivesse feito vista grossa e me deixado ser levada pela correnteza?

– Você diz que trocou de identidade com o objetivo de descobrir a verdade. Mas há provas de que você levou uma vida bem tranquila e feliz como "Chloe". Se estava procurando justiça, por que continuou a fechar contratos publicitários e a postar conteúdo pago?

Ah, essa é a única vez na minha vida em que minha tia vem em meu socorro.

– Minha tia andou me extorquindo, dizendo que iria expor minha verdadeira identidade. Eu precisava pagá-la, então aceitei patrocínios para continuar a buscar justiça por minha irmã.

Apesar do ritual de fogo esquisito, minha tia está (infelizmente) viva. Embora ela provavelmente queira estar morta, considerando suas circunstâncias atuais. Depois que minha verdadeira identidade foi revelada, contei à polícia que ela possuía uma gravação importante com provas de que eu não matei Chloe. Já que a gravação também incluía evidências de sua extorsão, minha tia se recusou a entregá-la, o que levou a um mandado de busca em sua casa. Além da gravação, as autoridades descobriram um histórico de outros crimes menores, e agora ela está sendo investigada por extorsão, por auxiliar e acobertar um crime, além de uma enxurrada de outras infrações. Ela não entrou em contato comigo, alegando que está com *medo* de mim. De *mim*! Dá para acreditar nisso?

Mas graças a ela eu sou capaz de justificar minhas ações durante a época em que fui influenciadora.

– Nós temos um e-mail aqui afirmando que...

Alguém bate duas vezes à porta. Um assistente jurídico abre a porta do apartamento e Fiona entra com um homem ao seu lado. Ele está segurando um único martelo. Seu olhar está direcionado ao chão, e a aba de um boné de beisebol esconde a maior parte de seu rosto, exceto pelo maxilar bem definido.

– Quem é esse aí? – Shannon se vira na cadeira para dispensar o homem. – Não temos permissão de receber visitas não autorizadas.

– Só vim consertar a internet. – Ele olha para Fiona, revelando um sorriso firme e empolgado.

Meu coração para. Eu poderia reconhecer aquele sorriso em qualquer lugar, uma expressão completamente desesperada por validação.

Viktor.

65

— Ele precisa ir embora – diz Shannon, andando de um lado para o outro da sala de estar. Já dispensamos o resto da equipe.

Olho de relance para Viktor. Ele está sentado em minha cama, com os joelhos unidos. De alguma forma, ele conseguiu entrar em contato com Fiona e lhe contar que eu havia prometido ajudá-lo assim que deixássemos a ilha. Fiona não questionou, provavelmente porque estava ocupada demais babando pelas maçãs do rosto dele. Eu deveria ficar preocupada com sua falta de preocupação com minha segurança, mas que seja; talvez seja bom que Viktor esteja presente.

– Você não pode falar com testemunhas a menos que esteja sob supervisão judicial – continua Shannon. – Isso pode te meter numa puta encrenca.

– Só preciso de uns minutinhos. Juro. Tenho a impressão de que ele pode nos ajudar.

Depois de argumentar mais um pouco, Shannon, a contragosto, me deixa ter um momento a sós com Viktor. Eu me sento ao lado dele na cama e coloco a mão em seu ombro.

– Como você está?

Ele balança a cabeça por uns segundos, mordendo os lábios, antes de desabar em uma enxurrada de lágrimas. Entre soluços, ele balbucia algumas palavras que me esforço para decifrar.

– Nada... bem... todo mundo morreu! Você... você também sumiu.

Acho que nunca vi um homem adulto chorar, e com certeza não esperava que Viktor chorasse tão alto. Tudo o que consigo fazer é dar tapinhas constrangidos em suas costas.

– Eu sei. Desculpa. Eu fiquei literalmente presa.

Ele limpa o ranho escorrendo do nariz com o dorso do pulso, tal qual uma criancinha, e reprimo a vontade de me contrair e me aproximo para lhe entregar uma caixa de lenços. O rapaz puxa um, mas não o usa, chorando abertamente por mais alguns segundos antes de recuperar o fôlego soluçante.

– Não sei o que fazer. As pessoas ficam me fazendo perguntas, querendo saber se estou bem, se Bella Marie já fez coisas ruins comigo... Não sei como responder. Nunca pensei que fosse ruim. Eu só estava fazendo a minha parte, o que me mandaram fazer. Mas talvez isso seja ruim? Ficam fazendo parecer que é. Não sei. Estou tão confuso. O que eu faço?

– Está perguntando pra mim?

– E para quem mais eu posso perguntar? Você é a única pessoa que eu tenho agora. Você prometeu me ajudar.

Solto um suspiro, imaginando como vou dar as más notícias com delicadeza. Como é que eu conseguiria ajudar esse cara? Porém mal consigo me forçar a decepcioná-lo. Eu reconheço a confusão desesperada. Ele está sozinho, desamparado, e perdeu tudo o que conhecia. É um cachorro treinado sem um dono. E agora tudo o que ele tem sou eu...

Sou eu.

Reconheço o vírus da crueldade me infectando, mas não recuo.

– Eu posso te ajudar.

Os olhos dele se arregalam de esperança.

– Sério?

– Sério. Vou te ajudar com todas as perguntas que as autoridades estão te fazendo, e vou te ajudar com tudo o que vier depois também. Tipo te conseguir uma medalha olímpica e ajudar a te transformar em um ícone quase skarsgårdiano, que nem eu te prometi na ilha. Mas só vai ser possível se você fizer tudo que eu disser. E quero dizer *tudo* que eu disser.

Viktor concorda com a cabeça, entusiasmado, segurando minha

mão. Tento ignorar a camada de ranho que toca minha pele quando ele responde:

– Obrigado. Obrigado!

Eu lhe faço um cafuné e ligo a TV. Está passando *Bob Esponja* no primeiro canal. Parece que já capturou sua atenção.

Na sala de estar, sussurro para Shannon:

– A gente pode usar ele a nosso favor. O cara está do meu lado.

– Não dá para ter certeza.

– Dá, *sim.* Ele sofreu lavagem cerebral e... – Chego mais perto. – Eu o manipulei um pouquinho na ilha. Ele está convencido de que eu sou a única pessoa capaz de ajudá-lo. Ele confia em mim. E não é vantajoso ter um membro do culto do meu lado?

Shannon balança a cabeça.

– Ele pode ser uma bomba-relógio. Não temos garantia nenhuma...

No quarto, Viktor ri, com a voz clara e alta, diante do desenho animado, e vislumbro seus belíssimos dentes brancos. Os olhos de Shannon se arregalam.

– Hã... – Ela cutuca o queixo com o dedo indicador. – Talvez você tenha razão.

Uma semana se passou. Fiona e eu estamos sentadas diante da TV enquanto Shannon está parada perto do sofá, de braços cruzados, puxando e soltando o ar pela boca de maneira nervosa.

O programa que estávamos esperando ansiosamente começa. Um homem de cabelo branco está sentado diante de uma parede de tijolos.

– Boa noite, eu sou Keith Morrison, e estamos ao vivo com a *Dateline NBC.* Nosso convidado de hoje, conhecido apenas como Viktor, está no epicentro do maior furor jornalístico do século.

A câmera corta para Viktor. Ele está vestindo um suéter marrom desleixado, obviamente para fazê-lo parecer gente como a gente, mas seu rosto coberto de pó o faz parecer um modelo. Dá para espiar uma faixa azul debaixo de sua gola, uma réplica da medalha de ouro dos Jogos Olímpicos de Vancouver de 2010, que comprei para ele no eBay.

Antes de Viktor aparecer, andávamos recusando uma enxurrada de pedidos de entrevista. Shannon me aconselhou a ficar longe dos holofotes, já que minhas palavras poderiam ser usadas contra mim. Mas decidimos mandar Viktor, já que nada provoca mais a compaixão do público do que um homem branco e bonito.

Ainda assim, é um risco. Shannon disse que nunca é aconselhável que uma testemunha converse com a mídia, e que Viktor talvez seja até repreendido pelo tribunal. Mas estamos apostando que não haverá repercussões graves, já que o juiz está lidando com o caso com muita delicadeza, e penalizar a vítima inocente de um culto que só está tentando se manifestar pode pegar mal. O pior que pode acontecer é Viktor perder a chance de testemunhar a meu favor, mas, diante de todos os outros funcionários dos Melniburg que poderiam confirmar as atividades do culto, decidimos que Viktor valia o risco.

Por mais que a justiça se faça no âmbito legal, ela também acontece nas relações públicas. Criar um furor jornalístico favorável e formar a opinião do público o quanto antes pode ser a chave para nossa vitória.

– É impossível isolar completamente o júri hoje em dia – me disse Shannon. – Com a velocidade com que a informação se espalha na internet, é inevitável que sem querer eles leiam uma matéria por cima ou ouçam algo por aí. Essas mensagens subliminares podem impactar seu subconsciente e moldar o resultado do caso se tivermos uma boa estratégia.

Estou tensa enquanto assisto à entrevista. É ao vivo, então qualquer escorregão poderia significar fim de jogo. O programa começa exatamente como previmos. Keith conta toda uma história ensaiada sobre a ilha, dando ao público um resumo das últimas notícias e do caso judicial. Depois, direciona perguntas a Viktor. *Como era a vida na ilha? Havia escolas? Por acaso você já questionou o que estavam te ensinando?* Ele responde às perguntas, encaixando os pontos que o treinamos para abordar, incluindo detalhes sobre a lavagem cerebral, histórias bizarras do culto, cárcere privado, assédio sexual e outras atividades criminais dos Melniburg. No geral, ele deixa a verdade falar por si só. Baseado em seu relato sincero, é difícil negar, em termos objetivos, qualquer delito por parte da família Melniburg. Até agora, estou satisfeita com sua performance. Ele seguiu nossas instruções com perfeição, e é surpreendentemente cordial com o apresentador, que parece encantado por seu visual atraente e sorriso sincero. Acho que Viktor está acostumado a fazer o que lhe mandam.

Mais ou menos na metade do programa de uma hora, Keith concentra as perguntas em torno de mim.

– Qual foi a primeira impressão que você teve de Julie Chan?

Cerro os punhos. Fico uma pilha de nervos.

– Eu não fazia a menor ideia de que ela havia trocado de lugar com a irmã, já que Bella Marie nunca nos contou o que fez com a Chloe.

– Ela parecia estranha pra você? Em algum momento você ficou desconfiado?

– Não que eu me lembre. Mas toda vez que recebíamos convidadas na ilha, eu ficava animado, já que quase nunca vemos rostos diferentes. – Isso faz Keith assentir com a cabeça, cheio de compreensão. – Então, talvez eu estivesse distraído.

– Você mencionou que sexo forçado fazia parte do seu trabalho na ilha. Perdoe a pergunta, mas tenho certeza de que o público quer saber: você foi forçado a se envolver com Julie?

– Uma vez ofereci meus serviços para ajudá-la a desestressar, mas ela me rejeitou.

– Sério? – Keith parece surpreso.

– Sim. – O olhar de Viktor recai sobre seu colo. – Pela primeira vez na minha vida, fui tratado como um ser humano em vez de um brinquedinho. – Ele respira fundo e fala mais devagar. – Naquele instante, percebi que as coisas poderiam ser diferentes. Que há pessoas por aí, como a Julie, que não tirariam proveito de mim.

Não colocamos essas palavras em sua boca. Esses são os sentimentos verdadeiros dele. Sou tomada de culpa enquanto o ouço.

Então Fiona berra:

– Estamos nos assuntos mais comentados de todas as plataformas!

– E são comentários positivos – acrescenta Shannon, com a voz repleta de descrença.

Meu coração dispara de empolgação.

– Posso dar uma olhada?

Fiona me entrega seu celular e eu vejo os tweets sendo postados ao vivo. É um turbilhão de solidariedade. Viktor se tornou a vítima mais gostosa que a internet poderia desejar.

Se o que ele está dizendo é verdade, a Julie não fez nada de errado.

Perco a conta de quantas versões dessa frase eu vejo. (Dito isso, também há um punhado de: O Viktor é um gato! A Julie deve ser uma santa por não encostar as mãos nele!! Ele pode me comer no balanço quando quiser! Os três buracos!)

Eu leio, leio e leio, absorvendo as ondas de positividade. Meu peito explode com um deleite vingativo, que derrete e se espalha em meu interior.

Quando enfim desgrudo os olhos do celular e volto a olhar para Viktor, ele está encarando a câmera, com o início de uma frase ensaiada na ponta da língua.

– Eu me sinto perdido agora que sei a verdade sobre a ilha, um lugar que eu via como minha casa. Mas tenho certeza de uma coisa: a Julie me emancipou. Foi ela quem libertou todos nós.

66

Depois do sucesso da entrevista da *Dateline*, eu simplesmente não consigo me segurar.

Assim que todo mundo vai embora, pego meu celular na mesinha de cabeceira, conecto o carregador e o ligo. Assim que meu protetor de tela se acende, uma enxurrada de notificações surge na tela de bloqueio.

Confiro as redes sociais primeiro.

No Instagram, o perfil da Chloe ganhou impressionantes dois milhões de novos seguidores. Os comentários estão repletos de emojis de cobra, mas também de uma surpreendente comoção a meu favor. Alguns dos Companheiros da Chloe se transformaram nas Joias da Julie. Um membro fiel disse: Só comecei a acompanhar depois que a Julie assumiu o perfil. É dela que eu sempre fui fã. Se o que o Viktor falou for verdade, não acho que ela tenha feito nada de errado. Minhas visualizações no YouTube explodiram. As pessoas ficam reassistindo meu conteúdo o tempo todo, marcando a minutagem de certas partes de vídeos que elas acham suspeitos. (Infelizmente, o YouTube me removeu do programa de parceria por conta dos meus supostos crimes, então não faturei um mísero centavo com a enxurrada de visualizações.) De maneira geral, o engajamento aumentou mais de cinco mil por cento em todas as plataformas.

Agora existem até contas de *stan* para mim.

E eu quero dizer *para mim.*

Contas de apoio a Julie Chan. *Edits* meus ao som de áudios de TikTok, discussões no Reddit que tentam justificar minhas ações e biscoitagem de Instagram. Como disse um internauta: Eu apoio tanto os direitos quanto os crimes das mulheres. As pessoas me amam. (Eu me transformei na Segunda Vinda de Cristo em certos cantos obscuros da internet depois de validar suas conspirações sobre a elite ser uma sociedade secreta maléfica. Conspiracionistas não fazem parte do meu público-alvo, mas eles se tornaram meus apoiadores mais apaixonados mesmo assim.)

Estou apaixonada e surpresa pelo apoio avassalador, muito do qual surgiu antes de a entrevista na *Dateline* sequer ter ido ao ar.

Shannon tem me dado informação a conta-gotas do que tem acontecido nos canais de comunicação. Tipo como alguns membros distantes da família Melniburg estão operando uma campanha de difamação contra mim, encabeçando a conspiração Julie-matou-Chloe para descredibilizar minhas declarações. Tenho receio de que eles tenham influência sobre a opinião pública, já que os mais poderosos sempre conseguem reescrever a história.

Mas, se por um lado é verdade que muitos dos maiores veículos de informação são entusiastas ou indiferentes aos Melniburg (provavelmente porque operam na base do dinheiro da família), ninguém é capaz de controlar as ações de alguns criadores de conteúdo curiosos.

Por exemplo, alguém fez uma série de quatro episódios no YouTube (com trinta milhões de visualizações e contando!) sobre as Belladonnas e como eram tóxicas. A pessoa fez uma análise profunda da história de Bella Marie e revelou um universo de sofrimento através de uma investigação intensa na internet. Cultos são só uma nota de rodapé na história dos Melniburg quando se leva em consideração a longa lista de suas supostas infrações, incluindo, mas não se limitando a: apoiar ditadores, auxiliar no extermínio de líderes eleitos democraticamente em países em desenvolvimento, contribuir para diversas crises econômicas, sonegar imposto, mortes suspeitas – assassinatos políticos? – e por aí vai. (Você tem tempo de sobra para fazer merda quando está no poder há séculos.) Essa série provocou uma centena de outros vídeos esmiuçando as Belladonnas, trazendo à tona seus momentos mais infames. Alguns detetives de internet foram até mais fundo, examinando fotos antigas dos ancestrais Melniburg e com quem eles se relacionavam, além de pesquisar registros de voos de quem esteve na ilha. Desenterraram o fato de diversos políticos, celebridades e, *é claro*, juízes da Suprema Corte terem sido bem próximos da família ao longo do tempo.

Shannon me conta que a corte está correndo para compilar uma lista de jurados que não tenham sido aliciados pelos Melniburg – o que é tão difícil quanto compilar uma lista de sacerdotes católicos que não tenham aliciado meninos –, mas eu não sabia que era tudo graças a alguns investigadores de internet com tempo de sobra nas mãos.

Por causa deles, Bella Marie e as Belladonnas se tornaram as maiores vilãs da internet e, de alguma maneira, eu me tornei uma pobre vítima. Simplesmente calhei de ter a história trágica perfeita: órfã, infância abusiva, família falecida.

A cereja do bolo, o episódio da *Dateline* que foi ao ar com uma audiência recorde, já está me ajudando mais do que eu imaginava. Apenas três horas depois da transmissão ao vivo, uma penca de clipes foi postada em toda plataforma de vídeo, cada um com milhares de visualizações e ainda mais comentários. Com uma única entrevista, Viktor mudou minha imagem pública de *vítima* para *emancipadora.*

Alguém até começou uma petição no Change.org, afirmando que eu sou bonita demais para ir para a cadeia. Já tem meio milhão de assinaturas.

Quando vejo meu e-mail, centenas de pedidos de roteiristas e estúdios de produção preenchem minha caixa de entrada. Querem comprar os direitos da minha propriedade intelectual e escrever um filme ou seriado baseado na minha experiência. Estão oferecendo milhões de dólares. Biógrafos e editoras estão perguntando se eu gostaria de publicar o próximo best-seller. (Ao que parece, Iz já assinou o próprio contrato de publicação.)

Respondo a cada e-mail com sinceridade e mando mensagem para Fiona entrar em contato com um agente e checar se podemos começar um leilão pela *História Real de Julie Chan.*

Então a ficha cai.

Eu transcendi o significado de se tornar uma influenciadora. Já não vou mais precisar me aventurar nas águas traiçoeiras da internet, perseguindo alguns segundinhos de atenção e migalhinhas de poder. Eu me tornei o farol para onde as pessoas se dirigem.

Estão fazendo vídeo-ensaios e podcasts sobre a minha história. Executivos do setor mainstream estão querendo produzir programas com meu nome. Mas eu já habito essas terras há tempo suficiente para saber que a única pessoa em quem posso confiar sou eu mesma.

No momento, o mundo quer assistir, escutar, seguir o meu brilho. Essa é a minha chance de guiá-lo até verdades que não veriam a luz do dia sob outras circunstâncias, de moldar o entendimento sobre quem é Julie Chan.

Esse poder é meu. Está ao alcance dos meus dedos.

67

Shannon me aconselha a ficar longe das redes sociais. Ver, tudo bem, mas postar? Péssima, péssima, *péssima* ideia.

– As pessoas estão em cima do muro – disse ela. – Elas sabem que você assumiu a identidade de sua irmã gêmea, mas o caos do caso e a entrevista na NBC estão tirando esse peso dos seus ombros. Se você se pronunciar, a atenção de todos vai ser desviada e as consequências serão imprevisíveis. Estou te implorando, pela sua saúde mental e pela minha, para você ficar longe das redes sociais.

Blá-blá-blá.

Shannon é uma advogada maravilhosa. Fantástica. Mas o que é que ela sabe sobre redes sociais? Ela estava ocupada demais com a cara enfiada em livros de direito em vez de ficar obcecada por notícias ruins tal qual o resto de nós.

Agora é tudo diferente.

Por um breve momento, fiquei presa em um limbo sem acesso ao mundo real. Rejeitei meu celular, minha única fonte de influência, por medo da humilhação e do ódio. Mas agora eu vejo com meus próprios olhos. A montanha de apoio que recebo dos outros.

Eu.

Justo alguém que foi acusada de atear fogo e matar sete pessoas, sete mulheres brancas esplêndidas, belas, poderosas, queridas. Ana, Kelly, Sophia, Emmeline, Lily, Maya e Bella Marie. Sete mortes nas minhas mãos. Oito, se você incluir Chloe. E, ainda assim, o mundo não me despreza nem me condena. Em vez disso, eu sou a *obsessão* dos outros. Eles estão babando por mim, *sedentos.*

Esse amor todo é assombroso. Ouso dizer que é quase *impossível.*

Quanto mais tempo eu me demoro nele, mais fica óbvio.

Diz aí, existe outra explicação?

Essa é a minha recompensa em troca de sete vidas. A promessa de liberdade, euforia, foi cumprida. E ainda assim eu sinto que é só o começo.

Eto jamais seria tão mão de vaca. Sete almas humanas em troca de alguns milhões de seguidores e uma enxurrada de visualizações? Ah, tá. Nikolai recebeu uma dinastia inteira em troca de um mísero olho azul.

Eu sei que vem mais por aí. Eu *preciso* de mais. Eu mereço. Mas não posso só ficar sentada esperando algo cair no meu colo, não quando meu tempo está ficando cada vez mais valioso, com a data do julgamento se aproximando. Agora é a hora de me alçar aos céus e agarrar a oportunidade.

Decido fazer uma transmissão simultânea em quatro plataformas: Instagram, Twitch, YouTube e TikTok. (Com as doações habilitadas, é claro.) Dentro de cinco minutos, tenho mais de cem mil pessoas me assistindo, juntando todas as plataformas. Sou o assunto do momento no mundo inteiro. Todo mundo está esperando que *eu* conte tudo. Em dez minutos, duzentas mil pessoas. Depois, seiscentas mil. Os números não param de crescer. Os presentes vão se acumulando. Os comentários estão tão velozes que não consigo ler. Sou bombardeada com a mesma luz da noite da fogueira. Uma empolgação deslumbrante, divina e poderosa, uma dose de dopamina e adrenalina direto em minha veia.

É isso. Hoje, eu vou dar um passo em direção à luz. Não como Chloe van Huusen, mas como Julie Chan.

É hora de entrar para a história. Estou finalmente no controle.

Encaro a câmera do celular e digo:

– Que uma coisa fique bem clara: eu não matei minha irmã gêmea.

Agradecimentos

Obrigada à minha agente, Samantha Haywood, por escolher este romance e defendê-lo até se tornar algo real. E para a equipe da Transatlantic Literary Agency como um todo, em especial para Eva Oakes e Megan Philipp. Obrigada também a Laura Cameron e Dana Spector, por darem um lar a este livro no universo da TV e dos filmes.

Para minhas editoras, Loan Le, Alison Hennessey e Brittany Lavery, obrigada pela paciência ao trabalhar comigo em todos os rascunhos e transformar este livrinho esquisito em uma coisa incrível. Não consigo nem imaginar onde ele estaria sem suas sugestões e desenvolvimentos precisos. Para toda a equipe editorial, editores-chefes, o pessoal de marketing e relações públicas, capistas e todo mundo que trabalha nos bastidores da Atria, da Simon & Schuster Canada e da Raven Books, obrigada por jogar seu pozinho mágico neste livro. Sou muito grata!!

A meus primeiros leitores e parceiros de crítica, eu aprendi tanto com todos vocês: Jane Benoit, Juliet Wilde, Jered, Emily Klein, Dorit D'Scarlett, Heather Hooper, Lia Lao, Tayo Oriade, Ry Surujpaul, Jenny Pang e Flora Pan. Este livro não existiria sem o estímulo e os conselhos iniciais de vocês.

Obrigada a Claire Lam, por tirar minhas fotos de divulgação e por me emprestar blusas bonitinhas que escondiam minhas marcas de biquíni horrorosas.

A todos os meus amigos que precisavam me aguentar tagarelando sobre um "projeto secreto", já que eu tinha vergonha demais de dizer que estava escrevendo um livro: obrigada. De verdade. Obrigada, do fundo do meu coração. Obrigada por não ficarem irritados e me bloquearem, porque eu com certeza fui isso mesmo: *uma chata*. Vocês são pacientes e gentis e acolhedores demais – ouso dizer lindos e divinos. Sou louca por cada um de vocês. Há pessoas demais que me apoiaram e não vou conseguir nomeá-las individualmente, mas agradeço em especial a Emily Wang e Heather Yuan, que sempre estiveram presentes e foram as primeiras pessoas para quem contei sobre minha escrita. Obrigada! Eu me sinto tão abençoada.

Aos meus pais, que garantiram que eu não tivesse dívidas estudantis e continuasse financeiramente estável para que eu pudesse passar minhas horas vagas na faculdade escrevendo livrinhos bobos em vez de me preocupar com estágios corporativos, empregos e contas, como a maioria dos alunos. Agradeço em especial à minha mãe. Assim, só de maneira geral. Por literalmente tudo. À minha irmã, que não é nada parecida com a Chloe ou a Julie. Eu não vou roubar sua vida! Juro!! (Ainda mais porque a gente não se parece em nada e eu nunca conseguiria me safar disso mesmo se tentasse.)

Para todas as youtubers e influenciadoras que acompanhei na adolescência, e que literalmente formaram minha personalidade e meu senso de humor. Vou me abster de falar o nome de qualquer uma delas, só para o caso de elas serem canceladas no futuro.

E a mim. Porque eu escrevi este livro. E também é sempre legal praticar afirmações positivas. Então: Obrigada a mim, euzinha mesma!!! Você conseguiu, garota!!

E a você, que leu este livro. Você ainda está aí? Caramba. Parabéns! Você é uma pessoa perfeita, linda, tão inteligente, tão gostosa – sublime, na verdade.

SUA OPINIÃO É MUITO IMPORTANTE
Mande um e-mail para **opiniao@vreditoras.com.br**
com o título deste livro no campo "Assunto".

1ª edição, out. 2025

FONTES Chloe Regular 30/72pt;
Adobe Garamond Pro Regular 12/16,1pt

PAPEL Pólen Bold 70g/m²

IMPRESSÃO Gráfica Santa Marta

LOTE GSM130825